MYST
028

怪奇孤兒院 3

靈魂圖書館

LIBRARY OF SOULS

蘭森・瑞格斯（Ransom Riggs）◎著
曾倚華◎譯

高寶書版集團

怪奇孤兒院 3

靈魂圖書館

LIBRARY OF SOULS
THE THIRD NOVEL OF
MISS PEREGRINE'S PECULIAR CHILDREN

地球的盡頭，海洋的深處，
時間的黑暗，
你同時選擇了這三者。

——E・M・佛斯特

圈套　一個範圍有限的區域。在其範圍內，同一天的時間會永無止境地重複。此區域是由時鳥製造與維持，保護特異者夥伴遠離危險的避難所。圈套裡會永遠延遲其居住者的年齡，不會老去。但圈套裡的住民並非永生不死：他們「跳過」的每一天都是他們借貸的債務，若他們離開自己的圈套太久，就得以可怕的速度加速償還那些老去的時間。

時鳥　特異者王國中能夠轉變形體的女統治者們。她們能夠隨意志變成鳥形、控制時間，並負責保護特異孩子們。在古老的特異者語裡，時鳥一詞意謂著「革命」或「輪迴」。

特異者名詞表

特異者　人類或動物之中隱藏的種族分支，受到祝福或詛咒，並擁有超自然的能力。以往備受尊重，近代則被人恐懼與獵殺，特異者們是居住在陰影中無家可歸的人。

偽人　吃了夠多特異者靈魂的噬魂怪就會變成偽人，他們和平凡人在各方面都相同，只有一點例外：他們的眼球沒有瞳孔，完全是一片空白。他們非常的聰明、會操縱人，而且非常善於融入周遭環境，並花了好幾年的時間滲透平凡人與特異者的社會。他們很有可能是任何人：你家附近的雜貨店店員、公車司機或你的心理醫生。他們為特異者製造了大量的謀殺、恐懼與綁架，並利用噬魂怪做為他們的可怕的助手。他們的終極目標是報復並掌控特異者王國。

噬魂怪　　曾經是特異者的某種怪物，對他們過往弟兄們的靈魂十分飢渴。外型像屍體般萎縮，但擁有強壯的下顎，其中含有三根宛若觸手般強大的舌頭，非常非常危險。因為它們對絕大多數的特異者來說都是隱形的，而雅各・波曼是目前已知唯一一個存在的例外（他已去世的祖父則是另外一個）。最近的新發明在強化他們的能力之前，是無法進入圈套的，這也是為什麼圈套成為特異者比較喜歡的居住地。

第一章

怪物就站在距離我們不到一根舌頭的地方，視線緊盯著我們的喉頭，皺巴巴的腦袋裝滿了對謀殺的幻想。他對我們的渴望，使四周的空氣像通了電般。噬魂怪生來就對特異孩子垂涎三尺，而我們現在就像一排自助餐似的陳列在他們面前：尺寸正好可被一口吞下的愛迪森勇敢地站在我腳邊，尾巴警覺地豎起；艾瑪緊靠在我身邊，藉用我的力量支撐自己，由於尚未從衝擊後的暈眩中恢復過來，她只能燃起火柴大小的火焰；我們的背抵在毀壞的電話亭上。在我們形成的可怕圓圈後方，整個地下車站看起來就像是夜店狂歡後的場景。斷裂的水管中冒出布幕般的大片蒸氣，破碎的螢幕懸在天花板上搖搖欲墜。碎玻璃散布在地上，直至鐵軌邊，反射著瘋狂閃爍的紅色緊急照明燈，就像大型的舞廳燈光球。我們被困住了，一側是堅硬的牆壁，另一側是陡峭的玻璃，距離想把我們吃乾抹淨的生物僅兩大步，但他還沒有做出任何動作來縮短這個距離。他似乎在地上生了根，像個喝醉酒或夢遊者般的左搖右晃、低垂著頭，嘴裡的舌頭則是一窩我剛催眠的毒蛇。

我耶，是我做的耶！雅各．波曼，一個在佛羅里達無名小鎮出生的無名男孩。他此刻並沒有試著殺掉我們，因我命令他別這麼做。這個生物是由黑暗與孩子的噩夢所集結而成。我用堅定的口吻命令他將圍著我脖子的舌頭鬆開。**退後**，我這麼說道。**站住**，我這麼說道。用的是一種我從來沒想過人嘴能發出的聲音，一種我從來沒聽過的語言，而他奇蹟似地照著做，當他的身體服從時，眼神仍然挑釁。不知為何，我馴服了我們的噩夢，在他身上下了一道咒語。但睡著的動物總有醒來的一天，咒語也有失效的時候，尤其是那些不小心下達的咒語；而在他平靜的外表下，我能看見噬魂怪正在沸騰。

愛迪森用鼻子頂了頂我的小腿。「還會有更多偽人追上來的。這頭野獸可以讓我們離開嗎？」

「再跟他說話。」艾瑪說，她的聲音虛弱而模糊。「叫他滾蛋。」

我在腦中尋找著可用的字眼，但他們似乎有點害羞。「我不知道該怎麼做。」

「你一分鐘前才這麼做過耶。」愛迪森說，「聽起來好像有個惡魔在你嘴裡說話似的。」

一分鐘前，在我知道自己有這本事之前，那些字句就在嘴裡，等著我把它們說出來。現在我希望它們回來，卻像是用空手抓魚般，每當我試著碰觸任何一個字，它就從我手中溜走。

走開！我喊道。

話語以英文的形態呈現。噬魂怪動也不動。我挺直背脊，怒視著他墨黑的雙眼，又試了一次。

離開這裡！離我們遠一點！

仍然是英文。噬魂怪歪了歪頭，像是隻好奇的小狗，但是依然像尊雕像般毫無動靜。

「他走了嗎？」愛迪森問。

其他人沒辦法確定，因為只有我看得見他。「還在那裡。」我說，「不知道哪裡出了問題。」

我覺得又蠢又灰心。我的天賦就這樣消失了嗎？

「管他的。」艾瑪說，「反正噬魂怪本就不講理。」她伸出一隻手試著點燃火焰，但是卻只發出一點嘶嘶聲，然後就熄滅了。這動作似乎耗盡了她所有的體力。我加強圍繞在她腰際的力道，以免她摔倒。

「保留妳的體力吧，火柴小姐。」愛迪森說，「我很確定我們之後會用到的。」

「如果有必要的話，要我空手戰鬥也可以。」艾瑪說，「最重要的是，盡快找到其他人，不然就太遲了。」

其他人。我現在還能看見他們的身影，隨著鐵軌向前延伸變得愈來愈淡：霍瑞斯好看的服裝變得一團亂；布蘭溫的力量再大也抵不過偽人們手上的槍；伊諾還因為爆炸而頭暈目眩；阿修趁著一團混亂時脫下奧莉芙沉重的鞋子，讓她飛走；奧莉芙則在還沒飛得太遠前就被抓住腳踝，拖回地面。他們在恐懼中啜泣著，被人拿槍脅迫上了火車，就這樣離開了。他們帶走了我們拚上性命才找到的時鳥，在倫敦的中心呼嘯前進，朝比死亡更糟的命運前進。**現在都已經太遲了**，我想。當胎魔（Caul）的士兵衝破鷦鷯女士冰凍的藏身處時，就已經太遲了。當那晚我們錯把裴利隼女士邪惡的兄弟當作心愛的時鳥帶回時，就已經太遲了。但我向自己發誓，我們會找到我們的朋友和時鳥，不管得付上什麼代價，就算找到他們時已是冰冷的屍體，抑或得賠上自己的性命。

所以，既然如此，在這片閃爍著燈光的黑暗裡，一定有個地方可以通往街道。一扇門，一座階梯，一部電梯，就在另一端的牆邊。但是我們要怎麼過去？

從我們面前滾開，別擋路！我試了最後一次，對著噬魂怪大叫。自然還是英文。噬魂怪發出一聲像牛的呼嚕聲，但是沒有移動。

「B計畫。」我說，「他不聽我的，所以我們要繞過他，然後希望他不要動。」

「怎麼繞過去？」艾瑪說。

由於得給他足夠的空間，我們必須踩過一堆堆的碎玻璃，但那些碎片會刺傷艾瑪的赤腳，也會在愛迪森的腳掌上留下血痕。我想著補救方案：我可以把狗抱起來，但艾瑪的問題還是沒有解決。我可以找一片尖銳的玻璃，刺進噬魂怪的眼睛。這策略對過去的我非常受用，但如果我沒有一口氣殺死他，那他一定會醒來，然後把我們全殺光。唯一僅存的方法，只有從噬魂怪與牆壁之間沒有碎玻璃的縫隙擠過去。但是那真的太窄了，只有一呎或一呎半那麼寬。就算我們的背緊貼著牆，那也是很勉強的作法。我擔心若我們離噬魂怪太近，也許更糟，要是不小心碰到他的話，就會打破那道勉強將他定在原位的魔咒。既然我們沒辦法長出翅膀從他頭上飛過去，這似乎是唯一的選擇了。

「妳能走嗎？」我問艾瑪。「或者至少拖著腳？」

她穩住膝蓋，鬆開抓住我腰際的手，測試自己的重心。「我能一瘸一拐地走。」

「那我們就這麼做：背貼著牆，從他旁邊的那道縫隙溜過去。空間不大，但如果我們夠小心的話……」

愛迪森看懂我的意思後，便向後退到電話亭裡。「你覺得我們應該要離他那麼近嗎？」

「可能不該喔。」

「如果他在我們通過時突然醒來……」

「他不會。」我擺出虛假的自信。「只是不要有什麼突然的動作。還有不管怎樣，都不要碰到他。」

「你現在是我們的眼睛了。」愛迪森說，「願時鳥保祐我們。」

我從地上選了一片長長的碎玻璃，將它滑進我的口袋裡。我們摸索著走了兩步，來到牆邊，背貼著冰冷的磁磚，然後開始緩緩朝噬魂怪走去。他的眼睛跟著我們移動，直盯著我。經過幾個讓人渾身發麻的步伐後，我們便被噬魂怪身上所散發出來的惡臭所籠罩，那味道重得讓我眼淚直流、愛迪森咳了起來、艾瑪則用一手摀住鼻子。

「再走一點點就好了。」我說，強迫自己的聲音保持冷靜。我將碎玻璃從口袋裡掏出來，尖端朝前，然後往前走一步，接著又一步。現在我們和他的距離，近到我只要伸出手臂就能碰到。我聽見他的心臟在胸腔裡蹦跳，隨著我們的接近而愈來愈快。他在和我對抗，試著要擺脫我虛弱雙手對他的掌控。別動。我用英文的嘴形說。你是我的。我掌控了你。別動。

我深吸一口氣，縮起小腹，將整個背部平貼在牆上，然後橫著走進噬魂怪與牆壁間的狹小隙縫。

別動，別動。

滑步，拖行，滑步。我憋著氣，噬魂怪的呼吸則加速起來，潮溼，咻咻作響，一股黑色的霧氣從他的鼻孔中噴出。他心中那股想要吃掉我們的衝動，肯定相當折磨。我心中那股想要逃跑的衝動也是，但我選擇忽視；要是真的用逃的，我就會看起來像個獵物，而不是主人。

別動。不要動。

只差幾步，只差幾尺，我們就會通過他了。他的肩膀和我的胸口，只有一根頭髮的距離。

別……

……然後他就動了。噬魂怪一個順暢地轉頭，將身體對向我。

我瞬間僵住。「別動。」這次我大聲說出口了，不過是對著其他人說的。愛迪森將臉埋在腳掌之間，艾瑪則停下腳步，她的手臂像鉗子般緊箍著我。我穩住身子，準備迎接接下來的一切——他的舌頭、牙齒，還有我們生命的終結。

退後，退後，退後。

英文，英文，英文。

時間一秒秒地過去，而讓人驚訝的是，我們還沒死。看著他一起一伏的胸腔，這生物似乎又變回了石化狀態。

我實驗性地沿著牆，一毫米一毫米地移動。噬魂怪的頭跟著我轉，他的視線就像指南針般定在我身上，身體跟我完全同步，但是他沒有追上來，也沒有張開嘴。不管我在他身上下的是什麼咒語，要是破除，我們全都死定了。

噬魂怪只是看著我，正等著我下達我根本不知道要怎麼下達的指令。「錯誤警報。」我說，而艾瑪發出一聲放鬆的嘆息。

我們從縫隙中通過，然後遠離牆邊，用艾瑪的跛行能達到的最快速度前進。當我們和噬魂怪之間出現一點距離後，我回頭看去。他已經完全轉過身來面對著我。

坐好。我用英文喃喃說道。*乖*。

穿過布幕般的蒸氣後，電扶梯出現在眼前，呈現斷電的狀態，階梯一動也不動。它四周圍繞著一圈日光所形成的光環，像是上面世界派來的不耐煩使者。活人的世界，現在的世界，我的父母存在的那個世界。他們就在那裡，兩人都在，就在倫敦，和我呼吸著一樣的空氣。那是我的避難所。

喔，嗨，爸媽！

我沒辦法去想。我還是沒辦法去想：不到五分鐘前，我才把一切都告訴我爸。至少，是克里夫筆記（Cliff's note）的版本：我和波曼爺爺一樣，也是個特異孩子。他們不會了解的，但至少他們現在知道了。這樣或者會讓我的消失沒那麼像背叛。我還能聽見我爸的聲音哀求我回家，而當我們朝光線走去時，我得拚命壓抑住一股突然而羞愧的衝動，才不致甩開艾瑪的手臂朝電梯跑去，逃離這股令人窒息的黑暗，去找我的父母，請求原諒，然後爬進他們舒適的旅館床舖睡上一覺。

而這是最讓人無法思考的部分。我永遠也不能這麼做：我愛艾瑪，我也這麼告訴她了，所以我絕不會為了任何事而棄她於不顧。不是因為我很高尚、很勇敢，或是富有騎士精神，我完全不是那樣的人。我只是怕離開她之後，自己的心靈會被撕扯成兩半。

還有其他人，其他人。我們可憐而絕望的朋友們。我們必須去救他們，但是要怎麼做呢？在他們被載走後，還沒有任何一輛火車進站，而且在那場爆炸和槍戰過後，我很確定不會再有車了。這讓我們只剩下兩個選擇，可是兩個都很糟糕：徒步沿著鐵軌追蹤，然後祈禱我們不會再遇上更多的噬魂怪；或是爬上電扶梯，然後面對上頭等著我們的東西，不管會是什麼。最有可能就是一群偽人兵團。然後重新整隊、重新出發。

我知道自己比較傾向哪一個選擇，因我已經受夠了黑暗和噬魂怪了。

「我們上去吧。」我說，推著艾瑪往停擺的電扶梯前進。「我們找個安全點的地方來計畫下一步行動，妳也可以恢復些體力。」

「絕對不行！」她說，「我們不能就這樣拋棄其他人。不要管我的感覺。」

「我們沒有啊。但我們必須實際點。我們都受傷了，沒有辦法防禦，而其他人現在大概距離我們好幾哩遠，可能都已經不在地底下，正在往別處前進的路上。我們這樣要怎麼找他們？」

「就像我怎麼找到你一樣。」愛迪森說，「用我的鼻子。特異孩子們都有一股香味，且只有我們這種類型的狗能聞出來。而你們正好是一群氣味特別濃厚的孩子。恐懼會加強那股味道，再加上一直沒有洗澡……」

「那我們就追上去！」艾瑪說。

她用一陣驚人的力量把我往鐵軌拉去。我抵抗著，我們交纏的雙臂在兩人之間拉扯。

「不，不……已經沒有火車在行駛了，如果我們徒步前進的話……」

「我不在乎那會不會很危險。我不會拋下他們的。」

「那不只是危險而已，是很沒意義。他們已經離開了，艾瑪。」

她收回手，開始朝鐵軌一瘸一拐地前進。她一個踉蹌，然後又穩住身子。**說點什麼啊**，我用唇語向愛迪森說道。於是他便繞到前面去擋住她的路。

「恐怕他說得沒錯。若是我們用走的，我們朋友的氣味會在我們找到他們之前就消散光的。即使我的能力再強也還是有極限。」

艾瑪看向前方的隧道，又回頭看向我，表情扭曲。我伸出手。「拜託，我們走吧。這不代表我們放棄了啊。」

「好吧。」她粗聲說道，「好吧。」

但就在我們開始往電扶梯走去時，一個人在黑暗中大喊起來，就在後方的鐵軌上。

「看這邊！」

那聲音很弱，但聽起來很熟悉，帶著俄羅斯口音。是摺疊人的聲音。我往黑暗中看去，只能勉強辨認出他在鐵軌邊蜷曲的身形，正高舉著一隻手臂。他在剛才的混戰中被射中，原以為偽人也把他一起帶走了。但是他正躺在那裡，對我們揮著手。

「謝爾蓋！」艾瑪大喊。

「妳認識他？」愛迪森懷疑地問。

「他是鶴鶉女士收留的其中一個特異難民。」我邊說邊豎起耳朵聽著遠處地面上傳來的警鈴聲。麻煩正在朝我們前來，或許是偽裝成幫助的麻煩。而我擔心我們最佳的開溜時機正在逐漸流逝。但是，同樣的，我們不能丟下他不管。

愛迪森朝摺疊人小跑而去，一面躲開銳利的玻璃碎片。艾瑪讓我再度攙住她的手臂，我們拖著腳步跟在後面。謝爾蓋側身躺著，身上覆蓋著碎玻璃，渾身布滿血痕。子彈似乎打中了很致命的地方。他的細框眼鏡碎了，正試著調整它，好看清楚我。「這是個奇蹟，是個奇蹟。」他喘著氣說道，聲音就像是泡過兩泡的茶包一樣稀薄。「我聽見你講了怪物的語言。是奇蹟。」

「不。」我邊說邊在他身邊跪下。「他已經消失了，我已經失去它了。」

「如果那天賦在你體內，就會存到永遠。」

腳步與說話聲從電扶梯的通道上傳來。我清掉四周的玻璃，好把手伸到摺疊人身下。

「我們要帶你一起走。」我說。

「別管我。」他粗聲說道，「我很快就會走了……」

我忽略他的話，將手滑到他身體下方，將他舉起來。他很瘦高，但是卻輕得像羽毛，我抱著他就像抱著一個大嬰兒。他的腿掛在我的手肘上，頭則靠著我的肩膀。

兩個身影走下電扶梯的最後幾階，站在底部，籠罩在蒼白的日光下，打量著眼前的黑暗。艾瑪指向地面，我們便悄悄地跪到地上，希望他們沒看見我們，希望他們只是想要下來搭火車的平凡人，但接著我聽見頭戴式麥克風的刺耳聲響，然後他們便一一打開了手電筒，光線反射在他們鮮豔的反光外套上。

他們一定是緊急應變中心的人，抑或是偽人偽裝的。我一直無法確定，直到他們同時摘下了全罩式的太陽眼鏡。

當然了。

我們的選項只剩下一半。現在我們只能往鐵軌與隧道的方向走。照我們現在受傷的程度，不可能跑得過他們，不過在沒被看見的情況下，逃跑還是有可能的。而在這一片混亂與毀壞的車站中，他們到現在都還沒有看見我們。如果我們可以不被注意地溜進隧道裡……但可惡的愛迪森卻動也不動。

「快走啦。」我嘶聲說。

「他們是救護車司機，而這個男人需要幫助。」他說得有點太大聲，而手電筒的光線立刻就從地面上彈起，朝我們掃過來。

「站在那裡不要動！」其中一個男人吼道，掏出一把槍，另一個人則摸索著他的無線對講機。

接著兩件事情在短短一瞬間發生了。第一件事是，當我正準備將摺疊人放回鐵軌上，然後拉著艾瑪撲到地上時，一聲震耳欲聾的喇叭聲從隧道裡傳來，不久刺眼的車頭燈光線出現在我們眼前。隨著這陣臭風而來的當然是輛火車，不知道為什麼，儘管先前發生了爆炸，火車還是開始行駛了。第二件事則是，隨著我肚子的一陣絞痛，我知道噬魂怪已經掙脫了束縛，正在朝我們前進。在我感覺到他的瞬間，我也看見他了；他穿過一片蒸氣，黑色的嘴唇大大咧開，舌頭抽打著空氣。

我們被困住了。如果我們跑向階梯，就會被槍打中，然後遭受粗暴的對待。但我們也不能逃上火車，因為它至少還要十秒才會停妥、十二秒後才會開門，然後還要再十秒才會再度關門，而在那之前，我們早就死了。所以一如既往地，當我再也想不出別的點子後，我做了一件事，看向艾瑪。我可以看見她臉上挫敗的表情，所以我知道她了解我們的處境有多麼絕望，而她緊繃的下巴意謂著不管怎樣都要採取行動。當她跌跌撞撞地前進時，我才突然想起她看不見噬魂怪，而我試著告訴她、試著抓住她、試著阻止她，但我卻說不出話，也無法在還抱著摺疊人的情況下抓住她。愛迪森正在艾瑪腳邊，對著偽人吠叫，同時，艾瑪徒勞地試著燃起火焰。火星，火星，然後就什麼都沒有了，像是瓦斯不足的打火機。

偽人大笑起來，將子彈上膛，對準她。噬魂怪朝我跑來，吼叫聲和身後火車的尖銳煞車聲交織在一起。那一刻，知道一切都結束了，而我無計可施。那一刻，我體內的某個部分放鬆了，同時，每次噬魂怪出現時一定會感覺到的痛楚也消失了。那股疼痛就像高音調的尖叫聲，而當它消失時，我發現在它下方還有另外一個聲音，一個在我意識邊緣徘徊的低語。一個字。

我朝他撲去，緊緊抓住他。我準備好，然後用媲美大聯盟投手般的力量大喊出聲。他，我用不屬於我的語言說道。那只是一個音節，卻包含了充滿意義的音量，而當他從我的喉頭震動著衝出時，效果立刻出現。噬魂怪停止朝我奔來，徹底靜止不動，然後腳底打滑，向一側急轉，甩出一根舌頭，掃過月臺，接著在偽人的腿上繞了三圈。他失去平衡，一槍打中天花板，然後摔了個倒栽蔥，對著空氣拳打腳踢、尖叫不停。

我的朋友們花了一點時間才意識到發生了什麼事。他們目瞪口呆地站在那裡，另一個偽人則對著他的行動對講機哇哇大叫，這時，我聽見火車車門在身後打開。

這是我們的大好機會。

「快來！」我大叫，他們便照著做了。艾瑪拖著腿奔跑，愛迪森在她腳邊團團轉，我則試著把身受重傷、血跡斑斑的摺疊人推進狹窄的車門裡，直到我們全都擠上火車車廂。

更多槍聲響起，偽人盲目地對著噬魂怪開槍。

車門關到一半就停住了，然後再度打開。「請清空車門區域。」一個愉快的廣播聲說道。

「他的腳！」艾瑪說，一邊指著摺疊人長腿尾端的鞋，鞋尖還卡在車門外。我笨手笨腳地把他的腳踢開，而在車門再度關上的這幾秒鐘，偽人繼續朝噬魂怪開槍，直到噬魂怪厭倦他，將其甩在牆上，他便滑落地面，動也不動地躺在那裡。

另一個偽人朝出口移動。他也是，我試著說，但是有點太遲了。門已經關上，而火車在一陣尷尬的晃動後開始行駛。

我打量了一下四周，很慶幸我們爬上的這節車廂是空的。要是平凡人看見我們會怎麼想啊？

「妳還好嗎？」我問艾瑪。她坐得很挺，呼吸沉重，正緊盯著我看。

「謝謝你。」她說，「你真的命令噬魂怪做了那些事嗎？」

「我猜是吧。」我說，但其實我自己也不大相信。

「剛才那真是太驚人了。」她輕聲說。但我不確定她是覺得害怕或驚豔，或兩者都有。

「我們欠你一命。」愛迪森說，貼心地把頭擠在我的手臂上。「你是個非常特別的男孩。」

摺疊人笑了起來，我低頭看著他，看見他的笑容藏在痛苦所形成的面具後方。「你看吧。」他說，「我說過的，那是奇蹟。」接著他的表情變得嚴肅。他抓住我的手，把一張小小的方形紙片塞進我手裡。那是一張照片。「我的妻子，我的孩子。」他說，「很久很久以前，被我們的敵人抓走了。如果你找到其他人，那麼或許……」

我瞄了照片一眼，心頭一驚。那是一張皮夾大小的肖像，上面是一個女人抱著一個嬰兒。謝爾蓋顯然把這張照片帶在身邊很長一段時間了。雖然照片裡的人看起來心情挺好的，但是照片本身，或是底片，已經被嚴重破壞了，或許曾經驚險地逃過火劫，由於太靠近熱氣，使得人物的臉變形而破碎。在這之前，謝爾蓋從來沒有提過他的家人；自從我們認識之後，他開口閉口談的都是建立一支特異軍隊，所以他造訪一個又一個的圈套，將那些逃過劫掠與屠殺、身體狀況還不錯的特異者們招募進去。他從來沒告訴我們，他為什麼要那支軍

隊：為了要將他們救回來。

「我們也會找到他們的。」我說。

我們都知道這個目標太縹緲，但是這就是他現在想要聽的。

「謝謝你。」他說，然後身體癱軟地陷入一灘擴散的血泊中。

「他沒剩多少時間了。」愛迪森說，靠近去舔謝爾蓋的臉。

「我或許有足夠的火可以把傷口燒起來。」艾瑪說。她靠向他，開始摩擦自己的雙手。

愛迪森嗅了嗅摺疊人襯衫近腹部的地方。「這裡。他受傷的地方在這裡。」艾瑪將雙手放在傷口的兩側，而當傷口的皮肉開始嘶嘶作響時，我站起身，覺得自己快要昏倒了。

我往窗外看去。列車還沒完全駛離月臺，或許是鐵軌上的碎石導致速度緩慢。緊急照明燈隨機照亮著黑暗中的細節。一名死亡的偽人，屍首半埋在玻璃之中。變形的電話亭，我帶大家逃出來的場景。噬魂怪，當我看清他的模樣時，我嚇了一跳，在月臺上跟著列車奔跑，就在幾節車廂之外，看起來隨意得像是在慢跑。

停。跟我們保持距離。我用英文對著窗外說。我的思緒還不清楚，痛楚與哀叫聲再度擋住了我的思路。

列車開始加速，我們進入隧道。我把臉貼在玻璃上，朝後又瞄了一眼。一片漆黑、漆黑，然後突然間一陣宛若相機閃光燈的光線炸開，噬魂怪在我的眼前形成了一個後像，他飛在半空中，四肢飄離月臺，舌頭纏住最後一節車廂的欄杆。

奇蹟。詛咒。我實在分不出這兩者的差別。

我托住他的腳，艾瑪托住他的手臂，我們將謝爾蓋輕輕地放在一張長座椅上。上方是一則家庭手作披薩的廣告，他不醒人事地躺在那裡，隨著火車的移動搖晃著。如果他就要去世了，把他留在地上似乎不是個正確的決定。

艾瑪拉起他的薄上衣。「血已經止住了。」她報告道，「但如果不盡快將他送醫的話，他還是會死的。」

「不管怎麼樣，他大概都死定了。」愛迪森說，「尤其是在現代的醫院裡。想想，他三天後才會醒來，然後傷口復原，但是全身上下的其他部分都在毀壞，而且還兩百多歲了。」

「或許吧。」艾瑪回答。「但如果三天後我們都還活著，我才會真的很驚訝，不管現在是什麼狀況。我不知道我們還能為他做什麼了。」

我聽他們提過這個時限：任何特異者都只能在圈套外的世界裡存活兩、三天，然後就會開始老化。這時間讓他們探望一下現實世界就已經夠了，可不能留在這裡；時間足以讓他們在圈套之間旅行，但不能逗留太久。只有惡魔和時鳥可以在現實世界中待上更久的時間，卻也僅是多幾個小時而已，超時的後果依然是死亡。

艾瑪站起身，厭惡地看著蒼白的黃色燈光，踉蹌了兩步，然後伸手抓住火車的欄杆。我抓住她的手，要她坐在我旁邊，她便把自己摔進我身旁的座位裡，看上去無比疲憊。我們都是。我已經好幾天沒有獲得適當的睡眠，除去幾次能像豬般大吃大喝的機會外，也好幾天沒有正常的進食了。我一路跑個不停、被嚇個半死，腳上那雙不斷磨出水泡的鞋也不知穿了多久；除此之外，每次說起噬魂怪的語言時，那似乎都從我體內挖走了點什麼，而我卻不知該怎麼把它們補回去。我很想知道，當我用盡這種語言時，會不會也把自己耗乾。

但我要把這件事留到別的時候再來擔心。現在我只想好好珍惜這段難得的和平時光，我的手臂環住艾瑪的腰，她的頭靠在我肩上，兩個人都還好好地呼吸著。或許是出於自私，我沒有告訴他們噬魂怪追在火車後方的事。就算知道了，我們又能做什麼？他要不就是追上我們，要不就什麼都不做；要不就是殺掉我們，要不就是讓我們活著。下次當他再度找上我們的時候——我很確定還會有下次——我要不就是能再度使用那個語言定住他的舌頭、要不就是什麼也做不了。

我看著愛迪森跳上對面的座位，用腳掌打開窗戶的鎖，然後將窗戶推開。火車的怒吼與隧道裡的溫熱空氣撲面而來，他坐在那裡，用鼻子研究著空氣的味道，雙眼放光，鼻子動個不停。對我來說，這味道聞起來就像汗臭味與乾掉的腐爛物，但他似乎聞到了更細微的氣味、需要更小心分析的氣味。

「你能聞到他們嗎？」我問。

狗兒聽見了我的問話，但花了很長的時間才回答我。他的眼睛盯著天花板，像是剛整理完自己的想法。「可以。」他說，「他們留下來的氣味明顯又新鮮。」

儘管我們行進的速度這麼快，他仍然能追蹤到好幾分鐘前特異者們從火車上留下的氣味。我很驚豔，於是就這麼跟他說了。

「謝謝，但這不全是我的功勞。」他說，「但那輛列車裡一定也有人把窗戶打開，否則氣味應該會更淡才對。或許是鵪鶉女士，或許她知道我會試著追蹤。」

「她知道你在這裡？」我問。

「你是怎麼找到我們的？」艾瑪說。

「等等。」愛迪森突然說道。火車速度漸緩，進入一個車站，窗外閃過的景色從漆黑的隧道變成白色的磁磚。他把鼻子探出窗外，閉上眼睛，全神貫注。「我不覺得他們在這裡下車，但不管如何，還是準備好吧。」

艾瑪和我站起身，盡可能地擋住摺疊人的身子。當發現月臺上的人並不多時，我鬆了一口氣。但光是月臺上還有人或火車還在行駛，就已經很荒謬了。像是什麼都沒發生過一樣。我懷疑是偽人確保了這一切，好讓我們上鉤，搭上火車，以便更容易將我們圍捕起來。與倫敦裡其他尋常的上班通勤族比起來，我們顯然長得很不一樣。

「表現得自然點。」我說，「好像你屬於這裡一樣。」

這句話似乎讓艾瑪覺得很好笑，她憋住一串笑聲。或許這的確很好笑，因為我們不屬於任何地方，更別說是這裡了。

列車停下，車門滑開。愛迪森深深吸入一口空氣，同時，一名渾身充滿書呆子氣息、身穿短大衣的的女人走進我們的車廂。她看見我們後，下巴便掉了下去，然後聰明地轉身下車。不。不了，謝謝。我不能怪她。我們渾身髒兮兮、穿著又老又破亂的衣服，身上還帶著血跡。說不定從旁觀者的角度來看，我們就像是剛殺了躺在我們身邊的那個可憐人。

「表現得自然點喔？」艾瑪說，然後哼了一聲。

愛迪森把鼻子縮回窗戶內。「我們的方向是對的。」他說，「鵪鶉女士和其他人絕對有經過這一站。」

「他們沒在這裡下車嗎？」我問。

「我不覺得。但如果我沒在下一站聞到他們，那就代表我們跑過頭了。」

車門關上，在一聲電子音的哀嚎之後，我們再度出發。我正打算提議找些衣服來換，艾瑪突然在我旁邊跳了一下，好像突然想起了什麼。

「愛迪森？」她說，「費歐娜和克萊兒發生什麼事了？」

當她提起她們的名字時，一波新來的反胃感席捲過我的全身。我們最後一次見到她們的地方，是鶴鶉女士的避難所，費歐娜自願留下來陪伴無法繼續旅行的克萊兒。胎魔告訴我們，他已經劫掠了避難所，並抓到了女孩們，但是他也告訴我們，愛迪森已經死了。顯然他的資訊並不可靠。

「啊。」愛迪森陰鬱地點點頭。「恐怕那是個壞消息。我得承認，一部分的我希望你們別問起這件事。」

艾瑪的臉色頓時變得慘白。「告訴我們。」

「當然了。」他說，「在你們離開後不久，我們就遭到一群偽人的襲擊。我們對他們丟雞蛋，然後分散開來，各自找地方躲避。比較大的那個女孩，頭髮很亂的那個……」

「費歐娜。」我說，心臟怦怦跳個不停。

「她用自己的植物天賦將我們藏起來，藏在樹林中，或是新長出來的灌木下。我們藏得很好，偽人得花好幾天的時間才能把我們找出來，但是他們最後用了瓦斯，逼得我們不得不跑到空曠處。」

「瓦斯！」艾瑪大叫。「那些混蛋們說過，他們永遠不會再用這招了！」

「顯然他們說謊嘍。」愛迪森說。

我曾在裴利隼女士的相簿裡看過一張和毒氣攻擊有關的照片：偽人們戴著像鬼一般的防毒面具，隨興地站在四周，然後將毒氣噴灑進空中。雖然那種瓦斯並不會致命，但是它會讓你的肺和喉嚨都像被灼傷似的，產生劇烈疼痛，而且據說會把時鳥困在她們的鳥形外表之中。

「他們包圍住我們。」愛迪森繼續說，「然後質問我們，鶻鷂女士的去向。他們把她的塔上上下下全翻遍了，試著尋找地圖、日記，或是其他我不知道的東西。然後當可憐的蒂蕊試著阻止他們時，他們便開槍打了她。」

那隻長頸鹿－鴯鶓的長臉出現在我面前，笨拙的表情、參差不齊的牙卻又那麼的可愛。我的腹部一陣攪動。「天啊，真是太糟糕了。」我說。

「真糟糕。」艾瑪敷衍地同意道。「那那些女孩們呢？」

「小個子的女孩被偽人抓起來了。」愛迪森說，「至於另外一個……嗯，她和士兵扭打了一段時間，但因他們正好位於懸崖邊緣，所以她就掉下去了。」

我眨了眨眼睛。「什麼？」有那麼瞬間，世界突然變得一片模糊，然後在我眼中再度對焦。

艾瑪渾身一僵，但表情並未透露出任何訊息。「你說她掉下去了是什麼意思？多深？」

「那是個很陡的懸崖，至少有一千呎深。」他厚實的耳朵垂了下去。「我很遺憾。」

我重重坐下，艾瑪繼續站著，但是抓著欄杆的手指關節泛白。「不。」她堅持地說，「不可能的。或許她在下墜途中抓住了什麼東西，一根樹枝或一塊石頭……」

愛迪森看著散布著口香糖的地面。「有可能。」

「或者她下方的樹像網子般接住了她！她可以和它們對話，妳知道的。」

「是的。」他說，「我們永遠都可以保持著希望。」

我試著想像在那樣的墜落後被尖銳的松樹接住，那感覺實在太不可能了。我看見艾瑪試著燃起的小小希望熄滅，然後她的腿開始顫抖。她放開欄杆，跌坐在我身邊。

她用溼潤的眼睛看著愛迪森。「我很遺憾發生在你朋友身上的事。」

他點點頭。「我也是。」

「如果裴利隼女士還在這裡，這一切都不會發生了。」她低語道。然後，她低下頭，悄悄地哭了起來。

我想要抱住她，但又覺得自己這麼做就像是入侵了她的私人空間，有種喧賓奪主的感覺，所以我只是坐在那裡盯著自己的手，讓她為失去的朋友哀悼。愛迪森轉開頭，我猜一方面是因為出自於尊重，另一方面是因為我們又駛進另一個月臺了。

車門打開，愛迪森把頭探出車外，嗅聞著月臺上的空氣，對著某個試著上這節車廂的人大吼大叫一陣，然後又退回車內。當車門關上時，艾瑪已經抬起頭，擦去了眼淚。

我用力握了握她的手。「妳還好嗎？」我說，但我希望自己有更好的臺詞可以用。

「我必須沒事，對吧？」她說，「為了那些還活著的人們。」

對某些人來說，她這樣武裝自己、隱藏痛苦的方式似乎有點太冷血了，但是我現在夠了解她了，知道那並不是事實。她有顆比法國還遼闊的心，而少數那些被她愛過的人們，他們擁有的是她每一寸的內心，但那樣的心也讓她變得危險。如果她讓她的心感受到太多感情，她會崩潰的。所以必須壓抑它、隱藏它，把心門關起。她會將所有最難承受的痛苦堆積在一座小島上，然後在上頭待上一天，就將它們全留在那裡。

「繼續呀。」她對愛迪森說，「克萊兒發生什麼事了？」

「偽人將她押走了。他們把她的兩張嘴都堵住，然後裝進一個大袋子裡。」

「但她還活著？」我問。

「還會咬人呢，就跟昨天中午一樣。接著我們把蒂蕊埋在小小的墓園裡，然後我便跑遍整個倫敦去找鶻鶉女士，並試著想給你們一點警告。鶻鶉女士的其中一隻鴿子帶我去到她的藏身處，我很高興你們比我早到，但很不幸的，偽人也是。那時他們的圍城戰已經開始，而我不得不無助地看著他們衝進建築物裡，然後……嗯，之後發生的事，你們都知道了。當你們被帶到地底下時，我跟著你們，然後趁著那場爆炸過來協助你們。」

「謝謝你。」我說，這時才意識到我們還沒有給他應得的感謝。「如果那時你沒把我們拖走……」

「對，嗯……不需要一直重複那些假設性的不愉快了。」他說，「但我希望你們能協助我救出鶻鶉女士，做為對我的回報。雖然聽起來很不像那麼一回事，但你們知道，她是我的全世界。」

他真正想從偽人手中救出來的人是鶻鶉女士，而不是我們。只是當時拯救我們比較實際，因我們離火車比較遠，所以他當機立斷地做出決定，然後承受接下來的結果。

「我們當然會幫你。」我說，「我們現在不就在這麼做嗎？」

「當然，當然。」他說，「但你們一定得了解一點，比起其他特異孩子，身為時鳥的鶻鶉女士更有價值，所以她或許會更難救出。現在我很擔心，如果奇蹟發生，而我們夠幸運把你們的朋友救出來……」

「等等。」我厲聲說道，「誰說她比較……」

「不，這是真的。」艾瑪說，「她會被關得更牢，這是毫無疑問的。但是我們不會拋下她，我們不會再拋下任何人了。我們以特異者的身分發誓。」

狗兒似乎對這句話感到很滿意。「謝謝。」他說，然後耳朵向後倒去。當我們駛進另一個車站時，他跳上座位，看向窗外。「躲起來。」他邊說邊趴下身子。「敵人就在附近。」

偽人正在等我們。我瞥見兩個偽人打扮成警察的樣子，混在等車的乘客之間。列車進站時，他們正掃視著車廂內部。我們躲到窗戶下方，希望他們會略過我們，但我知道他們不會的。先前那個用對講機通話的人已經通報了其他人，所以他們一定知道我們就在車上。現在他們只需要把我們揪出來就好。

車子停妥，人們開始上車，不過並沒有上我們這節車廂。我冒險地往車門外看去，然後看見其中一個偽人快速地朝我們這邊走來，一路上打量著其他車廂。

「有一個走過來了。」我低聲說，「小艾，妳的火焰怎麼樣？」

「快沒了。」她回答。

他愈走愈近。四節車廂。三節。

「那就準備好逃跑。」

兩節車廂。接著我們聽見一個柔軟的語音說道：「請注意，車門即將關上。」

「停車！」偽人叫道。但是車門已經關到一半了。

他把一隻手臂伸進來。車門再度彈開。他爬上車，進了我們旁邊的那節車廂。

我看向連接著兩節車廂的那道門。門被鎖鏈勾住了。感謝上帝賜給我們的小小恩典。車門關閉，列車再度開始移動。我們將摺疊人搬到地上，把他推到一個偽人那節車廂看不見的死角。

「我們能怎麼辦？」艾瑪說，「等列車再度停駛的時候，他就會直接到我們這裡來了。」

「我們能百分之百確定他是偽人嗎？」愛迪森問。

「貓長在樹上嗎？」艾瑪回應。

「在這個世界上當然不是。」

「所以我們當然不能百分百確定。但是談到偽人時，有句老話是這麼說的：如果你不能確定他是不是偽人，就預設他是。」

「那好吧。」我說，「車門打開的那一瞬間，我們就衝向出口。」

愛迪森嘆了一口氣。「逃個不停。」他鄙夷地說，好像他是個美食家，某個人卻給了他一塊難吃的美國起士。「真是毫無想像力。我們不能試著用溜的嗎？偽裝？那裡面就充滿了藝術。然後我們遂可以簡單地走開，既優雅又不引人注目。」

「我和所有人都一樣討厭逃跑。」我說，「但艾瑪和我看起來就像十九世紀的斧頭殺人狂，而你是一隻戴著眼鏡的狗。我們注定會引人注目。」

「除非他們發明犬科動物專屬的隱形眼鏡，不然我永遠也甩不掉這副眼鏡。」愛迪森咕噥道。

「當你需要噬魂怪時，他到哪去啦？」艾瑪不客氣地說。

「如果我們夠幸運的話，他可能已經被火車輾過了。」我說，「而且妳這是什麼意思？」

「我只是說，他之前滿有用的。」

「但是在那之前他差點就殺了我們，兩次！不，三次！不管一開始我是怎麼控制他的，那都有一半是意外，而在我做不到的那一刻？我們就死定了。」

艾瑪沒有馬上回應，但她打量了我一會兒，然後牽起我血跡斑斑的手，溫柔地親了一下、兩下。

「這是幹嘛？」我驚訝地說。

「你完全不知道，對吧？」

「知道什麼？」

「你是個多麼不可思議的存在。」

愛迪森哀嚎一聲。

「你擁有神奇的天賦。」艾瑪低語道，「我很確定你只是需要一點小小的練習。」

「大概吧。但練習的意思是我會有段時間不斷失敗，而失敗就代表有人會死。」

艾瑪握緊我的手。「嗯，有點壓力才會讓你更精通一樣新技能啊。」

我試著微笑，但是怎麼也笑不出來。光是想到我能造成多少傷亡，就讓我的心臟痛了起來。我的這個能力就像一把上了膛卻不知道該怎麼使用的武器。老天，我甚至不知道我是把槍口指向敵人，還是自己。與其讓它在我手中爆炸，最好還是把它放下。

我們聽見車廂的另一端傳來噪音，抬眼就看見門被打開了。這一側沒有上鎖，兩個身穿皮衣的少男少女跌跌撞撞地進了車廂，一邊笑著，一邊傳著一支點燃的香菸。

「我們會惹上麻煩的！」女孩邊說邊親吻他的脖子。

男孩將一撮浮誇的頭髮從眼睛前撥開，「我每次都這樣做啊，寶貝。」然後看見了我們，便整個人僵住了，眉毛像拋物線般聳起。他們剛走過的那扇門在他們身後砰的一聲關上。

「嘿。」我隨意地說，好像我們並不是蹲在地上、旁邊還躺著一個垂死的男人似的。「你們好啊。」

別抓狂。別露餡。

男孩皺起眉頭。「你們是……」

「這是戲服。」我回答，「但假血弄得有點誇張了。」

「喔。」男孩說，顯然完全不相信我。

女孩盯著摺疊人看。「他是……」

「喝醉了。」艾瑪說，「喝到完全茫了。所以他才會把我們的假血全灑在地上，還有他自己身上。」

「還有我們身上。」愛迪森說。兩個青少年倏地轉頭看向他，眼睛瞪得愈來愈大。

「你這傻子。」愛迪森說，「閉嘴。」

男孩舉起一隻顫抖的手指向狗。「他剛剛是不是……」

愛迪森才說了兩個字，我們或許還可以用回音之類的理由來解釋，或任何只要不是狗會說話的原因都好。但是他驕傲得不肯裝傻。

「我當然沒有。」他說，把鼻子高高抬向空中。「狗是不會說英文或任何一種人類語言的，只除了一個例外，那就是盧森堡語，僅銀行家和盧森堡的人才懂，所以基本上沒有什麼用。不，你們只是吃壞肚子、做了噩夢而已。現在，如果你們沒有非常介意的話，我的朋友們需要跟你們借個衣服。請立刻脫下來吧。」

男孩臉色蒼白、渾身顫抖，開始脫下他的皮外套，但是他才想辦法把一隻手臂脫下來，就膝蓋一軟，昏倒在地上。女孩則開始尖叫，而且叫個不停。

偽人立刻開始拍打著鏈起來的門，他空白的眼球閃過一陣殺機。

「真是個溜走的好主意啊。」我說。

愛迪森轉頭去看他。「絕對是個偽人。」他明智地點點頭說。

「很高興我們終於解開了這個謎團。」艾瑪說。

車子突然一晃，然後傳來煞車的尖銳聲響。我們又要進站了。我拉起艾瑪，準備往前跑。

「謝爾蓋怎麼辦？」艾瑪說，轉身朝他看去。

在艾瑪還沒有完全恢復體力的情況下，我們要逃過兩個偽人的追捕就已經夠困難了；要是我再抱著摺疊人，那就毫無逃脫的可能。

「我們得把他留在這裡。」我說，「會有人找到他，把他帶去醫院的。這是他最好的機會，也是我們的。」

讓人意外的是，她同意了。「我想這也是他希望的。」她很快地走到他身邊。「很抱歉，我們不能帶著你一起。但是我很確定，我們會再見面的。」

「在另一個世界。」他啞著嗓子說道，眼睛緩緩張開。「在阿伯頓（Abaton）。」

伴隨著這些謎一般的話語和女孩不絕於耳的尖叫聲，列車停了下來，車門開啟。

我們表現得既不聰明也不優雅。車門一滑開，我們就拔腿狂奔。

偽人從他的車廂跳出來，衝進我們的車廂，但我們已經衝過了尖叫的女孩與暈倒的男孩，跑上月臺。我們在魚貫上車的人群中掙扎前進。不像我們經過的其他車站，這個月臺上擠滿了人。

「那裡！」我大叫，一邊拖著艾瑪往不遠處閃爍著「出口方向」的標誌前進。我希望愛迪森就在我們腳邊的某處，但是我們身邊的人太多，連地板都看不到。幸運的是，艾瑪的力氣已經逐漸恢復，或許是腎上腺素又開始分泌了，因為我可不覺得能一邊支撐她的體重、一邊與人群對抗。

當偽人衝出火車時，我們和他之間已經隔了大概二十呎、擠滿了五十個人。他一邊推擠著旅客、一邊大喊著*我是警察*及*別擋路*，還有*攔住那些孩子們*。如果不是因為他的聲音被月臺上不斷迴盪的噪音給淹沒，所以沒人留意他，因此也沒人阻止我們。我回頭看著他前進，而艾瑪則在此時開始絆倒身邊的人，邊跑邊將腳往旁邊伸出去。人們大喊著在我們身後摔倒，當我再度回頭看時，偽人正在奮戰著，他不斷踩到跌倒之人的背上或腿上，然後又被人們的雨傘或公事包回擊。接著他停下腳步，挫敗地脹紅著臉，開始掏槍。雖然我知道他一定冷血的完全不在乎在人群裡開槍，但我不覺得他會笨到這麼做。伴隨著槍響而來的驚慌與混亂，會讓我們更難抓。

我第三次回頭時，他已經落得太後面，又被太多人擋住，我幾乎看不見他們了。或許他其實不是真的那麼在乎有沒有抓到我們。畢竟我們既不是個大威脅，也不怎麼有價值。或許狗兒說得沒錯：比起時鳥，我們沒那麼值得他們大費周章。

前往出口的半路上，人群逐漸減少，讓我們可以再度撒腿奔跑。但我們才跑了幾步，艾瑪就抓住我的袖子，要我停下。「愛迪森！」她大叫，回身尋找。「愛迪森在哪？」

一會兒之後，他從最擁擠的人群中鑽了出來，項圈上的釘子勾著一條長長的白色布料。

「你們在等我！」他說，「我被一個女人的絲襪纏住了……」

聽見他的聲音，四周的人開始轉過頭來看他。

「快點，我們不能停下來！」我說。

艾瑪扯掉他項圈上的絲襪，然後我們再度狂奔。前方有一座電扶梯和一座電梯。電扶梯正在運作，但是上面的人太多了，所以我帶著其他人往電梯的方向前進。我們跑過一個從頭到腳都漆成藍色的女人，而儘管我的腳還在往前跑，卻不得不回頭看她。她的頭髮染成藍色，臉上畫著藍色的化妝品，身上穿的連身緊身衣也是藍色的。

她才剛消失在我的視線之內，我就看見另外一個打扮更奇怪的人：他的頭髮分成了兩半，其中一半是禿的，頭皮被燒得發皺，另外一半則完好無缺，用髮膠整理成一片整齊的波浪。即使艾瑪看見他，她也沒有轉頭。或許她已經太習慣看見真正的特異者，所以打扮特異的平凡人對她來說更是見怪不怪了。但如果他們不是平凡人呢？我想。如果他們是特異者，而我們又進入了另一個新的圈套裡呢？如果……

接著，我看見兩個男孩拿著發光的劍，在一排販賣機旁對打，武器互擊時發出頓頓的塑膠撞擊聲。於是我突然理解了現實。這些打扮奇怪的人並不是特異者，他們是宅宅。我們仍然在現實世界裡。

二十呎外，電梯門打開了。我們加速往前衝，將自己甩進電梯裡，雙手撞在電梯內的牆上彈開，愛迪森則四肢打結地滾進來。我及時轉身，在電梯門關上前看見兩件事：偽人已經從人群中掙脫出來，正在朝我們全速前進，而更後方，噬魂怪從正在駛離的火車最後方車頂上跳起，用細長的舌頭當連結，像蜘蛛般朝我們這裡盪過來，熊熊燃燒的的視線鎖定在我身上。

然後電梯門關上，我們開始緩緩往上滑行。有個人說道：「火在哪裡啊，夥伴？」

一名中年男人站在電梯後方的角落，身上做了奇怪的打扮，臉上帶著一抹輕蔑微笑。他的襯衫破破爛爛，面孔布滿假的傷疤，而他的其中一隻手臂末端，就像虎克船長的勾子手那樣，連結著一把沾滿血跡的鏈鋸。

艾瑪一看見他，很快地向後退了一步。「你是誰？」

他看似被冒犯了。「喔，拜託。」

「如果你真的想知道火在哪裡，最好什麼都不要回答。」她開始舉起手，但我趕緊伸手阻止她。

「他誰都不是啦。」我說。

「我還以為我今年選的角色已經夠明顯了。」男人喃喃自語。他挑起眉毛，微微舉起鏈鋸。「我的名字叫做艾許。妳知道……就是《魔誡英豪》（Army of Darkness）？」

「都沒聽過。」艾瑪說，「你的時鳥是誰？」

「我的什麼？」

「他只是在角色扮演而已。」我試著解釋，但她完全不聽我說。

「不管你是誰。」她說，「我們會需要用到軍隊，而且現在我們也沒什麼選擇了。你的其他人手呢？」

男人轉了轉眼珠。「哈，哈，哈。你們真的很好笑。其他人當然都在世貿中心啦。」

「他穿的是戲服。」我對艾瑪低聲說。接著我轉向男人，「她沒看那麼多電影。」

「戲服？」艾瑪皺起眉頭。「但是他是大人了耶。」

「所以呢？」男人說，上上下下地打量我們。「那你們又是什麼啊？會走路的傻子嗎？還是小屁孩聯盟？」

「特異孩子。」愛迪森說。他的自尊心讓他沒辦法再繼續沉默下去。「而我是一條又長又繁榮的血脈的第七個孩子的第七個孩子……」

男人在他說完之前就昏倒了，頭重重撞在門上，那個清脆的聲音讓我都忍不住哀嚎了。

「你真的不應該繼續這麼做了。」艾瑪說，然後不禁微笑起來。

「他罪有應得。」愛迪森說，「他太無禮了。現在，快點，摸走他的皮夾。」

「不行！」我說，「我們不是小偷！」

「他到底為什麼要穿成那樣？」艾瑪說。

電梯發出叮咚聲，門開始向兩側滑開。

「我想妳很快就會知道了。」我說。

電梯門打開，光亮的世界就像魔術般在我們面前展開，光線強得我們不得不遮住眼睛。我深吸了一口期待已久的新鮮空氣，踏上一條擁擠的人行道。到處都是身穿戲服的人：穿著人造彈性纖維的超級英雄們、化著濃妝的殭屍們拖著腳步跌跌撞撞的前進，還有眼線畫得又粗又黑的動畫角色女孩們扛著戰斧。他們聚集成一個毫無共同點的群體，然後走上一條封路的街道，像飛蛾撲火般擠進一間巨大的灰色建築，上面的看板寫著：**今日動漫展！**

艾瑪向電梯的方向退縮。「這到底都是什麼？」

愛迪森從眼鏡下方看著一個綠頭髮的小丑，用手摸著自己臉上的彩繪。「根據他們的造型來判斷，這應該是某種宗教集會。」

「之類的。」我說，帶領艾瑪再度走上人行道。「但是不要害怕。他們只是奇裝異服的平凡人，而我們看起來也一樣。我們只需要擔心那個偽人就好。」我省略了噬魂怪不提，希望我們躲進電梯裡之後就甩掉他了。「我們應該要找個地方躲起來，直到他離開為止，然後再溜回地下車站……」

「不需要了。」愛迪森說，然後小跑著進入街道上的人群間，鼻子動個不停。

「嘿！」艾瑪在他身後叫道，「你要去哪裡？」

但是他已經又折回來了。

「我們運氣太好了！」他邊說邊搖著短短的尾巴。「我的鼻子告訴我，我們的朋友就是從那座電扶梯上被帶出來的。我們畢竟還是走上對的路啦！」

「感謝時鳥！」艾瑪說。

「你想你能追蹤他們的氣味嗎？」我問。

「我想我能？我會被稱作神狗愛迪森，可不是沒有原因的！怎麼，這世界上可沒有任何一股香氣或特異孩子的氣味，能在一百公尺之內逃過我的鼻子……」

儘管有要務在身，愛迪森還是好容易被自己的偉大分散注意力，而他驕傲、嘹亮的聲音帶有很強的穿透力。

「好，我們懂。」我說，但他還在說個不停。我們跟著他的鼻子走。

「……我可以在噬魂怪的巢穴裡找到特異孩子，也可以在鳥舍裡聞出時鳥……」

我們跟著他跑進盛裝打扮的人潮中，身邊是踩著高蹺的矮人、一群不死公主，還差點撞上一隊正在跳舞的皮卡丘和瘋狂剪刀手愛德華。*我們的朋友當然被帶到這裡來了*，我想。這裡根本是完美的偽裝！不只是我們在這群人裡看來並無二致，押著一群特異孩子的偽人們也是。就算他們之間有人敢出聲求救，誰又會真的相信他們而出手相助呢？我們身邊的人全都在玩角色扮演，裝模作樣地表演著打鬥，或穿著怪物服裝大叫，或發出如殭屍般的呻吟。幾個陌生的孩子們喊著有人想要偷走他們靈魂？鬼才相信。

愛迪森繞著圈聞了一會兒，然後坐下，表情顯得很困惑。我悄悄彎下腰，問他發生了什麼事；我們得保持低調，因為就算在這裡，會說話的狗還是會嚇壞人的。

「我只是……呃。」他結巴地說，「我只是好像……」

「追蹤不到氣味了？」艾瑪說，「我還以為你的鼻子所向無敵呢。」

「我只是追丟了。但是我不懂……它很清楚地帶我來到這個位置，然後就消失了。」

「綁鞋帶。」艾瑪突然說，「現在。」

我低頭看向自己的鞋。「但是鞋帶沒有……」

她抓住我的前臂，將我一把往下拉。「綁。你的。鞋帶。」她重複道，然後用嘴形說：

偽人！

我們跪在那裡，躲在四周鬆散移動的人群間。接著一陣訊號雜音響起，然後一個緊繃的聲音從對講機中傳出來。「代碼一四一！所有工作人員立刻到拱門前集合！」

偽人離我們很近。我們聽見他用一陣混濁、帶著奇怪口音的聲音回答道：「我是M。我正在追蹤逃脫者。請求繼續追蹤許可。完畢。」

我和艾瑪交換了一個緊張的眼神。

「否決，M。清潔員稍後將淨空區域。完畢。」

「男孩似乎對清潔員有所影響。淨空動作或許會不夠有效率。」

清潔員。他一定在說偽人。而且他*絕對*在說我。

「否決！」沙啞的聲音說道，「立刻集合，否則你今晚就得在坑裡度過了，完畢！」

偽人低聲對著對講機說了一句「收到」，隨即走開。

「我們一定要跟著他。」艾瑪說，「他可以帶我們去找到其他人！」

「也會直接把我們帶進獅子坑。」愛迪森說，「但我想我們別無選擇了。」

我尚未從震驚中恢復過來。「他們知道我是誰。」我虛弱地說，「他們一定是看到我做的事了。」

「沒錯。」艾瑪說，「而且那還把他們嚇得半死！」

我直起身子，看著偽人走開。他穿過人群，跳過一個路擋，然後小跑著往一輛停在路邊的警車前進。

我們跟著他來到路擋的位置。我四處張望，試著想像綁匪的下一步。我們後方是滿滿的人潮，前方的則是停滿車的停車場。「或許我們的朋友就走到這裡。」我說，「然後接下來就上車了。」

愛迪森用後腳站起，前腿搭在路擋上，表情豁然開朗。「是的！一定就是這樣。聰明的孩子！」

「你在高興什麼？」艾瑪說，「如果他們被車載走了，他們現在很有可能到任何地方了！」

「那我們就跟著他們到任何地方。」愛迪森強調地說，「但我相信他們根本就沒離這裡太遠。我的舊主人在這附近有一間房子，所以我很熟悉城市這一區。這附近沒有能夠進出倫敦的大型出入口，但的確有幾個圈套。所以他們很有可能被帶去其中一個圈套了。現在，把我舉起來！」

我照他的話去做，他則在我的協助下爬過路擋，開始在另一邊嗅個不停。幾秒內，他就又找到我朋友們的氣味痕跡了。「這邊！」他指向偽人警車離去的方向。

「看來我們又要上路了。」我對艾瑪說，「妳可以走嗎？」

「我會想辦法的。」她說，「只要我們幾小時內能回到一個圈套裡就行。否則我很有可能就會開始長白頭髮，還有烏鴉的腿了。」她微笑，好像這是個笑話一樣。

「我不會讓那種事發生的。」我說。

我們越過路擋。我回頭，最後一次看向後方的地下車站。

「你有看到噬魂怪嗎？」艾瑪問。

「沒有。我不知道他在哪裡。這讓我很擔心。」

「現在我們一次擔心一件事就好。」她說。

我們用艾瑪能使用的最快速度前進，藏身在早晨陽光的陰影中，一邊注意著警察，一邊讓愛迪森的鼻子帶路。我們走進一個河岸旁的工業區，在一間間的工廠間可以看見黑漆漆的泰晤士河，然後又走進一個高級的商業區，閃閃發光的櫥窗四周，圍繞著美麗的住宅。從屋頂上方，我可以瞥見聖保羅大教堂已經修復的圓頂，它周圍的天空清澈而蔚藍。轟炸早已結束，那些轟炸機不復存在——它們被打下來，拆毀報廢，堆積在博物館裡長灰塵，讓小學生們盯著看，讓他們緬懷那場對他們來說就像十字軍東征一樣遙遠的戰爭。對我來說，那就像是昨天發生的事，字面意義的昨天。實在很難相信，我們昨晚就在同一條坑坑疤疤、黑煙瀰漫的街道上逃命。現在我已經認不出那些街道了，四周這些林立的購物商場，就像是從灰燼中冒出來的，而那些走在其上的人們，一個個低垂著頭、盯著手機，身穿名牌衣服。現實世界在我眼前突然變得很奇怪，既不重要又混亂。我覺得自己就像是某個超級英雄，在地下世界奮戰回到現實之後，才發現上面的世界就跟下面一樣糟糕。

然後我突然理解了什麼。**我回來了**。我再度回到現實，而且我是在沒有裴利隼女士的情況下成功的……照理說，這是不可能的才對。

「艾瑪？」我說，「我是怎麼回來的？」

她的眼睛盯著前方的街道，眼神尋找著任何可能的麻煩。「哪裡？倫敦嗎？搭火車回來的啊，傻瓜。」

「不。」我壓低聲音。「我是指**現在**。妳說裴利隼女士是唯一可以把我帶回現實的人。」

她轉過頭來看著我，瞇起眼睛。「對。」她緩緩地說，「只有她。」

「或者妳認為是。」

「不，只有她，我很確定。這是原則。」

「所以我是怎麼回來的？」

她看起來很困惑。「我不知道，雅各。或許……」

「那邊！」愛迪森興奮地說道，於是我們便停下思考，看往他說的方向。他的身體僵硬，朝向我們剛踏上的街道。「我聞到了幾十個特異孩子的氣味，好幾十個，而且都還很新鮮！」

「所以這代表？」我說。

「這代表被綁架的特異孩子被帶往這個方向了，而且還不只這樣。」艾瑪說，「偽人的巢穴一定也在這附近。」

「這附近？」我說。這個街區全是速食店與寒酸的紀念品店，而我們正站在一間油膩膩的餐館前，籠罩在霓虹燈之下。「我猜我一直在期待某種看起來……更邪惡的地方。」

「像是在潮溼的城堡地窖裡。」艾瑪點頭說道。

「或是被守衛和鐵絲圍牆包圍的集中營。」我說。

「在雪地裡，像霍瑞斯畫的那樣。」

「我們或許會找到那樣的地方。」愛迪森說，「別忘了，這裡只是圈套的入口而已。」

對街有一群旅客正忙著和城市極具代表性的紅色電話亭拍照。接著他們注意到我們，便朝我們這裡按下快門。

「嘿！」艾瑪說，「禁止拍照！」

人們開始盯著我們看。少了動漫展的人群，現在我們顯得特別血淋淋，完全格格不入。

「跟我來。」愛迪森嘶聲說道，「所有的氣味都朝這個方向前進了。」

我們快步走過街道。

「如果米勒在這裡就好了。」我說，「他就可以在完全不被注意的情況下偵查環境。」

「或是如果霍瑞斯在這裡，他或許可以想起以前做過什麼有幫助的夢。」艾瑪說。

「或幫我們找新衣服。」我補充道。

「如果我們再不停止，我就要哭了。」艾瑪說。

我們來到一個正在舉辦活動的碼頭。陽光反射在水面上，在混濁的泰晤士河上形成一條狹窄的隙縫。一群群戴著鴨舌帽、掛著腰包的旅客，正穿梭在幾艘大船之間，不過每艘船提議要看的倫敦景色都差不多。

愛迪森停下腳步。「他們被帶到這裡來了。」他說，「他們最後是被帶到船上去的。」

我們跟著他的鼻子來到一個空蕩蕩的登船甲板。偽人一定是把我們的朋友趕上船了，而我們現在得追上去。但是怎麼追？我們在碼頭上走著，尋找可能的便車。

「這永遠都不可能成功的。」艾瑪咕噥道，「這些船都太大又太擠了。我們需要一條小船，一條我們可以自己駕駛的船。」

「等等。」愛迪森說，鼻子動個不停。我們跟著他穿過碼頭，來到一個沒有任何標記的小斜坡旁。這裡被觀光客忽視，延伸至更下方的一層甲板，就在水平面上。這附近一個人也沒有，完全被廢棄。

愛迪森在這邊停了下來，表情全神貫注。「特異者們都往這邊走了。」

「我們那群嗎？」艾瑪問。

他再度嗅了嗅甲板，然後搖搖頭。「不是我們的。但是這裡有很多痕跡，新舊都有，有些還很強烈，有些已經淡了，味道全都混在一起。這是一條常用的通道。」

在我們前方，甲板愈變愈窄，然後消失在主要碼頭之下，藏身在陰影中。

「誰常用的通道？」艾瑪邊說邊焦慮地瞄向黑暗。「我從來沒有聽過哪個圈套是在沃平[1]的碼頭底下的。」

愛迪森也沒有答案。除了前往查看外，別無選擇，所以我們就開始移動，緊張地走進陰影中。我們的眼睛適應黑暗之後，另一個碼頭便出現在視線之中，和我們上方那個陽光普

1 譯註：Wapping，倫敦的一個地區，位於泰晤士河北岸。

照、氣氛愉快的碼頭完全不一樣。下面這邊的木板是綠色的，還有點腐爛，到處都是破損，一群吵鬧的老鼠穿過被丟棄的罐頭，然後跳上一艘看起來非常古老的小艇。小艇停在兩根長滿青苔的木頭柱子間。

「好吧。」艾瑪說，「我猜這還可以應急……」

「但那上面都是老鼠！」愛迪森驚駭地說。

「牠們不會待太久了。」艾瑪說，在手中燃起小小的火焰。「老鼠們多半都不太喜歡和我待在一起。」

但似乎沒有人會阻止我們，我們便走向小船，小心地閃過看起來最脆弱的木板，然後開始把船從甲板上解開。

「**不准動！**」一個震耳欲聾的聲音從船裡傳出來。

艾瑪尖叫出聲，愛迪森發出一聲哀鳴，我則嚇得差點靈魂出竅。一個坐在船裡的男人。我們怎麼會到現在才看見他呢？他緩緩地站了起來，一吋一吋地往上長，直到高高籠罩在我們之上。他至少有七呎高，巨大的身形被包裹在一件斗篷中，臉則隱藏於帽子的陰影之下。

「我很……我很抱歉！」艾瑪結巴地說道，「那只是……我們只是以為這艘船是……」

「很多人試著想偷雪倫的船！」男人厲聲說，「現在他們的頭顱都在海底當海洋生物的窩了！」

「我發誓我們沒打算要……」

「我們現在就走。」愛迪森尖聲說，開始向後退。「很抱歉打擾你了，閣下。」

「**安靜！**」男人大吼道，一個大步跨上吱嘎作響的甲板。「任何人為我的船而來，都得

付上代價！」

我完全被嚇壞了，當艾瑪大叫「**快跑！**」時，我已經轉身起跑了。但我們才跑出沒幾步，我的腳就卡進一塊腐爛的木頭中，在甲板上跌了個狗吃屎。我試著爬起來，但是我的腿緊緊地卡在洞裡。我被困住了，而當艾瑪和愛迪森折回來幫我時，已經太遲了。男人已經來到身邊，在我們上方放聲大笑，聲音像是會產生共鳴般在周邊迴盪。或許是黑暗的環境作祟，但我發誓，我看見一隻老鼠在他斗篷的帽簷下移動，當他朝我們舉起手臂時，還有一隻老鼠出現在他的袖口。

「離我們遠一點，你這個瘋子！」艾瑪大叫，闔起雙手亮起火焰。儘管她製造的光芒還不足以照亮他帽子底下的面孔，我懷疑就連陽光都做不到，但它至少讓我們看清他手上拿著的是什麼東西。不是刀子或任何武器，而是一張紙，夾在他的拇指與一根又長又白的食指之間。

他正把紙遞給我，還刻意彎下腰讓我可以搆得到。

「麻煩你們。」他平靜地說，「讀一下這張紙。」

我猶豫著。「這是什麼？」

「價格，還有我其他服務的資訊。」

我在恐懼中顫抖著接過紙張。在艾瑪的火光下，我們全都靠過來一起讀著這張紙。

"IT'S THE DESTINATION, NOT THE JOURNEY"
SHARON'S RIVER TOURS.
OFFERING DAY TRIPS AND ROMANTIC
SUNSET CRUISES SINCE 1693
PRICE.
ONE GOLD
PIECE.
DISCRETION
GUARANTEED.
ASK ABOUT
OUR SPECIALS!

「重點是目的地，而不是旅程。」

雪倫泰晤士河觀光之旅

自一六九三年起，提供一日航程與浪漫的夕陽觀賞之旅

價格：一枚金幣

保證客製化

還有其他特別規畫，歡迎詢問！

我抬眼看向這個巨大的男人。「所以就是你嗎？」我不太確定地問。「你就是……雪倫？」

「正是在下我。」他回答，聲音圓滑得讓我寒毛都豎了起來。

「看在時鳥的分上，老兄，你快把我們嚇死了。」愛迪森說，「你真有必要那樣大吼大叫嗎？」

「很抱歉。我正在打瞌睡，你們嚇到我了。」

「我們嚇到你了？」

「有那麼一瞬間，我真的以為你們要偷我的船。」他輕笑道。

「哈哈。」艾瑪勉強笑了一聲。「不，我們只是……想確認這艘船有沒有繫好。」

雪倫轉頭看了看小艇，不過小艇只是簡單地拴在其中一根木頭柱子上。

「所以你怎麼看？」他問，從斗篷下展開一個露出一顆白牙的微笑。

「很……有模有樣。」我邊說邊把腿從洞裡拔出來。「真的，嗯，停得很好。」

「我自己都沒辦法打出像你那麼棒的結。」艾瑪說，然後扶著我站起身。

「對了。」愛迪森說，「那些**真的**試著……他們真的都……」

「別管那些了。」男人說，「現在你們已經叫醒了我，我就會為你們服務。我可以為你們做什麼呢？」

「我們需要租你的船。」艾瑪堅定地說，「私用。」

「我不能這麼做。」雪倫說，「我向來都是自己駕駛。」

「啊，那真是太可惜了。」愛迪森說，然後迫不及待地轉身就想跑。

艾瑪抓住他的項圈。「等等！」她嘶聲說，「我們的事還沒辦完呢！」她愉快地對著船長微笑。「所以，我們碰巧知道有許多特異者走過這個……」

她四下張望，搜尋著正確的用字。「……地方。是因為這附近有圈套的入口嗎？」

「我聽不懂。」雪倫語調平板地說。

「好吧，沒關係，你當然不能就這麼*承認*。我完全理解。但是你和我們待在一起很安全，因為顯然，*我們*……」

我用手肘撞了她一下。「艾瑪，不要說出來！」

「為什麼不行？他已經看過狗說話，也看過我製造的火焰了。如果我們不能打開天窗說亮話……」

「但我們不知道他是不是。」我說。

「他當然是。」她說，然後轉向雪倫。「你是，對不對？」

船長毫無反應地看著我們。

「他是，對不對？」艾瑪問愛迪森。「你聞不到他身上的味道嗎？」

「不，不太清楚。」

「好吧，我猜那也不重要，只要他不是偽人就好。」她緊盯著雪倫。「你不是吧，對不對？」

「我是個生意人。」他平淡地說。

「一個非常習慣見到會說話的狗和女孩用手掌點火的生意人。」愛迪森說。

「在我這行，我們見過的怪人可不少。」

「我就直話直說了。」我邊說邊把兩腿上的水甩掉。「我們正在找幾個朋友，而我們認為他們過去一小時間曾從這裡經過。大部分都是孩子，也有幾個大人。有一個是隱形人，有一個會飄起來……」

「你應該很難錯過他們。」艾瑪說，「他們被一群偽人拿槍押著。」

雪倫的雙臂在胸口交疊成一個又大又黑的叉。「就像我剛才說的，各種各樣的人都租過我的船，而且每個都在我的保護之下。我不會告訴你們關於我客戶的任何資訊。」

「是嗎？」艾瑪說，「請稍等我們一下。」

她把我拉到一旁耳語。

「如果他不跟我們說實話，我真的會生氣。」

「不要衝動行事。」我低聲回應。

「為什麼？你相信他說的那些與骷髏及海洋生物有關的屁話嗎？」

「其實，沒錯。我知道他很討厭，但……」

「討厭？他才剛承認他和偽人做生意耶！他很有可能也是其中之一！」

「……但他是個有用的討厭鬼。我覺得他完全知道我們的朋友被帶到哪去了，我們只是要問對問題。」

「所以就問對的問題啊。」她惱怒地說。

我轉向雪倫，微笑地說道：「你能不能跟我說說你的航程？」

他的表情立刻就亮了起來。「終於有個我能自在發揮的話題了。我手邊剛好有一些資訊……」他一個轉身走向附近的一根木柱，上面釘著一個架子，頂端放了顆戴著傳統飛行員裝備的骷髏頭——皮帽，護目鏡，還有一條瀟灑的圍巾。它的牙齒間咬著幾本小手冊，雪倫抽出一本遞給我。那是一本劣質的觀光客手冊，看起來像是在我爺爺還是小男孩的時代就印好了。在我翻閱時，雪倫清了清喉嚨開始說話。

「我們來看看。家庭型的旅客都喜歡『飢荒與火焰』的套裝行程……早上，我們會行駛到河的上游，去看維京時期的圍城投石機將生病的羊隻投過城牆，然後我們會享用美好的午餐便當，接著下午再穿過西元一六六六年的倫敦大火回來。天黑之後，那場火真的是不可多得的奇景，火焰會倒映在水面上，非常美麗。或者如果你們只有幾小時的時間，我們也有個可愛的絞刑表演可以欣賞，就在處決臺上，尤其是夕陽時分，深受蜜月夫妻的歡迎。你們可以欣賞滿嘴髒話的水手發表一篇多采多姿的演講，然後被掛上繩索。多付點小費的話，你們甚至可以跟他們拍照！」

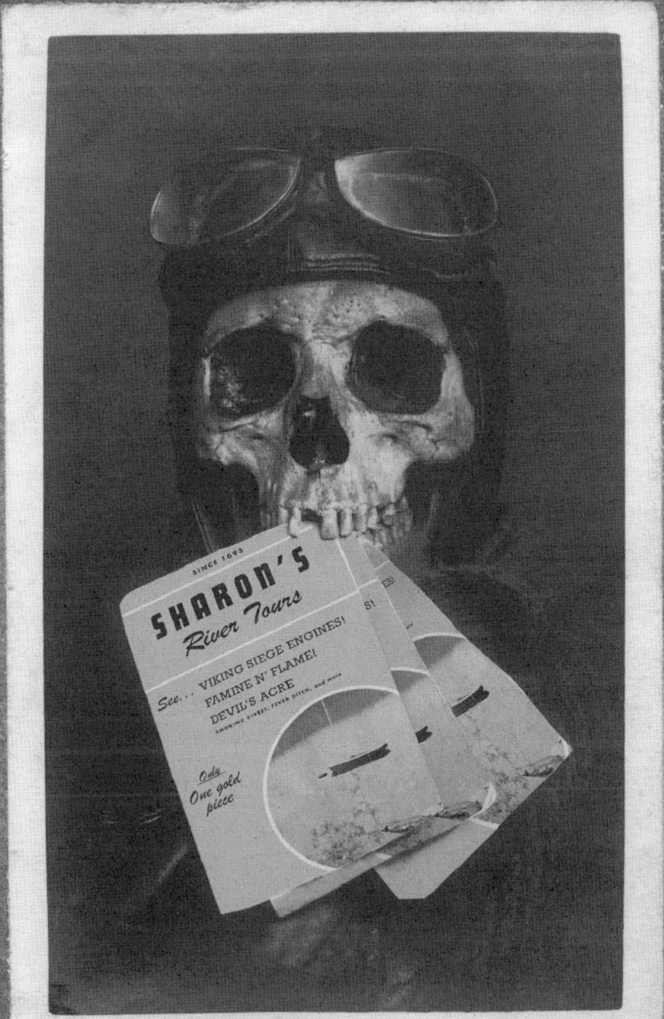
SINCE 1693
SHARON'S
River Tours
See... VIKING SIEGE ENGINES!
FAMINE N' FLAME!
DEVIL'S ACRE
SMOKING STREET, FEVER DITCH, and more
Only
One gold piece

Another satisfied customer!

手冊裡印著觀光客們微笑的模樣，顯然正在享受他剛才描述的情景。手冊的最後一頁是雪倫其中一組客人的照片，身上穿戴著絕對是海盜裝備的刀子與槍枝。

雪倫泰晤士河觀光之旅

欣賞：維京圍城機！

飢荒與火焰！

惡魔之灣

煙霧瀰漫的街景，還有更多

只要一金幣

包君滿意！

「特異者們覺得這樣的活動很好玩？」我驚嘆道。

「這樣根本就是在浪費時間。」艾瑪低聲說，一邊緊張地回頭張望。「我打賭他只是在拖延時間，等下一批偽人抵達。」

「我不這麼想。」我說，「等等……」

雪倫好像完全沒聽見我們的對話般，繼續說個不停。「……而且你們還能看見所有被掛在倫敦大橋上瘋子的頭！最後，是我們最受歡迎的航程，也是我個人最喜歡的一種。但是喔……還是算了。」他狡猾地說，一邊擺了擺手。「仔細想想，我覺得你們應該不會對惡魔之灣有興趣。」

「什麼？」艾瑪說，「因為它太棒又太討人喜歡了嗎？」

「其實那個景點還滿粗糙的。而且絕對很不適合小孩……」

艾瑪跺了跺腳，讓整個甲板開始震動。「那就是我們朋友被帶去的地方，是不是？」她大叫。「是不是！」

「別失控，小姐。妳的人身安全是我的最高考量。」

「不要再兜圈子了，告訴我們那裡有什麼！」

「好吧，如果妳堅持的話……」雪倫發出嘆息，像是剛滑進一缸舒服的熱水裡一樣，然後開始摩擦起他粗糙的雙手，好像光用想的就讓他開心到不行。「醜惡的東西。」他說，「可怕的東西。邪惡的東西。如果你喜歡醜惡、可怕、邪惡的事物，那裡就什麼都有。我一直都夢想著高掛船槳，到那裡退休，或許可以經營淤泥街那間小小的屠宰場。」

「你說那裡叫什麼？」愛迪森說。

「惡魔之灣。」船長愉快地說。

愛迪森渾身一陣冷顫。「我知道那個地方。」他陰鬱地說，「那是個糟糕的地方，全倫敦史上最墮落、最危險的貧民窟。我聽過有人把特異動物裝在籠子裡帶過去，要他們進行嗜血的搏鬥。獰熊（Grimbear）大戰長頸鹿－鴯鶓、獨角猩猩（Chimpnoceri）大戰噴火山羊……還讓父母對戰他們自己的孩子！讓許多動物們重殘或死亡，就只是為了滿足幾個惡意者變態的嗜好。」

「真噁心。」艾瑪說，「什麼樣的特異者會參與這種活動？」

愛迪森悲慘地搖著頭。「逃犯……傭兵……被放逐的特異者……」

「可是特異者的世界裡沒有逃犯！」艾瑪說，「所有犯罪的特異者都被帶到懲罰圈套裡了！」

「妳對妳自己的世界還真是一無所知啊。」船長說。

「如果罪犯沒有被抓起來，他們就永遠不會被關進監牢。」愛迪森解釋道，「如果他們逃進像那樣的圈套裡，沒有法律，沒有約束，就不會被繩之以法。」

「那裡聽起來像地獄一樣。」我說，「為什麼會有人自願去那種地方啊？」

「對某些人來說是地獄的地方，可對某些人卻是天堂。」船長說，「那是最後一個完全自由的地方。在那裡，你可以買賣任何東西……」他靠向我，壓低聲音。「或者藏任何東西。」

「像是被綁架的時鳥和特異孩子嗎？」我說，「這是你想說的嗎？」

「我可沒說任何和那相關的東西喔。」船長聳聳肩，忙著應付一隻從他斗篷邊緣冒出來的小老鼠。「安靜，波西。老爸在工作。」

當他溫柔地把老鼠放到一旁時，我聚集起艾瑪與愛迪森，圍成一個小圈圈。「你們怎麼想？」我低聲問，「這個……邪惡的地方……真的是我們朋友的所在地嗎？」

「嗯，他們得把肉票藏在一個圈套裡，而且還得是一個很老的圈套。」艾瑪說，「否則我們大部分的人都會老去，然後在一、兩天內死掉……」

「但偽人幹嘛在乎我們的死活？」我說，「他們只是想要偷走我們的靈魂。」

「或許吧，但他們不能讓時鳥死掉。他們需要用到時鳥來重現一九〇八年的事件。妳記得偽人的瘋狂計畫嗎？」

「高倫高談闊論的那些東西。永生不死和統治世界……」

「對。所以他們已經綁架時鳥好幾個月了，而且需要把她們藏在一個不會使其變成乾果皮的地方，對吧？那代表一定是個老圈套，至少八十年或一百年前的圈套。而如果惡魔之彎是個無法可管的邪惡地方……」

「它是。」愛迪森說。

「……那它聽起來就是個偽人關押俘虜的最佳地點。」

「就在特異世界中的倫敦中心。」愛迪森說，「就在每個人的眼鼻之下。那些聰明的小混蛋……」

「那我想就這麼定了。」我說。

艾瑪聰明地走向雪倫。「我們要買三張票去那個噁心又邪惡的地方，謝謝。」

「你們得非常非常確定那是你想要的喔。」船長說，「像你們這樣天真無邪的小綿羊，通常去了就回不來了。」

「我們很確定。」我說。

「那就好。但別說我沒警告過你們。」

「只是，我們沒有三個金幣可以給你。」艾瑪說。

「是這樣嗎？」雪倫搓了搓手指，然後吐出一口聞起來像墳墓般的氣息。「平常我會很堅持要先收費，但是今天早上我特別慷慨。我覺得你們大膽又樂觀的態度很討人喜歡。所以你們可以先賒帳。」然後他笑了起來，好像知道我們永遠也不可能活著回來還他錢。他往旁邊站開一步，將披著斗篷的手臂指向他的船。

「歡迎光臨，孩子們。」

第二章

雪倫大張旗鼓地把六隻在船上竄動的小老鼠給丟了出去，好像一趟沒有鼠疫的旅程，是只有特別重要的特異者貴賓才能享有的奢侈服務。然後他把手臂伸給艾瑪，幫助她踏上甲板。我們三個並排坐在一張簡單的木長椅上。當雪倫忙著解開繫船的繩索時，我思考著自己相信雪倫的決定，是只有一點不太聰明，或已經進入了愚蠢境界，就像躺在路當中睡午覺一樣。

你得一直到事情已無轉圜餘地，才會知道自己是有點不聰明，甚或是超級大白癡。等到事情已經夠塵埃落定得足以讓你判斷時，按鈕已經按下，飛機已經離開停機坪，或是像我們現在的狀況，船已經離開了港口。我看著雪倫用光腳踢著甲板將我們推離，注意到他的腳一點也不像人類的腳，而是有著如熱狗般長的腳趾，和黃而彎曲、像爪子般的指甲；我的心一沉，突然了解到我們的決定是屬於哪一邊，但改變心意已經來不及了。

雪倫拉動一個小小的舷外馬達的繩索，引擎便啟動了，冒出一陣藍色的蒸氣。他把令人憂心的雙腿收回身下，然後蹲下身，將自己沉進黑色斗篷在船上形成的布料堆裡。他催動無精打采的引擎，然後帶著我們駛出下層碼頭，穿過木柱形成的叢林，來到溫暖的陽光下。接著進入了一條運河，那是條人造的泰晤士河支流，兩側都是透明的建築物，四周則有比小朋友浴缸裡還要多的船，在水面上起起伏伏，有紅色的拖弋船、又大又平的駁船及上層甲板載滿觀光客的遊艇。奇怪的是，沒有人把相機對準我們，似乎也沒有人注意到我們這艘從旁邊鑽過去的詭異小艇：由一名死亡天使掌舵、乘坐著兩名血跡斑斑的孩子，還有一隻戴著眼鏡的狗坐在旁邊。幸好如此。是因為雪倫用某種方法對他的船下了咒語，所以只有特異者們能看見嗎？我決定要這麼相信，因為就算有必要，我們也不可能在船裡找到空間躲起來。

此時在陽光下重新觀察，我發現整艘船其實很簡單，但是船首的側面卻雕刻著一個頗為複雜的畫像。那個雕刻看起來像是一條帶著鱗片的大蛇，向上蜷起，形成一個平緩的S型。但是應該要是蛇頭的地方卻是一顆巨大的眼睛，沒有眼皮，大得像顆香瓜，直盯著我們看。

「這是什麼？」我一邊問、一邊伸手輕撫拋光過的表面。

「紫杉！」雪倫的聲音壓過機器的轟隆作響。

「紫什麼？」

「那是它的原料。」

「但是它是幹嘛用的？」

「用來看東西的啊！」他不耐煩地回答。

雪倫更用力地催動引擎，或許只是為了要阻止我的問題。而當速度加快時，船舷便微微地浮出了水面。我深吸一口氣，享受著陽光與風打在臉上的感覺，愛迪森則將舌頭吐出來，前腳搭在邊緣，臉上的表情是前所未有的開心。

還真是個前往地獄的大好日子。

「所以我一直在想你是怎麼回來的。」艾瑪說，「你是怎麼回到現在的。」

「嗯。」我說，「所以，妳覺得呢？」

「稍微合理的解釋只有一個，但也不是真的百分之百。我們和偽人全都在地底下的隧道裡，然後我們回到了現實，你也跟著我們一起回來、而不是被獨自留在十九世紀的某一年，唯一可能的原因是，裴利隼女士不知道為什麼就在附近，而她在神不知鬼不覺的狀況下幫你穿越了時間。」

「我不知道，艾瑪，這聽起來……」我猶豫了一下，不希望自己說得太嚴厲。「妳覺得她當時躲在隧道裡嗎？」

「我只是說有可能。我們都不知道她在哪裡。」

「偽人把她抓走了。胎魔說的！」

「你什麼時候開始全盤相信偽人說的話了？」

「說得好。」我說，「但既然胎魔一直吹噓她在他們手上，我覺得他說的應該是真話。」

「或許……但他也有可能只是為了要打擊我們的士氣才這麼說的。他當時希望我們可以投降耶，記得嗎？」

「沒錯。」我邊說邊皺起眉頭，腦中開始出現許許多多不同的可能性。「好吧，假設裴利隼女士當時真的和我們一起待在隧道裡，為什麼她要把我以偽人的俘虜身分送回現代？我們當時可是面臨著被人吸走靈魂的危機耶，被困在那個圈套裡或許對我還比較好。」

有那麼一刻，艾瑪看似也真的無話可說了。但接著她的表情再度變得愉快，然後說：「除非我們本來就注定要去解救其他人。或許這全是她計畫的一部分。」

「但是她怎麼知道我們可以逃出偽人的掌控？」

艾瑪瞄了愛迪森一眼。「或許她幫了一點忙。」她低語道。

「小艾，這一連串假設性的事件真的愈來愈不可能了。」我深吸一口氣，小心翼翼地選擇我的用字遣詞。「我知道妳很想相信裴利隼女士還沒被抓，就在某個地方看顧著我們。我也這麼希望……」

「我好希望這是真的，我的心好痛。」

「但如果她現在是自由之身，難道她不會試著聯繫我們嗎？若是他也涉入其中……」我低聲說著，朝愛迪森的方向點點頭。「他應該早跟我們提起才對啊。」

「如果他發誓保密的話就不會。或許讓別人知道此事太危險了，所以連我們也不能說。如果我們知道裴利隼女士的所在地，而有人知道我們知道了，我們可能會被抓去拷問……」

「他就不會嗎？」我的聲音有點太大了，所以狗兒抬眼看向我們，雙頰鼓起，舌頭在風中可笑地甩個不停。「嘿，你們！」他大叫。「我已經數到五十六條魚了耶，雖然有一、兩個可能是沉在水裡的垃圾。你們在說什麼悄悄話啊？」

「喔，沒什麼。」艾瑪說。

「我很懷疑。」他喃喃自語，但他的疑心很快就被本能替代，幾秒後，他又大叫起來，「魚！」注意力再度回到水中。「魚……魚……垃圾……魚……」

艾瑪陰鬱地笑了一聲。「我知道這只是個瘋狂的點子，但我的大腦是個希望製造機。」

「這樣很好啊。」我說，「因為我的腦子是個最壞打算生產機。」

「那我們真需要彼此。」

「對，但我以為我們早就知道了。」

船隻不間斷地晃動，將我們推近又分開、推近又分開。

「你們確定不改成浪漫之旅嗎？」雪倫說，「現在還不算太遲喔。」

「很確定。」我說，「我們有任務在身。」

「那我建議你們打開坐在屁股底下的箱子。當我們進到圈套裡時，會需要用到它的。」

我們打開椅子的木板門，發現裡面是一張巨大的帆布。

「這是幹嘛用的？」我說。

「讓你們躲在下面的。」雪倫回答，然後將船轉上一條更狹窄的運河，四周的建築看起來全是又新又昂貴的公寓大樓。「直到目前為止，我都還能保護你們不被看見，但是在惡魔之灣裡，我提供的保護就沒有作用了，而不太安全的傢伙們總是喜歡在入口處找容易的獵物下手。你們顯然就是超簡單的目標。」

「我就知道你有動什麼手腳。」我說，「那些觀光客連看都不看我們一眼。」

「如果要欣賞歷史事件的發生，最好不要讓那些事件的參與者看見你們在看他們。」他說，「總不能讓我的貴賓們被維京海盜們抓走吧，對不對？想想顧客會對我產生什麼評價！」

我們正在快速地朝一個宛若隧道地方前進。運河的上方有一座橋，約一百呎長，橋上則是一座像是工廠或老磨坊的建築。另一端的出口可以看見半圓形的藍天和閃爍的水面，但在我們這裡和另一端之間卻是一片漆黑，就和我看過的任何一個圈套的入口一樣。

我們拉出那塊巨大的帆布，光是布料的體積就占了船身的一半。艾瑪在我身邊躺下，然後一起鑽進帆布下方，將布拉至下巴處，像是蓋棉被一樣。當船隻滑入橋下陰影時，雪倫關掉引擎，將它藏在另一塊小帆布下面。接著他起身，展開一根摺疊棍，插入水底，然後開始靜靜地、一桿一桿地撐著船前進。

「對了。」艾瑪說，「所謂的『不太安全的傢伙』是什麼樣的人？偽人嗎？」

「很多特異世界裡的人都比你們討厭的偽人要邪惡多了。」雪倫說，他的聲音迴盪在石造隧道間。「一名喬裝成朋友的投機分子，可以跟一個擺明是敵人的傢伙一樣危險。」

艾瑪嘆了一口氣。「你一定要每次都這麼模稜兩可嗎？」

「你們的頭！」他罵道，「還有那隻狗，你也是。」

愛迪森鑽入帆布下，我們將邊緣拉過頭頂。布料下方又黑又熱，機油的味道幾乎讓人無法呼吸。

「你們害怕嗎？」愛迪森在黑暗中低語道。

「還好耶。」艾瑪說，「你呢，雅各？」

「怕得都快吐了。愛迪森呢？」

「當然不。」狗兒說，「膽小怕事的人格可不存在於我的血脈中。」

但是接著他便鑽到我和艾瑪之間，而我能感覺到他整個身子都在發抖。

進入某些圈套時，過程就像是行駛在超級高速公路上一樣，又快又平穩，但是這一次，我們好像行經一條坑坑疤疤的小路，通過一個髮夾彎，然後又飛出一個懸崖，而且全是在一片漆黑之間完成的。當一切塵埃落定，我已經頭暈目眩，感覺有人在我腦子裡敲敲打打。我很想知道，是怎樣的機制才會讓某些時空跨越比其他的更折騰人。或許這過程與目的地有關，而我們剛才宛如一頭撞進了危機重重的蠻荒之地，因為那正是我們即將抵達的目的地。

「我們到了。」雪倫宣布道。

「大家都還好嗎？」我邊說邊摸索著艾瑪的手。

「我們得回去。」愛迪森哀嚎道，「我想我把腎臟留在另一端了。」

「保持安靜，我要想辦法找個隱密處把你們藏起來。」雪倫說。

你絕對想不到，當你完全失去視覺時，耳朵會變得多敏銳。當我靜靜地躺在帆布下，周圍的世界在身邊逐漸展開，讓我幾乎被催眠。一開始，我只聽見雪倫船篙所濺起的水聲，但接著很快就加入其他各種的聲音，在我心中構築成一幅豐富的景象。那一聲聲規律的木頭拍打聲，我想是屬於一艘從我們旁邊經過的船隻，上面還堆滿了魚。我可以聽見女人們的呼喊聲，所以我想像她們站在對門的窗臺上對著彼此大呼小叫，邊曬衣服邊交換八卦。我們前方，孩子們的笑聲與狗吠聲不絕於耳，甚至還能聽見遠處有幾個聲音跟著鐵鎚的節奏歌唱，「聽聽鐵鎚的敲打聲，聽聽釘子的鑽洞聲！」很快地，我又開始想像起勇敢的洗煙囪工人戴著帽子跑過街道，四周的街景粗糙卻帶著討喜的魔力，人們一群群地聚在一起，用眼神或歌聲豐富彼此的生活。

我無法控制自己，因為我對於維多利亞時期貧民窟的印象，全來自娘娘腔音樂劇版本的《孤雛淚》。十二歲時，我曾參與過社區劇院的演出；如果你非知道不可的話，我當時的角色是孤兒五號，而且當晚我真的太緊張了，所以假裝得了腸胃炎，然後全程坐在後臺欣賞演出，兩腿間還放著一個嘔吐袋。

總而言之，腦中伴隨著這樣的畫面，發現在靠近肩膀處的帆布上有一個小洞，絕對是被老鼠啃出來的。於是，我稍微挪了挪身軀，好讓自己可以從洞口看出去。幾秒之後，我根據音樂劇所幻想出來的快樂場景隨即煙消雲散了。第一個嚇到我的東西是沿著運河邊緣建立的房子，但稱它們為房子還太高估它們了。在它們腐朽而陷落的骨架裡，你幾乎找不到任何一條直線。它們就像一群趁閱兵時打瞌睡的疲憊士兵般，彎腰駝背地站在那裡，唯一支撐其不倒塌的原因，似乎只是因為它們被緊緊地卡在一起，以及將它們最底部三層樓糊在一起、又綠又黑的排泄物。每間屋子的外側都有一個像是棺材的木箱子立在那裡，直到我聽見一聲混濁的哼聲，接著看見落進水裡的東西後，才終於知道聽見的拍水聲並不是船槳，而是來自於這些屋外的廁所，它們正提供著支撐起屋子的原料。

在運河上方對著彼此大呼小叫的女人們靠在對門的窗臺上，就和我想的一樣，但她們並不是在曬衣服或交換八卦，至少，現在不是了；她們此時是在侮辱彼此和互相威脅。其中一個女人醉醺醺地揮舞著手中的破酒瓶，其他人則大喊著我幾乎聽不懂的髒話（「你子不夠四個湊三八，為了錢都可以跟惡牟歲在一起！」），但諷刺的是，如果我猜對她的意思，她自己的上半身也什麼都沒穿，卻似乎一點也不在乎有誰看見。當雪倫划著船經過時，她們便停止互相謾罵，轉而對著雪倫吹起口哨，只是他直接忽視她們。

為了把這個畫面從腦中洗掉，我想辦法用更糟糕的東西覆蓋它：我們前方有群孩子，坐在一座搖搖晃晃的天橋邊緣盪著腿。他們用一條繩子拴著一隻狗的後腿，將牠吊在運河上，然後不時將那隻可憐的生物泡進水裡，並因牠的叫聲轉變成水中的泡泡而笑個不停。我抵抗著揮開帆布對他們大吼的衝動。還好愛迪森看不見他們，要是他能看見，絕對會跳起來對著他們齜牙咧嘴，然後毀掉我們的偽裝。

「我知道你想幹嘛。」雪倫對我低聲說道，「如果你想到處看看的話，再等一下，我們很快就要通過最糟糕的地方了。」

「你在偷看嗎？」艾瑪低語，一邊戳了戳我。

「可能吧。」我回答，但仍繼續偷看。

船長叫我們安靜。他從水裡將長篙拔出，打開頂端的把手，拿出一把短刀，然後趁我們行經時割斷男孩們的繩子。狗兒掉進水中，感激地打著水離開，男孩們則憤怒地叫囂著，開始拿身邊的垃圾丟我們。雪倫繼續前進，就像對待那些女人們一樣，直到一枚蘋果核從他的頭旁呼嘯而過。他嘆了口氣，轉過身，然後平靜地拉開斗篷的帽子。他只拉開了一點點，所以男孩們看得見他，我則無法。

不管他們看見了什麼，那一定都被嚇得半死，因為大夥兒全尖叫著逃離橋邊，其中一個還因為逃得太快而絆倒，摔進下方的髒水裡。雪倫輕笑著把斗篷拉回原位，然後轉身重新面對前方。

「發生什麼事了？」艾瑪警覺地問，「剛剛那是怎樣？」

「惡魔之灣在向你們表示歡迎。」雪倫回答。「現在，如果你們真的想看看我們在哪裡了，可以稍稍把臉露出一點點，然後我會在剩下的時間裡，盡可能地替你們做價值一金幣的旅遊導覽。」

我們把帆布的邊緣拉到下巴處，艾瑪和愛迪森隨即倒抽了一口氣。我猜艾瑪是因為眼前的畫面，而從愛迪森抽動的鼻子來判斷，我猜是因為味道。周圍的氣味像是用髒水燉出來的湯，臭得不像是真的。

「你們得習慣這個氣味。」雪倫看著我反胃的表情說。

艾瑪抓住我的手，呻吟道：「噢，這裡真的**太可怕了**……」

的確。現在可以用兩眼看了之後，覺得這裡看起來更像是地獄了。每間屋子的地基都已經腐爛成泥；許多瘋狂的陸橋橫跨過運河上方，有些甚至只有一個木板那麼寬，宛若貓棲息用的橫梁；運河發臭的沿岸堆著垃圾，許多奇怪的生物在垃圾堆上爬行。四周能見到的顏色只有深淺不一的黑色、黃色和綠色，象徵著骯髒與腐敗，但黑色仍然占了大多數。每樣東西的表面都沾染了黑色，每張臉都被黑色所污染，四周的煙囪裡冒出來的黑煙把天空切割成一塊又一塊，而遠處的工廠更不時地發出工業活動的巨響，低沉而震懾地像是戰鼓般，聲音強得讓每扇窗戶都震動起來，卻並未將其震碎。

「這裡，我的朋友們，這裡就是惡魔之灣。」雪倫開口，他滑溜的聲音只剛夠我們聽見。「實際居住人口有七千兩百零六人，但官方數據為零。」那些聰明的市政府官員們根本拒絕承認這個地區的存在。現在我們航行的這條美麗的河流叫做「熱溝（Fever ditch）」，而那些工廠廢料、人類排泄物，還有動物的屍體，不僅提供了這條河的誘人臭味，也製造了穩定爆發的疾病，時間規律得你都可以用它們來計時了，因此為這個地區贏得「霍亂之都」的美名。

「而且……」他舉起一隻披著斗篷的手，揮向一個正把水桶垂進水裡的年輕女孩。「對很多不幸的靈魂來說，它也是飲用與日常用水的來源。」

「她不會喝這裡的水吧！」艾瑪驚恐地說。

「幾天之後，水裡的雜質就會沉澱，然後她就能把上層最乾淨的液體撈起來。」

艾瑪退縮了一下。「不……」

「是的，很糟糕。」雪倫隨性地說，然後繼續像背書般丟出其他的事實。「這裡的住民主要的工作是撿垃圾，和把人引誘進來之後襲擊他們的頭，再搶劫他們。做為娛樂，他們會喝下任何可得的可燃性液體，然後再用可怕的聲音引吭高歌。這區主要的輸出產品是提煉出來的鐵渣、帶骨的食物，以及悲慘的生活。最主要的地標則有……」

「這不好笑。」艾瑪打斷他。

「不好意思，妳說什麼？」

「我說，這不好笑！這些人正在受苦，你卻在開他們玩笑！」

「我沒有在開玩笑。」雪倫傲慢地說，「我正在提供你們一些珍貴的資訊，或許之後可以保你們活命。不過若是你們比較想要對這裡一無所知就闖進去……」

「我們不想。」我說，「她真的覺得很抱歉。請繼續。」

艾瑪不贊成地看了我一眼，我則回了她一個一模一樣的眼神。現在沒時間考慮政治正不正確的問題了，儘管雪倫的說法聽起來的確有點冷血。

「看在死神的分上，你們小聲點。」雪倫惱怒地說，「現在，就像我剛才說的，這裡最主要的地標有聖羅德利基孤兒監獄，它是間預防性機構，在孤兒們有機會變成罪犯之前就先將他們拘禁起來，因此為社會省下不少麻煩和一大筆錢。還有聖巴納伯斯收容所，主要收留的對象是瘋子、江湖騙子及專門犯罪的搗蛋鬼，這裡是採自願制，所以幾乎大部分時間都是空的。當然還有濃煙街（smoking street），這裡已經被火燒了八十七年了，因為沒有人打算去熄滅這條街下方的地下火焰。啊。」他邊說邊指向河岸旁房屋之間一片燒黑的空地。「這裡就是濃煙街的其中一端，你們可以看見地面已經被燒焦了。」

幾個男人在空地上工作著，用鐵鎚敲打著一座木框，我猜他們正在重建房子。當他們看見我們經過時，便停下手邊的工作，和雪倫大聲打招呼，但雪倫只象徵性地揮了揮手，好像覺得有點丟臉。

「你的朋友嗎？」我問。

「遠親。」他喃喃說道，「我們家世代都是製作絞刑臺的……」

「製作什麼？」艾瑪說。

在他來得及回答之前，男人們又繼續起他們的工作，一邊揮著鐵鎚一邊唱道：「聽聽鐵鎚的敲打聲，聽聽釘子的鑽洞聲！製作絞刑臺是多麼愉快，所有煩惱全都說拜拜！」

如果我沒被嚇呆的話，我大概會笑出來吧。

我們沿著熱溝穩穩地前進著。隨著雪倫的長篙劃出的每一步，河流就像一隻逐漸闔上的手般愈變愈窄，有時距離甚至短得不需要上方的天橋就能跨過；你可以輕易地從屋頂跳到另一側的屋頂，灰色的天空則是屋頂間的一條細縫，將下方的一切籠罩在一片昏暗中。在這段時間裡，雪倫就像一本活體教科書般說個不停。短短幾分鐘內，他已經講完了惡魔之彎的流行趨勢（從腰帶上偷來的假髮很受歡迎）、區域的生產總值（永遠的負值），以及它的發展史（是一群商業蛆蟲飼養家在十二世紀初期時建立的）。他正要開始講解這裡的建築特點時，一直蜷縮在我腳邊的愛迪森終於打岔了。

「你好像知道這裡的所有資訊，但是沒有任何一點是我們用得上的。」

「像是什麼？」雪倫說，耐心正在逐漸流失。

「這裡我們能信任什麼人？」

「誰都不行。」

「我們要怎麼找住在這個圈套裡的特異者？」艾瑪說。

「你們不會想找的。」

「偽人把我們的朋友關到哪裡去了？」我問

「如果知道這種事，我會很難做生意。」雪倫平靜地回答。

「那就讓我們離開這艘該死的船，我們自己去找！」愛迪森說，「我們正在浪費寶貴的時間，而且你永無止境的平板語氣，已經讓我快要睡著了。我們僱了一個船長，不是一個女老師！」

雪倫哼了一聲。「你們這麼無禮，我應該要把你們丟進熱溝裡的，但這樣我就永遠拿不回你們欠我的金幣了。」

「金幣！」艾瑪邊說邊嫌惡地啐了一口。「你的特異者同胞們的人身安全呢？忠誠呢？」

雪倫輕笑起來。「如果我真的在乎那種事情，我早就死啦。」

「那可能對我們大家都好。」艾瑪咕噥道，然後撇開視線。

在我們說話時，一絲絲的霧開始在身邊成形。這和石洲島上的灰色霧氣不同，這裡的霧氣油膩而泛黃，帶著小南瓜湯的顏色與黏稠感。它的出現太突然，似乎讓雪倫覺得不太舒服，而隨著前方的景物變得灰暗，他快速地轉頭左右查看，像是在觀察可能出現的麻煩，或者尋找可以把我們丟出去的地點。

「該死，該死，該死。」他喃喃說道，「這是個壞兆頭。」

「只是起霧了而已。」艾瑪說，「我們不怕霧。」

「我也不怕。」雪倫說，「但這不是一般的霧，這是黑霧（murk），而且是人工的。黑霧裡總會發生邪惡的事，所以我們最好盡快離開這裡。」

他嘶聲命令我們躲起來，我們於是照做。我回到偷窺的小洞下方。一會兒之後，一艘船出現在黑霧中，近距離地從我們身邊經過，往反方向前進。一個男人掌舵，一個女人坐在座位上，儘管雪倫對他們說了早安，他們卻只是直盯著我們看，直到他們遠遠超過我們、再度消失在黑霧中為止。雪倫低聲碎念，帶著我們朝左側的一個小碼頭前進，但我幾乎認不出碼頭的形狀。當我們聽見碼頭的木板上傳來腳步聲與低語聲時，雪倫便在長篙上施力，帶著我們急轉離開。

我們在兩岸間迂迴前進，尋找可以登陸的地方，但每次我們接近一個港口時，雪倫就會看見某些他不喜歡的東西，然後再度轉開。「禿鷹。」他喃喃說道，「到處都是禿鷹……」

我什麼也沒看到，直到我們行經一座陷落的路橋下方，一個男人從我們上頭走過。當我們飄過他的腳下時，男人停下腳步，低頭看向我們。他張開嘴，深吸一口氣，原以為他要對我們大叫救命之類的，但是他嘴裡傳出來的不是聲音，而是一團黃色的濃煙，朝我們撲面而來，像是從消防栓裡噴出來的水柱。

我嚇壞了，立刻屏住呼吸。如果那是毒氣怎麼辦？但雪倫並沒有把臉遮住，或是拿出防毒面具，他只是在男人吐出的氣息包圍我們時，喃喃念著「該死，該死，該死」。那股黃煙和四周的黑霧融合在一起，完全遮蔽我們的視線。短短幾秒之內，男人、他腳下的橋及兩側的河岸，全都從眼前消失了。

我把帆布從臉上揮開（反正現在也沒有人看得見我們），小聲地說：「你一開始說這股霧氣是人工的，我以為你指的是煙囪，而不是字面意義上……」

「喔，哇喔。」艾瑪邊說邊從帆布下鑽出來。「這是幹嘛？」

「禿鷹們會用黑霧遮蔽一個區域，以便掩蓋他們的行徑。」雪倫說，「也順便遮蔽獵物的視線。但你們今天運氣很好，因為我不是個容易下手的目標。」接著他把長篙從水裡抽出來，舉到頭頂上，然後用尖端點了點船舷上那顆木頭眼球。眼球開始發光，光線穿過濃厚的霧氣。接著他把木棍插回水裡，施力讓船在原地緩慢地旋轉一圈，照亮四周水面。

「但如果他們有這個能力，他們就是特異者，對吧？」艾瑪說，「而如果他們是特異者，那麼他們說不定會是我們這一邊的。」

「好人通常都不會變成熱溝上的江賊。」雪倫說，接著他將船停了下來，讓光線照在另一艘靠近的船隻上。「說人人到。」

我們可以看見他們，不過他們看見的我們，只是一團模糊的光線。這不算是太大的上風，但至少讓我們有機會在躲回帆布下前好好打量一番。他們的船約是我們的兩倍大，上面坐著兩名男人。第一個男人操作著一臺幾乎無聲的舷外馬達，第二個男人手上則拿著一根球棒。

「如果他們真的這麼危險，」我低語道，「我們為什麼要在這裡等？」

「我們現在太深入惡魔之灣，逃不掉了，而且我想我能為我們講出一條生路。」

「如果你失敗了呢？」艾瑪說。

「你們可能就得用游的了。」

艾瑪瞟了油膩的黑水一眼，然後說：「我寧可一死。」

「那是妳的選擇。現在，我建議你們最好躲起來，孩子們，而且不要動。」

我們再度將帆布拉過頭頂。一會兒之後，聽見一個熱情的聲音喊道：「嘿，那邊那個船長！」

「嘿。」雪倫回答。

我聽見船槳滑水的聲音，接著感到一陣晃動，似乎是對方的船撞上了我們的船。

「你在這裡忙什麼？」

「只是開心來這裡晃晃。」雪倫愉快地回答。

「而且今天天氣很棒！」男人大笑地說。

第二個男人沒有什麼心情開玩笑。「內狗毯子下面有捨摩？」他的聲音低沉沙啞，口音重得讓人幾乎聽不懂。

「我在我自己的船上裝了什麼是我自己的事。」

「愣和金過熱溝的東西都似偶們的四。」

「你一定要知道的話，那下面就是些舊繩子和廢物。」雪倫說，「沒什麼有趣的東西。」

「那你應該不會介意我們檢查一下吧。」第一個男人說。

「我們達成的協議呢？這個月我不是已經繳過費了嗎？」

「沒有協議仄總東西了。」第二個男人說，「偽人們為了那些美味的肥料，可以付五倍的價錢。付更少的人……下場就是丟進坑裡，或是更糟。」

「什麼東西可以比坑裡還糟啊？」第一個男人說。

「我不想資到。」

「好了，紳士們，請講講理。」雪倫說，「或許我們該重新討論。我可以提供極具競爭力的價碼……」

肥料。儘管帆布下艾瑪的手已經開始發燙，我還是抖個不停。我希望她不需要真的用到她的火焰，但男人們就是不肯讓步，而我很擔心船長的討價還價就只能為我們支撐到現在。若真打起來的話，那就意謂著一場災難。即便我們能打敗船上的男人，可就像雪倫說的，這裡到處都是禿鷹。我想像著那個畫面——禿鷹們駕船來抓我們，或是在河岸上開火，或是從路橋上跳下來——然後全身因恐懼而僵硬。我真的、真的很不想知道**肥料**是什麼意思。

接著我聽見了一聲充滿希望的聲音——交換金幣時的金屬碰撞聲，第二個男人則說著：「哇喔，這抹多！偶都可以退休到西班牙企了……」

而就在我心中燃起一絲希望時，肚子突然一陣抽痛。一股熟悉的感覺爬進腹部，我才突然意識到這股感覺已經緩緩地在那裡累積一段時間了。一開始只是股搔癢感，接著是一股鈍痛，現在，疼痛感變得愈來愈尖銳，這說明了附近有一隻噬魂怪。

但不是隨便一隻噬魂怪。而是**我的**那隻。

這個字眼毫無預警地出現在我腦海裡。**我的**，或者我應該反過來說。或許是**我屬於他**。

不管怎麼排列組合這串字，那都不表示我們會很安全。我覺得他就跟任何一隻噬魂怪一樣想殺我，只是有某種東西暫時阻止了他的衝動。這東西也莫名地吸引了噬魂怪跟著我，並將我肚子裡的指南針指向他，也是這根針在告訴我，噬魂怪已經離我們不遠了，並且還在逐漸靠近。

他的出現會害我們被發現、被殺掉，或是他會自己殺掉我們。我決定，一旦安全上岸，我要做的第一件事就是永遠甩掉他。

但是他在哪裡？如果他真的這麼近，應該會是從熱溝裡游泳來的，而我一定會聽見有個長著七隻手腳的生物在打水的聲音。接著肚裡的指針轉動起來，向下戳，我便發現，幾乎都可以看見，他在水面底下。顯然噬魂怪不怎麼需要呼吸。一會兒之後，我聽見一聲輕柔的碰撞聲，便知他已經將自己黏在船底了。我們都被那聲音嚇了一跳，但只有我知道那代表什麼。我希望自己可以先警告我的朋友們，可是我只能躺著不動，因那隻噬魂怪現就在躺著的木板下方，距離我們僅幾寸遠。

「那是什麼？」我聽見第一個男人問。

「我什麼都沒聽見。」雪倫撒謊道。

走開。我無聲地說道，希望噬魂怪能聽見。**走開，離我們遠點**。但是他開始發出摩擦木頭的聲音；我想像著他用長牙啃咬船底木頭的模樣。

「偶可是聽得一清二楚。」第二個男人說，「這傢伙把偶們當笨蛋在耍，雷格！」

「我也這麼想。」第一個男人說。

「我向你們保證，這完全不是事實。」雪倫說，「那只是我的爛船發出來的聲音，提醒我整修的時間又過了。」

「算了吧，協議取消了。給我們看你的船。」

「或者我可以再付你們更多。」雪倫說，「我們都會很感謝你們的大恩大德。」

男人們低聲討論起來。

「如果偶們讓他走掉，結狗其他輪花現他帶著肥料，就換偶們倒楣了。」

「對。」

走開，走開，**走開**。我用英文對噬魂怪請求道。

槖、槖、**槖**。他回答道，一邊撞擊著船底。

「把那塊布掀起來！」第一個男人命令道。

「先生，如果你能稍微等一下……」

但是男人們心意已決。我們的船一陣晃動，像是有人踩了上來。四周傳來喊叫聲，還有爭執發生時，此起彼落的腳步聲，就在我們的頭附近。

沒有必要再躲了。我想。其他人似乎也同意。我看見艾瑪燒熱的手指開始往帆布的邊緣靠近。

「數到三。」她低語道，「準備好了嗎？」

「隨時待命。」愛迪森低嚎。

「等等。」我說，「首先，你們該知道，在這艘船底下有……」

接著帆布便被人掀了起來，而我永遠也沒機會說完這個句子。

接下來的事情發生得很快。愛迪森咬了掀開帆布的那個人的手臂，艾瑪則突襲了那隻手臂的主人，用燒燙的手指抓過那個人的臉。他跌跌撞撞地向後退，摔進水裡。雪倫在剛才的爭執中被撂倒了，第二個男人則舉著球棒站在他身邊。愛迪森朝他撲去，咬住他的腿，讓雪倫有時間爬起來攻擊他的肚子。男人摔倒，雪倫便藉機用手上的長篙打飛了他的武器。

男人最後決定放棄，並跳回他的船上。雪倫拉開蓋在引擎上的帆布，啟動它，但在我們的船恢復生命力時，黑霧中又出現了第三艘船，朝我們的方向前進。船上有三個男人，其中一個拿著一把傳統的手槍，槍口直對著艾瑪。

我大叫著要她趴下，並在子彈發射時將她撲倒在地，伴隨著槍口冒出的白煙。接著男人又將槍指向雪倫，雪倫便放開油門，投降地舉起雙手。我想我們大概就這樣玩完了，但是突然間，我的喉頭湧出一連串的話語，大聲而肯定，聽在耳裡卻陌生不已。

把他們的船弄沉！用你的舌頭把他們的船弄沉！

就在每個人都轉頭過來看我的那半秒中，噬魂怪已經踢了我們的船底一腳，將舌頭甩向另一艘船。舌頭從水中竄出，在空中揮舞，然後把對方的船抬了起來，翻了一圈，將男人們倒進水裡。

船身落下，掉在其中兩個人身上。

雪倫應該要抓緊時機催動油門，帶我們離開這裡的，但是他驚訝地站在那裡一動也不動，手仍然舉在半空中。

不過無所謂。反正我也還沒忙完。

那個傢伙。我邊說邊盯著打水的槍手。

噬魂怪在水裡似乎也能聽見我的聲音，因為不久後，那個男人發出一聲尖叫，往下看了一眼，接著被扯進水裡，然後就那樣消失了，而他所在位置的水面立刻被染紅。

「我沒叫你吃掉他啊！」我用英文說。

「妳在等什麼？」艾瑪對雪倫大叫。「快走！」

「對，對。」船長結結巴巴地說。他從呆滯中恢復過來，垂下手，將重心壓在油門上。引擎發出一聲嚎叫，雪倫開始轉舵，進行了一個大迴轉，讓我、艾瑪和愛迪森全跌在一起。船身一陣晃動，然後向前猛衝。我們快速穿過濃濃的黑霧，朝我們過來的方向前進。

艾瑪看向我，我也回望她，儘管引擎的聲音很大，我們耳裡的血液又突突作響，我還是可以從她臉上讀出恐懼與興奮之情，她的表情寫著：你，*雅各．波曼，真是不可思議又駭人*。但是當她真正開口時，我只能從她的嘴型讀出三個字：*在哪裡？*

附近。我用嘴型回答。

她的眼睛亮了起來，快速地點了下頭，*很好*。

我搖搖頭。她為什麼不害怕？她為什麼看不出來這有多危險呢？噬魂怪已經嘗到了血味，而且還沒把他剛才那頓大餐吃完。誰知道他體內還有多少凶惡的本性存在？但是她看我的樣子，那抹微微勾起的微笑，就足以帶給我一股力量，好像我能做到任何事。

我們飛快地來到之前那座路橋，橋上會吐煙的特異者還在那裡等著。他蹲在橋上，用一把擱在欄杆上的步槍指著我們。

我們彎身閃避。我聽見兩聲槍響，抬起眼，然後發現沒有人中彈。

我們正在經過橋下。短短幾秒之後，我們就會從另一端出現，而他會再度對我們開槍。

我不能讓他得逞。

我轉身，用噬魂怪的語言大喊了一聲橋！而似乎這樣他就知道我是什麼意思了。他甩動兩根沒有黏住我們船身的舌頭，伴隨著一聲溼答答的拍打聲，纏住橋下脆弱的支柱。他的三根舌頭被前進中的船拉成一個緊繃的三角形。噬魂怪被迫扯離水面，掛在船和橋之間，像隻海星。

船隻的速度隨即慢了下來，像是有人啟動了緊急煞車系統；我們被慣性推倒在船底。路橋開始發出哀嚎，並劇烈晃動起來，特異者試著瞄準我們，但是一個踉蹌弄掉了他的槍。我以為路橋很快就會垮，或噬魂怪終究會放棄，因路橋像隻被困住的豬般發出尖銳的聲響，好像會被從中間扯斷。但是當特異者彎身撿起他的槍時，路橋看似又能繼續堅持住。這意謂著我犧牲了我們的動力與速度卻一無所獲，而我們現在只是個現成的好目標。

放開！我用噬魂怪的語言對他大叫。

但是他不理我，這傢伙就是不肯放棄他的自由意志。於是我衝向船尾，彎身看過去。他的一根舌頭還纏在舵上。我還記得艾瑪的碰觸曾經讓噬魂怪放開抓住她腳踝的舌頭，於是我拉過艾瑪，要她燃燒船舵。她照做。為了碰到船舵，她還差點摔進水裡。噬魂怪尖叫一聲，放開了舌頭。

我們就像是發射了一把彈弓。噬魂怪飛了出去，撞進橋裡，製造出一聲巨大的破裂聲響；整座路橋的脆弱結構被破壞，斷裂落入水裡。同時，我們的船隻尾端掉回水面，引擎再度回復運作，帶著我們往前衝去。突然的加速度把我們像保齡球瓶般打翻。雪倫想辦法抓住船舵，並在我們撞上運河旁的石岸前穩住身軀，一個急轉彎駛離牆邊。我們沿著熱溝疾駛，在身後留下V字型的痕跡。

我們彎下身，以免有任何子彈飛過。不過我們似乎已無立即的危險。禿鷹們被留在我們身後的某處，而現在我不覺得他們有什麼方法可以抓住我們了。

愛迪森喘著氣說：「那就是我們在地底下遇到的生物，對不對？」

我發現我一直憋著氣，隨即便放鬆下來，然後點點頭。艾瑪看著我，等我繼續說下去，但我自己也還在吸收整件事，每根神經都還在解讀剛才發生的怪事。我只知道一件事：這次我幾乎完全掌控他了。感覺就像是每次的接觸都讓我更深入噬魂怪的神經中樞。他的語言一次比一次更容易出口，而他的抵抗也一次比一次減少。但是不管如何，他對我而言仍像隻硬被套上狗鍊的老虎，隨時都有可能轉身反咬我一口，或是傷害其他任何人。只是截至目前為止，因為某些我無法理解的原因，他尚未這麼做。

或許，我想，再多試個幾次之後，就可以真正掌控他了。然後……然後……我的天，真是不敢想像。

我們會變得所向無敵。

我回頭望向路橋的殘骸，灰塵與木屑仍然迴旋在幾刻前還是建築結構的地方。我等著殘骸下方的水面冒出噬魂怪的身軀，但是那裡只有一團毫無生命的垃圾。我試著感知他的存在，可是我的肚子現在一點用也沒有，空蕩蕩地緊緊揪在一起。接著一團泥巴色的濃霧便包圍了身後的景色，遮住我們的視線。

就在我需要一個怪物與之同行時，他卻把自己害死了。

雪倫鬆開船舵，朝右側靠岸，船身微微晃動。我們穿過逐漸散去的黑霧，接近一個陰森的住宅區。房屋們站在水邊，就像一片巨大而殘破的牆，比起我們一開始進來時看見的那些屋子，這裡的住宅更不像房屋，而是一片迷宮，或是邪惡的堡壘，只有少少幾個出入口。我們緩緩地沿著河岸漂移，速度慢得像是用爬的，試著尋找可以登陸的地方。最後是艾瑪找到了一個入口，但我一開始還以為那只是個影子，必須瞇著眼睛才看得出來。

說這個入口是條巷子還太高估它了。它只是道窄窄的峽谷，僅一個肩膀寬，兩側的住宅卻有五十倍那麼高，唯一的標記只有垂直釘在沿岸牆上的一道覆滿青苔的梯子。我知道天色再暗點，這個通道就會藏身於照不到陽光的陰影中。

「這會通到哪裡啊？」我問。

「通到天使都不敢去的地方。」雪倫回答，「這不是我預計要讓你們上岸的地方，但我們現在沒什麼選擇了。你們確定真的不離開惡魔之灣嗎？現在還有時間反悔喔。」

「非常確定。」艾瑪和愛迪森齊聲回答道。

我其實很想跟他們辯論這個決定，只是現在要回頭已經太遲了。拚死也要把他們找回來，是過去這幾天我一直在說的話，現在該是實踐的時候了。

「既然如此，請上岸吧。」雪倫乾巴巴地說。他從座位底下拿出固定船隻的繩索，甩到梯子上，將我們拉往岸邊。「請每個人都下船。小心腳步。等等，讓我先來。」

雪倫熟練地爬上滑溜且搖晃的梯子，像是已經這樣做過幾百次了。來到頂端後，他便跪下身，伸手幫我們每個人爬上岸。艾瑪先上去，我把緊張而躁動的愛迪森遞給她，然後，由於我太驕傲又太笨，我選擇自己爬上去，不讓雪倫幫助，結果差點摔下去。

當我們全都平安來到陸地後，雪倫便返身爬下梯子，因下方的船隻引擎還在待機。

「等一下。」艾瑪說，「你要去哪裡？」

「我要離開這裡！」雪倫回答，從梯子跳回自己船上。「妳介意把繩子拋給我嗎？」

「我才不要！你得先告訴我們該往哪裡走。我們連自己在哪裡都不知道！」

「我不做陸地導覽的。我只是個水路導遊。」

我們交換了一個不敢置信的眼神。

「至少給我們一點方向！」我要求道。

「或者好一點，給我們一份地圖。」愛迪森說。

「地圖！」雪倫大叫，好像是他這輩子聽過最愚蠢的一句話。「惡魔之灣的竊賊通道、謀殺隧道和違章建築，比全世界任何地方都多。這裡是沒辦法畫地圖的！現在，別再這麼幼稚了，把繩子給我。」

「在你告訴我們任何有用的資訊前，休想！」艾瑪說，「告訴我們一些人的名字，好讓我們可以尋求幫助。某個不會把我們賣給偽人的人！」

雪倫爆笑出聲。

艾瑪挫敗地說：「至少有一個人可以幫忙吧？」

雪倫彎下腰，「你們正在和他說話！」然後爬上半截梯子，從艾瑪手中將繩索拿回來。「鬧夠了。再見啦，孩子們。我很確定我再也不會見到你們了。」

說完後，他便踏回自己的船裡，結果竟是一腳踩進一汪腳踝深的積水裡。他發出一聲像女生般的尖叫，彎身查看。看來那些沒打中我們的子彈，在船底鑽出了好幾個洞，所以現在船身正在漏水。

「看看你們幹的好事！我的船都被槍打爛了！」

艾瑪眨了眨眼睛。「我們幹的好事？」

雪倫快速地檢視壞掉的地方，然後總結他的損失慘重。「我毀了！」他戲劇性地宣布道，隨即熄掉引擎，把長篙摺成一根短棍的長度，然後再度爬上階梯。「我要找個夠格的工匠來修我的小船。」他邊說邊從我們身邊旋風般的經過。「而且我不會讓你們跟著我。」

我們在他身後排成一列，走進狹窄的通道裡。

「為什麼？」艾瑪大笑。

「因為你們被詛咒了！你們帶來了壞運！」雪倫的手往後揮了揮，像是在趕蒼蠅。「滾開。」

「滾開是什麼意思？」她小跑幾步，抓住雪倫手肘處的斗篷。他快速轉身，將布料從她手中抽開，而有那麼一刻，我以為他舉起的手準備要朝艾瑪打過去了。我繃緊身子，準備隨時朝他撲去，但他的手只是舉在那裡，聊表警告之意。

「我跑這條路線的次數，已經多到數都數不清了，但我從來沒被熱溝上的江賊攻擊過，也從來沒有被迫放棄偽裝、真正動用我的引擎。而且，我的船從來、從來沒有被破壞過。坦白說吧，你們付的錢可不值得這些麻煩，我可不想再跟你們扯上半點關係。」

在他說話的同時，我瞥向他身後的通道。我的眼睛仍在適應黑暗，但此刻我能看見的東西就已經夠嚇人了：暗巷裡風吹不止，路線看起來就像是迷宮，兩側的牆上都是沒有門板的入口，看過去就像缺牙的空洞，而且充滿了詭異的聲音——呢喃聲、刮搔聲及疾行的腳步聲。現在我就能感覺到飢渴的眼睛正在打量我們，而且有人隨時準備拔刀。

我們不能被單獨留在這裡。現在我們能做的事，就只有哀求他了。

「我們會付雙倍的酬勞。」我說。

「還有修好你的船。」愛迪森幫腔。

「我才不要你們那些該死的零錢。」雪倫說，「你看不出來我已經完蛋了嗎？我要怎麼回來惡魔之灣？妳覺得在我殺了兩個禿鷹後，其他人還會放過我嗎？」

「那你希望我們怎麼做？」艾瑪說，「我們當時必須要反擊啊！」

「別裝了。他們才不會真的動用武力，如果不是因為……因為那個……」雪倫看著我，聲音突然減弱成了耳語。「你應該要早點讓我知道，你們和夜之生物是一夥的！」

「呃。」我尷尬地說，「我不會說我們是『一夥』的……」

「我在這個世界上沒有什麼害怕的東西，但我有個原則，就是和那些吃人靈魂的怪物保持距離，而顯然就有一隻怪物像跟屁蟲一樣跟著你！我很確定他還會再跟著你一段時間？」

「應該不會了。」愛迪森說，「難道你忘了不久前才有一座橋掉在他頭上嗎？」

「那座橋那麼小。」雪倫說，「現在，不好意思，如果你們不介意的話，我得去找個人討論修船的事了。」

在我們來得及跟上他之前，他就轉過街角；當我們來到同一個角落時，他已經不見了，或許就是躲進了他之前提過的某一條通道裡。我們在原地停下腳步，四處張望，緊張又害怕。

「我不敢相信他就這樣拋下我們了！」我說。

「我也不敢相信。」愛迪森冷冷地回答。「事實上，我不覺得他真的拋棄我們了，我覺得他只是在討價還價。」狗兒清了清喉嚨，往後坐下，對著屋頂大聲說起話來，「友善的先生！我們只是想要拯救我們的朋友和時鳥，再者請相信我，我們會成功的。等我們做到，且他們得知你是如何幫助我們時，他們會非常非常感恩。」

他讓這番話在空中迴盪了一段時間，然後繼續說下去。

「別提同情心或忠誠了！如果你和我想的一樣聰明、有野心，那麼當一個大好機會落在面前時，你絕對不會棄之不顧。我們已經欠你一筆錢了，但是幾個孩子和動物出得起的小零錢，絕對比不上幾隻時鳥能給你的報償。或許你會想要擁有一個屬於自己的圈套，一個只有你能享受、沒有其他特異者來搗亂的私人圈套！任何時間，任何地點，只要你想要都行。一個在和平時光的奢侈夏日小島，或是一個處於瘟疫時代的貧民窟。隨你高興。」

「時鳥真的能做到這點嗎？」我對艾瑪低語道。

艾瑪聳聳肩。

「想想這些可能性！」愛迪森喊道。

他的聲音伴隨著回音逐漸消失。我們側耳傾聽，等待著回應。

某處傳來兩個人爭執的聲音。

還有一聲空洞的咳嗽聲。

某個沉重的東西被拖下階梯的聲音。

「嗯，很棒的演講。」艾瑪嘆了口氣。

「那就忘了他吧。」我邊說邊瞄向左右與前方的岔路。「現在我們該往哪走？」

我們隨機選了一條路，然後邁開步伐往前走。不過我們才走了十步，就聽見一個聲音說道：「如果是我的話，我不會往那裡走。那條路叫做食人巷，而且那可不只是個可愛的小暱稱而已。」

雪倫站在我們身後，雙手叉腰的樣子，看起來就像個健身教練。「我的心一定是隨著年紀而變軟弱了。」他說，「或是我的腦袋變軟了。」

「這代表你願意幫我們了嗎？」艾瑪說。

天空開始飄起細雨。雪倫抬起頭，露出一點點他藏起來的臉。「我知道這裡的一個律師。首先，我要你們簽下一張合約，寫明你們欠我的所有東西。」

「好啦，好啦。」艾瑪說，「但你會幫我們，對吧？」

「然後我要看看怎麼修我的船。」

「然後呢？」

「然後，對，我會幫你們。但是我不能保證你們會有任何收穫，而且我話說在前頭，我覺得你們全都是笨蛋。」

在他這樣嚇過我們之後，實在沒辦法對他說出任何感謝的話。

「現在，跟緊點，然後乖乖照我說的每個字做。你們今天殺了兩隻禿鷹，現在他們會開始追殺你們，記住我說的話。」

我們乖乖地同意了。

「如果他們抓到你們，你們得說不認識我，從來沒見過我。」

我們像搖頭娃娃般用力地點頭。

「還有，不管你們想幹什麼，絕對、絕對不要碰任何一點仙丹，否則你們永遠也沒機會離開這裡了。」

「我不知道那是什麼。」我說，而從艾瑪和愛迪森的表情看來，他們也是一頭霧水。

「你們會知道的。」雪倫邪惡地說。伴隨著斗篷揮舞的風聲，他轉過身，快步走進迷宮裡。

第三章

在一頭牛進入現代屠宰場之前，牠會先被帶進一座起風的迷宮。緊湊的轉折和角落，會擋住動物的視線，讓牠只能看見前方幾步遠的距離，因此直至最後一小段路程，當迷宮突然變窄、有人將金屬項圈緊緊扣在脖子上時，牠才會知道這段旅途的終點究竟是什麼。但當我們跟著雪倫跑進惡魔之彎的中心地帶時，我覺得自己像是很確定前方等待我們的命運，儘管不知什麼時候會發生或怎麼發生。但隨著每一個步伐、每一個轉彎，我們彷彿愈來愈深入一個死結裡，而我非常害怕我們永遠也沒機會解開它。

惡臭的空氣凝結在四周，它唯一的出口只有我們頭上不規則的一小片天空。四周凹凸不平的牆縫實在太窄了，我們得側著身體擠進去，而兩側最靠近的部分，早已被先前往來行人的身上衣物磨得油膩發黑。這裡沒有任何大自然的生物、沒有一點綠色、沒有任何活物，除了那些四處搜集食物的寄生蟲們，還有躲在門戶後方或街頭紙箱之下的傢伙——那些看在我們高大的斗篷嚮導分上才沒有朝我們撲過來的傢伙。我們正跟著死神一路前往地獄的底部。

我們一路轉彎轉個不停。每條通道看起來都和前一條一樣。四周沒有路標、沒有招牌，所以我們不知道雪倫究竟是靠著絕佳的記憶力在前進，還是隨機亂走，好為了甩掉任何跟著我們跑的熱溝江賊。

「你真的知道我們要去哪裡嗎？」艾瑪問他。

「當然知道！」雪倫吼道，頭也不回地闖進另外一個轉角。接著他停下腳步，向後退，然後走進一個比街道矮了一半的門廊。裡頭是個潮溼的小房間，只有五呎高，唯一的光線僅是一盞極其微弱的灰黃燈光。我們彎身，沿著一條隱蔽的走廊向前跑，踩碎了腳下的動物骨頭。天花板從我們頭頂上擦過，我則盡可能地想要忽視身邊經過的一切——角落蜷縮的身影、在草蓆上不斷發抖的可憐沉睡者們，還有一個手臂上掛著乞討桶、身穿破爛衣物的男孩。通道的底端擴張成一個大房間，而在幾扇骯髒窗戶透進來的昏暗光線下，幾名悲慘的打掃婦人正跪在那裡，用臭氣熏天的熱溝水刷著衣服。

接著我們爬上幾級階梯，然後，感謝上帝，終於進入一個幾棟建築共用的後院，四周由高牆圍繞。在其他的現實中，這裡或許會有一小片快樂的草地，或是一個小小的露臺，但這裡是惡魔之灣，所以這個後院是個垃圾場和豬圈。一波波的垃圾不斷從四周牆上的窗戶中飛出來，而中間則是一個木製圍欄，裡頭站著一名瘦弱的男孩，還有隻看起來更瘦弱的豬——只有一隻。其中一道泥磚牆旁，一名女人坐在那裡抽菸、讀報紙，一個女孩站在她身後，從她的頭髮裡挑蝨子。女人與女孩完全沒留意到我們經過，但是男孩卻用鐵耙的尖端指向我們。當他發現我們對他的豬一點興趣也沒有的時候，他便疲憊地垮下身子，蹲了下來。

艾瑪在院子中停下腳步，抬頭看向屋頂之間牽起的曬衣繩。她再次表示，我們血跡斑斑的外衣讓我們看起來像是剛參與完一場謀殺，然後建議我們最好換衣服。雪倫答說，謀殺事件在這裡沒什麼好大驚小怪的，接著催促她前進，但是她拒絕，並表示在地下車站時有個偽人看見了我們的衣服，也通報過我們的外型，所以這身衣物會讓我們在人群中過於顯眼。不過說真的，我想她只是覺得穿著沾滿某人鮮血的上衣，讓她很不舒服而已。我也是。而且如果真的找到了我們的朋友，我不希望他們看見我們這個樣子。

雪倫不情願地同意了。他原本已經領著我們走向院子一側的圍牆，但現在又折回來，帶我們走進其中一間建築物。我們爬上一道、兩道、三道、四道階梯，直到就連愛迪森都開始氣喘吁吁了，然後跟著雪倫穿過一扇開著的門，進入一個骯髒的小房間。屋頂上的一條裂縫

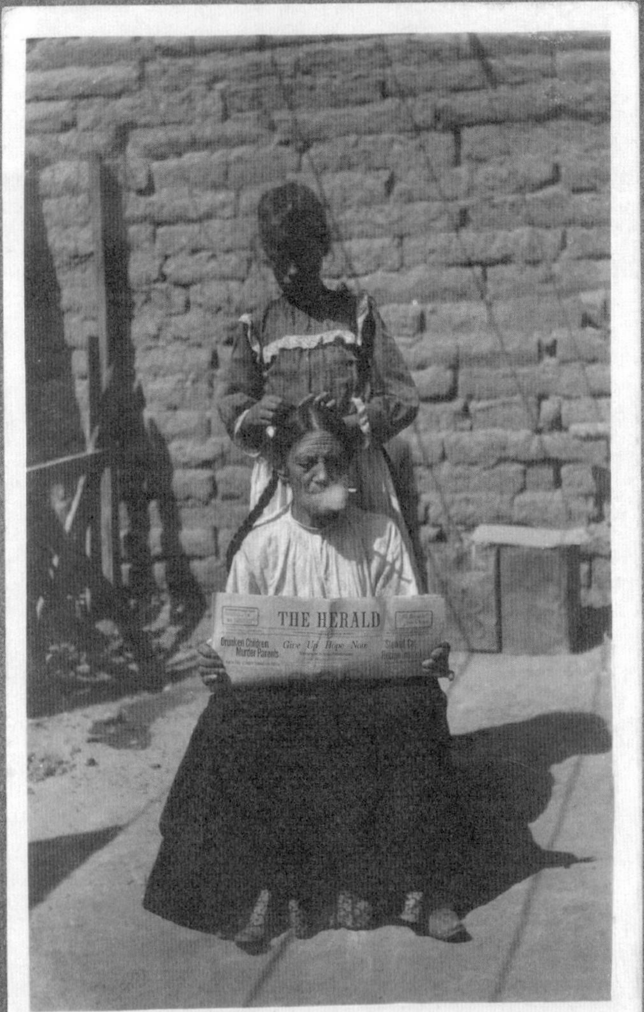
THE HERALD
Drunken Children Murder Parents
Give Up Hope Now

讓地上積滿雨水，因而地板宛若水池般起著漣漪；四面牆上長滿黑色的霉。一扇被煙燻黑的窗戶旁，兩個女人和一個女孩在桌邊踩著縫紉機，汗流浹背地工作著。

「我們需要幾件衣服。」雪倫對兩個女人們說，低沉洪亮的聲音讓單薄的牆都開始震動起來。

她們抬起蒼白的臉。其中一個女人拿起一根縫衣針，像武器般牢牢抓著。「拜託。」她說。

雪倫舉手拉開一點點斗篷的帽子，所以只有裁縫女能看見他的臉。她們倒抽一口氣，然後嗚咽一聲，暈倒在面前的桌子上。

「你真的有必要這樣做嗎？」我說。

「沒有。」雪倫回答，一邊把帽子拉回原位。「但這是個權宜之計。」

這幾個裁縫女已經用一堆碎布做了許多簡單的上衣與裙子。她們剛才正在使用的布料堆在地上，而她們製作出來的成品則比科學怪人擁有更多的縫線與補丁。她們做好的衣服掛在窗外的一條線上。當艾瑪把那些衣服拉進屋內時，我的視線則爬過了整個房間。這裡顯然不只是個工作室：這裡也是這些女人們的住處。房裡有一張用碎木板拼成的床。我瞥了掛在爐子上的爛鍋子一眼，還有裡頭正在煮的雜碎湯，上面浮著魚皮和軟爛的高麗菜葉。房裡有幾個漫不經心的裝飾品──一小束乾掉的花、釘在壁爐上的馬蹄鐵，還有一幅維多利亞女王的裱框肖像──但它們卻比什麼裝飾都沒有還要讓人難過。

這裡充斥的沮喪感，幾乎像是可以碰觸到的實體，將所有的一切都沉甸甸地壓了下來，並瀰漫在空氣中。我從來沒有接觸過這麼純粹的悲慘之感。特異者們真的能過這種頹廢的生活嗎？當雪倫將另一疊衣物扯進屋內時，我問了他。而他看來像是被我的問題給冒犯了。

「特異者才不會允許自己墮落到這個地步。這些人是平凡的貧民窟居民，被圈套困在不斷重複的時空裡。凡人們占據了惡魔之灣的邊緣地帶，但這裡的中心是屬於我們的。」

她們是凡人。不僅如此，她們還是被圈套困著的凡人，就像那些被困在石洲島上的、會被比較殘酷的孩子們玩打劫村莊時折磨的居民。至少這裡的背景不是海或懸崖，我告訴自己。但不知道為何，看著這些女人們枯萎的面孔埋在布料堆裡，從她們手中打劫並沒有讓我覺得比較好過。

「我很確定當我們見到特異者的時候，我們會認出來的。」艾瑪邊說邊在一堆骯髒的上衣中挑挑揀揀。

「誰都認得出來。」愛迪森說，「保持低調向來不是我們的強項。」

我脫下身上染血的衣服，換上一件我能找到最乾淨的上衣。那是你在監獄裡時會收到的那種衣料：沒有領子，帶著條紋，兩條袖子的長度不一，並由比砂紙還粗糙的布料拼湊而成。但是這件衣服合我的尺寸，再搭配從椅背上找到的一件黑色外套，現在我看起來就像是當地人。

艾瑪換衣服時，我們全都轉過身背對她。她穿的是件像布袋般的長洋裝，在她腳邊擠成一團。「穿成這樣根本沒辦法跑步。」她咕噥道，然後隨即從女裁縫的桌上拿來一把剪刀，用屠夫般的手段開始又剪又刺，直到裙子來到膝蓋的高度。

「好了。」她在鏡中打量自己粗糙的成果。「有點不齊，但是……」

我想也沒想地說道：「霍瑞斯可以幫妳做一件更好的。」不知道為什麼，我突然忘了我們的朋友並不在隔壁房間等著我們。「我的意思是……如果我們再見到他們的話……」

「別說了。」艾瑪說。有那麼一刻，她看起來好難過，完全沉浸在悲傷之中。然後她轉開身，放下剪刀，刻意往門口走了幾步。當她再度轉身面向我們時，表情又強硬了起來。「走吧，我們已經在這裡浪費夠多時間了。」

她真的很擅長把悲傷轉換成憤怒，再把憤怒轉換成行動力，這代表沒有事情會真的拖慢她的腳步。然後，我和愛迪森，還有我猜現在才知道他在應付什麼的雪倫，便跟著她走出門，踩下階梯。

整個惡魔之灣，或者說，屬於特異者的核心地帶，只有十到二十個街區這麼大。從工作室走出後，我們扳開圍牆上的一塊木板，擠進一條令人窒息的小走道。它通往另一條沒那麼狹窄的走道，接著又通往更寬的一條，然後變成寬得足以讓我和艾瑪並肩行走。通道愈來愈寬，就像心臟病過後逐漸舒張的血管，直到我們來到一個終於能夠被稱為街道的地方，中間堆著紅磚，兩側則有人行道。

「退後。」艾瑪低聲說。我們縮在一個角落邊，像突擊隊般探出頭查看。

「妳以為妳在做什麼？」雪倫說。他仍然站在街道上，而且比起擔心被殺掉，他似乎更擔心自己丟臉。

「觀察埋伏點和逃脫路線。」艾瑪說。

「沒人在埋伏。」雪倫回答。「那些江賊只會在沒有人的地方出沒。他們不會追到這裡來的。這裡是狼籍巷（Louche Lane）。」

事實上，這裡有一個尚能辨認的路標，是我在惡魔之灣看見的第一個。**狼籍巷**，上面用華麗的手寫字體標記道。**不建議海盜行為**。

「不建議？」我說，「那謀殺呢？不支持嗎？」

「我相信他們對付謀殺事件的策略是『只接受預約制』。」

「這裡有任何不合法的活動嗎？」愛迪森問。

「圖書館的逾期罰款很凶惡。遲一天打十鞭，而且這還只是針對平裝書而已。」

「這裡有圖書館？」

「有兩座。不過有一座不接受外借，因為那裡的書都是用人皮裝訂的，太珍貴了。」

我們摸索著離開牆邊，然後有點不安地打量四周。在先前那個無法無天的區域，經過每個轉角時，我都會預期著死亡的來臨，但這裡相較之下就像是天堂般，擁有文明的秩序。街道兩旁排列著整齊的小商店，而且這些商店都有著招牌、櫥窗，還有蓋在上面的公寓。這裡沒有塌陷的屋頂或破裂的窗玻璃。路上也有行人，但他們並不像在趕路，而是獨自或成對地前進著，不時停下腳步走進店裡或打量櫥窗。他們身上穿的衣服沒有補丁，臉都很乾淨。或許這裡並不是一切都又新又閃閃發光，不過飽經風霜的表面和脫落的油漆，給周圍一種手作、圓潤的感覺，看起來古色古香，甚至可以說是討人喜歡。如果我媽從那種堆滿我家茶几、隨手翻翻的旅遊雜誌裡看見狼籍巷的照片，她一定會大肆稱讚這裡有多可愛，然後抱怨她和我爸從來沒有真正去歐洲旅行過。**喔，法蘭克，我們去這裡吧！**

艾瑪看起來相當失望。「我還以為這裡會看起來更邪惡呢。」

「我也以為。」我說，「那些謀殺小屋和血鬥競技場去哪了啊？」

「我不知道你們以為這裡的人都是做什麼生意的。」雪倫說，「但我可從來沒聽過什麼謀殺小屋。說到血鬥競技場，這裡倒是有一個，德瑞克的競技場，就在淤泥街上。德瑞克是個好人，還欠了我五英鎊……」

「偽人呢？」艾瑪問，「我們被綁架的朋友們呢？」

「安靜點。」雪倫嘶聲說，「只要找到人修補我的船，我就會找人來幫你們的忙。在那之前，別跟任何人說任何事。」

艾瑪回嘴，「那就別讓我重複這句話。儘管我們非常感謝你的幫忙及專業意見，但是我朋友們的生命正在走向盡頭。我不會因為怕打草驚蛇而拖延時間。」

雪倫低下頭看著她，沉默了一會兒。接著他說：「我們每個人的生命都有盡頭。如果我是妳，我可不會那麼急著確定那是哪一天。」

我們出發去找雪倫的律師，但他很快就變得挫敗。「我可以發誓他的辦公室就在這條街上。」他邊說邊轉身。「但距離我上次來找他已經過了好幾年，說不定他早搬走了。」

雪倫決定自己四處找找，並交代我們在原地等著。「我幾分鐘就回來。不要跟任何人說話。」

他大步走開，將我們留在那裡。我們尷尬地擠在人行道上，不知道自己到底要做什麼。經過的路人一直盯著我們看。

「他真的耍了我們，對不對？」艾瑪說，「他把這個地方形容得像是個犯罪的溫床，但

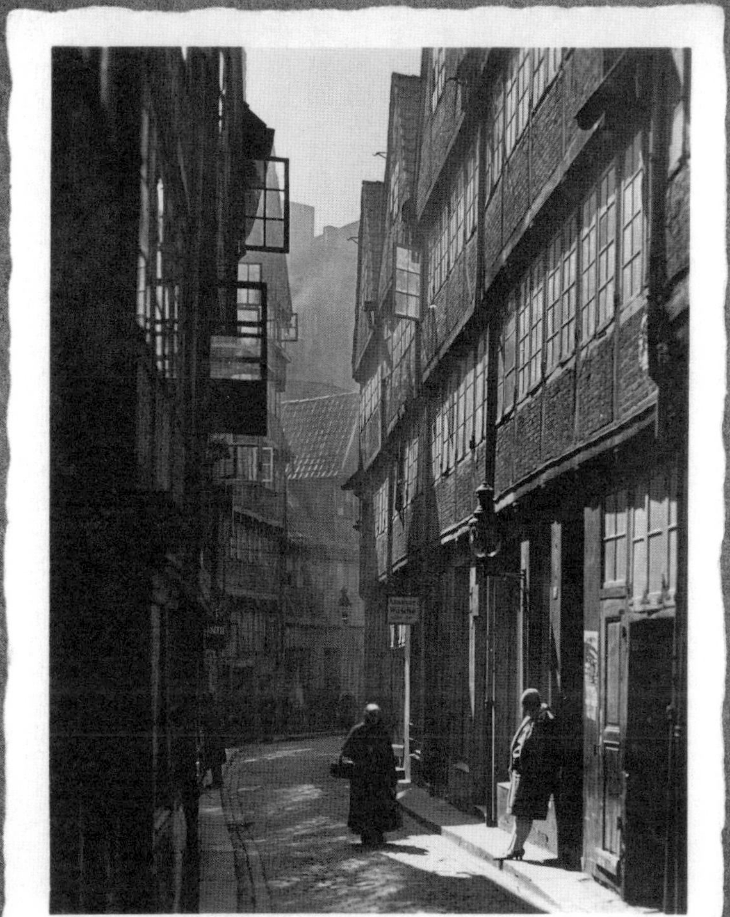

是這裡對我來說，就像任何一個圈套一樣。事實上，這裡的特異者比我這輩子見過的要平凡多了。好像他們某些最獨特的特質都被抽乾似的。這裡簡直無聊透頂。」

「妳在開玩笑吧。」愛迪森說，「我從來沒見過比這更邪惡或更噁心的地方。」

我們驚訝地看向他。

「為什麼？」艾瑪說，「這裡只有幾間小店而已。」

「對，但是看看他們都在賣些什麼。」

在這之前，我們都還沒有注意到店裡的商品。我們身後就是一個櫥窗，裡頭站著一個長著一雙悲傷眼睛和一把大鬍子的男人。他盛裝打扮地站在那裡，當發現我們注意到他時，他對我們微微點頭，拿起一只懷表，然後碰了碰側邊的按鈕。當他按下按鈕的那一刻，他便僵在原地，身影開始變得模糊。幾秒後，他在毫無移動的情況下移動了，從原地消失，然後瞬間出現在櫥窗的對角。

「哇喔。」我說，「好酷的特技！」

他又展現了一次一樣的把戲，將自己瞬間移動到另一個角落。我尚未從驚嘆中恢復過來，艾瑪和愛迪森已經移至下一間店的櫥窗前。我加入他們，然後看見一個很類似的櫥窗擺設，不過站在玻璃後的是個穿著黑裙的女人，手上掛著條長長的念珠。

當發現我們在看她時，便閉上眼睛，像夢遊者般伸出雙手。她開始緩緩推起念珠，一顆顆從手指間轉過去。我的眼神一直定在念珠上，所以我花了好幾秒的時間才意識到她的臉有什麼事正在發生：一點一點地隨著每顆轉過的珠子，她的臉開始改變。一顆珠子轉過後，她的皮膚變得更光亮了。另一顆珠子轉過，她的嘴唇變得更薄。然後頭髮似乎變得更紅些。經過幾十顆珠子後，她的臉成了另外一張全然不同的面孔，從一個黑皮膚、豐腴圓潤的祖母形象，變成了一個年輕、尖鼻子的紅髮女人。這畫面顯得既吸引人又讓人不安。

她的表演結束後，我轉向愛迪森。「我不懂。」我說，「他們到底在賣什麼？」

在他來得及回答之前，一個十歲出頭的男孩朝我們走了過來，硬是將一疊小卡塞到我的手中。「買一送一，只有今天！」他粗聲說道，「只要是合理的出價就成交！」

我把手中的小卡翻過來。其中一張印著那個懷表男人的照片，背面寫著J．艾德溫．布萊格，分身男。另一張則是串珠女人正在出神的模樣，背面則寫著G．芳格，千面女郎。

「走開，我們沒有要買。」艾瑪說，男孩則對她扮了個鬼臉跑開。

「現在你知道他們在賣什麼了嗎？」愛迪森說。

我放眼往街道上看去。狼籍巷兩側的櫥窗裡幾乎都站著像懷表男和串珠女的人，全都是躍躍欲試的特異者，哪怕你只是朝他們瞄一眼，都會迫不及待地開始表演。

我胡亂猜測道：「他們是在賣……他們自己？」

「你終於開竅了。」愛迪森說。

「而且這樣很不好？」我又猜道。

「對。」愛迪森銳利地說，「整個特異世界都禁止這種行為，而且原因充分。」

「每個特異者的天賦都是神聖的恩賜。」艾瑪說，「這種販售行為會讓我們最特別的部分喪失價值。」

聽起來就像是在複誦一句她從小聽到大的陳腔濫調。

「喔。」我說，「好吧。」

「你不相信我們。」愛迪森說。

「我覺得我只是不知道這樣做有什麼不好。如果我需要隱形人的服務，而剛好那個隱形人又缺錢，我們為什麼不能做個交易？」

「但是你的道德觀很強，而這讓你和其他百分之九十九的人類都不一樣了。」艾瑪說，「如果有個壞人，或者只是沒有達到平均道德觀的人，想要買隱形人的服務呢？」

「那個隱形人就應該要拒絕。」

「但不是每次都可以這麼是非分明啊。」艾瑪說，「而且把自己賣掉，也會降低你的道德標準。很快就會落入那片灰色地帶的另一端，就連你自己都不會發現。然後你會開始做那些如果沒人付錢給你就不會做的事，而且若是有人真的絕望到一個地步，他們或許就會把自己賣給任何人，完全不管對方的意圖是什麼。」

「像是偽人。」愛迪森刻意補充道。

「好吧，對，這樣很不好。」我說，「但你真的覺得特異者會做這種事嗎？」

「別傻了！」愛迪森說，「看看這個地方！這裡或許是全歐洲唯一一個沒有被偽人劫掠的圈套了，而你覺得這是為什麼？因為這裡實在太有幫助，我很確定這裡的每個人都非常樂意當叛徒和眼線，替他們跑腿。」

「你的音量可能要小一點喔。」我說。

「這很合理。」艾瑪說，「他們一定是用特異者眼線滲透了其他的圈套。不然的話，他們怎麼會有這麼多資訊？圈套的入口、防禦、弱點……只有透過這種人的幫忙才有可能啊。」她嫌惡地打量了四周一圈，臉上的表情像是剛喝了酸掉的牛奶。

「只要是合理的出價就成交，沒錯。」愛迪森哼了一聲。「這些人全都是叛徒。他們全都該上絞刑臺！」

「怎麼了，親愛的？今天過得不好嗎？」

我們轉過身，看見一個女人站在身後。（她站在那裡多久了？她聽到了多少？）她打扮得很俐落，像是一九五〇年代的女強人，及膝短裙和黑色包鞋，正懶洋洋地抽著一根菸。她的頭髮隨性地紮在腦後，口音聽起來就像西部平原般，既平板又美式。

「我叫羅琳。」她說，「你們是新來的。」

「我們正在等人。」艾瑪說，「我們……是來度假的。」

「別提了！」羅琳說，「我自己也在度假。過去這五十年來都是。」她大笑起來，露出染上口紅的牙齒。「如果有任何需要，只管告訴我。羅琳有狼籍巷裡最棒的口袋名單，這完全是事實。」

「不了，謝謝。」我說。

「別擔心，親愛的。他們不會咬人。」

「我們沒有興趣。」

羅琳聳聳肩。「我只是想要表示友善。因為你們看起來有點迷茫，就只是這樣而已。」她開始轉身離開，但是她說的話似乎勾起了艾瑪的興趣。

「什麼口袋名單？」

羅琳轉過身來，對我們亮出一個油膩的笑容。「老的，年輕的，各種各樣的才能。我的某些顧客只是想要找人去表演，沒關係，但是有些人有特殊的目的。我們包君滿意。」

「小男孩說過『不了，謝謝』。」愛迪森粗魯地說，看起來就像是準備要把她趕走，但是在他開口前，艾瑪突然一步踏到她面前，搶先說道：「我想看看。」

「妳說什麼？」我說。

「我想看看。」艾瑪說，聲音變得強硬。「讓我看看妳的名單。」

「我只接受認真的要求。」羅琳說。

「喔，我非常認真。」

我不知道艾瑪到底想做什麼，但我對她的信任至少足以讓我願意順著她的話做。

「那他們呢？」羅琳說，一面朝我和愛迪森投來個不確定的視線。「他們一直都這麼無禮嗎？」

「對。但是他們人不錯。」

羅琳瞇著眼睛看向我們，像是在想像如果真有必要的話，要怎麼樣把我們從她的店裡趕出來。

「你會什麼？」她對我說，「有任何本事嗎？」

艾瑪清了清喉嚨，然後朝我瞥了一眼。我馬上就知道她想要表達的是什麼：騙她！

「我以前可以讓鉛筆或其他東西飄浮在半空中。」我說，「但現在我連讓它們垂直站立都做不到了。我猜我……已經失靈了，之類的。」

「這種事情常發生。」她看向愛迪森。「你呢？」

愛迪森翻了個白眼。「我是一隻會說話的狗？」

「所以你就只會這個？說話？」

「有時看起來就是這樣。」我實在沒辦法阻止自己開口。

「我不知道到底誰比較侮辱人。」愛迪森說。

羅琳最後一次吐出一口煙霧，然後把菸頭彈開。「好吧，甜心們，跟我走。」

她開始移動。我們在原地逗留了一會兒，低聲討論著。

「雪倫怎麼辦？」我說，「他要我們在這裡等他的。」

「這花不了我們多少時間。」艾瑪說，「而且我覺得她比雪倫更清楚偽人們躲在哪裡。」

「而妳覺得她會自願提供資訊給我們嗎？」愛迪森說。

「我們等著瞧。」艾瑪說，然後轉身跟上羅琳。

羅琳的店沒窗戶也沒招牌，只有一扇空白的門，而上面加了拉繩的銀色鈴鐺。羅琳搖了搖鈴。內部傳來一連串開啟好幾道鎖的聲音，然後門終於開了一條細縫。一隻眼睛在黑影中對我們閃閃發光。

「新鮮的肉嗎？」男人的聲音說道。

「顧客。」羅琳回答。「讓我們進去。」

眼睛從隙縫中消失，門完全打開。我們進到一個正式的玄關，旁邊則有個守門人等著我們。他穿著一件高領子的長大衣、頭上戴著一頂寬簷帽，帽簷壓得很低，所以我們只能看見他的兩隻小眼睛和鼻子尖端。他擋住我們的去路，直盯著我們看。

「所以？」羅琳說。

男人似乎確定了我們沒有任何威脅性。「好吧。」他邊說邊往旁邊站開。他在我們身後將門關上鎖好，然後在羅琳領著我們走下長長走道時，跟在後面。

我們進入一間點著煤油燈的昏暗接待室。這裡看起來似乎很華麗，但其實沒什麼格調：牆壁上裝飾著金邊和天鵝絨布幕，圓弧的天花板上畫著身穿短袍、皮膚黝黑的希臘天神，大理石柱則豎立在通往大廳的入口兩側。

羅琳對著守門人點點頭。「謝了，卡洛斯。」

卡洛斯走到房間後方站著，羅琳則來到一面被布幕遮住的牆邊，拉動一條繩索，布幕便向兩側滑開，一片寬闊而厚實的玻璃出現在眼前。我們稍稍往前站了點，看進玻璃中。另一側是個房間，和我們身處的房間很像，但比這裡小了一點，裡頭的人們正懶洋洋的棲身在椅子或沙發上，有些人在閱讀，有些則在打瞌睡。

我數了數，對面總共有八個人。其中幾個人的年紀不輕，太陽穴附近的頭髮已開始變得灰白，不過有一男一女兩個孩子看起來還不到十歲。我突然發現，他們全都是俘虜。

愛迪森開始問問題，但羅琳不耐煩地打了個手勢。「問題請稍候再問，謝謝。」她朝玻璃走去，拿起一根與下方的牆連接在一起的管子，對著一端說：「十三號！」

玻璃的另一側，最年輕的男孩站起身，朝前移動。他的手腳都被鍊住了，而他是這裡唯一一個穿著囚服的特異者：條紋制服及帽子，上面還繡著大大的「十三」。儘管他的年齡不可能超過十歲，但他卻長著像成年男人的眉毛與鬍子，一大叢三角形的山羊鬍，還有像熱帶雨林中的毛毛蟲般粗濃眉毛。在那對眉毛之下，他的雙眼冷酷而充滿算計。

「為什麼他被那樣鍊住？」我說，「他很危險嗎？」

「你等著瞧。」羅琳說。

男孩閉上眼睛，似乎正在集中注意力。一會兒之後，他的頭髮開始從帽子邊緣冒出來，漫過他的額頭；他的山羊鬍也變長了，先是糾結成一團，然後開始像被催眠的蛇一樣向上揚起、搖晃起來。

「神鳥啊。」愛迪森說，「多麼神奇的能力。」

「看仔細嘍。」羅琳露齒一笑。

十三號舉起他被銬住的雙手。被催眠的山羊鬍尖端指向大鎖，找到鑰匙孔，然後鑽了進去。男孩睜開眼睛，面無表情地看向前方。約莫十秒左右，捲曲的山羊鬍便拉緊，開始震動，發出一種我們隔著玻璃都可以聽見的高音。

大鎖打開，鐵鍊從他的手腕脫落。

「他可以打開這世上所有的鎖。」羅琳的聲音裡帶著一絲驕傲。

男孩回到座位上，繼續看他的雜誌。

羅琳用手捂住通話管。「他非常獨一無二，其他人也是。其中一個有讀心術，已經是個老鳥了，另一個可以將手伸過及肩高的牆。相信我，那比聽起來有用多了。那個小女孩若給她喝了夠多的葡萄汽水，就會飛起來。」

「是喔。」愛迪森粗聲說道。

「她會很樂意展示給你們看。」羅琳說，然後對著管子開口，將女孩召喚到窗口前。

「沒有這個必要啦。」艾瑪咬牙說道。

「這是他們的工作。」羅琳說，「五號，過來！」

小女孩朝一張堆滿瓶子的桌子走去，選中一罐裝滿紫色液體的，然後一口氣喝下。她將空瓶放下，打了一個長長的嗝，然後走到一張藤椅旁靠著。不久後，又打了一個嗝，接著她的腳便開始飄離地面，像時鐘指針般往上滑動，頭則固定在同樣的高度。當她打了第三個嗝時，雙腿已經向上移動了九十度，她就這樣水平躺在半空中，唯一的支撐是靠在她脖子下方的椅背。

我想羅琳期待我們有更大的反應，但是儘管很驚豔，我們只是保持沉默。「真難取悅的觀眾。」她說，然後把女孩打發走。

「好了。」羅琳說，邊把管子放下邊轉向我們。「如果這些你們全都不中意，我還有幾個協議，可以帶你們去其他的牛棚看看。你們不需要把自己的選擇限制在這裡。」

「牛棚。」艾瑪說。她的聲音平板，但是我知道她的怒火正在體內沸騰。「所以妳承認妳把他們當成動物看待嘍？」

羅琳打量了艾瑪一會兒。她的眼神轉向站在房間後方的大衣男人。「當然不是。」她說，「他們可都是表現優異的資產。他們全經過良好的餵養，擁有充分的休息，受過在擁有壓力環境下施展本事的訓練，而且就和剛下的雪一樣純潔。大部分的他們連一滴仙丹都沒碰過。我的辦公室裡有文件可以證明。或者你可以自己問他們。十三號和六號！」她對著通話管大喊。「過來告訴這些人，你們有多喜歡這裡。」

小男孩和小女孩站起身，朝窗戶移動過來。小男孩拿起通話管。「我們很喜歡這裡。」他機械化地說，「女士對我們很好。」

他把管子交給女孩。「我們喜歡我們的工作。我們……」她暫停了一下，試著回想起曾

經學會但忘了的臺詞。「我們喜歡我們的工作。」她咕噥道。

羅琳不悅地打發他們離開。「你們都聽到了。現在，我還可以讓你們免費看一、兩個，但是再要更多的話，可能就得請你們先付款了。」

「我想看看那些文件。」艾瑪說，眼神轉向穿著大衣的男人。「妳放在辦公室裡的那些。」她的手在身側握成拳頭，已經開始變成紅色了。我知道我們得在事情變難看之前就離開。不管這女人擁有什麼資訊，都不值得我們在這裡開打，而且若是要拯救這些孩子的話……這樣說來或許難聽，但我們也有自己的孩子要拯救。

「其實那真的沒有必要。」我說，然後靠向艾瑪低語，「我們之後再回來救他們。我們得排好優先次序。」

「文件。」她忽視我，繼續說道。

「沒問題。」羅琳回答。「到我的辦公室吧，我們可以直接切入重點。」

於是艾瑪就開始走了，而我沒有任何較不可疑的方法能阻止她。

羅琳的辦公室是一間塞進了桌子、椅子的走入式衣櫃。她才剛把門關上，艾瑪就撲向她，將她摁在門板上。羅琳大叫著，喊起卡洛斯的名字，但是當艾瑪舉起像烤箱般滾燙的手時，她就安靜了。艾瑪推她的動作，在她的上衣留下了兩個冒煙的黑色手印。

門外傳來一聲敲門聲及悶聲說話的聲音。

「告訴他，妳沒事。」艾瑪低沉而冷酷地說。

「我沒事！」羅琳僵硬地說道。

門板在她身後震動起來。

「再說一次。」

羅琳這一次的說法更具說服力。「走開！我在談生意呢！」

門外又傳了一聲悶響，接著是逐漸遠去的腳步聲。

「你們這群傻子。」羅琳說，「沒人可以偷我的東西還活著離開的。」

「我們不想要錢。」艾瑪說，「但是我們要妳回答幾個問題。」

「什麼問題？」

「外面那些人。妳覺得妳擁有他們嗎？」

羅琳皺起眉頭。「問這個幹什麼？」

「那些人，那些孩子們。妳買了他們，妳覺得妳擁有他們嗎？」

「我從來沒有買過任何人。」

「妳買了他們，又要把他們賣出去。妳是個奴隸販子。」

「事情不是那樣運作的，好嗎。他們自己來找我的，我是他們的仲介。」

「妳是皮條客。」艾瑪啐道。

「如果沒有我，他們全都會餓死，或是被抓走。」

「被誰抓走？」

「妳很清楚。」

「我要聽妳說。」

女人大笑起來。「那可不是個好主意。」

「是嗎？」我邊說邊往前踏出一步。「為什麼不？」

「他們到處都有眼線，而且不喜歡被人講閒話。」

「我殺過偽人。」我說，「我可不怕他們。」

「那你就是個大白痴。」

「我該咬她嗎？」愛迪森說，「我很想。只要一小口就好。」

「他們把人抓走了之後都會做些什麼？」我忽視他。

「沒人知道。」她說，「我試著要查，但是……」

「我確定妳一定很努力在嘗試。」艾瑪說。

「他們有時會來我這裡。」羅琳說，「來採購。」

「採購。」愛迪森說，「真是冠冕堂皇的用字。」

「來用我的人才。」她四下張望了一下，音量降低成了耳語。「我討厭他們這樣。你永遠都不知道他們想要什麼或要用多久。你就是得給出他們要求的東西。我抱怨過，但是……你沒資格抱怨。」

「我想妳絕對不會抱怨他們付的錢。」艾瑪鄙夷地說。

「那和他們逼我的人所經歷的事情可不成正比。如果我知道他們要來，我就會試著把最小的孩子們藏起來。他們每次把孩子送回來的時候，孩子都是昏頭昏腦、記憶一片空白。我問他們：『你們去哪裡了？他們要你們做什麼？』但孩子們什麼都不記得。」她搖搖頭。

「但是他們會做噩夢，很糟糕的噩夢。在那之後，就很難再把他們賣出去了。」

「我應該要把妳拿去賣。」艾瑪說，臉色鐵青，渾身顫抖。「人們大概一個屁錢都不會出。」

我把雙手握成拳頭塞進口袋裡，以免它們不受控制地往羅琳身上飛去。她還有更多我們需要知道的事情。「那些他們從別的圈套綁架來的孩子呢？」我問。

「他們都是用卡車載來的。以前這種事情很少見，但是最近愈來愈頻繁。」

「今天他們有運人回來嗎？」我說。

「幾個小時前。」她說，「他們在每個地方都部署了持槍警衛，把街道擋起來。陣仗超大的。」

「平常他們不會這樣嗎？」

「不會。他們應該覺得這裡很安全。我猜這次載回來的人很重要。」

就是他們，我想。一股興奮之情沖刷過我的全身，但是一下就被愛迪森對羅琳撲去的動作打斷了。

「我很確定他們在這裡覺得超安全的。」他吼道，「和這麼多的叛徒待在一起！」

我抓住他的項圈，將他扯回來。「冷靜點！」

愛迪森在我身上掙扎，而有那麼一個瞬間，我以為他要咬我的手。但最後他終於放鬆下來。

「我們做的事情都是為了生存。」羅琳嘶聲說道。

「我們也是。」艾瑪說，「現在，告訴我們那些卡車都開到哪裡去了，如果妳說謊，或是最後我們發現那是個陷阱，我會回來，然後把妳的鼻孔燒到融化黏在一起。」她把一根燃燒的手指舉到羅琳的鼻尖前。「同意嗎？」

我幾乎都可以想像艾瑪這麼做的樣子了。她此刻正身處在一個我從未見過的憎恨迴圈裡，儘管在這樣的情景下很管用，但她的仇恨仍然讓我覺得有點可怕。如果給了她適當的動機，我可不願去想像她到底能做什麼。

「他們去的是他們的地盤。」羅琳邊說邊把臉轉開，閃避艾瑪滾燙的手指。「在橋的另一邊。」

「什麼橋？」艾瑪說，將手指逼近。

「濃煙街頂端的那座橋。但是省省吧，別試著過橋，除非你希望你的頭最後掛在矛上。」

我想這就是羅琳能給出的所有資訊了。現在我們得想想要怎麼處置她。愛迪森想要咬她。艾瑪想要用她的手指在她頭上劃一個S型，在她身上留下永恆的奴隸標記。我則是說服他們倆別那麼做。最後我們用地毯上剪下的毛鬚塞住她的嘴，將她綁在桌子的一角。就在我們決定要這樣把她留在那裡時，我想到了最後一件我想知道的事。

「他們綁架的那些特異孩子。他們都發生了什麼事？」

「嗚嗚！」

我把她嘴裡的東西拔出來。

「沒人能活著談論這件事。」她說，「但是有不少傳言。」

「像是？」

「比死更糟的結果。」她露出一個帶著鼻涕的微笑。「我想你們只能自己去搞清楚嘍，是不是？」

才剛打開辦公室的門，穿大衣的男人便從房間的對面朝我們撲來，手中舉起某種沉重的物品。但在他接觸到我們之前，辦公室裡便傳來一聲警告的悶哼，他隨即改變主意，決定先看看羅琳的狀況。他一跨過門檻，艾瑪便在他身後把門關上，然後將門把燒熔成一團無用的廢金屬。

那為我們多爭取了一、兩分鐘。

愛迪森和我朝出口奔去，但跑到半途時，才發現艾瑪沒跟上。她正在拍打特異奴隸的玻璃窗。

「我們可以幫助你們逃跑！告訴我門在哪裡！」

他們昏昏沉沉地轉過頭來，身子仍然癱在躺椅和沙發床上。

「用個什麼東西打破窗戶！」艾瑪說，「動作快！」

沒人移動。他們看起來很困惑。或許他們並不相信拯救真的降臨，抑或他們並不想被拯救。

「艾瑪，我們不能逗留。」我邊說邊扯著她的手臂。

她不願放棄。「拜託！」她對著管子喊道，「至少把孩子們送出來！」

辦公室裡傳來沙啞的吼聲，門板劇烈搖晃。艾瑪挫敗地用拳頭敲著玻璃。

「他們到底有什麼毛病？」

他們不安地盯著她看。小男孩和小女孩開始哭泣。

愛迪森咬住艾瑪的裙襬。「我們該走了！」

艾瑪拋下通話管，苦澀地轉身。

我們奔跑著撞向門，然後衝上人行道。街道上瀰漫著一股黑霧，阻擋住我們的視線，已將對街完全遮蔽。當我們衝到街區尾端時，只能聽見羅琳在身後大吼的聲音，但是完全看不見她。我們轉過一個街角，又一個街角，然後才覺得應該甩開她了。我們所處的街道是一條廢棄的道路，兩旁商店的正面全用木板封了起來，於是我們停下腳步，找回自己的呼吸。

「那叫做斯德哥爾摩症候群。」我說，「人們會開始同情綁架自己的犯人。」

「我想他們只是害怕。」愛迪森說，「他們有什麼地方可以去？這整個地區就是個大監牢。」

「你們都錯了。」艾瑪說，「他們是被下藥了。」

「妳聽起來很確定。」我說。

她把落到眼睛裡的頭髮向後撥。「我逃家之後，曾經在馬戲團裡工作過。我有次表演完吞火秀，一個女人便靠近我，跟我說她知道我是什麼，說她還認識其他像我這樣的人，然後說如果我為她工作的話，可以賺更多的錢。」艾瑪看向街道，臉頰因奔跑而泛紅。「我告訴她，我不想去。但她堅持得很。因此她離開時非常生氣。那天晚上，當我睡醒，發現自己被關在一輛馬車裡，嘴裡塞著布條，雙手也被銬上。我不能動，也沒辦法好好思考。是裴利隼女士救了我。如果她沒在他們隔天替馬匹換馬蹄鐵時找到我的話……」艾瑪朝我們前來的方向點點頭。「……最後我可能就會和他們落得一樣的下場。」

「妳從來沒跟我提起過。」我輕聲說。

「這並不是我喜歡一直掛在嘴上的話題。」

「我很遺憾這樣的事情發生在妳身上。」愛迪森說，「剛才那個女人……是她綁架妳的嗎？」

艾瑪想了想。

「那是很久之前的事了。我試著擋住最糟的那部分記憶，包括綁匪的臉。但是我很確定一件事。如果你把我和那女人單獨留在一起，我不確定我有辦法阻止自己殺掉她。」

「我們都有自己要對付的惡魔。」我說。

我靠在一扇封住的窗戶上，一股疲憊感突然沖刷過我的全身。我們究竟醒著多久了？自從胎魔揭開自己真面目之後，已經過了幾個小時？那感覺就像好幾天前發生的事，但那頂多只離現在十到十二個小時。在那之後的每一刻都像是一場戰爭，一場永無止境的噩夢與逃脫不了的恐慌。我可以感覺到自己的身體正瀕臨崩潰邊緣。驚恐的感覺是此刻唯一支撐我繼續行動的理由，而當它開始退去時，我也會跟著垮掉。

有那麼極短極短的瞬間，我讓自己閉上眼睛。即使只在那狹窄黑暗的縫隙之間，恐懼仍在等著我。有一隻怪物象徵著永恆的死亡，蹲坐在那裡，大啖我祖父的屍體，眼睛裡流著油。也是同樣的一雙眼睛，被園藝剪刀的兩片刀刃刺穿，嚎叫著落入象徵他墳墓的沼澤。他主人的面孔因痛苦而扭曲，往後摔入一片虛無之中，腹部中彈，嘴裡慘叫著。我已經殺了許多我的惡魔，但是那些勝利都無法久留；更多的惡魔正在竄起，取代它們。

我聽見身後傳來的腳步聲，立刻睜開眼睛。聲音是從被封住的窗戶後方傳來的。我跳開，轉過身。儘管這間店看似已經廢棄，但是裡面有人，而且此刻他們正在往外走。

驚恐的感覺又來了。我再度清醒。其他人也聽見了那個聲音，我們立刻全都直覺地躲到一旁的一堆木柴後。我從木頭間偷看店門一眼，讀著褪色招牌上的字樣。

蒙迪、戴森與史翠普律師事務所。自一六六六年起，惡名昭彰。

門鏈被拉開，有人緩緩打開了門。一件熟悉的黑色斗篷出現了：是雪倫。他四處張望，確保四周沒有任何人後，便溜了出來，將身後的門鎖上。當他朝狼籍巷快步前進時，我們低聲討論起該不該跟著他走。我們還需要他嗎？我們能信任他嗎？可能可以，也可能不行。他在這間倒閉的店裡做什麼呢？這就是他和我們提過的律師嗎？為什麼他得偷偷摸摸的？

關於他，我們有太多問題、太多不確定。所以我們決定還是靠自己就好。我們蹲在原地，看著他消失在黑霧之中。

我們出發去尋找濃煙街與偽人的橋。由於不想再製造另一個意料之外的麻煩，決定不再問路。等我們發現惡魔之彎的路標後，這項工程就變得簡單了些。那些路牌全都躲在最不方便的位置：藏身於公共長椅後方及膝高的位置、掛在路燈燈桿的頂端，或是潦草地寫在腳下的石頭路上。但儘管有了它們的幫助，我們還是走了不少冤枉路。好像整個惡魔之彎的設計就是為了把困在這裡的人逼瘋似的，有很多條街走著走著就會走到死路，而整條街會從別的地方再度開始，有些街道的轉折實在太大，整條路根本迴轉到自己身上。很多街道沒有名字，或是有兩、三個不同的名字。沒有任何一條街像狼籍巷那麼整齊文明，所以顯然是有人刻意在維護那裡的環境，好讓人們擁有舒適自在的空間，來採購特異者的肉體。而在看過羅琳的商品、又聽過艾瑪的故事後，這個念頭開始讓我覺得反胃。

走了一段時間之後，我終於逐漸理解惡魔之彎獨特的地理環境，我認識街區的方式也幾乎不再根據路名，而是它們的特徵。每一條街都很不一樣，兩旁的商店則根據不同的類型聚集在一起。憂鬱街（Doleful street）上有兩家殯儀館，一間仲介，一間特別以「再利用的棺木」為材料的木匠工坊，一間職業的送葬隊伍派遣公司、週末兼營理髮，還有一間會計師事務所。淤泥街則歡樂得很詭異，窗臺上裝飾著花圃，房屋漆著明亮的顏色；就連那間最主要的屠宰場，都漆成了親切的藍綠色，讓我不得不克制住一股走進去要求參觀的衝動。另一方面，長春花街（periwinkle street）則像個糞坑。這條街的中央有一條打開的水溝，還有滿坑滿谷的蒼蠅，兩旁的人行道上散布著腐爛的蔬菜，雜貨店的招牌則宣稱店主能用一個吻就讓這些蔬菜再度變回新鮮。

稀薄大道（Attenuated Avenue）只有五十呎長，而且只有一種生意：兩個男人用雪橇和小籃子賣著點心。孩子們圍繞著他們，伸手討食物，愛迪森則脫隊跑到他們腳邊，試圖尋找掉落的殘渣。正當我打算要把他叫回來時，其中一名男人大喊道：「貓肉！新鮮的水煮貓肉！」愛迪森遂夾著尾巴自己逃回來，邊跑邊哀嚎，「我永遠不想再吃東西了，永遠、永遠……」

我們從上污區（upper smudge）來到了濃煙街。愈接近濃煙街，四周的街區就顯得愈荒涼，人行道就顯得愈空曠。路面被不時飛過腳邊的灰燼染黑，好像感染了什麼詭異的死亡瘟疫。街道的尾端突然向右急轉，而就在轉角前，一間老舊的木屋孤零零地站在那裡，一個看起來和房子一樣老的老翁則守在基座旁。他拿著殘破的掃帚清理著灰燼，但是灰燼堆積的速度遠超過清掃的動作。

我問他既然永遠掃不乾淨，幹嘛還掃個不停。他突然看向我，然後把掃帚緊緊抱在胸

76

前，好像怕我把它偷走一樣。他打著赤腳，腳板和褲子直到膝蓋處全被燻黑。「總是得有個人顧著吧。」他說，「總不能讓這個地方變成地獄。」

當我們通過時，他再度陰鬱地回到他的工作上去，但僵硬的手指幾乎握不緊木柄。他的行為帶著某種幾乎可以稱之為高貴的特質，我想，一種讓我欣賞的反抗。他是一個拒絕放棄自己崗位的抵抗者。他是在世界盡頭的最後一個守門人。

走過轉角後，我們來到一處街道，這裡的屋子隨著我們的前進變得愈來愈破舊：一開始，只是外牆的顏色開始剝落；接著，房子的屋頂開始凹陷、牆面脫落，當我們終於來到和濃煙街的交界處時，房子僅剩骨架，木頭亂七八糟地堆疊，傾倒成一團，火焰在灰燼中燃燒，像是生命來到盡頭的心臟，正在進行最後的跳動。我們呆滯地站在那裡，四處張望。帶著硫磺的煙霧從街道的裂縫中冒出，被火燒得光禿的樹則像稻草人般站在廢墟之間。一團團的灰燼飛下街道，堆得足足有一尺厚。這是我這輩子最接近地獄的時刻。

「所以這就是偽人家門口的車道。」愛迪森說，「真是再適合不過了。」

「這不是真的吧。」我邊說邊解開大衣的釦子。像三溫暖般的熱氣包圍著我們，從我的鞋底往上竄。「雪倫說這裡發生了什麼事？」

「地下火焰。」艾瑪說，「可以燃燒好幾年。而且有夠難熄滅。」

我們聽見一聲像巨大可樂罐被打開的聲音，接著一叢橘色火焰從人行道的裂縫中噴了出來，就在距離我們不到十呎的地方。我們嚇得跳了起來，大半天才從驚嚇中恢復過來。

「我們最好一分鐘都不要多逗留。」艾瑪說，「往哪邊走？」

我們只有左邊或右邊可選。我們知道濃煙街的一端是熱溝、一端則是偽人的橋，但我們不知道哪一端在哪裡，而且在濃煙、黑霧及灰燼的三重包圍之下，往哪邊看都看不了太遠。如果隨便選，那很有可能會繞危險的遠路，然後浪費寶貴的時間。

就在我們開始變得絕望時，霧氣裡突然傳來一陣帶著顫音的歌聲。我們急忙從路上逃開，躲在一座被燒得焦黑的房屋骨架後方。唱歌的人愈走愈近，聲音也變得愈來愈大，我們可以辨認出他們唱的奇怪歌詞。

小偷眼前長夜漫漫，
劊子手悄悄現身。
他說，我在你死前來，
好給你一個警告。
我會勒住你的脖子，送你下地獄，
切掉你的手臂，稍微傷害你，
然後拉平你的皮膚，送你最後一程……

他們全在這時停下來換氣，然後唱出最後一句，「到地下六呎處！」

在他們從濃霧中出現前，我就已經知道那是誰的聲音了。他們的穿著黑色吊帶工作服和厚重的黑靴，工具袋隨性地掛在身側。儘管經過一天的辛苦工作，這群不屈不撓的絞刑臺工程師，仍然能引吭高歌。

「願上帝祝福他們走音的靈魂。」艾瑪邊說邊輕聲笑著。

今天稍早時，我們才看見他們在熱溝與濃煙街的交界處工作，所以我想我們應該可以很合理的推論，那就是他們前來的方向，也代表著他們正在朝偽人橋的方向走去。我們等這群男人再度消失在霧裡後才回到路上，跟在他們身後前進。

我們在灰燼形成的暗礁之中摸索著前進。這些煙灰染黑了所有的東西——我的褲腳、艾瑪的鞋子和露出來的腳踝，還有愛迪森的四條腿。不遠的某處，絞刑臺工人又唱起了另一首歌，他們的聲音詭異地在火場間迴盪。我們身邊除了廢墟外什麼都沒有，而且四周不時會傳來尖銳的咻咻聲，接著就會有一整叢的火焰從地底下爆出來。不過沒有任何一次像第一次那麼近。我們很幸運，因為被活活烤熟絕對不是鬧著玩的。

突然，不知從哪吹來一陣風，將一團漆黑的灰燼與滾燙的瓦礫往天上捲去。我們轉過身，捂住臉，好讓自己能夠繼續呼吸。我拉過衣領遮住嘴巴，但是幫助不大，我開始咳個不停。艾瑪把愛迪森抱進懷裡，自己卻被灰塵給嗆到了。我扯下自己的大衣扔到他們身上。艾瑪的咳嗽聲漸緩，愛迪森則在布料下方悶悶地說了句，「謝謝妳！」

我們只能擠在那裡等著灰燼風暴停下。我緊閉著雙眼，接著便聽見有東西在附近移動。我從指縫間偷看了一眼，然後看見一個截至目前為止在惡魔之灣最讓我驚嚇的東西：一個男人悠哉地走在路上，用一條手帕遮著嘴巴，但其他部分則似乎全然不受四周環境影響。即使在黑暗中，他的行動也沒有任何障礙，因為兩道強烈白光正從他的眼窩中射出來。

「晚安！」他大叫，將他的光線朝我打過來，一邊揚了揚他的帽子。我試著回應，但是我的嘴裡布滿了煙灰，眼睛也是，當我再度睜開雙眼時，他已經消失。

風勢轉弱之後，我們咳嗽著把嘴裡的灰吐掉，又揉了揉眼睛，直到身體再度恢復正常運作。艾瑪把愛迪森放回地上。「如果我們不小心點，這個圈套會搶在偽人之前先殺了我們。」他說。艾瑪把外套還給我，並緊緊抱住我，直到四周塵埃落定。她抱我的時候，手臂緊緊地環住，把頭卡進我胸口的凹陷處，所以我們身體間沒有任何縫隙。而儘管我們現在從頭到腳都覆上了一層灰，我還是好想親她。

愛迪森清清喉嚨。「我很不想打岔，但是我們真的該繼續前進了。」

我們有點難為情地鬆開彼此的肢體，繼續向前走。很快地，許多蒼白的人影開始出現在前方的霧氣中。他們在街上移動，穿梭於棲身路邊的破舊小屋。我們的腳步猶豫了起來，不確定他們究竟是什麼人，但我們已經沒有退路了。

「抬起下巴，背打直。」艾瑪說，「看起來嚇人一點。」

所以我們排成一列，走到人群之間。他們的眼神閃爍，外型像野人般，全身覆滿煙灰，穿著隨處撿來的衣服。我皺起臉，竭盡所能地製造出很危險的假象。他們像是被打過的狗般閃開了。

這裡就是某種類型的貧民窟。低矮塌陷的小屋是用不可燃的廢棄金屬蓋成，錫片製的屋頂上壓著石塊和木頭，並用帆布掛起來當門。這裡的人們就像是真菌般在縫隙間生存，形成火焚的文明。話雖如此，他們也幾乎少得像是不存在。

小雞在路上奔跑。一個男人跪在冒煙的地洞旁，用它的高溫煮著蛋。

「別靠得太近。」愛迪森喃喃說道，「他們看起來都有病。」

我也是這麼想的。他們走路的姿勢一瘸一拐，眼神空洞，有些人戴著粗糙的面具或頭套，只在眼睛的位置挖了兩個洞，像是想要避免自己的臉接觸到什麼疾病，或是想要減緩疾病的傳染。

「他們是什麼人？」我問。

「不知道。」艾瑪說，「而且我也不打算問。」

「我猜他們在其他地方都不受歡迎。」愛迪森說，「那些碰不得的人、疾病帶原者，或是那些連在惡魔之灣都無法被原諒的罪犯。那些逃過法網的罪犯棲身在此，身處在特異者世界的底層，徹徹底底的邊緣。他們是放逐者中的放逐者。」

「如果這裡就是邊緣，」艾瑪說，「那偽人肯定不遠了。」

「我們真的能確定這些人都是特異者嗎？」我問。除了殘破的外型，他們看來沒有任何獨特之處。或許是我太自傲了，但我真的覺得，再怎麼低級的特異者群體，也不會讓自己墮落到如此糟糕的地步。

「不知道，我也不在乎。」艾瑪說，「走就是了。」

我們低著頭，眼神直直看著前方，表現得對一切毫無興趣，並希望其他人也能以同樣的態度對待我們。多數人都與我們保持距離，不過還是有幾個人跟在我們身後，嘴裡乞討著。

「什麼都好，什麼都好。一小滴、一小瓶都行。」其中一個人邊說邊指向自己的眼睛。

「拜託。」另一個人哀求道，「我們已經好幾天沒有受到刺激了。」

他們的臉頰滿是傷疤與凹洞，好像他們眼裡流出的不是眼淚，而是強酸。我幾乎沒辦法好好看著他們。

「不管你們要什麼，我們都沒有。」艾瑪說，然後把他們趕走。

乞丐們向後退開，站在路上，眼神灰暗地看著我們。有個人突然用一股又高又殘破的聲音喊道：「那邊那個！小男孩！」

「忽視他。」艾瑪喃喃說道。

我斜眼瞄了一下，沒有轉頭。有個人蹲在一座牆邊，身上穿著破爛的衣服，用顫抖的手指著我。

「你就是他嗎？小男孩！你就是他，對不？」他的眼鏡外頭蓋著一副眼罩，他掀起眼罩打量著我。「沒—錯。」他低低吹了一聲口哨，然後露出黑色牙齦微笑起來。「他們一直在等你。」

「誰？」

我無法再隱忍下去了。我在他面前停下腳步。艾瑪不耐煩地嘆了口氣。

乞丐的微笑變得更寬、更瘋狂。「那些打掃女工和掛著鼻涕的小鬼！那些該死的圖書館員和上帝派來的製圖師！每個人，每個人！」他舉起手，模仿著人們崇拜的模樣，而我聞到了一股濃濃的腐臭味。「他們等了好—久啦。」

「等什麼？」

「拜託。」艾瑪說，「他顯然是個瘋子。」

「好戲，好戲。」乞丐的聲音就像嘉年華會裡的廣播人員一樣高潮迭起。「最大最好最多最後的好戲！終於要上場啦……」

一股奇怪的寒意竄過我的全身。「我不認識你，我也很確定你不認識我。」我轉身就走。

「我當然知道你是誰。」我聽到他說。「你是那個可以和嗜魂怪對話的男孩。」

我僵在原地。艾瑪和愛迪森同時轉過身來瞪著我看。

我跑回去，正面迎向他。「你是誰？」我對他大叫。「是誰告訴你的？」

但他只是大笑個不停，而我無法從他那裡問出任何東西。

我們在人群開始聚集時溜開了。

「不要回頭看。」愛迪森警告道。

「忘了他。」艾瑪說，「他是個瘋子。」

我想我們全都知道他才不是個瘋子，但也就知道這麼多了。我們神經緊張地快速前進，腦子裡圍繞著一個個找不出答案的問題。謝天謝地的是，沒人再提起那個乞丐的混亂宣言。我完全不知道他是什麼意思，也累得沒有心思去推敲了，但從艾瑪和愛迪森拖著的腳步，我知道他們也累壞了。同樣的，我們對這一點也絕口不提。疲憊是我們的新敵人，而將它點出來，只會賦予它更大的力量。

前方的道路開始向下傾斜，進入一片阻礙視線的濃霧裡。我們伸長脖子，試圖尋找偽人橋的蹤跡。我突然想到，羅琳很有可能騙了我們。或許這裡根本沒有橋。或許她只是把我們送到這個坑來，好讓這裡的住民把我們生吞活剝。如果我們也把她帶來就好了，這樣至少我們可以強迫她……

「在那裡！」愛迪森大叫，身體像箭矢般直直指向前方。

我們掙扎著想要看他所看見的東西，因為就算愛迪森戴著眼鏡，他的視力仍然大勝我們。前進了十幾步後，我們終於可以勉強看見路逐漸變細，然後跨過一座裂谷。

「是橋！」艾瑪大叫。

我們暫時忘卻了疲憊，邁開腳步開始奔跑，腳下揚起一團團黑色的灰塵。一分鐘後，當我們終於停下來呼吸時，前方視野已然變得清晰。一層帶著綠意的濃霧籠罩在裂谷之上。在那片霧的後方是一面白色石壁，而更遠處，則是一座蒼白的高塔，塔頂隱藏在較低的雲層之中。

就是這個了：偽人的碉堡。它看上去有股讓人不安的空洞感，好像一張被抹去五官的臉。它的所在位置也像是哪裡不太對，白色表面和俐落的線條，正好與濃煙街被燒爛的建築形成強烈的對比，就像是在亞金科特戰役[2]中看見一間現代購物商場豎立在那裡一樣。光是看著它，就讓我心中充滿了厭惡與決心，好像我愚蠢而渙散的人生路線終於匯集了起來，集中在那面白牆後方的某一點。那就是我的目標，那就是我該做的事，就算拚死也要嘗試。那是我該償還的債務。那是我這輩子所有的快樂與恐懼都在鋪陳的最終章。如果每一件事情的發生都有理由，那麼我的理由就在牆的另一側。

艾瑪在我身邊大笑。我困惑地看了她一眼，她隨即收斂起來。

「那就是他們的藏身處？」她用解釋的口吻說。

「看起來沒錯。」愛迪森說，「妳覺得這很好笑嗎？」

「我這輩子大部分的時間都花在討厭和害怕偽人上。這麼多年來，我實在沒辦法告訴你，我想像過多少次找到他們巢穴的場景。我還以為至少會是個看起來很可怕的城堡，牆壁

2 譯註：Battle of Agincourt，英法百年戰爭中的其中一場戰事。

會滴血，還有裝滿沸油的湖泊之類的。但顯然不是。」

「所以妳很失望嗎？」我說。

「對，有一點。」她控告般地指著堡壘。「這就是他們能做到的最好程度嗎？」

「我也很失望。」愛迪森說，「我原本希望至少可以有支軍隊來保護我們，但是現在看來，我們可能根本不需要。」

「我很懷疑。」我說，「我們可不知牆的另一側有什麼在等著我們。」

「那麼我們就會準備好面對任何東西。」艾瑪說，「他們還有什麼招數是我們還沒有應付過的？我們在子彈、炸彈和噬魂怪的攻擊之下都活了過來……重點是，我們終於走到這一步了，而且我們在這麼多年遭到他們的埋伏暗算之後，終於也能對他們帶來一點威脅。」

「我很確定他們都嚇到發抖了。」我說。

「我一定會找到胎魔。」艾瑪繼續說，「我一定會找到他，然後逼著他不得不哭著找媽媽。我會讓他為自己毫無價值的生命求饒，然後再用手掐他的脖子，看著他的頭在我手中融化……」

「我們還是先不要想太多。」我說，「我很確定在遇到他之前，我們還有很多關要過呢。裡面到處都會是偽人，或許還有很多武裝警衛。」

「甚至是噬魂怪。」愛迪森說。

「絕對有噬魂怪。」艾瑪說。不知道為什麼，這個點子似乎讓她有點興奮。

「那就是重點。」我說，「我覺得我們不應該在完全不知道另一側有什麼東西等著的情況下就衝進去。我們或許就只有這麼一次機會，我不想浪費。」

「好吧。」艾瑪說，「所以你有什麼好主意？」

「我們想個辦法把愛迪森偷渡進去。他是我們之間最不容易被注意到的，小得足以躲在任何地方，而且他的鼻子最靈。他可以先偵查，然後再溜出來告訴我們，他的發現。我的意思是，如果他有意願的話。」

「如果我沒有回來呢？」愛迪森說道。

「那我們就會進去找你。」我說。

狗兒花了一點時間考慮，但只考慮了一下。「我接受，但有個條件。」

「提出來。」我說。

「在我們勝利之後所流傳的故事裡，我希望我的名號是無畏愛迪森。」

「如你所願。」艾瑪說。

「改成大無畏愛迪森好了。」愛迪森說，「還要加上英俊。」

「成交。」我說。

「完美。」愛迪森說，「那麼我該上路了。我們在這個世界上最在乎的人們，幾乎全都在這座橋的另一端。我在這一端所待的每一分鐘都是浪費。」

我們送愛迪森過橋，然後在附近等他回來。最初是跑下斜坡，路程並不艱辛。四周破爛的城鎮景色，隨著我們的前進，密度變得愈來愈高。小屋之間的縫隙愈來愈窄，最後終於消失，所有生鏽的的金屬建築連成了模糊的一大片。接著，擠在一起的房屋建築突然來到了盡頭，接下來幾百碼的濃煙街，成了一片由凹陷的牆與焦黑木頭所構成的荒原，像是緩衝區一樣，或許是偽人的傑作。最後，我們終於來到橋邊，入口處圍繞著幾十個人。我們的距離還遠得不足以辨認他們的服裝，愛迪森便說：「看，一群駐守圍城的戰士！我就知道我們不會是唯一一群來迎戰的人……」

但是，再更靠近一點後，才發現他們根本不是什麼戰士。隨著一聲令人失望的咻咻聲，愛迪森微弱的小希望旋即煙消雲散了。

「他們才不是在圍城呢。」我說，「他們只是……圍在那裡而已。」

這群人是我們在這裡見過最破舊骯髒的鎮民。他們蹲坐在灰燼裡，僵硬的動作幾乎都要讓人把那些坐著的居民也當成死人了。頭髮和身體全被灰與油漬染黑，臉上的坑洞與傷疤多得讓我懷疑他們是不是痲瘋病患。當我們想方設法從他們之間穿過時，其中幾個人虛弱地抬起頭來，但不管他們等待的是什麼，都絕對不是我們，然後他們的頭又再度垂了下去。唯一站著的人是一個男孩，頭上戴著一頂垂耳的獵人帽，在睡著的人之間摸索，一一翻過他們的口袋。被他吵醒的人伸手趕他，但沒人願意起身去追。反正他們身上也沒什麼值得偷的東西。

就在我們快要穿過他們之前，有個人喊道：「你們會死的！」

艾瑪停下腳步，轉過身，抗議地說：「你是什麼意思？」

「你們會死的。」

說話的男人躺在一張厚紙板上，黃色的眼睛從黑髮中往外瞧。「沒人可以在沒有許可的情況下過橋。」

「不管怎麼樣，我們都要過去。所以如果你有什麼我們應該要知道的事，現在就說出來！」

躺著的男人悶笑一聲。其他的人則保持沉默。

艾瑪環視了他們一圈。「你們沒有人願意幫我們嗎？」

一個男人開口，「小心……」但是他才一開始，其他人就噓聲四起。

「讓他們去吧，幾天之後，我們就能得到他們的汁了！」

一片渴望的哀號聲從鎮民中傳了出來。

「喔，為了一小瓶汁液，我什麼都願意做。」我腳邊的一名女人說道。

「一滴就好，一滴！」一個男人邊唱邊蹬著腿。「一小滴他們的汁液！」

「閉嘴，這太折磨了！」另一個人哀號道。「提都別提！」

「你們全都下地獄好了！」艾瑪大喊。「讓我們把你送過橋吧，無畏的愛迪森。」

然後我們全都噁心地轉過身子。

橋很細，中央拱起，而且造橋用的大理石看起來實在太乾淨，好像就連街上飛舞的灰燼都不敢造次。愛迪森在橋的入口處阻止了我們。「等等，那裡似乎有什麼東西。」他說，於是我們緊張地站在一旁，等他閉上眼睛、像是個預言家用水晶球占卜般，嗅聞著四周的空氣。

「我們現在就得過橋，因為我們完全曝光了。」艾瑪喃喃說道，但是愛迪森已經神遊到別處去了；除此之外，我們看來也不像有什麼危險。橋上沒人，也沒有守衛在看管另一側的閘門。你或許會認為白牆的頂端應該要有人手持步槍或望遠鏡偵察，但是那裡也空無一人。除了牆之外，這座碉堡唯一的防禦，似乎就是像護城河般圍繞在底部的裂谷，下方流著一條滾燙的河流，不斷送出摻著硫磺的綠色蒸氣，在四周飄散。這座橋是我眼前所見唯一的路。

「你還是很失望嗎？」我問艾瑪。

「我覺得倍受侮辱。」她回答。「好像他們連把我們擋在外頭都懶得嘗試。」

「對，所以我才擔心。」

愛迪森倒抽一口氣，眼睛倏地睜開，像通了電似的發起光來。

「怎麼了？」艾瑪屏氣問道。

「雖然那股味道淡得不能再淡了，但是我到哪裡都不會誤認巴蘭思嘉（Balenciaga）・鶼鶼的氣味。」

「還有其他人呢？」

愛迪森再度嗅了嗅。「還有更多我們的人和她在一起。我無法明確說出有誰，或是有多少人，氣味實在太混濁了。很多特異者最近才經過這裡，但我說的不是他們。」他惡毒地回頭看了我們身後蹲坐的人群一眼。「他們的特異本性太弱了，幾乎不存在。」

「所以我們拷問的那個女人說的是實話。」我說，「這裡就是偽人把人質帶去的地方。我們的朋友們就在這裡。」

在他們被抓走之後，我心中就有一股幾乎讓我窒息的絕望感，但現在這股感覺突然稍稍鬆懈。這麼多個小時下來，終於擁有除了希望與猜測之外的其他動力。我們一路追蹤著我們的朋友，穿越敵人的領域，來到偽人的門檻前。光是這件事就已經是個小小勝利，而有那麼短短的瞬間，還是讓我覺得一切似乎都有可能。

「只是沒有人看守這個地方就顯得奇怪了。」艾瑪陰沉地說，「我一點都不喜歡這樣。」

「我也不喜歡。」我說，「但是我不覺得我們有其他辦法了。」

「我寧可快點把這事結束。」愛迪森說。

「我們能陪你走多遠就走多遠。」艾瑪說。

「感謝。」愛迪森回答，不過聲音聽起來怎麼都沒有大無畏的感覺。

我想如果我們用跑的，大概不需要一分鐘就能通過這座橋了，但是何必呢？因為，我突然想起托爾金在《魔戒》裡寫的一句話，魔多不是你想走就可以走進去的。[3]

我們快步上橋，身後伴隨著低語和模糊的笑聲。我回頭瞄了那些蹲坐的鎮民一眼。他們似乎很確定我們會得到不幸的下場，所以全都轉了過來，想要找個好的角度。現在他們就只缺爆米花了。我好想折回去，把每個人都推進滾燙的河水裡。

幾天之後，我們就能拿到他們的汁液了。我不懂也不想懂他們是什麼意思。

橋變得陡峭。心中疑神疑鬼的感覺讓我的心跳加快了一倍。我一直覺得會有什麼東西俯衝而來，我們卻無處可逃。覺得自己就像是隻往陷阱衝去的老鼠。

我們悄悄地再複習一遍計畫：把愛迪森送進柵門裡，然後回到破爛小鎮找個不顯眼的地方躲起來等待。如果三個小時內他都沒有回來，艾瑪和我就會想辦法進去找他。

我們已經快來到橋的最高點，從那裡我可以看見部分此刻還不在視野中的下坡。接著一旁的路燈燈柱大叫起來。

---

3 譯註：one does not simply walk into Mordor，魔多是中土世界中魔君索倫的領土。

「停下來！」

「誰在那裡！」

「不准通過！」

我們停下腳步，目瞪口呆地望著它們，然後才錯愕地發現它們根本不是燈柱，而是一顆顆穿在長矛上、了無生氣的頭。它們看起來很嚇人，皮膚塌陷灰白，舌頭垂在外面。但是，儘管它們沒有連接在脖子和喉嚨上，其中的三顆頭卻對我們開口說話了。這裡的頭總共有八顆，兩兩一組排在橋的兩側。

只有愛迪森看起來一點也不驚訝。「不要告訴我，你從來沒看過橋頭（bridge head）。」他說。

「不准再前進了！」我們左邊的頭說，「未經允許過橋的人，幾乎只有死路一條！」

「或許你該說*只有*死路一條。」我們右邊的頭說，「*幾乎*聽起來好像還有點機會。」

「我們有許可啊。」我撒謊道，「我是個偽人，我要把這兩個抓來的特異者送去給胎魔。」

「沒人告訴*我們*。」左邊的頭惱怒地說。

「他們看起來像是被抓的嗎，理查？」右邊的頭說。

「我沒辦法回答你。」左邊的頭說，「渡鴉好幾個星期前就把我的眼睛叼走了。」

「你的也是嗎？」右邊的說，「太可惜了。」

「他的聲音聽起來可不像任何一個*我*認得的偽人。」左邊的說，「你叫什麼名字，先生？」

「史密斯。」我說。

「哈！我們這裡沒人叫史密斯！」右邊的說。

「我才剛加入。」

「說得好。不，我不認為我們會讓你通過。」

「那誰有辦法阻止我們？」我說。

「顯然不是我們嘍。」左邊的說，「我們只是在這裡預言的。」

「還有告知。」右邊的說，「你知道我有個博物館學的學位嗎？我從來不想當個橋頭……」

「沒人想當橋頭。」左邊的罵道，「沒有哪個小孩長大的夢想就是當個該死的橋頭，只能待在這裡對人們發預言，眼睛還要被渡鴉偷走。但人生並不總是一帆風順，對吧？」

「走吧。」艾瑪低聲說，「它們只能對我們碎碎念而已。」

我們無視那幾顆頭，繼續往前走。每一顆頭都在我們經過時輪番提出警告。

「不准往前！」第四顆頭大叫。

「你們要自行承擔前進的風險！」第五顆頭哭嚎道。

「我不覺得他們有在聽。」第六顆頭說。

「喔，好吧。」第七顆頭飄飄然地說，「別說我們沒警告過你們。」

第八顆頭只對我們吐出又肥又綠的舌頭。我們越過了它們，來到橋的最高點，然後橋突然斷了，一個二十呎寬的大裂口取代了石頭該有的位置，而我差點就一腳踩了進去。我揮舞著雙臂往後退，艾瑪一把抓住我。

「他們沒把該死的橋蓋完！」我說，臉頰因腎上腺素與羞恥感而發紅。我可以聽見後方的頭、還有更後方的鎮民們笑我的聲音。

如果是用跑的，絕不可能及時煞住腳步，那我們就會全都摔下邊緣了。

「你還好嗎？」艾瑪問我。

「我沒事。」我說，「但我們可不好。現在要怎麼把愛迪森送過去？」

「這真的很麻煩。」愛迪森邊說邊在邊緣踱步。「我覺得我們應該跳不過去？」

「不可能。」我說，「就算全力衝刺，距離還是太遠了。用撐竿跳都不可能。」

「啊。」艾瑪說，回頭看了一眼。「你給了我一個點子。我馬上回來。」

愛迪森和我看著她走下橋。她在經過的第一個頭旁邊停下腳步，伸手抓住插著頭的長矛用力拉。

矛輕輕鬆鬆就被拔了起來。那顆頭大聲抗議著，不過她把長矛放在地上，一腳踩住它的臉，向後使勁一拔。長矛從頭裡滑了出來，頭則沿著橋滾了下去，嘴裡憤怒地吼個不停。艾瑪勝利地回到我們身邊，將矛立在裂口邊緣，讓它倒下跨在裂口上，發出一聲重重的金屬碰撞聲。

艾瑪皺起眉頭看著它。「好吧，這的確比不上倫敦大橋。」二十呎長，一吋寬，中間還微微有點彎曲。這座橋看起來就像是馬戲團特技演員走鋼索的道具。

「再加幾根好了。」我建議道。

我們來回跑了幾趟，拔起長矛橫跨在裂口上方。那些頭對著我們吐口水或罵髒話、或提出毫無意義的威脅。當最後一個頭被拔起滾走後，我們終於搭好一座小小的金屬橋，稍微超過一呎寬，上面沾滿了頭裡黏答答的液體，在充滿灰燼的微風中顫動。

「為了英國！」愛迪森說，然後一步一停頓地踩上長矛。

「為了裴利隼女士。」我邊說邊跟在他身後。

「看在時鳥的分上，走就是了。」艾瑪說，然後跟著我走上橋。

愛迪森把我們的腳步拖得很慢。他的小腳不斷地滑入長矛之間，使矛像是輪軸般轉個不停，讓我的腸胃緊縮個不停。我試著把焦點放在腳踩的地方，而不是長矛縫隙間看見的裂口，但這根本是不可能的任務；下面沸騰的河水就像磁鐵般吸引了我的視線，然後我發現自己居然在思考，我們的高度是足以讓我在摔下去的過程中就嚇死，或是會讓我活到掉進水裡後，再感覺自己活活被煮死。而這段時間裡，愛迪森已經放棄用走的，他直接趴下，像蛞蝓般用腳推著自己前進。我們就這樣毫無尊嚴的一小吋一小吋前進，直到過了中間點。我腸胃的緊縮感突然尖銳了起來，然後轉變成另一種東西，一種我再熟悉不過的糾結感。

噬魂怪。我試著把這個詞說出口，但嘴巴實在太乾；當我吞了吞口水，然後終於開口時，那個感覺已經加強了十倍。

「真是該死的壞運氣。」愛迪森說，「他在我們前面，還是後面？」

但我沒辦法馬上給出答案，我必須四處探索那股感覺，才能做出判斷。

「雅各！前面或後面？」艾瑪在我耳邊大叫。

前面。我肚裡的指南針非常肯定，但是這一點也不合理：現在橋的下坡一覽無遺，直通到堡壘的入口，可是這段路宛若廢棄般，上面什麼都沒有。

「我不知道！」我說。

「那就繼續前進！」艾瑪回答。

我們距離裂口尾端比開端更近了；要離開長矛搭成的橋，前進是更快的選擇。我硬是壓下心中的恐懼，彎下身撈起愛迪森，開始跌跌撞撞地在晃動的長矛上狂奔。噬魂怪感覺就在觸手可及處，而現在我可以聽見他的聲音正在某個看不見的地方對我們低嚎。我的眼睛順著聲音的來源看去，他是在我們前方，但卻是下面，在橋的切面上，那裡有幾個又高又窄的切口，深深刻進了石頭裡。

那裡。這座橋是中空的，而噬魂怪就在裡面。儘管他的身體絕不可能卡進那些隙縫中，但他的舌頭一定可以。

正當我跑完長矛、踏上堅固的橋面時，就聽見艾瑪的尖叫聲。我扔下愛迪森，轉過身，正好看見一根噬魂怪的舌頭捲住她的腰，將她往空中拋去。

她尖叫著我的名字，我則尖叫著她的。那根舌頭將她上下顛倒，然後用力搖晃。她再度尖叫。這世界上沒有比那更可怕的聲音了。

另一根舌頭打中長矛的下方，將我們自製的橋掀翻，一陣碰撞後，摔下裂谷。接著，第二根舌頭朝愛迪森竄去，第三根則往我的胸口襲來。

我摔倒在地，一下喘不過氣來。當我掙扎著要呼吸時，那根舌頭繞住我的腰，將我往半空中甩。另一根舌頭則抓住了愛迪森的後腿。一時間，我們三個就這樣頭下腳上的掛在那裡。

血液朝腦門直衝，讓我眼前一片黑暗。但我可以聽見愛迪森吠叫和啃咬舌頭的聲音。

「別咬，他會把你丟下去的！」我大叫，但是他完全不聽我說。

艾瑪也一樣無助。如果她動手燒那根舌頭，噬魂怪也會拋下她的。

「跟他說話，雅各！」她叫道，「叫他停下來！」

我扭著身子看向那些伸出舌頭的狹窄洞口。他的牙齒咬著石板。他的黑眼睛飢渴地盯著我們。我們就像水果般掛在粗黑的藤蔓上，下方的裂谷則張著血盆大口。

我試著用他的語言說話。「**放我們下來！**」我大叫，但喊出來的卻是英文。

「再試一次！」愛迪森說。

我閉上眼睛，想像著噬魂怪照我的話做的樣子，然後又試了一次。

「把我們放回橋上！」

還是英文。這隻噬魂怪並不是我花了好幾個小時在冰裡與它對話的那隻、我已經逐漸熟悉的那隻。這隻我很陌生，我和他的連結又淺又弱。他似乎感覺到我正在試著入侵他的腦子，所以突然把我們高高扯起，像是打算把我們甩下裂谷。不管用什麼方法，我都得和他取得連結，**現在就要**……

「**停！**」我聲音沙啞地尖叫，而這一次，我發出來的聲音，正是充滿喉音的噬魂怪語。

我們瞬間停在半空中。有那麼一小段時間，我們就像掛在微風中晾乾的衣服似在那裡飄動著。我說的話有效了，但還不夠。我現在只是讓他困惑而已。

「我不能呼吸。」艾瑪沙啞地說。抓著她的舌頭纏得太緊了，臉已經脹成了紫色。

「把我們放回橋上。」我說，這次還是噬魂怪語！那些字句在出口前刮著我的喉頭，每次說出他們的語言，都讓我覺得像在咳出一根根的釘書針。

噬魂怪發出一聲不太確定的呼嚕聲。我一度樂觀地以為他或許就要照我說的做了，但接著，他突然開始把我快速地上下甩動，就像在甩毛巾一樣。

所有事物都變得模糊，我也短暫地失去了視線。當我恢復過來時，舌頭發麻，嘴裡嘗到了血味。

「叫他放我們下來！」愛迪森正在大叫。只是現在我連話都說不出來了。

「我摁愛試啊。」我喃喃說道，然後用力咳了一聲，吐出一口血。「放偶們軋來。」我用七零八落的英文說。「放偶們……」

我停住，重新整理我的腦袋。深呼吸。

「把我們放回橋上。」我用清晰的噬魂怪語說。

我重複了三次，希望這句話能夠稍微進入噬魂怪殘暴噬血的大腦中。「把我們放回橋上。把我們放回橋上。把我們放回……」

他突然發出一聲震耳欲聾的挫敗怒吼，把我扯向他被監禁的橋墩，然後又吼了一聲，黑色的汁液噴在我臉上。接著他把我們三個往上扯起，然後甩向我們出發的方向。

我們在半空中翻滾了好長一段時間，現在我們在下墜了，我很確定，我們正在摔向被詛咒的命運。然後我的肩膀重重撞上堅硬的岩石橋面，連滾帶滑地朝橋的底部溜去。

奇蹟似的，我們還活著，在被各種折磨之後，意識仍清醒，而且至少我們都還好手好腳。當滾下光滑的大理石橋面，停下時撞翻了底部那些堆在一起的頭。他們四散在周圍，趁我們起身時大聲嘲笑。

「歡迎回來！」離我最近的一個頭說道，「我們好喜歡你們驚恐的尖叫聲喔。你們的肺活量還真大。」

「你們怎麼沒說有隻噬魂怪躲在這座該死的橋裡？」我邊說邊直起身子成坐姿。疼痛感在我全身上下擴散開來，包括磨破的雙手和膝蓋，肩膀處傳來的隱隱疼痛，似乎意謂著脫臼。

「說出來還有什麼好玩的？驚喜才有趣。」

「癢癢一定特別喜歡你們。」另一顆頭說，「他可是吃掉了上一個訪客的雙腿呢！」

「那算什麼。」一個戴著海盜般閃爍大耳環的頭說，「有一次我看見他用繩子綁住一個特異者，把他放進河裡五分鐘後，再吊起來吃了他。」

「好有嚼勁的特異者。」第三顆頭讚嘆地說，「我們的癢癢真是個美食家。」

我還站不太起來，只能一點一點用爬的靠近艾瑪和愛迪森。她坐在那裡揉著頭，他則試探性地將重心擺在其中一隻受傷的腳上。

「你們還好嗎？」我問。

「我的頭撞得很扎實。」艾瑪回答。當我撥開她的頭髮檢查一道血痕時，她哀嚎了一聲。

愛迪森舉起一隻跛腳。「我的腳恐怕是折斷了。我想你可能沒辦法請那頭野獸把我們輕輕放下來。」

「哈哈，很好笑。」我說，「回想起來，為什麼我不乾脆請他殺光所有的偽人，再順便把我們的朋友救出來就好了？」

「其實我也在想同一件事。」艾瑪說。

「我只是在開玩笑。」

「嗯，但我不是。」她說。我用袖口點了點她的傷，她隨即倒抽一口氣，推開我的手。

「剛才到底發生了什麼事？」

「我想那隻噬魂怪聽得懂我的意思，但他不想服從。我和他不像我和先前那隻一樣，有那種連結。」

那頭怪物已經死了，被倒塌的橋壓在底下，或許也溺了水。現在我開始覺得有點可惜了。

「你是怎麼和第一隻溝通的？」愛迪森問。

我快速將我發現他被困在冰裡，又是花了一整晚詭異的、頭對頭的親密接觸之後，才有辦法打破他腦內某種神經機制的過程告訴了他。

「如果你沒辦法和橋裡的噬魂怪取得連結，」愛迪森說，「他為什麼會饒了我們的小命？」

「或許我擾亂了他？」

「你得再更熟練點。」艾瑪唐突地說，「我們要把愛迪森送過去。」

「熟練？我該怎麼做，去上課嗎？我們下一次再靠近他，那傢伙就會殺了我們的。我們得找別的方法過去。」

「雅各，我們已經沒有其他方法了。」艾瑪將一片毛躁的頭髮從臉上撥開，眼睛直盯著我。「你就是我們的方法。」

我正打算大聲反駁，就感覺到我的背後傳來一陣尖銳的疼痛，便大叫一聲跳了起來。原來其中一顆頭咬了我的屁股。

「嘿！」我邊大叫邊揉著被咬的位置。

「把我們裝回長矛上原本的位置，你這個野蠻人！」他說。

我用盡全力踢了他一腳，他便滾進那群蹲在地上的鎮民之間。所有的頭都開始對著我們叫囂咒罵起來，靠著下巴的動作古怪地滾動著。我罵回去，一邊用腳把煤灰踢到他們恐怖乾癟的臉上，直到他們全都吐起口水、咳個不停。接著，一個又小又圓的東西飛過空中，溼答答地打中我的背。

是一顆爛掉的蘋果。我轉身面對那些鎮民。「誰丟的？」

他們像嗑了藥似的吃吃笑了起來，聲音低沉。

「滾回你們來的地方！」其中一個人對我們喊道。

我開始覺得這不是個壞主意了。

「他們竟敢！」愛迪森嗤之以鼻地說道。

「別管他們了。」我對他說，我的怒氣已逐漸淡去。「我們只要……」

「你們竟敢！」愛迪森誇張地大叫，用後腳站起，好強調他的認真。「你們不是特異者嗎？你們難道一點羞恥心都沒有？我們是在試著救你們！」

「給我們一瓶汁液，否則就閉嘴！」一個衣衫襤褸的女人說道。

愛迪森渾身因憤怒而顫抖不已。「我們是在試著救你們。」他又說了一遍。「而你們……你們！……在我們的夥伴正遭人謀殺、我們的圈套正遭人侵略的時候，卻只是在敵人的大門口睡覺！你們應該要自己攻進去才對啊！」他將受傷的腳掌指向他們。「你們全都是叛徒，而我發誓，總有一天我會看著你們被拖到時鳥議會裡接受懲罰！」

「好了，好了，別把你的精力全浪費在他們身上。」艾瑪邊說邊搖晃地站起來。接著一顆腐爛的包心菜便飛過她的肩頭，啪的一聲落在地上。

她也失控了。

「好吧，有人的臉要融化了！」她大叫，對著鎮民揮舞起手中的火焰。

在愛迪森說話時，一群鎮民就已經鬼鬼祟祟地不知道在講些什麼，現在他們手上抓著好幾種鈍器朝我們走來。一根鋸斷的木頭。一條水管。場面一下也變得非常難看。

「我們已經受不了你們了。」一個身上布滿瘀青的男人懶洋洋地拖著聲音說道，「我們要把你們推進河裡。」

「試試看啊。」艾瑪說。

「我可不想。」我說，「我覺得我們該走了。」

他們總共有六個人，我們只有三個，而且我們目前的狀態很糟：愛迪森跛了，艾瑪的臉上掛著血痕，而多虧了我受傷的肩膀，現在右手幾乎舉不起來。此時，男人們已經分散開來，正逐漸朝我們靠近。他們要把我們逼進裂谷裡。

艾瑪回頭看著橋，然後轉向我。「拜託。我知道你可以帶我們過橋的。再試一次。」

「我不能，小艾。我不能。我不是在開玩笑。」

我真的不是。我沒辦法控制那隻噬魂怪，至少，現在還不行，我很清楚。

「如果小男孩說他不行，那我並不打算質疑他。」愛迪森說，「我們得用別的方式過這一關。」

艾瑪哼了一聲。「像是怎樣？」她看著愛迪森。「你能跑嗎？」她看著我。「你能打嗎？」

這兩個問題的答案都是「不」。我懂她的意思：我們的選擇正在快速消失。

「在這種時刻，」愛迪森傲慢地說，「我們的族人不會打鬥。我們會溝通！」他對著男人們大聲疾呼，「我的特異同胞們，請各位保持理智！讓我說句話吧！」

他們完全忽視他，然後繼續前進，封鎖逃脫的路徑，我們則不得不往橋邊退去。艾瑪手中燃起了她能做出最大的火球，愛迪森嘴裡仍叨念著叢林裡的動物們都能和平共處，我們為什麼不能？「想想最簡單的例子，豪豬和他的鄰居負鼠……當他們一同應付共同的敵人——冬天——時，難道他們有將精力浪費在試著將彼此推入裂谷中嗎？當然沒有！」

「他已經完全發瘋了。」艾瑪說，「閉上你的嘴，然後去咬人啊！」

我四處張望尋找著可以用來戰鬥的道具。地上唯一足夠堅硬的東西只有那些頭了。我抓起其中一顆頭上殘留的小撮頭髮，將他拎了起來。

「還有什麼別的方法過橋？」我對著他的臉大吼。「快點，不然我就把你丟進河裡！」

「下地獄去吧！」他對著我吐口水，然後作勢要咬我。

我將他往男人的方向甩去。用的是我的左手，動作非常彆扭。我丟的太輕了。於是我轉身撿起另一顆頭，又問了一次我的問題。

「當然有。」那顆頭嘲笑道。「跟在施捨車（Prizzo van）的後面！但如果我是你的話，我寧可跟橋裡的噬魂怪硬碰硬……」

「什麼是施捨車？告訴我，不然我也會把你丟出去！」

「你就快要遇到一輛了。」他回答，接著不遠處突然傳來三聲槍響，砰、砰、砰，聲音慢而規律，像是某種警告。朝我們步步進逼的男人們立刻停下腳步，所有人轉身朝街道望去。

在灰燼構成的雲霧漩渦之中，一個巨大而笨重的東西正朝我們怒吼著前進。一陣震耳欲聾的引擎聲傳來，接著，一輛卡車從黑暗現身。那是一輛現代軍事卡車，上面裝著鉚釘和強化材料，輪胎有半個人那麼高。車子的後半部並未裝上窗戶，兩名身穿防彈背心的武裝偽人站在車門外的踏板上看守著。

卡車出現的那一瞬間，所有的鎮民突然陷入了某種瘋狂的狀態，因喜悅而大笑抽氣，揮舞著雙臂，拍打著雙手，像是受困的難民在對著行經的飛機打信號。而就像那樣，我們被遺忘了。逃脫的黃金時刻突然掉落面前，我們可不打算浪費。我把手中的頭丟開，將愛迪森勾在左手的臂彎裡，然後跌跌撞撞地跟著艾瑪從路邊跑開。我們大可一路跑下去，遠離濃煙街，躲到惡魔之灣更安全的地方。但是我們的敵人就活生生地站在我們面前，而且現在正在發生的事和等一下要發生的事顯然至關重要。所以我們在距離道路不遠處停下腳步，躲在一叢焦黑的樹後方觀察。

卡車慢下來，人群便朝它湧了過去，乞討著，要求著汁液、小滴、琥珀汁，或者一小口就好、一點點就好、拜託長官，用噁心的方式讚美著這些屠夫們，拉扯著軍人的衣服和鞋子，得到的回應則是被裝著鐵片的軍靴一腳踢開。我原以為偽人會開始開槍、或是催動引擎撞飛那些膽敢擋在他們和橋梁間的蠢蛋，但是卡車停了下來，偽人們開始下達指令：排成一列，從那邊開始，保持秩序，否則你們什麼都拿不到！民眾們開始排隊，像是在等著領救濟品的窮人那樣，焦躁而興奮地期待著，他們接下來要領到的東西。

愛迪森突然毫無預警地開始掙扎著要回到地面上。我問他發生了什麼事，但他只是哀嚎，掙扎得更用力，臉上急切的表情就像是聞到一股明顯的氣味般。艾瑪制住他，不過他想辦法爭取了一小段時間，說道：「是她，是她……是鵪鶉女士。」然後我突然意識到，**施捨車**就是囚車的代名詞，而裝在偽人巨大卡車後方那些貨物們，肯定是人類。

接著愛迪森咬了我，我大叫一聲放開他。而就在那短短一瞬間，他便溜走了。艾瑪咒罵一聲，我則說道：「愛迪森，不要！」但是這一點幫助也沒有；他現在完全是照著直覺在行動，是忠犬護主的本能反應。我撲向他，但被他閃過了。身為一隻只剩下三隻腳能運作的動物，他的動作快得驚人。接著艾瑪一把拉起我，我們便一起追在他身後，從藏身處跑到路上。

有個轉瞬即逝的剎那，我以為就要抓到他了，而士兵們會因為群眾太擁擠、鎮民會因為太專注而忽視我們的存在。這或許真的有可能發生，但現實是，當我們衝到半路時，艾瑪看見了卡車的後門。**門鎖可以被融化。門可以打開。**她一定是這樣想的，我可以看見她臉上出現的希望。然後她從愛迪森身邊跑過，連對他伸手都沒有，接著爬上卡車的排氣管。

警衛們大叫。我伸手去抓愛迪森，但他滑開了，衝進卡車下方。艾瑪開始試著融化其中一扇後門的門把，此時卻有一名警衛像在揮舞棒球棍般揮起他的槍。槍枝打中她的身側，她摔倒在地。我朝警衛衝去，準備用我還能動的那隻手臂對他施展報復，但我的腿滑了一下，受傷的肩膀再度著地，頓時一陣劇痛像閃電般竄過全身。

這時我突然聽見警衛的尖叫聲。我抬起眼，發現他的武器已經不見了，正揮舞著一隻受傷的手臂，跌入一群瘋狂移動的民眾之中。鎮民們包圍著他，不僅是乞求了，他們正在要求他、威脅他，像發了瘋一樣。而現在，某個人搶走了他的武器。他嚇壞了，將兩手舉在頭頂上，對著另一個偽人揮舞。**把我弄出去！**

我掙扎著爬起來，跑向艾瑪。另一名警衛撲進人群，對空鳴槍，直到他能把自己的同袍拉出來，跑回卡車邊。而腳一踩上側邊踏板的瞬間，他們便拍了拍卡車車身，引擎隨即發出一聲怒吼。當卡車衝向橋邊時，我正好抓住艾瑪，巨大的輪胎將碎石和灰燼捲得四處飛散。

我扣住她的手臂，好向自己確保她仍然是完整的。「妳在流血。」我說，「而且流很多。」這句話聽起來實在很愚蠢，但這也是我對她狀態唯一能做出的評論，瘸著腿，頭皮上的傷口在頭髮裡滲著血。

「愛迪森在哪裡？」她說。但在我說出「不知道」之前，她就打斷了我。「我們必須跟在那輛車後面。那可能是我們唯一的機會了！」

我們抬眼看去，卡車已來到橋邊，而警衛的槍正打倒兩名追著他們跑的鎮民。當他們摔倒在地時，我知道她錯了：我們不可能追著卡車走，更不可能過橋。沒有希望！現在那些鎮民都知道了。當同伴倒下時，我能感受到他們的絕望感變成了憤怒，而似乎只花了短短一瞬間，那股憤怒就轉移到我們的身上。

我們試著逃跑，卻被團團包圍。鎮民們嚷嚷著控告我們「毀了大好的機會」，說「他們現在要把我們趕盡殺絕了」，說我們該全部去死。攻擊開始落在我們身上，巴掌、拳擊、一隻隻的手拉扯著我們的頭髮和衣服。我試著保護艾瑪，但最後卻變成她在保護我，或至少保護了一小段時間。她揮舞著自己的雙手，燒著靠近我們的任何人。就連她的火焰都沒有辦法阻止其他人逼近，而他們則打得我們不得不跪在地上，最後縮成一球，用手臂保護著自己的臉，疼痛從四面八方襲來。

我幾可確定自己快死了，或者是在做夢，因為在某個瞬間，我聽見了那陣歌聲，一陣嘹亮、清脆的「聽聽鐵鎚的敲打聲，聽聽釘子的鑽洞聲」，但每句歌詞都伴隨著一聲打擊人類肌肉的悶響，還有相應的哀嚎聲，「製作絞刑臺是多麼（啪），所有煩惱全都說（砰）！」

幾句歌詞和幾下打擊之後，我們受到的攻擊終於不再像雨點般落下，暴怒的群眾緊張地碎念著退開了。我從血絲與砂石中模糊地看見五名絞刑臺工人，腰間繫著工具，手中則握著鐵鎚。他們從人群中打開一條血路，而此刻正包圍著我們，臉上懷疑的神情宛若漁夫在漁網中看見了某種從未見過的新品種。

「這真的是他們嗎？」我聽見其中一個人說，「他們看起來很不好，表哥。」

「當然是他們！」另一個人說。他的聲音聽起來就像拉警報般，深沉而熟悉。

「是雪倫！」艾瑪大叫。

我的手只能稍微動一下，把一隻眼睛前的血抹開。他身穿黑色斗篷的七呎身影就站在那裡。我感覺到自己正在笑，或者試著要笑；我從來沒有這麼開心看到一個這麼醜的人。他從口袋裡撈出了某些東西，小小的玻璃罐，然後把它們高舉過頭頂喊道：「**我這裡有你們想要的東西，你們這些病態的猴子，來拿吧！然後離這些孩子們遠一點！**」

他轉過身，把小藥瓶往路上扔。民眾朝它們蜂擁而去，又吼又叫的樣子，像是準備好要把自己的同伴們撕扯成碎片。最後，我們身邊只剩下那些工人們，有點踉蹌但沒有什麼大礙，正在把鐵鎚塞回腰上的皮帶裡。雪倫朝我們大步走來，一邊對我們伸出一隻雪白的大手，一邊說：「你們到底在想什麼?就那樣溜走!我快擔心死了!」

「他是說真的。」其中一個工人說，「他整個人都不對勁了。一直逼我們到處找你們。」

我試著坐起身，但做不到。雪倫站在我們上方，像是在檢視路上的棄屍。

「你們還行嗎？能走路嗎？看在惡魔的分上，那些無賴到底對你們做了什麼？」他的聲音聽來介於憤怒的軍事長官與擔心的父親之間。

「雅各受傷了。」我聽見艾瑪沙啞地說，「妳也是。」我試著這麼說，但我的舌頭卻不聽使喚。她似乎是對的，我的頭感覺像石頭一樣重，視線則是壞掉的衛星訊號，時好時壞。我被雪倫抬了起來，勾在他的臂彎裡。他比看起來強壯多了。而我腦中突然有個一閃而過的念頭，我也試著問出口。

愛迪森在哪裡？

我的聲音全糊在一起，但他卻不知怎麼的聽懂了。他將我的頭朝橋的方向轉去說：「那裡。」

遠處，卡車就像是浮在半空中一樣。是因為我得了腦震盪，所以看見幻覺了嗎？不，現在我看見了。卡車是由噬魂怪的舌頭抬過橋的。

但是愛迪森在哪裡？

「那裡。」雪倫重複道，「在下面。」

兩條後腿和一個小小的棕色身影掛在卡車的下方。愛迪森咬住了卡車下方的骨架，搭了個便車。這聰明的小惡魔。當舌頭將卡車拎過橋時，我想道，上帝保祐，勇敢的小狗。你或許是我們的最後希望了。

然後我的意識便開始消失、消失，整個世界陷入一片黑暗。

第四章

混亂的夢境，帶著奇怪語言的夢境，關於家的夢境，關於死亡的夢境。毫無邏輯可言的荒謬事物與一絲絲的意識混在一起，進入我混沌的腦海中，洶湧而不可靠。一個沒有面孔的女人將沙土吹進我的眼睛裡。一股被泡在溫水裡的感覺。艾瑪的聲音向我保證一切都會沒事、他們是朋友、我們很安全。接下來的則是深沉、沒有夢境、不知經過多少小時的黑暗。

再次醒來時，我知道我並不是在做夢。我被人安置在一個小房間裡的床上。微弱的光線從拉下的窗簾下方透了進來。所以現在是白天。但是哪一天？

身上穿的不是我那身染滿血跡的舊衣服，而是一件睡袍，眼睛裡的砂石也已經清掉了。有人好好地照顧著我。再者，雖然我累到動彈不得，但是我卻沒感覺到什麼疼痛。我的肩膀已經不痛了，頭也是。我不確定這代表什麼意思。

我試著坐起身，但在中途就先用手肘撐著休息一會兒。床邊的小桌上擺著一個裝了水的玻璃壺，房裡的角落有一個衣櫃。而另一個角落……我眨了眨眼睛，用手揉了揉，好確定那不是幻覺。有個男人睡在椅子上。我的大腦運作得異常遲緩，所以我連驚嚇的感覺都沒有，只是淡淡地想了想，好奇怪。而且他是真的很奇怪！他的長相怪得讓我掙扎了一下，才理解我到底看見了什麼。他看上去像是由一堆的「一半」所組成的：一半的頭髮柔順地貼著頭皮往下，另一半的頭髮則雜亂不已；一半的臉上長著亂糟糟的鬍子，另一半則刮得乾乾淨淨。就連他的衣服（長褲，縐巴巴的毛衣，蓬鬆的伊莉莎白式領子）也是一半現代、一半古老。

「你好？」我不太確定地說。

男人大叫一聲，被我嚇得從椅子上摔到地上。「喔，天啊！喔，我的天啊！」他爬回椅子上，瞪大眼睛，雙手揮舞個不停。「你醒了！」

「對不起，我不是故意要嚇你的……」

「啊，不，這完全是我的錯。」他邊說邊把自己的衣領拉好。「請別告訴任何人，我在看著你的時候睡著了！」

「你是誰？」我問，「我在哪裡？」我的心思很快就恢復了清晰，許多問題隨即湧入我的腦海。「艾瑪在哪裡？」

「喔，對！」男人說，看起來坐立不安。「我或許不是整個家裡最適合回答的人……問題……」

他喃喃念著那個詞，揚起眉毛，好像問題是不被允許的。「但是！」他指著我。「你是雅各。」然後他指向自己。「我是寧姆。」他的手繞了一個圈。「而這裡是班森先生的家。他非常想見你。事實上，只要你醒來，我就應該馬上去通知他。」

我扭動著完全坐起來，而這個動作幾乎耗盡我全身的力氣。「我不在乎這個，我只想見艾瑪。」

「當然！你的朋友……」

他像揮舞翅膀般拍起手，眼神四處跳動，好像覺得自己能在房間角落找到艾瑪的身影。

「我想見艾瑪。現在就要！」

「我的名字是寧姆！」他尖叫道，「而我得通知……對，在嚴厲的指示之下……」

一個讓人驚慌的念頭飛入我的腦中，雪倫如此慈悲地把我們從暴民手中救出來，只是為了要把我們分屍賣掉。

「艾瑪！」我想辦法大叫起來。「**妳在哪裡？**」

寧姆的表情變得一片空白，跌坐回椅子裡。我想我把他嚇傻了。

一會兒之後，乒乒乓乓的腳步聲便從走廊上傳來。一個穿著白色大衣的男人衝進房裡。

「你醒來了！」他對我歡呼道。我只能預設他是個醫生。

「我想要見艾瑪！」我說。我試著把腳跨下床，但是它們感覺重得就像鉛塊。

醫生衝到我旁邊，將我推回床上。「別下床，你還在復原期呢！」

醫生囑咐寧姆去找班森先生。寧姆撞開房門，衝上走廊。接著艾瑪就出現在門口，上氣不接下氣，臉上帶著微笑。她的頭髮披散下來，身上穿著一件乾淨的白裙。

「雅各？」

一看見她，一股力量突然竄過我的全身。我坐起來，將醫生推開。

「艾瑪！」

「你醒了！」她邊說邊跑向我。

「小心點，他現在很脆弱！」醫生警告道。

艾瑪小心謹慎地給了我一個最溫柔的擁抱，然後在我身邊的床沿坐下。「很抱歉，你醒來時我不在這裡。他們說你可能還會再昏迷好幾個小時……」

「沒關係。」我說，「只是我們在哪裡？我們在這裡多久了？」

艾瑪瞄了醫生一眼。他正在一本小筆記本上書寫，但顯然也在聽我們說話。艾瑪轉身背向他，壓低聲音。「我們在惡魔之灣某個有錢人家裡。某個隱密的地方。雪倫兩天半前帶我們過來的。」

「只有這樣嗎？」我說，研究著艾瑪的臉。她的皮膚光滑，所有的傷都僅剩下白色細痕。「妳看起來幾乎已經全好了！」

「我只有一點小擦傷和撞傷……」

「才怪。」我說，「我還記得那時發生了什麼事好嘛。」

「你斷了一根肋骨，還有肩膀脫臼。」醫生打岔道。

「這裡有個女人，」艾瑪說，「一個醫療者。她的身體會產生一種厲害的粉末……」

「還有雙重腦震盪。」醫生說，「最終並沒有什麼我們不能應付的問題。但是你，小男孩，你來到這裡時幾乎快死了。」

我拍了拍我的胸口和肚子，那些被嚴重攻擊的地方，一點都不痛。我抬起右手臂，活動了下肩膀，沒有任何問題。「我好像換了一條手臂一樣。」我讚嘆地說。

「你不需要換個腦袋已經算是幸運了。」另一個聲音說道。雪倫正彎下身子，好讓自己從門框中穿過。「事實上，真可惜他們沒有給你一個新腦袋，因為你現在用的這個顯然裡頭裝的全是垃圾。就那樣消失、完全不知道你究竟往哪裡鑽……尤其還是在我警告過你們之後！你到底在想什麼？」他居高臨下地站在我和艾瑪面前，搖著他那又長又白的手指。

我對他露齒一笑。「哈囉，雪倫，很高興我們又見面了。」

「對啊，哈哈，在一切都明朗之後，要微笑真容易，對不對？但你們差點就害死自己了！」

「我們很幸運。」艾瑪說。

「對……幸好我在那裡！幸好我的絞刑臺工人表親們那天下午正好有空！幸好我在他們去棺材搖籃酒吧（Cradle and Coffin）裡喝太多熱溝啤酒前就找到他們！順帶一提，他們可不做白工的。我把他們的服務費也加進你們的帳單裡了，還有我壞掉的船！」

「好啦，好啦！」我說，「冷靜點好不好？」

「當時你們到底在想什麼？」他又說了一次，他的口臭像雲一樣籠罩著我們。

接著，我突然想起自己當時到底在想什麼了，以致有點失控。「我在想你是個不值得信任的騙子！」我回擊道，「你只在乎錢，而且只要一有機會，就會把我們當奴隸賣掉！沒錯。」我說，「我們全都搞清楚了。我們知道你們這些特異者在這裡都幹了些什麼骯髒事，而如果你真的覺得我們會相信你……」我指向雪倫，「或者你們任何一個人……」我指向醫生，「幫助我們完全只出於好心，你們絕對是瘋了！所以要不現在就告訴我們，你們到底想把我們怎麼樣，要不就讓我們走，因為我們……我們有……」

突如其來的疲憊感席捲全身，我的視線一片模糊。

「有更重要的事情……」

我搖了搖頭，試著站起來，但整個房間像是開始旋轉般。艾瑪抓住我的手臂，醫生則溫柔地把我推回枕頭上。「我們之所以會幫助你們，是因為班森先生要求我們這麼做。」他簡短地說，「至於他想要把你們怎麼樣，你們得自己問他了。」

「所以我說了，那位不知道哪位的先生可以去吃嗚嗚嗚……」

艾瑪用一隻手摀住我的嘴。「雅各現在有點精神錯亂。」她說，「我很確定他的意思是，謝謝你們救了我們。我們欠你們一次。」

「這也是啦。」我含糊地透過她的手指說道。

我既生氣又害怕，但更多的是生存下來的喜悅，還有看見艾瑪被治癒的樣子。當我想到這點時，所有的反抗之情便從體內流失，只剩下滿滿的感謝。我閉上眼睛，好讓房間停止轉動，一邊聽著他們竊竊私語著我的事。

「他是個麻煩。」醫生說，「我們不能讓他這樣去見班森先生。」

「他的腦子還不太能運作。」雪倫說，「如果那個女孩和我可以私下與他談談，我很確定他會恢復正常的。可以讓我們獨處一下嗎？」

醫生不甘願地離開了。他出去後，我睜開眼睛，聚焦在俯視我的艾瑪身上。

「愛迪森在哪？」我問。

「他過橋了。」她說。

「對。」我想起來了。「有他的消息嗎？他回來了嗎？」

「沒有。」她輕聲說，「還沒。」

我思考著這可能代表什麼意思，他可能發生了什麼事，但是卻無法忍受那個想法。「我們答應過要去找他的。」我說，「如果他能過橋，我們也行。」

「橋裡的那隻噬魂怪可能不介意一隻狗搭便車。」雪倫插嘴道，「但你們的話，他絕對會把你們拔下來丟進河裡的。」

「走開啦。」我說，「我想跟艾瑪單獨說話。」

「為什麼？你們想爬出窗戶、再逃跑一次嗎？」

「我們哪都不會去。」艾瑪說，「雅各連床都下不了耶。」

雪倫完全不受動搖。「我會到角落去，不偷聽。」他說，「這是我最大的讓步了。」他走到寧姆的單邊扶手椅上坐下，邊哼著歌邊清理他的指甲。

艾瑪幫助我坐好，我們額頭靠著額頭，用耳語的音量說話。有那麼一瞬間，她和我之間這麼近的距離，讓我腦中的所有問題全都飛到九霄雲外去了，只感覺到她的手碰觸我的臉頰和下巴。

「你把我嚇死了。」艾瑪說，「我以為我要失去你了。」

「我沒事。」我知道我之前一點也不好，但是被別人這樣擔心，讓我覺得很難為情。

「你之前可不是，完全不是。你應該要跟醫生道歉。」

「我知道。我只是嚇壞了。如果我嚇到妳了，我很抱歉。」

她點點頭，然後移開視線。她的眼神短暫地跳到牆上，當她再度轉回來時，一股新的強硬光芒在眼中閃爍。

「我總是喜歡告訴自己，我很強壯。」她說，「我喜歡告訴自己，我之所以現在還是自由之身，不像布蘭溫、米勒或伊諾，是因為我夠強壯、可以讓人依靠。我一直都是那樣的人，可以承擔任何事情的人。好像我體內有一個感受疼痛的開關沒有打開，可以擋掉可怕的事情，與之共存，然後繼續做我該做的事。」她握住我放在床單上的手，我們的手指便自動纏在一起。「但是當我想到你時，他們把你從地上抬起來時的樣子，在那些人之後……」

她吐出一口顫抖的氣息，搖搖頭，好像想要趕走那段記憶。「我就崩潰了。」

「我也是。」我想起每次看見艾瑪受傷時的那股心痛感、每次她陷入危險時我感受到的恐慌。「我也是。」我握緊她的手，一邊搜尋其他可以說的話，但她先開口了。

「我需要你保證一件事情。」

「任何事都行。」我說。

「我需要你別死。」

我微笑起來，但艾瑪沒有。「你不能死。」她說，「如果我失去你，其他的一切就完全沒有意義了。」

我用手臂環住她，將她緊緊摟住。「我會盡全力做到。」

「這樣還不夠。」她低語。「答應我。」

「好吧。我不會死。」

「說『我保證』。」

「我保證。那妳也得保證。」

「我保證。」她說。

「啊。」雪倫悠然地在角落說道。「戀人間甜蜜的謊言……」

我們鬆開彼此。「你不該偷聽的！」我說。

「你們已經聊得夠久了。」他邊說邊把椅子拖過房間來到床邊，發出巨大的噪音。「我們還有重要的事情要討論。像是你們欠我一個道歉。」

「為什麼？」我惱怒地說。

「污辱我的形象和名聲。」

「我說的每個字都是真的。」我說，「這個圈套裡的確充滿了騙子和怪胎，你也的確是個只要錢的混蛋。」

「而且還對自己同胞的困境，一點同情心都沒有。」艾瑪補充道，「但是，再一次，謝謝你救了我們。」

「在這裡，你得學會事情的優先順序。」雪倫說，「每個人都有自己的故事、自己的苦難。每個人都想要從你身上得到某些東西，每個人也幾乎總在說謊。所以，沒錯，我不打算為了自我中心和利益取向的行為道歉。但如果你認為我會參與任何交易特異者肉體的行為，那我深深地鄙視你。我是個投機客，並不代表我是個黑心的王八蛋。」

「那我們怎麼會知道？」我說，「我們又是哀求又是賄賂，才阻止你把我們留在碼頭上，記得嗎？」

他聳聳肩。「那是在我知道你是誰之前啊。」

我瞄了艾瑪一眼，然後一隻手指向我的胸口。「**我是誰？**」

「你，我親愛的男孩。班森先生等著要和你說話，已經等了很久。從四十幾年前，我開始擔任船夫的那天起。班森讓我安全進出惡魔之灣，我則是替他留意你的出現。我本就該帶你去見他。而現在，我終於能達成我們的協議了。」

「你一定是把我誤認成別人了。」我說，「我誰都不是。」

「他說過你可以和噬魂怪對話。你認識多少個特異者可以做到這一點？」

「但他只有十六歲。」艾瑪說，「**真正**的十六歲。所以怎麼可能……」

「所以我才多花了點時間搞懂那是怎麼回事。」雪倫說，「我必須親自和班森先生談這件事，就是你們兩個跑走的時候。你並不符合描述，知道嗎?!這麼多年來，我一直在期待見到一名老先生。」

「一個老先生。」我說。

「對。」

「可以和噬魂怪溝通。」

「就像我說的那樣。」

艾瑪握緊我的手，我們交換了一個視線。不可能的。接著我將腳伸下床，身上彷彿灌注了新的力量。「我想和這位班森談談。現在。」

「他準備好了之後就會見你。」雪倫說。

「不。」我說，「現在。」

巧合的是，這句話剛說完，就傳來一聲敲門聲。雪倫開門，發現寧姆站在外面。「班森先生會於一小時後接見我們的客人。」他說，「地點在圖書館。」

「我們不能再等一個小時。」我說，「我們已經在這裡浪費太多的時間了。」

這句話讓寧姆的臉頰脹紅鼓起。「浪費？」

「雅各的意思是，」艾瑪說，「我們在惡魔之灣還有別的緊急狀況需要應付，而我們已經遲到了。」

「班森先生堅持要鄭重地接待你們。」寧姆說，「他總是說，當這世界失去禮儀的時候，我們也就失去這個世界了。說到這，我是來確保你們穿戴得宜的。」他走向衣櫃，打開沉重的門。裡面放了好幾排的衣物。「你們可以自由選擇喜歡的服裝。」

艾瑪拉出一條下襬繁複的裙子，癟了癟嘴。「這感覺太糟了。在這裡玩辦家家酒、喝下午茶，而我們的朋友和時鳥們正被迫面對天知道什麼可怕的命運。」

「我們是為了他們這麼做。」我說，「我們只需要配合到班森告訴我們，他擁有的資訊為止。他或許知道什麼重要的事。」

「或許他只是個孤獨的老人。」

「不要用那種態度討論班森先生。」寧姆說，臉都皺了起來。「班森先生是個聖人、是人中之人！」

「喔，冷靜點。」雪倫說。他走到窗邊，拉起百葉窗，讓一絲顏色像豆子湯的日光透進房裡。「起床換衣服了。」他對我們說。「你們有個約會呢。」

我一揮開棉被，艾瑪便幫助我下床。讓我驚訝的是，我的腿居然撐住我的體重。我往窗外瞄了一眼，看見空蕩蕩的街道籠罩在黃色的黑霧中，然後靠著艾瑪的幫助，來到衣櫃前挑選要換的衣服。我發現一套上面貼著我名字的外衣。

「我們可以有點換衣服的隱私嗎？」我說。

雪倫看了寧姆一眼，聳聳肩。寧姆擺著手。「這樣很不好！」

「啊，他們沒關係啦。」雪倫說，一邊揮了揮手。「但是不要亂搞，好嗎？」

艾瑪的臉微微紅了起來。「我可聽不懂你在說什麼。」

「妳當然不懂。」他把寧姆趕出門外，然後在門邊停下腳步。「我相信你們不會再逃跑了？」

「為什麼要跑？」我說，「我們想要見班森先生。」

「我們哪都不會去。」艾瑪說，「但你為什麼還在這裡？」

「班森先生要我盯著你們。」

我很想知道這是否代表如果我們試著溜走，雪倫會不惜一切代價阻止我們。

「你一定欠了他很大的人情。」我說。

「超級大。」他回答。「我欠他一條命。」接著他幾乎把自己對折成兩半，擠上走廊。

「你去那裡換。」艾瑪邊說邊對著房間裡的附屬小浴室點點頭。「我會在這裡換。在我敲門前不准偷看！」

「好啦。」我刻意強調語氣裡的失望之情，好藏住內心真正失望的感覺。雖然不可否認，偷窺艾瑪只穿內衣的樣子非常吸引人，但是最近一連串危及性命的威脅，已把我大腦中那塊青少年的部分推入某種程度的永眠狀態。不過幾個比較認真的親吻，或許可以把我的本能再度喚醒。

無論如何，現在都不是時機。

我把自己關進由發亮的白色磁磚和鋼鐵組成的小浴室裡，然後傾身靠近鍍銀的鏡子檢視自己。

我簡直是一團糟。

我的面孔發腫，好幾道憤怒的粉紅色傷痕跨越其上，雖然好得很快，但痕跡還在，提醒著我所承受的每一下攻擊。我的身體布滿了瘀青，雖然不痛，但是看起來很可怕。耳朵中最難清潔的那些摺縫裡則積滿了乾掉的血。這畫面讓我一陣頭暈，得抓住水槽邊緣才不致摔倒。一段可怕的回憶突然竄進我腦中：人們對著我拳打腳踢，我則朝地面上重重栽去。

從來沒有人試著赤手空拳地殺掉我，這和被噬魂怪追殺是完全不同的經驗，因為噬魂怪是靠著本能在行動。這也和被開槍打中是不一樣的，子彈是一種快速而毫無人性的殺人方法。但用你的雙手，那是得費力的。你得夠恨才行。想到這樣的恨意曾經是針對我而來，就讓我產生一股詭異的酸澀感。那些根本不認識我的特異者，在集體瘋狂的狀態下，有一瞬間是那麼的恨我，恨得足以試著用他們的拳頭把我活活打死。這件事讓我感到有點羞恥，又好像有某部分的人性從體內消失，卻無法理解為什麼。我得回頭再來思考這件事，如果有天我有餘裕回頭來思考這種事情的話。

我扭開水龍頭想要洗臉。水管顫抖著發出呻吟，但在一陣誇張的噪音之後，只有一小口黑水流出來。這位班森老兄或許很有錢，但沒有任何金銀財寶可以使他遠離這個地獄般的現實世界。

他是怎麼爬到這個位置的？

更有趣的問題是：這個人是怎麼認識或怎麼知道我爺爺的？我很確定，他才是雪倫提及班森先生在等一個能說噬魂怪語的老先生時所指的對象。或許戰爭時期爺爺見過班森先生，在他離開裴利隼女士之後、到達美國之前。那是他人生中決定性的一段時間，但他對那段日子絕口不提，就算說了，也省略掉所有細節。儘管在過去幾個月裡，我已經得知了許多關於爺爺的事，可是從許多層面上來說，他對我仍然是個謎。現在他已經去世，我難過地想，或許永遠也沒辦法解開它了。

我穿上班森先生給我準備的衣服，一件看起來非常時尚的藍色襯衫，還有灰色的羊毛背心，再配上簡單的黑長褲。它們全都非常合身，好像他們早就知道我要來了一樣。當我踩進一雙棕色的皮製牛津鞋時，艾瑪敲了敲門。

「你在裡面還好嗎？」

我打開門，只看見一團爆炸的黃色。艾瑪身穿一件巨大的亮黃色洋裝，帶著蓬蓬的袖子和落在腳邊的裙襬，模樣看起來十分悲慘。

她嘆了口氣。「我很確定這一定是裁縫界的悲劇。」

「妳看起來像大鳥[4]。」我邊說邊跟著她走出浴室。「我看起來像是羅傑先生[5]。這個班森真是太殘酷了。」

這兩個譬喻她都聽不懂。她忽視我，然後走到窗邊往外看。

「很好。」

「什麼很好？」我說。

「這個窗架，夠大，又有足夠的地方可以抓，比攀爬梯安全多了。」

「所以我們為什麼要在意窗架安不安全？」我邊問邊走到窗邊加入她。

「因為雪倫在看守走廊，所以顯然我們不能從那邊出去。」

艾瑪有時好像在自己腦子裡就和我進行完整個對話了，通常我都沒有參與到。而當她好不容易決定讓我加入對話時，又會因為我的困惑感到挫敗不已。她的腦子轉得太快，有時連她自己都跟不上。

「我們不能跑掉。」我說，「我們得去見班森啊。」

「我們會見他的，但是如果你要我把接下來的這一個小時都花在這個房間裡瞎等，那你

4 譯註：Big bird，著名兒童節目《芝麻街》中的一隻黃色大鳥。
5 譯註：Mr. Rogers，美國兒童電視節目主持人。

還是殺了我吧。這位神聖的班森先生是惡魔之灣裡的放逐者，這代表他一定是個擁有下流背景的危險罪犯。我想要好好看看他的屋子，看看我們能找到些什麼。我們會在別人發現之前回來的。我們要守信用。」

「啊，很好，偷溜。那我們還穿得真適合。」

「很好笑。」

我穿的是一雙硬底皮鞋，讓我每踩一步都像是鐵鎚在敲一樣的吵，她則穿著比警告標誌還要更黃的洋裝，我也才剛找回自己站好的力氣，但我同意她的說法。她對此類事情的看法通常都是對的，而我在不知不覺間已開始依賴她的直覺。

「如果我們被人看到了，就被看到了吧。」她說，「反正這個人已經等了你好幾萬年，他不可能因為我們小小的參觀了，就把我們踢出去的。」

她推開窗戶，爬到窗架上。我小心地把頭探出去。我們位於惡魔之灣中「高級」區域的一條空街，高出地面兩層樓。我認出了一堆木材，那是我們看見雪倫走出那間像廢棄商店時的藏身處。我們的正下方是蒙迪、泰森和史翠普的律師事務所。這當然是假的了。那只是個門面，是班森家的祕密入口。

艾瑪對我伸出手。「我知道你不是特別嚮往高處，但我不會讓你摔下去的。」

被噬魂怪吊在沸騰的河水上之後，這一點點的高度似乎就沒那麼嚇人了。再者，艾瑪說得對，這個窗架很寬，還有許多裝飾用的凸起和夜行神龍的頭像雕塑，形成天然的扶手。我爬出去，雙手抓好，然後跟在她身後移動。

窗架延伸到一個轉角，我們非常確定已經來到和雪倫看守的平行位置，試圖打開一扇窗戶。

它鎖住了。我們往前挪了一小段，試了第二扇窗戶，但是它也鎖住了，第三、第四、第五扇也都上了鎖。

「我們快要把整棟樓都繞完了。」我說，「如果全都是鎖上的呢？」

「這一扇會是開的。」艾瑪說。

「妳怎麼知道？」

「因為我是先知。」隨著這句話，她一腳踢上窗子，將部分碎裂的玻璃踢進屋裡，另一部分則嘩啦啦地沿著建築表面滾落。

「不，妳是流氓。」我說。

艾瑪對我露齒一笑，然後用手掌把剩下的幾塊碎片從窗框上推掉。

她跨進入口，我有點心不甘情不願地跟著她走進一間黑暗的小房間。我們的眼睛花了一點時間才適應這裡的光線；這個房間唯一的光源是從打破的窗戶透進來的，而發黃的光線讓我們看見一個老鼠的天堂。木箱堆得幾乎達到天花板的高度，亂七八糟地散落在房間各處，僅留下之間細小的空隙。

「我想班森不太喜歡丟垃圾。」

我以三連發的噴嚏做為回應。這裡的空氣布滿了灰塵。艾瑪慰問了我一下，然後在手中燃起一小撮火焰，舉向最靠近她的木箱。上面標示著 ***Rm. AM-157***。

「妳覺得裡面裝的是什麼？」我說。

「我們得用鐵鍬才能知道了。」艾瑪說，「這些箱子封得太死。」

「我還以為妳是先知呢。」

她對我扮了個鬼臉。

由於沒有鐵鍬，我們便繼續往房間深處前進。隨著和窗戶的距離愈拉愈大，艾瑪手中的火球也愈來愈大顆。箱子間的狹窄縫隙，引領我們來到一扇拱門前，然後通往另一個幾乎一樣暗、一樣擁擠的房間。但這裡堆的不是箱子，而是許多蓋在白色帆布下的物品，上面覆滿灰塵。艾瑪正打算拉開其中一塊布，但我抓住了她的手臂。

「怎麼啦？」她不悅地問。

「下面可能是很可怕的東西。」

「對啊，沒錯。」她邊說邊扯開帆布，揚起漫天粉塵。

等到塵埃落定後，才發現自己的身影正倒映在一個及腰高的玻璃櫃上，就像你在博物館會看見的那種四呎大的陳列櫃。裡頭整齊地排列並標示了一個雕刻過的椰子殼、一根鯨魚股刻成的梳子、一個小石斧，還有其他幾樣一時間看不出是什麼的東西。玻璃照上貼著一張紙卡，上面寫著**南太平洋區，新西比底區艾斯皮里托群島，特異者所使用之家庭用品，西元一七五〇年**。

「呃。」艾瑪說。

「好詭異。」我回答。

她把帆布蓋回去，但其實這樣做已經沒什麼意義了。我的意思是，我們也不可能假裝沒把玻璃打破啊！然後我們緩緩穿過房間，隨機再翻開其他物品。裡頭的東西全是特異者曾經使用過的器具，彼此間倒是沒有什麼關聯。其中一個玻璃櫃裡裝的，是西元一八〇〇年遠東地區特異者穿過的彩色絲綢。另一個則陳列著一個乍看是根樹幹的東西，但靠近細看，才發現那是扇裝著鐵片和樹結門把的門。上面的說明卡寫著**大西伯利雅荒原上特異者住宅之入口，西元一五三〇年**。

「哇喔。」艾瑪邊說邊靠近檢視。「我不知道原來世界上有這麼多我們的同胞。」

「或者曾經有。」我說，「我想知道現在世界上還有多少特異者。」

我們看見的最後一個陳列櫃上，標示著**凱馬利地下城，西提特異者使用之武器，日期不詳**。但奇怪的是，我們看見的東西全是死掉的甲蟲和蝴蝶。

艾瑪把火焰轉向我。「我想我們已經確定班森是個歷史收集狂。準備繼續往前了嗎？」

我們快速穿過另外兩間同樣擺滿陳列櫃的房間，然後來到一道員工用的樓梯前。我們爬上二樓，走上一條鋪著奢侈地毯的長走廊。走廊似乎無限延伸，兩側規律的門和重複的壁紙，製造出一種永無止境的感覺，讓人頭暈眼花。

我們邊走邊瞄向房間裡。每個房間都裝潢得差不多、擺設得差不多、壁紙也貼得差不多：全都有一張床、一張床頭桌和一個衣櫃，就和我之前待的那個一樣。壁紙上紅色的芙蓉科藤蔓圖樣一路延伸至地毯下方，形成一股催眠般的波浪，讓整個空間像是就快被植物包裹了的錯覺。事實上，這裡的每個房間唯一有點不同之處，只有門上鑲著的小銅牌，給每個房間不同的名字，而且充滿異國味：**阿普斯之屋，戈比之屋，亞馬遜之屋**。

這條走廊上約有五十個房間，因我們的速度很快，當走到一半時，幾乎可確定這裡沒有什麼值得研究的東西。突然間，一陣冷空氣朝我們捲來，讓我全身瞬間都起了雞皮疙瘩。

「哇喔！」我用手臂抱住自己。「這是怎麼回事？」

「是有人沒關窗戶嗎？」艾瑪說。

「但外面不冷啊。」我說，而她聳聳肩。

我們繼續沿著走廊前進，空氣變得愈來愈冷。最後，我們轉過一個轉角，眼前的走廊全被天花板上垂下的冰柱和地毯上結的冰包圍。這股寒冷似乎是從某個特定房間傳出來的，我們站在那扇門前，看著一片片的雪花從門縫底下飄出來。

「這真的超奇怪的。」我邊說邊顫抖。

「的確相當不尋常。」艾瑪同意道，「就連用我的標準看也是。」

我踩著布滿雪的地毯往前走去，檢視門牌上的名稱。上面寫的是：**西伯利亞之屋**。

我看向艾瑪，她看向我。

「或許只是過度運轉的冷氣而已。」她說。

「我們開門確定一下吧。」我說，然後伸手抓住門把，但是轉不動。「鎖住了。」

艾瑪把手放在門把上幾秒鐘，裡頭的冰融化後的水開始滴落。

「沒鎖住。」她說，「是凍住了。」

她扭轉門把，推開門，但只推開了一吋，裡頭堆起的雪擋住了門。我們用肩膀抵住門，數到三，然後用力推。門向後旋開，一股冷空氣打上我們的臉。雪片四處飛散，飛入我們的眼睛、灌進身後的走廊裡。

我們用手遮住臉，往裡窺視。這裡的裝潢和其他房間一樣──床、衣櫃、床頭桌──但全被埋在一團團白雪之中。

「這到底是什麼？」我隔著呼嘯的風大喊。「另一個圈套嗎？」

「不可能！」艾瑪喊回來。「我們已經在一個圈套裡了啊！」

我們傾身向前，好看得更清楚。原以為那些冰雪是從窗外飛進來的，但是當視線清晰後，才發現這裡根本沒有窗戶，房間最裡面甚至連牆都沒有。結冰的牆豎立在兩旁，上方則是天花板，但原本第四面牆的位置卻是一個冰穴，後方則是開闊的空間、開闊的土地，還有永無止境的白雪和黑石。

從我有限的知識來判斷，這裡是西伯利亞。

一條鏟開的雪徑將房間和那片雪白的世界連接起來。我們沿著小徑往前走，離開房間，進入洞穴裡，對周遭的一切讚嘆不已。巨大的冰柱從地面上竄起或從天花板上垂下，讓四周看起來像是由冰雪所組成的森林。

你很難真正讓艾瑪感到驚嘆，她畢竟已經將近一百歲，這輩子早看慣特異的事物，但是這地方似乎讓她打從心底覺得特別。

「這太驚人了！」她彎腰舀起一手的雪，朝我扔過來。「你不覺得很驚人嗎？」

「的確。」我的牙齒抖個不停。「但是這在這裡幹什麼？」

我們在巨大的冰柱間穿梭，走出開口。回過頭去，我再也看不見房間本身了；它完美地嵌進了冰穴之中。

艾瑪快步往前，然後折回來用急切的聲音對我說：「這邊！」

我在雪中艱難地移動，來到她身邊。眼前的景色十分複雜，先是一片平坦的白色平原，接著地面開始陷落，形成波浪起伏的皺摺，其中帶著裂縫。

「這裡不只我們。」艾瑪說，伸手指向我錯過的一個小細節。有個男人站在其中一條裂縫旁，正低頭往裡看。

「他在幹嘛？」我說，但這問句其實只是裝飾性。

「顯然在找東西嘍。」

我們看著他緩緩沿著裂縫前進，眼神始終沒有抬起。一分鐘後，突然意識到，因為氣溫太低，臉已經失去知覺了。一股夾帶著冰雪的風吹起，遮蔽了我們的視線。一會兒之後，風停了，男人正直直往我們這裡看過來。

艾瑪渾身一僵。「喔哦。」

「妳覺得他看到我們了嗎？」

艾瑪低頭看著自己亮黃色的洋裝。「是的。」

我們在那裡站了一會兒，眼神直盯著男人，他則隔著這片雪白荒原看著我們，接著他開始朝我們的方向跑來。他距離我們還有好幾百碼的距離，而且途中全是深深的積雪與起伏的地表。不知他究竟是敵是友，但我們正身處在一個不該闖入的世界，所以現在能做的最好決定就是離開。在我們聽見一聲吼叫後，也沒什麼其他選擇了。那種吼聲我只聽過一次，在吉普賽的營地。

熊。

我回頭快速地瞄了一眼，更確定我的判斷：一隻巨大的黑熊正從一條裂縫中爬出來，加入雪地上的男人，然後兩者一起朝我們跑來，但熊的速度比男人快得多。

「熊！」我多此一舉地喊道。

我試著跑起來，但凍僵的雙腿拒絕合作。艾瑪似乎完全不受低溫影響，一把抓住我的手

臂，拉著我往前跑。我們鑽回洞穴裡，跌跌撞撞地穿過房間，然後摔出房門。走廊上充滿了紛飛的雪。我把門在身後關上，好像這樣就可以抵擋一隻熊。然後我們沿著原路跑過走廊，回到班森的博物館，將自己藏身在他一個個的白色魅影後方。

我們找到一個最遠的角落，躲在一面牆與一座布滿灰塵的巨大物體後方，一個小得連頭都不能轉動的縫隙裡。剛才的那股冰冷氣息已深深地刺入我們的骨頭裡。我們站在那裡沉默地發著抖，宛若服裝店裡的模特兒般僵硬，身上的雪開始融化，在腳邊形成積水。艾瑪的左手抓住我的右手，其中包含了我們能交換的所有溫度與深意。我們正在發展出一套無法用文字傳達的語言，一套獨特的手勢、眼神與接觸，還有愈來愈深沉的親吻。這套語言隨著時間推進，變得愈來愈豐富、愈強烈、愈複雜。它很吸引人、很有必要，而像現在這個時刻，它能讓我比較沒那冷，也比較沒那麼害怕。

幾分鐘後，我們確定沒有熊會來吃我們了，才敢開始交換耳語。

「剛才那是個圈套嗎？」我問，「圈套裡的圈套？」

「我不知道那是什麼。」艾瑪回答。

「西伯利亞。門上寫的是西伯利亞。」

「如果那是西伯利亞，那那個房間就是某種傳送門，不是個圈套。而傳送門當然不存在了。」

「當然。」我說。但是這概念似乎沒有那麼難以置信。在一個時光圈套存在的世界，傳送門當然也可以存在。

「如果它真的只是個老圈套呢？」我提議道，「像是在冰河時期，十萬或五十萬年前？惡魔之彎在那時候或許看起來就是這樣。」

「我不覺得世界上有那麼古老的圈套。」艾瑪說。

我的牙齒打顫。「我抖得停不下來。」我說。

艾瑪把身體側邊貼過來，然後用溫暖的手搓著我的背。

「如果我可以開啟一道傳送門通往任何地方，」我說，「西伯利亞絕對不是我的首選。」

「那你想去哪裡？」

「嗯，夏威夷吧?!但我猜這個答案滿無聊的，因為所有人都會說夏威夷。」

「我就不會。」

「妳想去哪裡？」

「你來的地方。」艾瑪說，「佛羅里達。」

「妳為什麼會想要去那裡？」

「我想去看你長大的地方，那應該會很有趣。」

「謝謝妳這麼說。」我說，「但是那裡實在沒什麼值得一看的東西。那裡很安靜。」

她把頭靠在我的肩膀上，吐出一口溫暖的氣息。「聽起來像是天堂。」

「妳的頭髮裡有雪。」我說，但當我試著撥掉它時，它就融化了。我把手上的冷水甩到地上，然後我才注意到我們的腳印。我們留下了一串融雪，直直延伸至躲藏處。

「我們真是蠢蛋。」我邊說邊指著痕跡。「我們應該要把鞋子脫下來的！」

「沒關係。」艾瑪說，「如果他們到現在還沒追上我們，他們大概……」

大而沉重的腳步聲在房間中回響，還伴隨著巨型動物的呼吸聲。

「回到窗邊去，愈快愈好。」艾瑪嘶聲說道，我們便擠出了藏身處。

我試著跑動，但是卻在一灘水上滑了一腳。我順手去抓最靠近我的東西，卻一把抓住了我們藏身的那個大收藏品上頭蓋著的布。遮布被我扯開，咻地一聲露出了下方的陳列櫃，我則是和一大團帆布一起摔在地上。

當我抬起視線時，看見的第一樣東西是一個女孩，不是站在我面前的艾瑪，而是她身後的展示櫃裡，站在玻璃的後方。她長著一張天使般完美的臉龐，身穿蓬裙，頭上繫著蝴蝶結，眼神空洞地往前看，像是一尊永存的人類標本。

我嚇死了。艾瑪轉頭去看嚇壞我的東西，然後她也嚇壞了。

她把我一把拉起，我們拔腿狂奔。

我完全遺忘了那個追著我們跑的男人和熊，還有剛才看見的西伯利亞。我只想趕快遠離那個房間、遠離那個標本女孩，並且遠離我和艾瑪最後變得與她一樣死去、關在玻璃箱裡的可能性。現在我已經知道班森是怎樣的人了，而那也是我唯一需要知道的東西。他是個扭曲的收藏家。我很確定只要我們多掀開幾塊帆布，就會看見像那個女孩一樣的標本。

我們衝過轉角，然後一頭迎上眼前一座十呎高的毛皮高山和爪牙。我們尖聲大叫，試著

煞住腳步，但已經太遲了，在大熊腳邊摔成一團。我們擠在一起，等著死亡降臨。臭而溫熱的氣息圍繞著我們，一個潮溼而粗糙的東西磨過我的臉頰側邊。

我被一隻熊舔了，我被一隻熊舔了，而有個人正在旁邊大笑。

「冷靜點，牠不會咬人的。」那個人說道。我把遮臉的手拿開，看見一個毛茸茸的長鼻子和一雙巨大的棕色眼睛正盯著我看。

是熊在說話嗎？熊都是用著第三人稱指稱自己的嗎？

「牠的名字叫做PT。」那個人繼續說，「牠是我的保鑣。只要你們不犯我，牠其實是很友善的。PT，坐下！」

PT坐了下來，不再舔我的臉，轉而舔起自己的手掌。我遂將自己右側的身體撐起，抹掉臉頰上的口水，然後終於看見那個聲音的主人。他是個年長的男人，一個紳士，而他臉上那抹淺淺的微笑正好搭配那一身套裝：高禮帽，手杖，手套，還有從深色夾克上方冒出的白色高領。

他微微鞠躬，揚了揚他的帽子。「在下是梅倫·班森，請多指教。」

「慢慢退後。」艾瑪對我低聲說道，然後我們一起站起來，側身退出熊的接觸範圍。

「我們不想惹麻煩，先生。只要讓我們走，就不會有人受傷。」

班森張開雙臂，微笑道：「你們隨時都可以離開，但那樣就太讓人失望了。你們才剛到，而我們有太多話可以聊。」

「真的嗎？」我說，「或許你可以先解釋那個櫃子裡的女生是怎麼回事！」

「還有西伯利亞之屋！」艾瑪說。

「你們很不開心、很冷又全身溼透。你們不覺得先喝壺熱茶再來討論，會比較好嗎？」

會，但我是不會承認的。

「我們哪裡都不會去，除非你先告訴我們，這裡到底發生了什麼事。」艾瑪說。

「好吧。」班森說，仍然不減一絲幽默。「在西伯利亞之屋裡，你們嚇到的人是我的助理，而你們應該已經猜到了，那個房間連接著一個西伯利亞的圈套。」

「但那是不可能的。」艾瑪說，「西伯利亞在好幾千里之外耶。」

「三千四百八十九里。」他回答。「但我此生用盡所有的力量，就是為了要讓跨圈套旅行變得可行。」他轉向我。「而你們看見的那個女孩，是蘇菲妮雅．溫斯特。她是第一個誕生在英國皇家的特異者。她的人生非常有趣，雖然結局有點悲慘。我的特異者博物館裡收藏了所有特別的特異者，有名或不有名的，名聲優良的或聲名狼籍的，不管你們想看哪個，都可以給你們看。我沒有什麼不可告人的東西。」

「他是個瘋子。」我對艾瑪喃喃說道，「他只是想要把我們做成標本加入收藏！」

班森大笑起來（他的聽力顯然非常好）。「他們只是蠟像而已，我親愛的小男孩。我是個收藏家、保存家，但我不收集人類。你真覺得我等了你這麼久，是為了要掏空你的內臟，然後把你關在一個櫃子裡嗎？」

「因為我聽過太多詭異的事了。」我邊說邊想起伊諾的小人軍團。「所以你想把我們怎麼樣？」

「船到橋頭自然直。」他說，「先把你們弄乾、暖和起來，然後喝茶。然後……」

「我不是刻意要無禮的。」艾瑪打岔道，「但是我們已經在這裡花太多時間了。我們的朋友們……」

「都沒事，至少目前是。」班森說，「我已經調查過了，而他們距離午夜還不像你們想的那麼近。」

「你怎麼知道？」艾瑪很快地說，「那是什麼意思？距離……」

「你說你調查過了，是什麼意思？」我的聲音壓過她。

「船到橋頭自然直。」班森重複道，「我知道這很難熬，但你們得有點耐心。有太多事情要說了，現在整個情況又不是很好。」他對我們伸出一隻手。「看，你們在發抖。」

「那好吧。」我說，「我們去喝茶。」

「完美！」班森說。他的手杖在地上敲了兩下。「PT，過來！」

熊發出一聲同意的咕噥，用後腿站起來，開始走路，就像一個短腿的胖子那樣搖搖晃晃，來到班森站的地方。那頭野獸彎下身，將他猶如嬰兒般撈了起來，一手撐著他的背，另一手則抬著他的腿。

「我知道這個移動方式很不傳統。」班森隔著PT毛茸茸的肩膀說道，「但是我很容易累。」他用手杖指著前方，然後說，「PT，圖書館！」

當PT開始帶著班森先生離開時，我和艾瑪不可置信地看著他們。

你可不能天天看見這種畫面，我想。不過，這句話對我今天看見的所有東西都成立便是。

「PT，停！」班森命令道。

熊停下腳步。班森對著我們揮了揮手。

「你們來不來？」

直到現在我們倆才回過神來。

「抱歉。」艾瑪說，然後小跑追上他們。

我們跟在班森和他的熊身後，左彎右拐地穿過迷宮。

「你的熊也是特異熊嗎？」我問。

「是的，牠是一隻獰熊（Grimbear）。」班森邊說邊寵愛地搓了搓ＰＴ的肩膀。「在俄羅斯和芬蘭，牠們是時鳥最喜歡的夥伴，而馴熊術更是一種古老且備受尊重的藝術。獰熊強壯得足以擊退噬魂怪，又溫和得足以照顧幼童，在冬日夜晚，牠們比任何電毯都保暖，更是最嚇人的保鑣，就像你們所見的這樣……ＰＴ，左轉！」

在班森一面細數著獰熊的優點時，我們走進了間小小的前廳。前廳正中央的透明玻璃頂篷下，站著三名女士，還有隻看起來面目猙獰的大熊站在她們身邊。有那麼一瞬間，我的呼吸停住了，然後才發現他們一動也不動，原只是班森的另一組收藏品。

「她們是連雀女士、黃鸝女士和鷦鷯女士。」班森說道，「還有她們的獰熊，艾歷克希。」

定睛看去，那隻熊似乎正在保護那三隻蠟製時鳥。三個女人平靜地站在那裡，熊則用後腿站立，動作凝結在大吼到一半的瞬間，一隻爪子揮向敵人，而另一隻爪子則可謂是甜蜜地搭在其中一名時鳥的肩膀上，她的手指則握著牠其中一根長長指甲，像是在展示她對這頭猛

獸不經意的主權。

「艾歷克西是PT的叔公。」班森說，「跟你的叔公打聲招呼，PT！」

PT咕噥了一聲。

「如果你也能這樣命令噬魂怪就好了。」艾瑪對我耳語道。

「訓練一隻獰熊要多久啊？」我問班森。

「好幾年。」他回答。「獰熊是非常獨立的生物。」

「好幾年耶。」我對艾瑪低聲說。

艾瑪翻了個白眼。「所以艾歷克西也是蠟像嗎？」她對班森說道。

「喔，不。牠是個標本。」

顯然班森的說法只適用於特異人類，而不包括特異動物。如果愛迪森在這裡，現在大概會擦出不少火花。

我抖了一下，艾瑪將一隻溫暖的手覆上我的背。班森也注意到了，他說：「原諒我！我太少有訪客了，所以只要有人來，就忍不住想要炫耀我的收藏品。我一直說去喝茶，現在真的讓我們去喝茶吧！」

班森用手杖一指，PT便繼續開始走路。我們跟著他們走出覆滿灰塵的儲藏間，來到屋裡的其他部分。這間屋子從很多方面來說，就是間平凡的有錢人住宅——大理石柱構成的大廳、正式的飯廳裡有掛著彩帶的牆和幾十個座位，還有幾個看似只是為了展示高尚品味家具的側翼房間。除此之外，每個房間都會有幾個班森的特異收藏品。

「十五世紀的西班牙。」他邊說邊指向大廳角落一個閃閃發光的鎧甲。「我把它整新過了，穿起來就像手套般合身！」

最後，我們終於來到圖書館，這是我這輩子見過最漂亮的圖書館。班森叫PT把他放下來，撥掉身上的熊毛，然後領著我們入內。整個圖書館至少有三層樓高，四周的書櫃高得令人暈頭轉向，搭配著一道道的階梯、小走道和可以推動的梯子，好讓人搆得到書本。

「我必須承認我還沒有把它們全部讀完。」班森說，「但我在努力了。」

他將我們趕到壁爐旁，火焰的溫度填滿了整個房間，四周圍著一整圈的沙發。雪倫和寧姆正坐在火邊等待。「還敢說我是不可信賴的騙子！」雪倫嘶聲喊道，但在他可以對我說更多垃圾話之前，班森就把他趕去替我們拿毛毯了。我們現在是主人的貴客，雪倫的訓話還得再等等等。

一分鐘後，我們裹著毯子坐在沙發上。寧姆在一旁忙碌著，在托盤上為我們準備熱茶，PT則縮在火焰前，隨即進入了類似冬眠的安定狀態。我試著抵抗開始征服我全身的舒適滿足感，並把注意力放在未完成的公事上——許多的大疑問及似乎永遠也解決不了的困難；我們的朋友和時鳥；我們自找的、荒誕又無望的任務。如果一口氣想要解決所有的問題，這些事將會把我擊垮。所以我向寧姆要了三大匙的糖，還有量大得足以讓茶變白的奶精，然後三大口喝下，再要第二杯。

雪倫退到一旁的角落去，所以他可以一個人生悶氣，又可以偷聽我們的對話。

艾瑪急著想擺脫所有的正式禮節。「所以，」她說，「我們現在可以談了嗎？」

班森忽略她。他坐在我們對面，直盯著我看，臉上掛著一絲最詭異的微笑。

「怎樣？」我邊說邊抹掉下巴上的一小滴茶。

「真是太神奇了。」他回答。「你完全是同一個模子刻出來的。」

「誰的模子？」

「當然是你爺爺的了。」

我把茶杯放低。「你知道他？」

「是的。很久以前，他是我的朋友，而當時我正急需朋友。」

我瞄了艾瑪一眼。她的臉色變得有些蒼白，緊握著茶杯。

「他幾個月前過世了。」我說。

「是的。聽到這個消息，我覺得很遺憾。」班森說，「但說實話，很驚訝他居然能在外面的世界撐了這麼久。我一直以為他在幾年前就被殺了。他有那麼多敵人，但你的爺爺天賦異稟。」

「你和他的友誼具體來說究竟是什麼樣子？」艾瑪說，口氣像是在進行質問的刑警。

「妳一定就是艾瑪．布魯了。」班森終於看向她。「我聽說了很多關於妳的事。」

她看起來很驚訝。「是嗎？」

「喔，是啊。亞伯拉罕非常喜歡妳。」

「我從來不知道。」她說，臉紅了起來。

「妳比他形容得更漂亮。」

她的下巴繃了起來。「謝謝。」她平板地說，「你是怎麼認識他的？」

班森的微笑收了起來。「我們該來談公事了。」

「如果你不介意的話。」

「完全不介意。」他說，不過他的口吻已經冷了好幾度。「那麼，妳剛才問了我西伯利亞之屋的事，而我知道，布魯小姐，妳很不滿意我給的答案。」

「是的，但我……我們……對雅各的爺爺更感興趣，還有你把我們帶來這裡的原因。」

「它們是相關的，我保證。那個房間，還有基本上這整間屋子，是一切的起點。」

「好吧。」我說，「跟我們說說這間房子吧。」

班森先生深吸了一口氣，將手指靠在嘴唇上思考了一會兒，然後說：「這間房子裡充滿我窮盡畢生時間收集來的無價之寶，但是沒有任何一件東西比這間屋子本身更有價值。它是個機器，是我個人的發明。我稱它為『圓形圈套（Panloopticon）』。」

「班森先生是個天才。」寧姆邊說邊將一盤三明治放在我們面前。「要來一塊三明治嗎，班森先生？」

班森先生揮手打發他走。「但是就連那也不是整個故事的開頭。」他繼續說道，「我的故事從這間房子蓋起來的很久之前就已經開始了，那時我還是個像你這年紀的小孩，雅各。我的哥哥和我總是自稱為開拓者。我們研究了整本《特異者地圖集》（*Perplexus Anomalous*）的地圖，幻想著可以造訪所有他發現的圈套，幻想著可以找到新圈套，並且造訪它們一次又一次。希望可以讓特異王國再度興盛起來。」他傾身向前。「你們懂我的意思嗎？」

我皺起眉頭。「讓它興盛起來……用地圖嗎？」

「不，不只是地圖而已。問問你自己：做為人，是什麼讓我們變得脆弱的？」

「偽人？」艾瑪提議道。

「噬魂怪？」我說。

「在他們兩者出現之前。」班森鼓勵道。

艾瑪說：「被凡人追殺？」

「不。那只是顯示出我們脆弱的一個徵兆而已。讓我們脆弱的原因是**地理**。根據我的粗估，現在世界上還有近一萬名左右的的特異者。我們知道一定還有特異者的存在，就像我們也知道宇宙裡一定還有其他星球有智慧生命的存在。那在數學面上是強制性的存在。」他微笑著，啜了一口茶。「現在，想像一下有一萬名特異者，全都擁有驚人的能力，全都集中在一起，為了一個共同的目標而努力。他們會成為一股無法抹滅的力量，對嗎？」

「我想是吧。」艾瑪說。

「絕對是的。」班森說，「但是我們被地理環境分散成好幾百個脆弱的小團體，這裡有十個，那裡有十二個……舉例來說，因為要從澳洲沙漠的圈套旅行到非洲某半島的圈套，實在太困難了。途中不只有凡人帶來的危機、自然的威脅，還有在長途旅行中衰老的風險。殘酷的地理位置阻絕了所有的交通，只能讓他們在距離遙遠的圈套間進行最粗略的旅行，就連現在交通發達的世代也一樣。」

他暫停了一會兒，眼神掃過房間，才繼續說下去。

「現在，想像一下，如果在澳洲和非洲這兩個圈套間有一個連結，那麼這兩個圈套的居民就會產生關係。他們可以交易、可以互相學習、可以在危難時刻互相幫助。那些原本不可能存在的可能性，現在通通都出現了。隨著這些連結一個個的出現，漸漸地，我們的特異者世界，便會從散落世界各角落的獨立部落，變成一個統一而強大的國度！」

班森的比手畫腳變得愈來愈豐富，直到最後那幾句話，他把手舉了起來，張開手掌，好像在抓一道看不見的單槓。

「所以你才發明了這個機器嗎？」我進一步問道。

「所以我才發明了這個機器。」他邊說邊把手放下。「我和我哥哥一直在尋找一種更簡單的方法，來探索特異者世界，但我們卻找不到方法來統一它。圓形圈套的用意是成為我們族類的救世主，是一個可以永久改變特異者社會生態的發明。它是這樣運作的：你從這間屋子開始，搭配一個稱為接駁器（shuttle）的小機器，差不多就手掌大小。」他邊說邊攤開手掌。「你拿著它，走出房子，走出這個圈套，然後跨越現實環境進入另一個圈套，可能是在世界的另一端，或僅僅是一個村莊的距離而已。而當你回來這裡時，接駁器會收集那個圈套的基因密碼，並將那些資訊一同帶回來，在下次進入時使用，然後直接從這間屋子裡出發。」

「從樓上的那條走廊。」艾瑪猜測。「用那些有名牌的小房間。」

「完全正確。」班森說，「每個房間都是一個圈套入口，是我和我哥哥花了好幾年的時間，從世界各地收割帶回來的。有了圓形圈套之後，粗略而耗時的旅行只要進行一次就好，而每一趟回去的旅程都只是一瞬間的事。」

「就像在鋪設電報線一樣。」艾瑪說。

「就像那樣。」班森說，「這樣就理論上來說，這間屋子便成為所有圈套的轉驛站。」

我思考了一下，回想起第一次進入裴利隼女士的圈套時有多麼困難。如果我不需要跑到威爾斯的一座小島上去，而是在自家衣櫃就能進入那個圈套呢？我就可以擁有兩種生活了，和我的父母在家裡，還有在這裡與我的朋友及艾瑪在一起。

*但是，如果這個機器當時就存在，波曼爺爺和艾瑪就不需要分手了。*這句話怪異得讓我

不禁全身一陣發麻。

艾瑪揮開她的毯子，站起身走到班森的沙發旁，將食指的尖端放進他的茶杯裡。一會兒之後，他的茶又開始沸騰了。

他對她露齒一笑。「太棒了。」他說。

她抽出手指。「還有個問題。」

「我打賭我知道妳想問什麼。」

「好吧。是什麼？」

「如果這麼美好的東西真的存在，你們怎麼從來沒聽過？」

「沒錯。」她說，然後來到我身邊坐下。

「你們從沒聽過這件事……沒人聽過，那是因為我哥哥產生了不幸的麻煩。」班森的表情變得黑暗。「這個機器是在他的幫助下產生的，但他同時也是其失敗的原因。圓形圈套最終並未像我們一開始預期的那樣，成為團結大家的工具，反而成就了完全相反的事。當我們發現要造訪全世界的圈套、再回過頭來建立入口是件多麼可笑的事情時，問題就發生了，我們的能力做不到這一點，所以這件事宛如癡人說夢。我們需要幫助，大量的幫助。幸運的是，我哥哥是個非常有魅力又具說服力的人，所以他輕易就延攬到所有需要的人才。很快地，就有了一群年輕又有抱負的特異者，願意捨身幫助完成我們的夢想。但當時我不知道的是，我的哥哥和我有不同的夢想，一個隱藏的目的。」

班森費了點勁站起身來。「有個傳說是這樣的。」他說，「妳一定知道，布魯小姐。」他邊用手杖敲著地面邊走到書架旁拿出一本小書。「關於失落圈套的傳說。在我們特異者死後，靈魂會前往的世界。」

「阿伯頓。」艾瑪說，「我當然聽過。但那只是個傳說。」

「或許妳可以說說這個故事。」他說，「講給我們的新朋友聽。」

班森走回沙發旁，把書遞給我。這本書很薄，書皮是綠色的，老舊得連邊角都發皺了。封面上印著的字是：特異者傳說（Tales of the Peculiar）。

「我讀過！」我說，「至少一點點啦。」

「這個版本已有近六百年的歷史了。」班森說，「這是最後一個還包含那個傳說的版本，也就是布魯小姐等會兒要說的故事，因為人們認為這個故事太危險了。有段時間，光是提起這個故事就算是犯罪，因此這本書也成為特異者王國史上唯一一本被禁的書籍。」

我翻開書本。每一頁都是由整齊到不像人類的圓潤字體手寫而成，每張紙的邊緣都畫著圖像。

「我是在很久以前聽到這個故事的。」艾瑪試探性地說。

「我會幫妳。」班森邊說邊緩緩坐回沙發。「開始吧。」

「好吧。」艾瑪開口。「故事是從很久以前開始的，真的很久很久，幾千年前的那種古老時代。傳說中，世界上有一個專門讓死後特異者去的圈套。」

「特異者天堂。」我說。

「不算是。我們不會在那裡待到永遠之類的。那更像是一個……圖書館？」她似乎不太確定自己的用字，轉頭看向班森。「對吧？」

「對。」他點點頭說，「他們認為特異者的靈魂是珍貴且有限的資源，如果把它們和屍體一起帶進墳墓就太浪費了。於是，在生命即將走到盡頭時，我們會去圖書館進行一次朝聖，在那裡，靈魂會被保存下來，留給未來的其他人使用。就連在超自然的事情上，我們特異者也是很節儉的。」

「熱動力法則的第一條。」我說。

他面無表情地看著我。

「質量不能被創造或消滅。在這個例子裡，靈魂也是。」（有時候，我記得的學校知識，連自己都驚訝。）

「我想大原則是差不多的。」班森說，「我們的祖先相信，只有一定數量的特異者靈魂是可以被人類使用；還有當特異者出生時，他們會從圖書館裡借出一個靈魂，就像從圖書館裡借書一樣。」他朝我們周圍的書堆打了個手勢。「但是當你的生命、你借來的靈魂到期時，就得把它還回去。」

班森對著艾瑪比畫了一下。「請繼續吧。」

「所以，」艾瑪說，「就是那個圖書館。我總是想像裡面充滿了美麗、閃亮的書本，每本裡都裝載著一個特異靈魂，而且數千年來，人們借出靈魂，並在死亡時歸還，每件事都十分美好。接著有一天，某個人發現就算你還沒有要死，也可以闖進圖書館裡。而他的確闖進去了。他偷走了幾個最強大的靈魂，並拿它們做為邪惡的用途。」艾瑪看著班森。「對吧？」

「事實都是對的。只是說法沒什麼藝術性。」班森說。

「利用它們？」我說，「怎麼做？」

「把它們的力量和他自己的結合在一起。」班森解釋道，「最後，圖書館的管理員們殺了那個盜賊，把被偷走的靈魂取回，讓事情回到正軌。但是我們可以這麼說，『精靈已經被放出來了』。圖書館可以入侵的事實就像劇毒般在我們的社會裡傳開。誰掌握了那個圖書館，就能掌握整個特異王國，不久後，更多的靈魂被偷。接下來出現了一段黑暗時代，這段期間，權力熏心的人們挑起一場又一場的大戰，試著爭奪阿伯頓與靈魂圖書館的掌控權。我們損失了許多人命，土地被戰火燒黑，饑荒與疾病在大地橫行，但坐擁權力的特異者卻用洪水與雷電殘殺著彼此。這就是凡人傳說中天神們在空中戰鬥的實際狀況。他們的泰坦之戰，就是我們爭奪靈魂圖書館的戰爭。」

「我以為你說這個故事不是真的。」我說。

「我就要說到那裡了。」班森說，然後轉向正在旁邊徘徊的寧姆。「你可以走了，寧姆，我們不需要更多的茶。」

「抱歉，先生，我不是故意要偷聽的，但這是我最喜歡的部分。」

「那就坐下！」

寧姆一屁股往地上坐，盤起腿，把下巴擱在手上。

「我剛才說到的，那段時間雖然短，卻非常糟糕，毀滅與悲慘的命運摧毀了我們的族人。靈魂圖書館不斷易主，每次都是血腥的戰鬥。接著有一天，黑暗時代中止了。在阿伯頓中自立為王的人被殺，而殺了他的人正打算稱王，但他再也找不到它了。一夜之間，整個圈套就這樣消失了。」

「消失？」我說。

「前一天還在，第二天就不見了。」艾瑪說。

「咻。」寧姆說。

「根據傳說，靈魂圖書館是坐落在阿伯頓一座古城的山坡上。但是當那名即將繼位的王前去領取他的戰利品時，圖書館已經不見了。整座城也不在了。它們原本的所在位置只剩下一片柔軟的草原，好像它們從未存在過一樣。」

「太扯了。」我說。

「但是這沒什麼。」艾瑪說，「這只是個傳說。」

「**失落的圈套**。」我邊說邊讀著手中書本翻開的那一頁。

「我們或許永遠也不會知道阿伯頓是不是真的存在。」班森說，嘴角拉開成一個神祕的微笑。「所以它才會成為一個傳說啊。但就像所有藏寶的故事一樣，這個傳說並沒有阻止人們幾世紀以來不斷地搜索。他們說波普勒斯（Perplexus Anomalous）自己就花了好幾年的時間，試著尋找失落的阿伯頓圈套，這也就是為什麼他開始發現那麼多其他的圈套，並畫出了著名的地圖集。」

「我以前都不知道。」艾瑪說，「所以我想，它還是帶來了一點益處嘛。」

「但也帶來許多壞處。」班森補充道，「我的哥哥也相信這個故事。愚蠢的是，我原諒了他性格上的缺失，而且我輕忽了它，太晚才發現它完全是我哥哥的動力。在那時候，我那位充滿魅力的哥哥，已經說服了我們招募來的小小軍隊，相信那個傳說是真的、阿伯頓是真的、靈魂圖書館是可以再被找出來的。他告訴他們，波普勒斯已經快要找到了，所以他們只需要完成他的工作。如此一來，存放在圖書館中那些大量又危險的能力就會屬於我們——他們——了。

「我放縱他們太久，而這個念頭變成了像癌細胞般的存在。他們不斷地尋找，發出一支又一支的探險隊，就為了要尋找那個圈套，而所有的失敗只更加深他們的渴望。完全遺忘了我們的初衷，是要團結起特異王國。一直以來，我的哥哥就只想著要如何掌權，就像舊時那些自以為神的特異者。而當我試著挑戰並奪回所建造機器的主控權時，他卻把我說成叛徒，讓其他人與我為敵，並把我囚禁在牢房裡。」

班森的手緊緊握著手杖的把手處，像是想要扭斷某人的脖子，然後他抬起視線，那張臉憔悴得宛若死人面具。「或許你們現在已經猜到他的名字了。」

我的眼睛倏地轉向艾瑪，她的雙眼圓睜得像兩枚月亮。我們齊聲說道：

「胎魔。」

班森點點頭。「他的真名是傑克。」

艾瑪向前傾身。「所以你的姊妹是……」

「我的姊妹是阿爾瑪．裴利隼。」他說。

我們目瞪口呆地看著班森，震驚不已。眼前的這個人，真的有可能是裴利隼女士的親兄弟嗎？我知道她有兩個兄弟，她曾提過一、兩次，甚至給我看過他們孩童時期的照片。她也告訴過我，他們悖德的行徑是如何導致了一九〇八年的災難，以及他們是如何把自己和跟隨者們變成了噬魂怪，之後又變成了現在我們認知而懼怕的偽人。但她從來沒提過他們的名字，她的故事也和班森說的不盡相同。

「如果你說的是真的。」我說，「那你一定是偽人了。」

寧姆的下巴掉了下來。「班森先生才不是。」他已經準備好站起來捍衛自己主人的榮譽，但班森先生揮了揮手打發他。

「沒關係，寧姆。他們只聽過阿爾瑪版本的故事。可是她的認知裡有些缺陷。」

「但你沒否認喔。」艾瑪說。

「我不是偽人。」班森尖銳地說。他不太習慣被我們這樣的人質問，所以他的自尊已開始要刺穿其溫文儒雅的禮儀了。

「那你介不介意我們檢查一下？」我說，「我們才能確定……」

「完全不介意。」班森說。他用手杖支撐著站起身來，然後走到雙方沙發間的空曠處。PT好奇地抬起頭，寧姆則轉過身去，不想看到他的主人被這樣羞辱。

我們和班森先生在地毯上會面。他彎下身，好讓我們不必踮腳，因他高得驚人，他等著我們檢查其眼白處，確認沒有任何佩戴隱形眼鏡的痕跡。他的眼睛裡布滿血絲，好像已經好幾天沒有睡覺了，除此之外，他是清白的。

我們向後退開。「好，你不是偽人。」我說，「但那就意謂著你不是胎魔的兄弟。」

「恐怕你們的假設本身就是錯的。」他說，「我的哥哥和其他人變成噬魂怪，我得負責，但我從來沒讓自己變成其中一員。」

「噬魂怪是你製造的？」艾瑪說，「為什麼?!」

班森先生轉頭看向火焰。「那是特可怕的錯誤。一個意外。」我們等著他進一步解釋。

要他喚回那段隱藏起來的故事，似乎真的耗費了他很大一番工夫。「讓事情發展那麼久、那麼無法收拾，是我的錯。」他沉重地說，「我一直告訴自己，我哥哥並不像他看來的那麼危險。直到他囚禁我，一切都已經太遲了，我才發現自己錯得有多麼離譜。」

他朝溫暖的火燄走去，跪下身去撫摸大熊寬闊的肚子，讓手指在PT的毛間遊走。「我知道有人該阻止傑克，不只是為了我自己，也不只是因為他真的有可能找到靈魂圖書館。不，因為他的野心早超過了那個層次。他花了好幾個月的時間，讓我們的軍隊變成一個危險的政治運動團體。他認為自己是一個反抗家，要試著從他所謂『時鳥幼兒化對待』的社會中掙脫出來。」

「時鳥是我們的社會依然存在的原因呀。」艾瑪苦澀地說。

「是的。」班森說，「但你們知道，我的哥哥非常善妒。從孩子時期，他就非常嫉妒我們姊妹的權力和地位。因我們與生俱來的能力與她的相比簡直微不足道。她三歲時，照顧我們的時鳥就知道她擁有極佳的天賦。人們將她捧上了天，只是這點就把傑克逼瘋了。所以當她還是個小嬰兒時，他會故意捏她，只是想聽她哭。當她在練習變身成鳥的時候，他會追著她跑，拔她的羽毛。」

我看見艾瑪的一根手指燃起憤怒的火焰，她隨即把手指插進茶裡熄滅它。

「這種醜惡的情緒與日俱增。」班森說，「傑克把這樣妒忌的惡意植入了我們某些特異者夥伴的心中。他舉辦會議、發表演說，集結反抗者為他的目的而努力。惡魔之灣是個極佳的收割場，因為這裡有太多的放逐者，他們本就與時鳥不合，並對她們抱有敵意。」

「泥翅（Claywings）。」艾瑪說，「在偽人變成偽人之前，那是他們自稱的名字。裴利隼女士跟我們說過一些關於他們的事。」

「『我們不需要她們的翅膀！』傑克以前總是這麼宣揚，『我們會長出自己的翅膀！』他的說法當然是象徵性的，但他們會穿戴著假翅膀在街上遊行，做為行動的象徵。」班森站起身，將我們引導到書架旁。「看看這裡。我還有一、兩張當時的照片，幾張他沒能摧毀的照片。」他取下一本相簿，翻到一張滿滿人群在聽一個人演說的照片。「啊，這張就是傑克正在散播他充滿仇恨的思想。」

群眾清一色是男人，全都戴著硬挺的帽子擠在一起，有些人甚至爬到箱子或圍牆上，就為了要聽胎魔的演說。

班森翻過一頁，又給我們看另一張照片。這張照片裡是兩個精神奕奕的年輕人，身穿西裝與帽子，其中一個笑得十分誠懇，另一個則面無表情。「左邊的是我，右邊的是傑克。」班森說，「傑克只會在對你有企圖時才會微笑。」

最後，他翻到一張照片，上面是一個男孩，肩膀後方長著一對巨大的貓頭鷹翅膀。他弓著身子蹲在一座臺柱上，瞪著鏡頭的眼神帶著沉默的鄙夷感，一隻眼睛藏在歪斜的帽子後方。下面印著一排字：**我們不需要她們的翅膀**。

「這是傑克的其中一張招募海報。」班森解釋道。

班森把第二張照片拿近些，仔細打量他哥哥的臉。「他總是有個黑暗面。」他說，「我只是拒絕承認。阿爾瑪比我有遠見，很早就把傑克推開了。但因傑克與我年紀相仿，思想也比較接近，至少當時我是這麼想的。我們是彼此最好的朋友，比什麼都親密。但是他把最真實的自己藏了起來，從未展現給我看。我始終沒發現，直到那一天我告訴他，『傑克，你得

WE DON'T NEED THEIR WINGS

停止這一切。』然後把我痛打一頓，將我關在一個不見天日的洞裡等死。但……一切都已經太遲了。」

班森抬起視線，雙眼反射著火光。「當你發現你對你的親兄弟來說什麼都不是的時候，那個衝擊其實比想像驚人。」他因被可怕的回憶糾纏著，安靜了一會兒。

「但你沒死。」艾瑪說，「而是把他們變成了噬魂怪。」

「是的。」

「你是怎麼做到的？」

「我要了他們。」

「誘拐他們把自己變成可怕的怪物嗎？」我說。

「我從來沒打算把他們變成怪物。一開始只是想要擺脫他們而已。」他僵硬地回到沙發上，深深陷入椅墊裡。「我當時就快餓死了，但突然想起一個可以用來騙我哥哥的完美故事。一個與人類存在一樣久遠的謊言：不老之泉。我用手指把它刻在牢房的地上：一個可以扭轉、並將衰老危險永遠消除的技巧，一個複雜的圈套操作步驟。事實上，那只是個副作用而已。那些步驟描述的是個神祕而幾乎被人遺忘的過程，叫人如何在緊急狀況下快速並永久地關閉圈套。」

我想像著老掉牙的科幻設定中，會出現的「自動毀滅」按鈕。縮小版的超新星爆炸；星星消失。

「我從沒想過我的計謀會這麼成功。」班森說，「他的其中一個黨羽有點同情我，並把我的技巧收為自己的，而傑克相信了。他帶著他的同伴們前往一個遙遠的圈套，進行這個程序，而我希望他們把自己永遠關閉在那個圈套之中。」

「但事情並不是那樣發生的。」艾瑪說。

「所以西伯利亞才會有一半被炸掉了嗎？」我問。

「那個程序的反應太強，持續了一天一夜。」班森說，「我有過程中的照片，也有事後的照片……」

他對著地上的相簿點點頭，然後等著我們找到他所指的相片。其中一張是在看不出地點的野外拍攝的，一道垂直的火焰將畫面切成兩半，遙遠但強烈的能量將天空點燃，像是一根大樓尺寸的羅馬燭臺。另一張則是一片荒廢的村莊，布滿瓦礫和倒塌的建築，樹木被燒得只剩下乾枯的樹幹。光是看著照片，就能想像一陣孤風吹過的聲音；觸手可及的沉默剝奪了當地原本該有的生命力。

班森搖著頭。「就算在我最瘋狂的夢中，也沒想過什麼樣的生物會從一個崩解的圈套裡爬出來。」他說，「事後，有那麼一小段時期，一切都很安靜。我從囚禁中解放出來，正在復原。我再度取回機器的主控權。我哥哥造成的黑暗期似乎已經劃下句點了，沒想到，那只是個開端而已。」

「也就是噬魂怪之戰的開頭。」艾瑪說。

「很快地，我們開始聽見傳言，關於從陰影中誕生的怪物。他們從毀滅的森林中冒出來，獵食特異者，還有凡人、動物及任何可以吞吃的東西。」

「有次我看見他吞了一輛車。」寧姆說。

我說：「一輛車？」

「我當時在車裡。」他說。

我們等著他補充更多細節。

「然後？」艾瑪說。

「我逃走了。」他聳聳肩。「排檔卡在他的喉嚨裡。」

「我可以繼續了嗎？」班森說。

「當然，先生。很抱歉。」

「就像我剛才說的，當時並沒有太多東西可以阻止他們的侵略，除了汽車排檔，還有圈套的入口。幸運的是，我們有許多的圈套可去。所以大部分的特異者面對噬魂怪的方法，就是老實地待在圈套裡，只在別無選擇的時候才出來。噬魂怪並沒有終結我們的性命，但是他們讓大部分特異者的日子變得很艱苦、很孤獨，而且很危險。」

「那偽人呢？」我問。

「我想他很快就會提到了。」艾瑪說。

「是的。」班森說，「在我第一次面對噬魂怪後，過了五年，我見到了人生中的第一個偽人。那天半夜，有人來敲我家的門。當時我在家裡，安全地待在我的圈套中……或者，我是這麼想的。開門後，卻看見我哥哥傑克站在那裡，外觀看起來有點淒慘，但大體上來說就是他原本的樣子，除了那雙死去的眼睛，像紙一樣空白。」

艾瑪和我已經變成盤腿坐著，朝班森的方向傾身，被他的話勾住了心神。班森的眼神越過我們的頭頂上方，表情陰鬱。

「他已經吞食進夠多的特異者，餵飽了他空洞的靈魂，並把自己變成某種和我哥哥很像的東西……但完全不一樣。他這麼多年來殘存的人性已隨著他眼睛的顏色一起流失殆盡。偽人之於原本的那位特異者，就像經過多次複印的複製品之於它的原稿。細節和顏色都不見了……」

「那記憶呢？」我問。

「傑克保留了他的記憶。可惜！否則的話，他可能就會忘記阿伯頓和靈魂圖書館，還有我騙他的事。」

「他怎麼知道是你？」艾瑪問。

「把它歸結到兄弟間的直覺吧。然後有一天，他真的已經沒別的事好做了，就開始拷問我，直到我承認為止。」班森對他的雙腿點了點頭。「你們也看得出來，我的腿並沒有真正的復原。」

「但他沒有殺你。」我說。

「偽人是非常有計畫性的生物，而復仇並不是一個很強大的動機。」班森說，「傑克比以往更瘋狂地想要找到阿伯頓，為了這個目標，他得用我的機器，還需要我來操縱這個機器。於是我成了他的囚犯和奴隸，而惡魔之灣則成了一小群具有影響力的偽人想辦法破解靈魂圖書館的總部。當然，你們現在也已經猜到了，那才是他們最終的目的。」

「我以為他們是想要重新進行把他們變成噬魂怪的那些步驟。」我說，「只是這次要做得更大更好。『我們不會再失敗了。』」我邊說邊在空中做出上下引號的手勢。

班森皺起眉頭。「你從哪裡聽來的？」

「一個偽人死前告訴我們的。」艾瑪說，「他說所以他們才會需要那麼多的時鳥。是為了要讓這個反應變得更強大。」

「一派胡言。」班森說，「那可能只是為了轉移你們的焦點所編出來的表面故事而已。但是告訴你們這個故事的偽人很有可能是這麼相信的。只有傑克最親密的親信才會知道尋找阿伯頓的行動。」

「但如果他們不需要時鳥來重新進行程序，」我說，「那他們幹嘛這麼大費周章的去綁架她們？」

「因為失落的阿伯頓圈套不僅僅是失落了而已。」班森說，「根據傳說，在它消失之前，它也被鎖起來了，而上鎖的人正是時鳥們。更正確的說法，是十二隻時鳥，從特異王國的十二個遙遠角落聚集而來。要重新開啟阿伯頓，如果有辦法找到它的話，就需要那同樣的十二隻時鳥，或是她們的繼承人。所以我哥哥花了這麼多年的時間尋找和追蹤，最後綁架了那十二隻時鳥。」

「我就知道。」我說，「他才不只是要重現那個把他們都變成噬魂怪的反應，一定是有更大的目標。」

「那他一定已經找到了。」艾瑪說，「若是胎魔還不知道阿伯頓在哪裡，他才不會打草驚蛇地到處綁架時鳥呢。」

「我以為你說的只是個傳說耶。」我說，「現在你說得好像真的一樣。所以到底是真是假？」

「時鳥議會給出的官方說法是，靈魂圖書館只是個故事。」班森說。

「我不在乎議會怎麼說。」艾瑪說，「你怎麼看？」

「我的看法只保留給我自已。」他語帶保留地說，「但如果圖書館真的存在，傑克又想盡辦法找到並重啟了圖書館，他也無法偷走那些靈魂。因為他還缺少一個必要的元素，第三個關鍵。」

「所以那是什麼？」我說。

「沒有人能拿走靈魂瓶。對大部分的人來說，它們都是看不到也摸不著的。就連時鳥也不能碰觸它們。在傳說故事裡，只有特殊的人才能處理那些瓶子，他們被稱作圖書館員。但已經好幾千年沒有任何一個圖書館員誕生了。如果圖書館真的存在，傑克也只能找到一堆空架子。」

「好吧，真讓人鬆口氣。」

「對，也不對。」艾瑪說，「如果他發現花了這麼多時間抓到了時鳥，到頭來卻一點用處也沒有？他會發瘋的！」

「這也是我擔心的部分。」班森說，「傑克的脾氣很差，當他發現他追求了這麼久的夢想毀滅時……」

我試著去想像那代表什麼意思。像胎魔那樣的人能夠怎樣折磨人？但我的大腦自動避開了可能的想法。同樣的恐懼感似乎也傳遞給了艾瑪，因為她接下來的口氣變得非常尖銳，並且帶著怒氣。

「我們要去把他們救回來。」

「我們有共同的目標。」班森說，「毀滅我哥和他的黨羽，然後拯救我的姊妹及她的夥伴。如果我們合作，我想我們可以完成這兩個目標。」

此刻，他整個人突然小了許多。瑟縮在巨大的沙發裡，手杖靠在他不安的膝蓋上，這個畫面荒謬得讓我差點就笑了出來。

「怎麼做？」我說，「我們需要一支軍隊。」

「錯。」他回答。「偽人可以輕易地毀滅任何軍隊。幸運的是，我們有比軍隊更好的東西。」他看向我和艾瑪，嘴角勾起一抹微笑。「我們有你們兩個。而對你們而言，你們則很幸運有我。」班森靠著他的手杖緩緩站起身。「我們需要把你們送進堡壘裡。」

「似乎不太可能喔。」我說。

「那是因為，傳統上來說，當惡魔之灣做為一個監獄圈套時，它的目的是要關注罪犯中最邪惡的罪犯。」班森回答。「在偽人回到這裡後，他們就把這裡變成自己的家，而當時最難逃出的監獄便成了無法入侵的堡壘。」

「但你有進入的方法吧。」艾瑪猜測道。

「或許有，只要你們願意幫我。」班森說，「當傑克和他的偽人們回來時，偷了我圓形圈套中的核心。他們逼我拆了我自己的機器、複製了所有圈套的資料，並在他們的堡壘裡製造了一模一樣的入口，這樣他們才能在更受保護的環境下繼續工作。」

「所以這裡有……另一個圓形圈套？」我說。

班森點點頭。「我的是原始版本，他們的是複製品。」他說，「兩者是連接的，而且都有入口可以互通。」

艾瑪坐直身子。「你的意思是，我們可以用你的機器進入他們的圈套裡嗎？」

「完全正確。」

「那你怎麼沒去？」我說，「你為什麼不在幾年前就這麼做？」

「傑克將我的機器破壞到一種我認為永遠也無法修復的境界。」班森說，「這麼多年來，只有一個房間還能運作：連接西伯利亞的那一個。然後我們找了又找，直到現在還是沒能找到他們圈套的入口。」

我想起我們在那裡看見的男人，當時正在裂縫旁窺伺。現在想來，他肯定是在找深埋於雪地下的門。

「我們需要開啟其他的門、其他的房間。」班森說，「但是要做到這點，我需要找到適合的零件來取代傑克偷走的部分——我的圓形圈套核心中的發電機。我始終懷疑有個東西可以用，一個非常強大、非常危險的東西，雖然它就存在於惡魔之灣中，但是要取得這樣東西，對我而言是絕對不可能的事。直到現在。」

他轉向我。

「親愛的小男孩，我需要你幫我弄一隻噬魂怪來。」

我當然答應了。為了拯救我的朋友，我願意答應任何事。但直到我說完，班森也緊緊握過我的手之後，才突然想到，我根本不知道要去哪裡弄來一隻噬魂怪。我很確定偽人的堡壘裡有很多，但我們已經知道入侵其中是不可行的了。然後雪倫從房間角落逐漸出現的陰影中走了出來，給了我們一點好消息。

「記得你們那位被橋砸扁的噬魂怪朋友嗎？」他說，「事實證明他其實還沒死透。他們幾個小時前剛把他從熱溝裡拉上來了。」

「他們？」我說。

「熱溝海盜。他們把他鍊住，關在淤泥街的街尾了。我聽說他引起一陣不小的騷動。」

「那就是他了。」艾瑪的身體因亢奮而緊繃。「我們會把噬魂怪偷回來，重啟班森先生的機器，在偽人的堡壘上開一道門，然後把我們的朋友帶回來。」

「簡單！」雪倫說，然後爆出一聲大笑。「除了最後一個步驟。」

「還有第一個。」我說。

艾瑪朝我走近一點。「抱歉，親愛的。我擅自為你做出保證了。你覺得你有辦法應付那隻噬魂怪嗎？」

我不太確定。沒錯，我在熱溝上可以讓他做出幾個驚人的動作，但是要他像小狗似的跟著我一路走回班森的家，簡直就在挑戰我那不成熟的噬魂怪訓練師技能。我的自信在上一次失敗的交鋒之後，來到了歷史新低。但是現在的一切必須建立在我完成這個任務的前提下方能進行。

「我當然可以應付。」我花了極長的時間才回答。「我們什麼時候出發？」

班森拍了拍手。「就是這個精神！」

艾瑪的視線在我臉上徘徊。她知道我在硬撐。

「你們只要準備好就可以出發了。」班森說，「雪倫會是你們的導遊。」

「我們不該再等下去了。」雪倫說，「一旦當地人玩膩了那隻噬魂怪，我想他們就會殺了他。」

艾瑪拉了拉長裙的前緣。「既然如此，我想我們該換件衣服。」

「當然。」班森說，然後打發寧姆去替我們張羅更適合這個任務的服裝。一分鐘後，他帶著厚底靴、現代工作褲和夾克，全都是黑的、防水，並帶有一點彈性。

我們躲進不同的房間換衣服，然後在走廊上集合，只有我和艾瑪換上新的工作服。服裝的設計粗糙、沒有腰身，所以讓艾瑪看起來有點男性化（但不是件壞事），因此她並無抱怨。她只是把頭髮拉到腦後綁起來，在我面前立正站好，對我敬了一個禮。「布魯探員報到。」

「我這輩子看過最美的軍人。」我差勁地模仿著約翰．韋恩[6]的形象說道。

我的緊張程度和我的爛笑話間有著非常直接的相關性。此時，我整個人已經緊張到快要尿褲子，而胃酸就像壞掉的水龍頭般在肚子裡滴個不停。「妳真覺得我們做得到？」我說。

「沒錯。」她說。

「完全沒有懷疑過？」

艾瑪搖搖頭。「懷疑是救生艇上的破洞。」

她朝我走近，然後我們給了彼此一個擁抱。我可以感覺到她正微微發著抖。她並非金剛不壞之身。直到這一刻，我才發現自己動搖的信心也開始在她心中挖了一個坑，但艾瑪的信心卻是繫住一切的核心，而她就是那艘救生艇。

我總是把她的信心視為某種程度上的魯莽。她似乎認為我只要彈一下手指，就可以讓噬

6 譯註：John Wayne，美國著名的西部片演員。

魂怪隨我的意志行動，抑或我只是在讓內在的軟弱阻擋我的能力。部分的我對這一點相當反感，但另一部分的我又懷疑她或許是對的。找出真相的唯一方式，就是在接觸下一隻噬魂怪時展現出無法動搖的信心，堅信我可以控制他。

「我希望我可以用妳的眼光看待我自己。」我低聲說道。

她更用力地抱緊我，而我決定放手一試。

雪倫和班森來到走廊上。「準備好了嗎？」雪倫問。

我們放開彼此。「好了。」我說。

班森分別和我及艾瑪握了握手。「我好高興你們在這裡。」他說，「我想這證明我們的好運就要來了。」

「希望你是對的。」艾瑪說。

就在我們即將出發時，我突然想到一個一直想問的問題。而我也意識到，如果接下來的事情往最糟的方向發展，那或許現在就是我最後發問的時機。

「班森先生。」我說，「我們一直沒談到我的祖父。你怎麼認識他的？你為什麼在找他？」

班森先生的眉毛向上揚起，然後很快地露出微笑，像是想要藏住那一瞬間的訝異。「我只是很想念他。」他說，「我們是老朋友了，而我一直希望有天能再見到他。」

我知道那不是全部的事實，從艾瑪微微瞇起的雙眼，我知道她也不相信。但現在我們已經沒有時間深究。此時此刻，未來比過去重要得多。

班森向我們舉手告別。「在外一切小心。」他說，「我會在這裡準備我的圓形圈套，好讓它隆重地重新開工。」然後他搖搖晃晃地走回圖書館，我們可以聽見他對著熊大叫的聲音。「PT，站起來！我們有工作要做了！」

雪倫領著我們走下一條長長的走廊，他的長篙在身後搖晃，光腳重重地踩著石頭地板。當我們來到通往外面的門前，他停下腳步，彎腰直到和我們的高度相當，然後下達他的遊戲規則。

「接下來我們要去的地方非常危險。在惡魔之灣裡，幾乎已經沒有特異孩子仍是自由之身，所以人們一定會注意到你。如果沒人跟你們說話，就別開口。不要和任何眼神接觸。跟我保持一小段距離，但絕對別讓我消失在視線之外。我們要假裝你們是我的奴隸。」

「什麼？」艾瑪說，「我們才不要。」

「那是最安全的作法。」雪倫說。

「那是貶低！」

「沒錯，但是這樣比較不會被人懷疑。」

「我們要怎麼做？」我說。

「只要照著我的話做，沒有第二句話。然後表情看起來呆一點。」

「是的，主人。」我機械般地說道。

「不是那樣。」艾瑪說，「他說的是像我們在狼籍巷看見的那些孩子。」

我讓臉垮了下去，用扁平的聲音說：「哈囉，我們很高興能待在這裡。」

艾瑪顫抖了下，隨即轉開視線。

「很好。」雪倫說，然後看向艾瑪。「現在換妳了。」

「如果我們一定要這麼做，」她說，「我寧可假裝自己是啞巴。」

對雪倫來說，這樣已經夠好了。他打開門，我們投身進入即將逝去的日光裡。

第五章

外頭的空氣是一鍋有毒的黃色湯藥，所以我沒辦法看出太陽究竟在哪個位置，只能勉強辨認出時間已經逼近傍晚，光線正在逐漸流失。我們走在雪倫幾步遠的身後，當他在街上遇到認識的人、而加快腳步避開對話時，我們就得掙扎著跟上他的腳步。人們似乎都認得他，他在這裡的名聲似乎不錯，我猜他很擔心我們會做出什麼事情破壞他的名譽。

我們走過快樂到很奇怪的淤泥街，行經那些長著花的花圃和彩色的房子，然後轉上長春花街，踩過變成泥巴的人行道，經過破爛、塌陷的平房。一群帽簷壓得很低的男人聚集在破爛的死巷尾端，似乎是在看守一間窗戶漆成黑色的屋子。雪倫要我們等著，然後他去和那些男人交涉。

空氣裡帶著淡淡的汽油味。遠處，嘹亮的笑談聲此起彼落。那聲音聽起來就像男人們在運動酒吧裡看比賽時發出的，但那絕不可能發生在這裡。因那是個太現代的聲音，再者這裡也沒有電視。

一個男人走出屋子，身上的褲子濺滿泥巴。當門打開時，那些談笑聲變得更響，門關上則淡去許多。他提著一個桶子過街，我們則轉身看著他走向一個我始終不曾注意到的東西：兩隻鏈在斷掉路燈柱上的小熊，就在街道的邊緣。牠們的鐵鍊只有幾呎長，看起來相當難受地坐在泥濘街上。當男人走向牠們，牠們的眼神害怕，耳朵向後平貼。男人將一些腐臭的廚餘倒在牠們面前，然後不發一語地離開。整個畫面帶給我一種無法言喻的絕望感。

「牠們是訓練用獰熊。」雪倫說。我們轉身，發現他就站在身後。「血鬥在這裡是一個大事業，而與獰熊對戰則是公認最大的挑戰。年輕的鬥士都需要受訓，所以他們會先從和幼獸搏鬥開始。」

28

「真是太可怕了。」我說。

「不過這些熊還是有休假的，謝謝關心。」雪倫指著那間小屋子。「他在屋子的最裡面。但在我們進去前，我要先警告你們：這裡是個專門提供仙丹的巢穴，所以裡頭會有很多燒壞腦子的特異者。不要跟他們說話，而且不管你要做什麼，都別看他們的眼睛。我知道有人因為那樣就瞎了。」

「瞎了是什麼意思？」我說。

「就是字面上的意思。現在跟我走，不要再問問題，沒有奴隸對主人提問的。」

我看見艾瑪磨了磨牙。我們跟在雪倫身後，走向聚集在屋旁的男人們。雪倫和他們談著話，我則想辦法一邊偷聽、一邊保持著奴隸的距離，並避開我的視線。其中一個人告訴雪倫，他得付「入場費」，他便從斗篷中掏出一個硬幣。另一個人則問起我們。

「我還沒幫他們取名字。」雪倫說，「昨天才到手的。他們還太菜，我都不敢讓他們離開我的視線。」

「那是真的嗎？」男人邊說邊走向我們。「沒有名字？」

我搖頭表示沒有，和艾瑪一起裝成啞巴。男人上下打量著我們，視線讓我不舒服得好想脫一層皮。「我是不是在哪裡見過你們？」他邊說邊靠得更近。

我什麼也沒說。

「或許是在羅琳的店裡？」雪倫提議道。

「不。」男人回答，然後揮揮手。「啊，之後我總會想起來的。」

我只敢在他轉身後看他一眼。如果他是個熱溝海盜，那他也不是和我們在熱溝上糾纏的其中之一。他的下巴貼著繃帶，額頭也有。其他的男人們也都有類似的包紮，其中一個還戴著單眼眼罩。我懷疑他們是在與獰熊對戰中受傷的。

戴著眼罩的男人為我們開門。「祝你們玩得開心。」他說，「但如果你問我，今天我可不會把他們送進籠子去，除非你已經準備好替他們收屍了。」

「我們只是來見習的。」雪倫說。

「聰明。」

我們被趕了進去，立刻跟上雪倫的腳步，一心只想甩掉守門人的視線。七呎高的雪倫得彎腰才能通過門框，進門後，他從頭到尾都保持著這個動作，因為天花板實在太低了。我們進入的房間一片黑暗、煙霧瀰漫，在我的眼睛適應黯淡的環境前，能看見的東西也只有這裡一點、那裡一點的橘色火光。當景色逐漸開始回到視野裡，我才發現這裡的油燈光線實在太暗，甚至連火柴的火焰都敵不過。房間形狀狹長，牆上釘著一排排的上下舖，像是你在漁船船艙裡會看見的那種。

我被某樣東西絆了一下，差點摔倒。

「為什麼這裡這麼黑啊？」我咕噥道，已經打破了不問問題的承諾。

「在仙丹的影響下，你的眼睛會變得很敏感。」雪倫解釋道，「就連最微弱的光線都會變得無法忍受。」

直到此時，我才注意到床上的人。有些人躺平沉睡著，有些人則坐在一坨坨的被單上。他們看著我們，毫無章法地抽著菸，低聲說話。有幾個人像在自言自語，不斷拋出沒人聽得懂的單音。有的人臉上像守門人一樣包著繃帶或戴著面具。雖然我很想問有關於面具的問題，但此刻我更想要把噬魂怪弄到手，然後趕快離開這個地方。

我們推開一片串珠簾，進到一個比較明亮但更加擁擠的房間。一個魁梧的男人站在對面牆邊的一張椅子上，指揮著人們進入兩扇門。「鬥士去左邊，觀眾去右邊！」他大叫。「在接待室裡下注！」

我可以聽見幾個房間之外傳來叫囂聲，一會兒過後，人群中分開一條路，讓三個男人通過。其中兩個人拉著第三個人，後者則不省人事的流著血。他們身後不斷傳來歡呼及口哨聲。

「那就是輸家的樣子！」椅子上的男人大叫。「而那個，」他指向另一個側邊的房間。「則是懦夫的樣子！」

我朝房間裡瞥了一眼。那裡站著兩個男人，旁邊有人看守著，正悲慘地被人展示。他們全身上下覆滿了焦油和羽毛。

「拿他們兩個做為提醒，」男人說，「每名鬥士至少都得在籠子裡待上兩分鐘！」

「所以你是哪一邊？」雪倫問我。「鬥士，還是觀眾？」

我試著想像會發生什麼事，然後感覺胸口一緊：我不僅要馴服這隻噬魂怪，還得要在一群嗜血又有暴力傾向的觀眾前這麼做，然後還要試著逃走。我發現自己正在祈禱他沒有傷得太重，因為我猜我會需要用到他的力量來為我們開路。這些特異者是不會輕易就放棄他們得到的新玩具。

「鬥士。」我說，「我得靠近他，才能真的控制他。」

艾瑪看著我的雙眼，對我露出微笑。**你可以的**，她的微笑彷彿在這麼說。而在那個瞬

間，我知道我做得到。我帶著全新的自信朝鬥士的門走去，雪倫和艾瑪則跟在我身後。

那股信心持續了大約四秒，直到我走進房裡，然後注意到滿牆滿地的鮮血。一道由血匯集而成的小河延伸至一個光線明亮的走廊，流出敞開的門。我可以從中看見另一群民眾，以及他們後方的一個大籠子。

一聲尖銳的喊叫從外面傳來。下一名鬥士被召喚了。

一個男人從右側的暗房裡走出來。他打著赤膊，戴著一張空白的面具。他站在廳裡等了一會兒，似乎正在凝聚勇氣。接著他的頭往後一仰，抬起一隻手，手中握著一個小小的玻璃瓶。

「別看。」雪倫說，然後把我們趕往牆邊。但我實在控制不住自己。

男人緩緩地將瓶裡的黑色液體倒入面具後的眼睛裡，接著他扔下空瓶，低下頭，開始呻吟。有幾秒鐘的時間，看似被麻痺了，但旋即他的身子一震，兩道白色光束從面具上的眼洞裡射了出來。就連在明亮的房間裡，它們仍然非常突出。

艾瑪倒抽一口氣。原以為只有自己的男人驚訝地轉頭看過來。他的目光在我們的頭頂上畫過一道弧線，身後的牆發出一陣滋滋聲。

「我們只是經過而已！」雪倫說，他的口氣同時傳遞著**哈囉，伙伴！**及**別用那東西殺了我們！**的訊息。

「那就過去吧。」男人哼了一聲說道。

此時，他眼睛射出的光線開始淡去，當他轉身離開時，它們閃爍了一下，接著就消失。他走過走廊，穿過門，身後留下兩道淡淡的煙。他離開後，我朝頭頂上方的壁紙看了一眼。

他視線行經的路線上都留下兩道焦糖色的燒焦痕跡。感謝上帝我沒有與他對視。

「在我們繼續前進之前，」我對雪倫說。「你最好解釋一下。」

「仙丹。」雪倫說，「鬥士們會用它讓自己獲得強化的能力。問題是，它的藥效不會持續太久。而且當藥效過後，會讓你變得比之前更虛弱。如果用上癮，會退化至近乎無能的境界，除非吃下更多仙丹。很快的，你就不再只是為了戰鬥服用，而是為了要保持特異者的能力，然後完全仰賴賣藥的藥頭。」他朝右邊的房間點點頭，那裡傳來的呢喃聲和外頭的叫囂形成奇異對比。「製造出這種東西，是偽人有史以來最厲害的招數。只要對仙丹上癮，他們就不會背叛了。」

我往裡瞟了一眼，想知道特異者藥頭長的是什麼樣子。然後看見一個戴著怪鬍子面具的男人，身旁還有兩個手上舉著槍的人。

「那個男人的眼睛怎麼了？」艾瑪問。

「發光的眼睛是個副作用。」雪倫說，「還有另一個副作用。經過幾年後，仙丹會融化你的臉。你可以用這點來分辨最重度的使用者，他們會戴面具藏住損傷。」

我和艾瑪交換了一個鄙夷的眼神，這時，有聲音從裡面召喚我們。「哈囉，外面的朋友們。」藥頭說，「請進吧！」

「抱歉。」我說，「我們該走了……」

雪倫戳了戳我的肩膀，斷聲說道：「你是個奴隸，記得嗎？」

「呃，是的，主人。」我說，然後想辦法離門愈遠愈好。

戴著面具的人坐在一張小椅子上，房裡的牆上畫滿花草。他動也不動的坐姿讓人感到不安，一隻手擱在一旁的小桌上，兩條腿在膝蓋處優雅地交叉著。他的武裝保鑣們占據了房間的兩個角落，另一個角落則擺了一個有輪子的櫥櫃。

「別害怕。」藥頭對我招呼道，「你的朋友們也可以進來。」

我走了幾步進入房裡，艾瑪和雪倫走在我身後。

「我從沒在附近看過你。」藥頭說。

「我才剛買到他。」雪倫說，「他甚至都還沒有……」

「我有跟你說話嗎？」藥頭尖銳地說。

雪倫閉上嘴。

「並沒有。」藥頭說。他捋著自己的假鬍鬚，似乎正透過面具上空洞的雙眼打量著我。我想知道他在面具下是什麼樣子，還有得服用多少仙丹才會讓臉融化。接著我一陣顫抖，後悔自己產生這個念頭。

「你是來這裡戰鬥的。」他說。

我告訴他，我是。

「嗯，那你走運了。我剛拿到一批上好的仙丹，所以你存活下來的機率，戲劇性地提升了！」

「我不需要，謝謝。」

他看向他保鑣們的反應，他們保持面無表情，然後放聲大笑。「那裡有一隻噬魂怪，你知道嗎？你有沒有聽過那種生物？」

他們是現在唯一存在我腦海裡的事物，尤其是外面的那隻。我好想趕快上路，但這個詭

異的男人顯然是這裡的老大，惹怒他只會為我們帶來更多麻煩。

「我聽過。」我說。

「那你覺得你會有什麼下場？」

「我想我會沒事。」

「只是沒事而已嗎？」男人的雙臂交疊起來。「我想知道的是：我該下注在你身上嗎？你會贏嗎？」

我說出他想要的答案。「會。」

「如果我要下注在你身上，你就需要一點幫助。」他站起身朝藥櫃走去，打開門。櫃子裡的玻璃藥瓶閃閃發光，一排排的瓶子裡盛著黑色液體，頂端用小篩子塞著。他拿出一瓶，回到我面前。「服用這個。」他把瓶子遞給我。「它會把你的能力增強十倍。」

「不了，謝謝。」我說，「我不需要。」

「他們每個人第一次都這麼說。在他們被打敗之後，如果還活著的話，最後每個人都用了。」他在手中轉著小瓶子，然後舉到燈光下。液體裡漂浮著閃爍的銀色物質。儘管不想，我還是盯著它看個不停。

「那是什麼做的？」

他笑了起來。「金屬碎片、蝸牛和小狗的尾巴。」他再度把瓶子遞給我。「不收費。」他說。

「他說他不想要了。」雪倫尖銳地說。

我以為藥頭會對雪倫發飆，但他只是把頭歪向雪倫，說道：「我認識你嗎？」

「我可不這麼認為。」雪倫說。

「我當然認識了。」藥頭點著頭說，「你曾經是我最棒的客戶。你怎麼了？」

「我戒了。」

藥頭朝他走去。「看來你戒得太晚了。」他邊說邊嘲弄地拉了拉雪倫的帽簷。

雪倫抓住藥頭的手。保鑣舉起他們手上的槍。

「小心嘍。」藥頭說。

雪倫抓著他的手，過了一會兒才放開。

「好了。」藥頭邊說邊轉向我。「你不會拒絕免費的試用品吧？」

我一點也不想打開那個瓶子，但眼下最好的辦法就是接受。所以我收下了。

「好孩子。」藥頭說，然後把我們趕出房間。

「你吸過毒？」艾瑪對雪倫嘶聲說道，「你怎麼沒跟我們說？」

「說不說有差嗎？」雪倫說，「是，我曾經有過很糟的幾年。然後班森把我撿了回去，讓我戒掉那個東西。」

我轉頭看著他，試著想像。「班森？」

「我說過，我欠那個男人一條命。」

艾瑪拿過瓶子，將它舉高。在更強的光線下，黑色液體裡的銀色碎屑看起來就像是太陽的碎片。它實在太吸引人，儘管有可怕的副作用，我還是想知道一、兩滴會對我的能力造成多大的影響。「他不肯說裡面是什麼。」

「是我們。」雪倫說，「是我們被偷走的靈魂碎屑，由偽人碾碎之後再餵給我們。每一個被他們綁架的特異者，最後都會變成這樣的一小瓶。」

艾瑪恐懼地把瓶子推開，雪倫接了過去，放進自己的斗篷裡。「你永遠不知道這東西什麼時候會派上用場。」他說。

「知道它的成分了之後，」我說，「真不敢想像你居然用過這個東西。」

「我從來沒說自己是個值得尊敬的人啊。」雪倫說。

整個計畫真是邪惡至極。偽人把整個惡魔之灣裡的特異者都變成了食人族，渴望著他們自己族類的靈魂。讓他們對仙丹上癮，好確保會乖乖受到控制，並掌控人口。如果我們不盡快把朋友們救出來，他們的靈魂不久也將填入那些小玻璃瓶中。

我聽見噬魂怪的吼聲，像是勝利的吶喊，而一分鐘前才服用仙丹的男人，則被人拖過門口，經過我們走下走廊，同樣失去意識、流著鮮血。

換我了，我想。一波腎上腺素流經全身。

仙丹之屋的後面是一個有圍牆的後院，正中央放著一個約莫四十呎見方的大鐵籠。在我看來，它堅固的欄杆能輕易地關住一隻噬魂怪。地上畫了一條線，距離差不多就是噬魂怪舌頭可以搆到的地方，一群大概四十幾個外表粗糙的特異者，聰明地站在線的後方。院子的牆邊擺著其他較小的籠子，裡面裝著一頭老虎、一匹狼，還有一頭看似成獸的獰熊，牠們都是比較不有趣的動物，至少和噬魂怪相比的話，全都是要留到改天再上戰場。

我們的主要目標就在籠子裡踱步、脖子上繫著一條粗鐵鏈、另一端連著一根沉重的鐵柱。他的樣子慘不忍睹，我都忍不住要替他感到難過了。噬魂怪的身上被噴了白漆，還東一塊西一塊地沾著泥巴，因為這樣每個人都能看見他，但也讓他變得有點滑稽可笑，像隻大麥町或上妝的默劇演員。他嚴重地瘸著腿，在地上留下一道道黑色血跡，而肌肉發達的舌頭平時應該因噬血的期待而在空中揮舞，此時卻虛弱地垂在身後。他受辱又受傷的模樣，和我已經習慣了的噩夢形象差距甚遠，但對從來沒看過噬魂怪的觀眾來說，他依舊相當驚人。幸運的是，儘管在這麼糟糕的狀態下，噬魂怪還是連續撂倒了幾名鬥士。他仍然非常危險、難以預測。我猜或許這就是為什麼佩戴步槍的男人部署在後院各處。不怕一萬，只怕萬一。

我、雪倫和艾瑪湊在一起討論計畫。我們都同意，困難的部分不是把我送進籠子裡。問題也不是控制噬魂怪，我們討論的前提是建立在我能控制他的狀況下。真正的問題是要怎麼樣帶噬魂怪出來，離開這些民眾。

「你覺得你有辦法熔掉他脖子上的鐵鍊嗎？」我問艾瑪。

「給我兩天的時間就可以。」她說，「我想我們應該不能告訴他們，我們真的非常需要這隻噬魂怪，用完後就可以把他帶回來？」

「你連說完一句話的時間都不會有。」雪倫邊說邊打量著野蠻的群眾。「這可能是這些蠢蛋近年來最有趣的一次經驗了。你不可能有機會的。」

「下一個鬥士呢！」一位在二樓窗戶觀看戰鬥的女人喊道。

離群眾有段距離的地方，一小群男人正在爭執誰先上場。籠子內的地面已經浸了不少血，沒人真的想繼續貢獻自己。他們決定抽籤，而一個體格健壯、打著赤膊的男人抽到了最短的那支。

「沒戴面具。」雪倫邊看著男人茂盛的鬍鬚與相較之下沒什麼疤痕的臉。「他一定才剛開始。」

男人鼓起勇氣，昂首闊步地走向人群。他帶著西班牙口音，大聲地說他從未輸過任何一場戰鬥，說他會殺了這隻噬魂怪，然後把他的頭當作獎盃；還有他的特異能力，超神速自癒能力，會讓噬魂怪無法在他身上留下任何一點普通的傷口。

「看到這些美麗的記號了嗎？」他邊說邊轉過身，炫耀起他背上一組像爪子抓出來的疤痕。「這是上個星期一隻獰熊留下的。它們有一吋深。」他宣稱道，「但是當天就痊癒了！」他指向籠子裡的噬魂怪。「這個皺巴巴的老東西一點機會都不會有的！」

「現在噬魂怪絕對會殺了他。」艾瑪說。

男人將一瓶仙丹倒入眼睛裡。他的身子一僵，光束從眼中射出，在地上留下一組燒焦的痕跡。一會兒之後，光線熄滅，經過強化的男人自信地走到籠子旁，一名拿著大鑰匙的人替他打開籠門。

「盯著那個拿鑰匙的男人。」我說，「我們可能要用到他的鑰匙。」

雪倫從口袋裡拎起一隻扭個不停的小老鼠尾巴。「聽到了嗎，哈維？」他對老鼠說道，「去拿鑰匙。」他把老鼠放到地上，牠立刻竄得不見蹤影。

那位大吹大擂的男人走進籠子裡，與噬魂怪面對面。他從皮帶上拿出一把小刀，保持馬步的姿勢，但是除此之外，他一點也不像是要打鬥的樣子。事實上，他似乎只打算出一張嘴就把待在籠子裡的時間跑完，不斷地用職業摔角選手的力量大喊：「衝著我來啊，你這頭畜生！我可不害怕！我會切下你的舌頭，做成腰帶來繫我的褲子！我會用你的指甲來剔牙，然

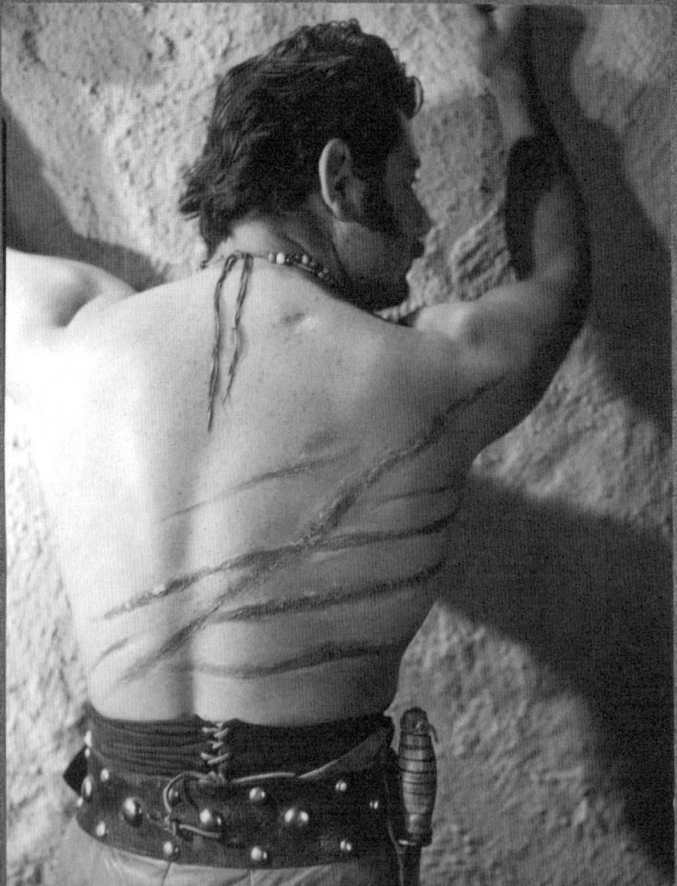

後把你的頭掛在我的牆上！」

噬魂怪無聊地看著他。

鬥士故意在前臂上劃了一刀。當血開始滲出，他便把傷口高舉。但在血滴落到地上前，傷口就癒合了。「我是無敵的！」他喊道，「我不怕你！」

突然間，噬魂怪一個假動作朝男人靠過去，大吼一聲，讓男人嚇得把刀扔掉，並用手臂遮住臉。噬魂怪似乎已經厭倦他了。

群眾爆出一陣瘋狂大笑，我們也是。男人的臉因羞恥而脹得通紅，彎腰撿起刀子。現在噬魂怪開始朝他移動，鐵鍊隨著動作叮噹作響，一根根的舌頭舒張、蜷縮，宛若準備開打的拳頭。

男人發現如果他要找回自己的尊嚴，就得和怪物交手，所以他一面揮舞著刀、一面試探性地朝噬魂怪前進了幾步。噬魂怪將一根上了色的舌頭朝他甩去。男人的刀子揮向它……然後砍中了。噬魂怪發出一聲尖叫，收回舌頭，接著像憤怒的貓發出嘶嘶聲。

「這就是你攻擊唐．費南多的下場！」男人大叫。

「這傢伙永遠都學不會教訓。」我說，「嘲笑噬魂怪是個壞主意。」

這一輪，男人似乎占了上風。只要他靠近，噬魂怪就向後退卻。男人一邊嘶聲大叫、一邊揮舞著刀子。當噬魂怪退無可退，背部貼上鐵籠時，男人把刀高高舉起。「準備受死吧，惡魔的使者！」他喊道，然後向前衝刺。

有那麼一瞬間，我思考著是不是該介入這場比賽，救救噬魂怪，但我很快就發現他其實設了一個陷阱。噬魂怪的鐵鏈在男人下方游移，他抓住鐵鏈，重重往旁邊一掃。唐．費南多飛了出去，一頭撞上一根金屬杆。哐的一聲，就昏了過去，軟綿綿倒在地上。又一個戰敗者。

他是個大言不慚的吹牛大王，民眾們都忍不住為噬魂怪歡呼。一群拿著火把與電擊棒的男人跑進籠子裡，將噬魂怪擋在一旁，然後把失去意識的男人拖出去。

「誰是下一個？」女性裁判員大喊。

剩下的鬥士們交換了一個憂慮的視線，然後又爭執了起來。沒人想要進去籠子裡。

除了我。

男人荒謬的表演和噬魂怪的伎倆給了我一個點子。我沒辦法保證該計畫一定管用，但至少有點可能性，總比什麼計畫都沒有要強些。我們的意思是噬魂怪和我……就讓他來一場假死的表演。

我鼓起勇氣，就像每次我試著做有點勇敢或非常愚蠢的事情時一樣，大腦像和身體分了家。這時我彷彿從遠處看著自己朝裁判揮手，並大叫，「下一個換我！」

在這之前，根本沒人注意到我。現在群眾和鬥士們都轉過頭來看著我。

「你有什麼計畫？」艾瑪對我低聲說。

我是有個計畫，但是因為太專注於安排每個細節，我忘了跟艾瑪和雪倫分享，現在我已經沒有時間告訴他們了。這或許是好事，因為如果把這計畫大聲說出來，我怕它會聽起來很蠢、很糟，或是根本不可為，那我就會因此失去執行的力量。

「我想我最好直接秀給你們看。」我說，「但如果我們沒拿到鑰匙的話，那這個計畫鐵定行不通。」

「別擔心，包在哈維身上。」雪倫說。我們聽見一身尖叫，然後低頭看見老鼠哈維嘴裡叼著一塊起士。雪倫把牠抓起來，責備道：「我說的是鑰匙，不是起士！」

「我會拿到的。」艾瑪向我保證道，「但你也要保證，你會好手好腳的回來。」

我保證。她祝我好運，然後吻了我的嘴唇。接著我看向雪倫，後者則偏著頭看我，像是在說，**希望你沒在期待我也給你一個吻**。我笑了出來，然後朝鬥士們走去。

他們正上上下下打量著我。我很確定他們都覺得我瘋了，但是卻沒人試著阻止我。畢竟，如果這個連一滴仙丹都不打算用的小鬼願意自己送到怪物嘴邊，那對他們來說可謂是天上掉下的禮物。再者，如果我在過程中死了，我也只是個奴隸而已。這讓我討厭起他們，而且想起那些被綁架的可憐特異者，他們的靈魂正漂浮在那些鬥士手中的小藥瓶裡，這讓我感覺更生氣了。我盡可能地把這股怒氣轉換成無法動搖的決心與專注，但它還是讓我心神不寧。

不管了。當男人用鑰匙打開籠子時，我自省了一下，然後驚訝且愉快的發現，我既不因懷疑而搖擺不定，也沒有被自己可能死亡的畫面糾纏，更沒有被一波波的恐懼襲擊。我已經遇上並控制過這隻噬魂怪兩次了，這次會是第三次。儘管我很生氣，還是保持冷靜和安靜，而在這段時間裡，我發現需要的那些字句已經準備就緒，正在等著我。

男人打開門。我走進籠裡。他才把門關上，噬魂怪就朝我的方向蹦跳起來，像隻憤怒的鬼魂般甩著他的鐵鏈。

舌頭，這次別扯我後腿。

我舉起一隻手擋住嘴巴，用沙啞的噬魂怪語說道：

停。

噬魂怪停了下來。

坐下，我說。

他坐了下來。

一波放鬆感沖刷過全身。我沒什麼好擔心的了；重建我和他之間的連結，就像牽起一匹老母馬的韁繩般簡單。控制這頭野獸的感覺就像是在和一個比我瘦小的人摔角：他被我壓倒在地，掙扎著想起身，但完全不是我的對手，所以不會對我造成威脅。只是這股控制他的輕鬆感本身就是個問題。如果不讓每個人都相信他死了，就不可能把他弄出籠子。再者，如果我的勝利來得太輕鬆，就不會有人相信他是真的死了。我是個瘦巴巴又沒用仙丹的孩子，不可能只靠甩巴掌就打趴他，為了要讓這個結果有說服力，我得表演一場秀。

我要怎麼「殺」他呢？當然不可能是赤手空拳了。我在籠子裡四處張望，尋找靈感，然後看見掉落在鐵柱旁的那把刀，是前一名鬥士留下的。噬魂怪就坐在柱子旁，所以這是個問題。我抓起一把沙土，突然朝他跑去，用力往他身上灑。

到角落去，我遮住嘴巴說。噬魂怪轉身往角落衝去，像是被突如其來的碎石嚇到了。接著我朝柱子狂奔，抓起刀子，然後向後退卻。我勇敢的行為為自己贏來觀眾中的一聲口哨。

生氣，我說。噬魂怪便怒吼一聲，像是被我大膽的舉動給激怒般揮起舌頭。我朝後瞥了一眼，看見艾瑪在人群中鬼鬼祟祟地移動，接近管理鑰匙的男人。

很好。

我得讓自己吃點苦頭。*朝我走過來*，我命令道。然後當他往我的方向前進了幾步時，我要他伸出一根舌頭抓住我的腿。

他照做了，舌頭在我的小腿上繞了兩圈，伴隨著一陣刺痛。接著我要噬魂怪把我拉倒在地，並將我拖過地面，我則假裝掙扎著要找可以抓住的東西。

當經過那個鐵柱時，我用手臂環住它。

拉起來，我說，*不要太用力*。

雖然我的用字很抽象，噬魂怪似乎完全理解我的意思，好像我只要在腦中想好一個行動，只需要一、兩個字就可以將一整個段落的資訊傳達給他。所以當噬魂怪將我向上拉起、使我整個人上升至半空中時，那正好是我想像的樣子。

愈來愈順手了，我滿足地想。

我掙扎著，呻吟了幾秒鐘，一邊希望我的聲音聽起來像是真的很痛，接著鬆開柱子。那群期待著我用最短的時間就死掉的群眾開始嘲笑我，朝我罵髒話。

是時候該我出手了。

腿，我說。噬魂怪再一次伸出一隻舌頭纏住我的腿。

拉。

他開始將我拉向他，我則又踢又踹地反抗著。

嘴巴。

他張開嘴，像是要將我一口吞下。我快速轉身，朝我腳踝的舌頭砍去。我沒有真的割傷他，但我要他快點鬆開，然後尖叫得像是受傷了一樣。噬魂怪照著做了，尖叫一聲，然後將舌頭縮回嘴裡去。對我來說，這場表演對我而言有點像是失敗的默劇，我的命令和噬魂怪的回應間有幾秒鐘的延遲，但是顯然觀眾們很買帳。嘲笑聲轉變成加油聲，因為這場對戰似乎變得有趣了，這隻落水狗似乎有反擊的可能性。

接下來，我和噬魂怪交手了幾下，而我希望那畫面看起來不會像是預算太低的動作片。我朝他衝去，他則把我打翻在地。我砍向他，他便向後退去。我們彼此繞著圈移動，他則邊吼叫邊在空中揮舞著舌頭。我甚至讓他用舌頭捲著我（輕輕地）搖晃，直到我（假裝）刺向他的舌頭，他才（好像有點太溫柔地）把我扔下。

我又朝艾瑪看了一眼。她站在鬥士之間，離鑰匙管理員很近。她的手在喉間畫了一條線。

別再瞎搞了。

對。結束的時間到了。我深吸一口氣，鼓起勇氣，準備進行最後的大結局。

我朝噬魂怪衝去，舉起手中的刀子。他的舌頭往我的腳揮來，我跳過它，然後另一根舌頭則朝我的頭竄來，我彎身閃過。

全都照計畫進行。

接下來的計畫本來是我要跳過另外一根腳下的舌頭，然後假裝刺進噬魂怪的心臟……但是那根舌頭卻直直打中我的胸口。他的力道就像一名重量級的拳擊手，讓我仰倒在地，頓時無法呼吸。我震驚地躺在那裡，群眾則噓聲四起。

退後，我試著說，但還是找不回空氣。

接著他便撲到我身上，憤怒地吼叫。就算只有短短一小段時間，噬魂怪仍然擺脫了我的掌握，而且很不開心。我必須恢復主控權，而且要快，但他的舌頭已經制住我的雙臂和一條腿，一口閃閃發光的牙齒正要往我的臉上咬來。我在努力吸氣，滿肺讓人窒息的噬魂怪臭味，我說不出話，取而代之的是，我嗆到了。

如果不是因為噬魂怪詭異的生物構造，我的生命或許就結束了，但幸運的是，他沒辦法在舌頭外伸的狀況下咬住我的頭。他必須先放開我的四肢，才能將我的腦袋咬下，而就在我感覺到他放開手臂的那個瞬間，那隻還抓著刀的手，隨即做了個腦中唯一的自保行為。我把刀子往上一刺。

刀刃深深扎進噬魂怪的喉嚨裡。他尖聲大叫，朝一旁滾開，舌頭翻動著往刀子抓去。

民眾因興奮而陷入瘋狂。

我終於可以吸入一口完整的、乾淨的空氣，然後我翻身坐起，看見噬魂怪倒在幾碼外，黑血從受傷的脖子中冒了出來。要是換作其他場景，我或許會心滿意足，但現在我完全感受不到這點，只是了解到，或許我殺了他。**真的**殺了他。而這徹底不是我的計畫。我的眼角瞥見雪倫對我擺著手，用世界共通的手勢說，**你把一切都毀了**。

我站起身，決定要盡其所能的搶救現況。我再度取得噬魂怪的掌控權，然後要他放輕鬆。我告訴他其實一點都不痛。漸漸地，他停止掙扎，舌頭落到地上。我朝他走去，把血淋淋的刀子拔出來，展示給群眾看。他們尖叫著、歡呼著，而我竭盡所能地讓自己看起來像是個勝利者、而非實際感覺到的大失敗。我真的很怕自己毀了朋友們的救援計畫。

鑰匙管理員打開鐵籠的門，兩個男人跑進來檢查地上的噬魂怪。

別動，我在他們檢視他時喃喃說道。其中一個人用手槍指著他的頭，另一個人則用棍子戳他，然後把手湊到他的鼻孔前。

也不要呼吸。

他沒有。事實上，噬魂怪裝死裝得實在太好，要不是我和他之間的連結還持續著，我也會相信他真的死了。

男人們很買帳。負責檢查的人將他的棍子扔在一旁，舉起我的手臂，好似我贏得了一場拳擊賽。群眾們再度歡呼，我則看見賭我會輸的人們一邊碎念、一邊掏錢的樣子。

很快地，觀眾們便擠進籠子，想要好好看一眼應該已經死了的噬魂怪。艾瑪和雪倫也是其中兩人。

艾瑪抱住我。「沒關係。」她說，「你剛才別無選擇。」

「他沒死。」我對她低語道。「但是他受傷了，我不知道他還能撐多久。我們現在就得把他弄出去。」

「那幸好我想辦法弄到了這些。」她邊說邊將一串鑰匙滑進我的口袋裡。

「哈！」我說，「妳是天才！」

但當我轉身想要去解開噬魂怪的鎖鏈時，我發現自己被一群鑽動的人們給擋住了。他們全都爭著想靠近他、都想看得更清楚，或者都想碰他、拔他的一撮頭髮，或者拿一把染血的土壤當作紀念品。我開始往他們中間擠，一邊想辦法推開他們，但人們不斷把我擋下，跟我握手，拍我的背。

「剛才真是太不可置信了！」

「你很幸運，小子！」

「你確定沒有用仙丹嗎？」

這整段時間，我不斷低聲地命令噬魂怪躺好、繼續裝死，因為我可以感覺到他開始蠕動了，像是一個坐太久的小孩。他很煩躁、又受了傷，於是我得用盡每一分專注的力量才能阻止他跳起來，把他四周的每一個特異者全吞下肚。

我終於搆到了噬魂怪的鐵鍊，正在尋找鎖頭，但仙丹藥頭卻突然出現在我身後。我轉過身，看見那張詭異的鬍子面具距離我的臉只有幾吋遠。

「你以為我不知道你在幹嘛嗎？」他說。那兩名武裝警衛站在他兩側。「你以為我瞎了嗎？」

「我不知道你在說什麼。」我說。有那短短一小秒的時間，我以為他知道我的計謀，也知道噬魂怪其實並沒有真的死掉。但他的手下連看都沒看噬魂怪一眼。

他抓住我的外套領子。「沒人可以耍我！」他說，「這是我的地盤！」

人們開始向後退開。這傢伙的名聲顯然不太好。

「沒人在耍人。」我聽見雪倫在我身後說道，「冷靜點。」

「你要玩把戲是玩不過我的。」藥頭說，「你把他帶來這裡，說他是個菜鳥，連獰熊都還沒打過，然後就搞這招？」他把手臂揮向躺在地上的噬魂怪。「門都沒有！」

「他已經死了。」我說，「如果你想的話，可以自己去檢查。」

藥頭放開我的外套，轉而掐住我的脖子。

「嘿！」我聽見艾瑪的聲音。

警衛拿槍指向她。

「我只有一個問題。」藥頭說，「你在賣什麼？」

他開始施力。

「賣什麼？」我沙啞地說。

他嘆了一口氣，顯然很不爽自己還得解釋。「你跑來我的地盤，殺了我的噬魂怪，還說服我的顧客們不需要買我的產品？」

他以為我是來搶生意的另一個藥頭。這個瘋子。

他掐得更用力了。

「放開那個男孩。」雪倫請求道。

「如果你用的不是仙丹，那是什麼？你在賣什麼？」

我試著回答，但是卻沒辦法。我看著他的手。他懂了我的暗示，便微微鬆開手。

「說話。」他寬容地說道。

我接下來說的話，對他來說，大概像是咳嗽聲。

左邊那個，我用噬魂怪語說道。噬魂怪像科學怪人般僵直地坐起身，嚇得還在附近的幾個特異者尖叫著跑開。藥頭轉頭一看，我便重重地打中他的面具；警衛則不知道要先開槍打我，還是噬魂怪。

那短短一瞬間的猶豫就是他們的不幸。在他們轉頭的那段時間裡，噬魂怪已經把他的三根舌頭全甩向離他最近的警衛，其中一根奪走了他的武器，另外兩根則纏住他的腰，將他舉起，然後用他當作球棒打倒另一個。

最後只剩藥頭和我了。他好像才終於意識到是我在控制這隻噬魂怪，所以跪在地上開始求饒。

「這裡或許是你的地盤。」我對他說，「但這隻是我的噬魂怪。」

我要噬魂怪用一根舌頭纏住他的脖子。我對他說我們要帶走這隻噬魂怪，而他若願意讓我們平安離開，我會留他一條命。

「好，好。」他聲音顫抖地同意道，「好，當然好……」

我解開鎖，讓噬魂怪恢復自由。眾目睽睽下，艾瑪、雪倫和我領著一瘸一拐的噬魂怪走向敞開的籠子大門，藥頭則在我們前方，在噬魂怪仍然捲著他脖子的情況下，用最大的音量說：「不要開槍！不准任何人開槍！」

我們將大部分的觀眾留在籠裡，然後把門鎖上，接著我們沿原路穿過仙丹屋，回到街上。我本想將藥頭的所有仙丹給毀了，但是旋即又決定不要冒這個風險。讓他們繼續嗑藥好了。再者，或許別把這些東西浪費掉比較好，因為沒人知道是否有一天這些被偷走的靈魂能與自己的主人團聚，就算只有一絲絲機會都好。

我們把藥頭扔進水溝裡，讓他掙扎著呼吸，面具掛在其中一隻耳朵上搖晃。就在我們準備把整個醜惡場景拋在腦後時，我聽見一聲小小的吼聲，然後想起那兩隻小獰熊。

我心碎地回頭看向牠們。牠們正扯著鐵鍊往前傾，想要跟我們走。

「不行。」雪倫說，催促著我往前走。

若不是因為接觸到艾瑪的眼神，我或許就把牠們留下了。去吧。她用嘴形無聲地說道。

「只要一秒鐘就好。」我說。

最後，噬魂怪花了十五秒把拴著牠們的木柱拔起，而一群憤怒的仙丹成癮者已經聚集在屋外。不過一切似乎都是值得的。我們原本讓兩隻小熊跟在後面跑，身後仍掛著鐵鏈和木頭，動作緩慢受阻，但是我的噬魂怪突然自主地把牠們撈進懷裡，抱著開始往前跑。

很快地，我們就發現有麻煩了。我們才走過幾個街區，路上的人就已經開始注意到噬魂怪了。除了我之外，噬魂怪對其餘的所有人來說，都只是一坨半透明的顏色，但他仍然吸引了不少注意。而且因為不希望所有人都知道我們的目的地，必須想個更不顯眼的方式回到班森家。

我們鑽進一條後巷。一旦我停止逼迫他繼續往前走，噬魂怪便疲憊地蹲坐下去。在地上的他看起來好脆弱，流著血，身體縮成一團，舌頭也收在嘴裡。他所拯救的那兩隻小熊感受到他的虛弱，便用牠們溼漉漉的鼻子去拱他，噬魂怪則輕哼了聲，幾乎可以用溫柔來形容。我心中忍不住對他們三個湧起一股溺愛的感覺，就某方面來說，他們三個此刻看起來就像手足。

「我實在很不想這麼說，但是這畫面幾乎可以說是可愛了。」

雪倫哼了一聲。「就算你幫他穿上粉紅色的小芭蕾舞裙，他還是個殺人機器。」

我們腦力激盪著回去的方法，又得避免噬魂怪一不小心就死在路上。「我可以把他的傷口合起來。」艾瑪邊說邊伸出一隻手，手指的尖端開始發光。

「風險太大了。」我說，「痛感會讓他脫離我的掌握的。」

「班森的治療師或許可以幫忙。」雪倫說，「我們只是要盡快找到她。」

我的第一個想法是跳屋頂。如果噬魂怪有足夠的力氣，他就可以把我們帶上屋頂，然後在不被人看見的情況下，一路回到班森家。但現在我連他走不走得動都不知道。於是，我提議把他身上的顏料洗掉，這樣就只有我可以看到他了。

「絕對不行，門都沒有，想都別想。」雪倫用力地搖著頭。「我不相信那個東西。我要盯著他看。」

「我已經在控制他了啊。」我有點被冒犯地說道。

「只有目前為止而已。」雪倫回擊。

「我贊同雪倫的意見。」艾瑪說，「你現在做得很好，但如果你不在房間的時候，或是睡著了呢？」

「為什麼我會離開房間？」

「去上廁所？」雪倫說，「難道你計畫把你的噬魂怪寵物一起帶進『聽雨軒』嗎？」

「呃。」我說，「或許等到那時候，我再來想辦法？」

「不准把顏料洗掉。」雪倫說。

「好啦。」我有點惱怒地說。「所以我們要怎樣？」

小巷的另一端，一扇門突然被打開，冒出一陣蒸氣。一個男人推出一輛推車放在路邊，然後又回到屋內。

我跑過去看。那扇門是屬於一間洗衣房的，推車裡裝滿了髒兮兮的布料。它的尺寸只夠一個嬌小的人待在裡面，或是一隻蜷曲起來的噬魂怪。

我得承認：我偷了那輛推車。我把它推到其他人身邊，將它清空，讓噬魂怪自己爬進去。接著我們把髒布蓋在上面，再把小熊抱進去，然後推著整輛車走上街。沒人多看我們一眼。

第六章

當我們抵達時，天幾乎已經全黑。寧姆催促我們進入玄關，班森正焦慮地在那裡等著。他甚至連招呼都沒打。「你們怎麼帶回這幾隻熊？」他的視線跳向那輛推車。「那生物在哪裡？」

「在這。」我把小熊抱出來，然後動手把麻布拉開。

班森雖然看著我的動作，卻保持著距離。上層的布料是白色的，但隨著我愈挖愈深，下面的布料便開始出現血跡，最後則完全成了一個黑色的繭。我把最後一塊布拉開，噬魂怪就在那裡，像小嬰兒般蜷起身子，看起來既弱小又枯槁。看著這個可憐的生物，實在很難想像他曾經給我帶來那麼多的噩夢。

班森往前走近一些。「老天。」他邊說邊看向血跡斑斑的布料。「他們對他做了什麼？」

「事實上，是我做的。」我說，「我真的沒有其他選擇了。」

「他差點就要把雅各的頭給吞了。」艾瑪解釋道。

「你沒把他殺掉吧？」班森說，「如果他死了，對我們就沒有用處了。」

我說：「我不覺得他死了。」我叫噬魂怪睜開眼睛，然後非常遲緩地，他照做了。他還活著，只是很虛弱。「但我不知道他還能撐多久。」

「既然如此，我們就一刻也不能浪費。」班森說，「我們得立刻找我的治療師來，希望她的粉末對噬魂怪也有效。」

寧姆跑著去找治療師了。在等待的這段時間，班森帶我們進到廚房，然後給了我們麵包和罐頭水果。不知是因為緊張，或是因為我們看了太多不舒服的東西，艾瑪和我都沒有食慾。我們禮貌性地挑揀著食物，班森則在旁邊告訴我們這段期間發生了哪些事。他已經把機器所有必要的準備工作完成，一切都已就緒，他現在只需要把噬魂怪放進去就行。

「你確定會有用嗎？」艾瑪說。

「就完全紙上談兵的狀態而言，我已經盡可能的確定了。」他回答。

「那會傷到他嗎？」我問。不知為何，我對他有股奇怪的保護慾，或許是因為花了太多工夫才救到他。

「當然不會。」班森敷衍地揮了揮手。

治療師到了。看到她的第一眼，我就驚訝地差點大叫出聲。並不是因為她長得太不尋常，儘管她的確是，而是因為我百分之百確定，我以前看過她，但不知道是在哪裡或怎麼遇到這麼奇怪的人。

她全身上下可見之處，只有她的左眼和左手，其餘的全藏在一層層的布料後面：面紗、圍巾、長裙，再加上一件加了襯圈的蓬裙。她似乎沒有右手，左手則牽著一名棕色皮膚、長著一雙大眼睛的年輕人。他穿著一件流行的絲質襯衫，戴著一頂寬簷帽，正指引著治療師的路，好像她看不見或有其他方面的殘障。

「我是雷納多。」年輕人用清脆的法文口音說，「而這位是塵土教母（Mother Dust）。我是她的發言人。」

塵土教母靠向雷納多，對他耳語了一會兒。雷納多看著我說，「她希望你覺得好多了。」

直到此時我才想起，我在哪裡見過她：在我的夢裡，或者我以為那些只是夢，就在我躺在床上等待復原的時候。

「是的，好多了。」我不安地說。

班森跳過了所有的繁文縟節。「妳可以治好他們嗎？」他邊說邊領著雷納多和塵土教母來到洗衣推車旁。「這是噬魂怪，只有在上了漆時，我們才看得見。」

「她可以治好任何有心跳的東西。」雷納多說。

「那就請妳開始吧。」班森說，「我們必須要救這個生物的命。」

塵土教母透過雷納多開始下達指令。首先，他們要我們把噬魂怪這頭野獸搬出來。於是我和艾瑪把噬魂怪放到地上。然後，他們又要我們把他放進水槽裡，於是艾瑪和雪倫又幫著我把他抬進水龍頭下那又長又深的水盆中。我們用水清洗他的傷口，並且盡可能地不要洗掉太多顏料。接著，塵土教母檢視噬魂怪，雷納多則要我指出他所有的傷處。

「聽著，瑪莉安。」班森用不正式的名字稱呼塵土教母。「妳不需要醫好每一個傷口。我們不需要這個生物恢復百分之百的健康，我們只需要他活著。懂嗎？」

「懂，懂。」雷納多敷衍地說，「我們知道自己在幹什麼。」

班森哼了一聲，轉過身去，以示不滿。

「現在她要使用她的粉末了。」雷納多說，「退後，並且小心不要吸進去。它會讓你馬上陷入沉睡。」

我們向後退開。雷納多拉起一個防塵口罩遮住鼻子，然後解開包住塵土教母右手臂的絲巾。右手臂的殘樁只有幾吋長，正好停在原本應該要是手肘的位置上方。

塵土教母開始用左手摩擦著斷臂，一堆白色粉末便開始飄散在空氣中。我們入神地看著這個畫面，卻又有點受到精神衝擊。雷納多蒐集了近一盎司的粉末，而塵土教母的斷臂則減少了同樣的量。

雷納多將粉末轉交至女主人的手上。她靠向噬魂怪，將部分的粉末吹向他。噬魂怪吸了一口氣，然後渾身一震。除了塵土教母之外的每個人，都向後又跳了一大步。

別動，躺好，我說，但其實並不需要，因那是接收了粉末之後的自然反應。雷納多解釋道：此時他的身體已經轉成了低效能的運作。當塵土教母把更多粉末灑在噬魂怪的脖子上時，雷納多則告訴我們，這個粉末可以治療傷口，並加深沉睡，端看粉末的使用量。同一時間，一團白色泡沫出現在噬魂怪的傷口四周，然後開始發光。雷納多說，塵土教母的粉末就是**她自己**，所以用量有限。每次她治療了誰，自己就會流失一點。

「我希望這問題不會聽起來很無禮。」艾瑪說，「但是妳為什麼要這樣傷害自己？」

塵土教母暫時停止手上的工作，轉過來，用她好的那隻眼睛看著艾瑪，然後用整段時間以來最大的音量說話，卻像是一個沒有舌頭之人所發出的含糊聲響。

雷納多翻譯道：「我會這麼做，是因為這就是我被揀選的服事方式。」

「那就……謝謝妳了。」艾瑪謙卑地說。

塵土教母點點頭，然後回頭繼續她的工作。

噬魂怪不會馬上就復原。他現在已經深深被麻醉，只會在最主要的傷口好了之後才會清醒，而這過程很有可能要持續一整晚。由於噬魂怪在「被安裝進」班森的機器裡時必須是醒著的，因而救援計畫的第二部分必須再往後延遲幾小時。在那之前，我們全都擠在廚房裡：

雷納多和塵土教母，因為她不時就得重新替噬魂怪的傷口上粉末；還有艾瑪和我，因為我不想留下噬魂怪獨自在那裡，就算他正在昏睡也一樣。現在他是我的責任了，就像還沒馴養的寵物被帶回家時，是誰撿來的就是誰要負責。艾瑪則待在我旁邊，因為就某種角度上來說，我也變成了她的責任（而她是我的責任），如果我不小心睡著，她就會搔我癢，把我叫醒，或是跟我說以前在裴利隼女士家中時的故事。班森時不時地進來看看我們，不過多數時間他都和寧姆及雪倫在進行安全檢查，以防他哥哥的偽人軍隊會突然來犯。

隨著時間愈來愈晚，我和艾瑪開始聊起接下來的這一天會發生什麼事。假設班森的機器能順利運作，那麼幾小時後，我們很有可能就會發現自己身處於偽人的堡壘裡了。或許就會再見到我們的朋友和裴利隼女士。

「如果我們藏得夠好，又非常非常幸運。」艾瑪說，「還有如果……」她猶豫了一下。我們肩並肩地坐在一張靠牆的長椅上，此時她微微側過身，所以我看不見她的臉。

「什麼？」我說。

她轉頭看向我，臉上帶著傷痛。「如果他們還活著的話。」

「他們還活著。」

「不，我已經不想假裝了。現在偽人很有可能已經把他們的靈魂抽取出來做成仙丹了。或者已經發現時鳥們沒有用，所以決定轉而折磨她們，或者也把她們的靈魂拿來做藥，或者拿來殺雞儆猴給想要逃走的人看……」

「別說了。」我說，「時間還沒過那麼久呢。」

「等我們進到堡壘裡面後，就已經超過四十八小時了。四十八小時之間是可以發生很多可怕的事。」

「我們不需要想像每一件壞事啊。妳聽起來就和霍瑞斯一樣，滿腦子都是最壞的打算。在我們真的確定發生什麼事之前，沒什麼理由要這樣折磨自己吧。」

「當然有。」她堅持道，「我們有大好的理由這樣折磨自己。如果我們已經考慮過所有最糟的可能性，那當我們發現任何一個成真時，至少不會完全沒有心理準備。」

「我不覺得我有辦法為這種事做好心理準備。」

她用手捂著臉，吐出一口顫抖的氣息。這些事情實在太沉重了。

我好想告訴她，我愛她。如果我能告訴她一件我們確定的事，而不是完全被那些不確定的事所包圍，或許會有點幫助。但我們並不常說那幾個字。而在兩個完全不熟的陌生人面前，我也實在說不出口。

愈想著我對艾瑪的愛，就愈覺得動搖和不舒服，因為我們的未來充滿了太多不確定。我需要去想像一個有艾瑪存在的未來，但是現在，光是想像第二天都已是不可能的事。這件事對我來說相對掙扎。我天生就很小心，喜歡計畫，我喜歡確定每一步要做什麼、喜歡知道接下來要發生的事，但自從我進入裴利隼女士廢棄的家中後，接下來的整個經驗，就像是自由落體般直接落入太虛之中。為了生存，我必須成為另一個完全不同的人，一個有彈性、勇敢又自信的人。一個我爺爺會感到驕傲的人。只是我尚未完全轉換成功。現在這個新的雅各是由舊的那個堆砌而成，有些時候，很多時候，我還是會突然被恐懼襲擊，並且希望這輩子從來沒聽過什麼裴利隼女士，或者希望地球能停止轉動幾分鐘，好讓我能抓住什麼東西，暫時喘息一下。我想知道是哪一個雅各愛著艾瑪，而這個想法在我體內隱隱作痛。是這個已準備好面對一切的新雅各，或是只想要抓住什麼的舊雅各？

我決定現在不要想這件事。這是舊雅各處理事情的老招，把注意力轉移到現在觸手可及的新目標上：噬魂怪，還有他醒來後可能發生的事。看來，我勢必得放棄他了。

「我希望我們能帶著他一起。」我說，「如此一來，就可以輕易地把擋路的人都打飛了。但我想他得留在這裡維持機器運作。」

「所以你現在覺得他是我們的一員了。」她揚起眉毛。「別對他產生太多感情。別忘了，如果你給他半點機會，他會把你生吞活剝的。」

「我知道，我知道。」我嘆了口氣說道。

「再者他也不大能輕易地就把人都打飛。我很確定偽人們知道要怎麼應付噬魂怪。畢竟，他們原本就都是噬魂怪呀。」

「你的天賦非常獨特。」雷納多說。這是他這一小時來第一次對我們說話。他從監控噬魂怪傷口的崗位上退了下來，在班森的櫥櫃中翻找可以吃的東西，而現在，他和塵土教母坐在一張小桌旁，一起吃著一塊藍帶起士。

「但是是個奇怪的天賦。」我說。我一直都在想它有多奇怪，卻直到現在才有辦法把它用言語表達出來。「在理想世界中，不會有任何噬魂怪。而如果沒有噬魂怪，我的天賦就不會被人看見，也沒有人會理解我說的這個怪語言。你甚至不會知道我有特異能力。」

「那幸好你現在人在這裡。」艾瑪說。

「對，但是……難道妳不覺得這有點太隨機了嗎？我有可能會出生在任何時代，我爺爺也是。噬魂怪只出現在最近的這一百年間，而我們剛好就出生在這一段時間，剛好就是需要我們的時候。為什麼？」

「我猜這是命中注定的。」艾瑪說，「或者一直都有人有這個能力，只是他們從來不知道。或許有很多人終其一生都不知道自己是特異者。」

塵土教母靠向雷納多，低語了幾句。

「她說以上皆非。」雷納多說，「你的天賦或許不是操控噬魂怪，那只是其中一個最明顯的表徵而已。」

「什麼意思？」我說，「還有什麼可能性？」

塵土教母再度低語。

「其實這很簡單。」雷納多說，「就像一個有天分的大提琴手，他並不是只有與生俱來的樂器專長而已，而是廣泛地對音樂有天分。你不是只能操控噬魂怪而已。妳也不是……」他對艾瑪說，「只能玩火。」

艾瑪皺起眉頭。「我已經超過一百歲了，我想我現在已經很清楚自己有什麼特異能力，而我可不能控制水或空氣或泥土。相信我，我試過了。」

「但那不代表妳沒辦法做到。」雷納多說，「年輕時，當我們發現某種特殊的特異能力，就開始專注於發展此一能力，而忽視其他。可這並不代表其他都是不可能的，只是它們沒受到培養。」

「這是個很有趣的理論。」我說。

「重點是，你擁有控制噬魂怪的能力其實不是那麼隨機的。你的天賦往那個方向發展，是因為現在有這個需要。」

「如果這是真的，那為什麼不是每個人都可以控制噬魂怪？」艾瑪說，「雅各的能力對每個特異者都派得上用場。」

「因為只有他的基礎能力可以這樣發展啊。在噬魂怪出現前的時代，有類似天賦取向的人或許發展成別的樣子。有人說，靈魂圖書館的管理員們是可以像讀書那樣讀特異者的靈魂。如果那些圖書館員活到現在，他們或許就會像他一樣。」

「為什麼這麼說？」我說，「看得見噬魂怪和讀靈魂有哪裡相像嗎？」

雷納多和塵土教母討論了一下。「你似乎有讀心的能力。」他說，「因此你能看見班森心中還有良善的地方。所以你選擇原諒他。」

「原諒他？」我說，「他有什麼事情是需要我原諒的？」

塵土教母知道自己說得太多了，但是一言既出、駟馬難追。她朝雷納多低語。

「他對你爺爺做的事。」他說。

我轉向艾瑪，但她似乎看起來和我一樣困惑。

「所以他對我爺爺做了什麼？」

「我來跟他們說。」一個聲音從門口傳來，然後班森一個人搖搖晃晃地走了進來。「那是我的罪行，而我該自己坦白。」

他越過水槽，從桌邊拉了一張椅子，在我們面前坐下。

「大戰期間，你的爺爺因為與噬魂怪溝通的能力而變得特別有價值。我和幾個科技學家們有個祕密計畫，我想我們能複製他的能力，並將它分給其他特異者。注射這種能力來對抗噬魂怪，就像施打疫苗一樣。如果我們可以看見並感覺到他們的存在，他們就不再是威脅，而對戰也會結束。你的祖父做了很多偉大的犧牲，但是沒有一個比這更高貴：他同意與我們合作。」

艾瑪的臉隨著這些話而緊繃起來。我很確定她完全不知道這件事。

「我們只拿了一點點。」班森說，「只拿了一小塊他的第二靈魂。我們將它切割開來，分給幾個測試個體。雖然他們的確得到了想要的效果，但效果並不持久，而且持續注射也開始剝奪他們的原始能力。實驗最終失敗了。」

「那亞伯呢？」艾瑪問。她的口吻帶著一股惡毒，是專門保留給那些傷害她所愛之人的人。「你對他做了什麼？」

「他的能力被削弱了。」班森說，「在這個計畫之前，他就像我們年輕的雅各。他控制噬魂怪的能力是我們在與偽人戰爭中的決定性力量。但在實驗之後，他發現再也不能控制他們了，他的第二視力也開始退化。不久後，我就聽說他離開了特異王國。他擔心自己不僅幫不了自己的夥伴，反而會危害他們。他覺得自己再也不能保護他們了。」

我看向艾瑪。她正盯著地板，我看不懂她臉上的表情。

「一個失敗的實驗並沒有什麼好抱歉的。」班森說，「那是科學研究進展的過程。但是我對你爺爺做的事，是我這輩子最後悔的事情之一。」

「所以他才會離開。」艾瑪邊說邊抬起頭。「所以他才會去美國。」她轉向我。她看起來並不生氣，倒像是恍然大悟。「他覺得很羞愧。他在一封信裡這麼寫過，但我始終不懂。他說他覺得很羞愧，而且自己不再特別。」

「他的能力是被奪走的。」我說。現在我對另一個問題也有答案了：為什麼噬魂怪可以在我爺爺的後院裡殺了他。不是因為年老，也不是因為體力變得虛弱，而是因為他對噬魂怪的防禦幾乎已經完全喪失，而且還喪失了那麼久。

「那不是你該道歉的部分。」雪倫雙臂交疊地站在門邊。「反正我們也不可能靠他一個人贏得那場戰爭。你該感到羞愧的是偽人用你的科技做了什麼。你是仙丹製作的先驅。」

「我已經試著在償還我欠下的債。」班森說，「我不是救了你嗎？還有妳？」他轉向雪倫和塵土教母。她似乎和雪倫一樣都曾經是成癮者。「這麼多年來，我都在試著道歉。」他邊說邊看向我。「試著彌補我對你爺爺做的事。所以這段時間我才會一直在找他。希望他可以回來和我見面，或許我能找到方法把能力還給他。」

艾瑪苦澀地笑了。「在你對他做了那些事之後，你覺得他還會回來嗎？」

「我沒這麼想，但是我希望。幸運的是，救贖還有別的形式。像這次，就是以孫子的方式回來的。」

「我不是來這裡為你贖罪的。」我說。

「不管如何，我都在這裡為你所用。如果有任何我能做的，儘管開口。」

「我只要你幫我把我們的朋友找回來，還有你的姊妹。」

「樂意之至。」他說。我沒有要求更多，或是站起來對著他尖叫，這似乎讓他鬆了一口氣。我或許可以這麼做，但我的腦子還有點暈，不太知道該如何反應。「現在，」他說，「我們要怎麼繼續進行？」

「可以讓我們聊聊嗎？」艾瑪說，「只有我和雅各？」

我們走進走廊，好私下對話，只能暫時讓噬魂怪離開我的視線，似乎也只有這樣了。

「我們可不可以列個清單，看看這個人要負多少責任？」艾瑪說。

「好。」我說，「首先，他創造了噬魂怪。但不是故意的。」

「但他製造了。而且他也創造了仙丹，還奪走了亞伯的能力，或者他大部分的能力。」

也不是故意的，我差點就這麼脫口而出。但班森的動機不是重點。我知道她想表達什麼：在聽了這麼多真相之後，我不再那麼肯定把我們和朋友們的命運交到他手中或他的計畫中，是個正確的決定。他或許是好意，只是他的前科實在太多。

「我們可以信任他嗎？」艾瑪說。

「我們還有選擇嗎？」

「那不是我想問的。」

我想了一想。「我想可以。」我說，「我只希望他已經把霉運都用完了。」

「快來！他醒了！」

一陣大叫在廚房裡迴盪。我和艾瑪衝進門內，發現所有人都被嚇得半死地躲在角落，昏昏沉沉的噬魂怪則掙扎著要坐起身，卻只能勉強把上半身掛在水槽邊緣。只有我能看見他張開的嘴巴，舌頭虛弱地垂在地上。

把嘴巴閉上，我用噬魂怪語說。他發出一聲像是在吸義大利麵的聲音，把舌頭收了回去。

坐好。

噬魂怪做不到，於是我抓住他的肩膀，幫他調整到坐姿。不過他正以驚人的速度在復原，幾分鐘後，他就已經恢復了足夠的動力爬出水槽，站在地上。他不再跛腳了，脖子上的傷口也只剩下一條淺淺的白線，就像我臉上那些快速消失的傷痕一樣。一旁的班森則無法掩飾對塵土教母的不滿，因為她把噬魂怪治療得太好了。

「我的粉末有這麼強的功效也不是我的錯啊。」塵土教母透過雷納多說道。

時間已近黎明，他們倆疲憊不堪地找床睡覺去。艾瑪和我也很累，卻完全無法休息，但現在的進展實在太讓人興奮，希望給了我們第二波能量。

班森轉向我們，兩眼放光。「面對真相的時刻到了，朋友們。讓我們來看看，我們的老夥伴能不能重新開始運作吧?!」

他指的是他的機器，不過他連問也不必問的。

「我們一秒都不想浪費。」艾瑪說。

班森召來他的熊，我則叫上我的噬魂怪。PT出現在門邊撈起他的主人，然後領著我們走過屋內。如果被人看見，這畫面一定非常奇怪：一名穿戴整齊的紳士躺在一隻熊的臂彎裡，雪倫穿著他的黑色大斗篷，艾瑪用一隻還在冒煙的手摀著嘴打呵欠，平凡如我則不斷對著我那隻上了白漆的噬魂怪低語，而他拖著骨頭走在旁邊，好像整副骨架都不合身似的。

我們穿過走廊、走下樓梯，進入屋子的中心：一個個裝有機器的房間正在運作，一間比一間小，直到我們來到一間熊進不去的房間前。我們停下腳步。PT把他的主人放下。

「就在這裡。」班森說，表情就像一個驕傲的父親般發光。「我圓形圈套的心臟。」

班森打開門，我們跟著他走了進去。ＰＴ在外頭等著。

小房間中擺著一部鋼鐵打造的機器，模樣看起來有點嚇人。它的管線橫跨過整個房間，飛輪、活塞和真空管閃爍著油光。這機器看似可以製造出非常可怕的噪音，但此時，它只是冰冷而沉默地站在那裡。一個油膩膩的男人站在兩個巨大齒輪間，用一把扳手在將什麼東西給鎖緊。

「這是我的助理，金姆。」班森說。

我認出他就是在西伯利亞之屋追著我們跑的男人。

「我是雅各。」我說，「昨天我們在雪地裡嚇到你了。」

「你昨天在那裡做什麼啊？」艾瑪問。

「把自己冷的半死啊。」男人苦澀地說，然後繼續手上的工作。

「金姆一直在幫我找路進入我哥哥的圓形圈套。」班森說，「如果真的有那麼一道門存在於西伯利亞，那很有可能是在一道裂縫的深處。如果你的噬魂怪有辦法讓我們其他的幾個房間重新上線，可能會有比較容易接受的環境。我很確定金姆會非常感激的。」

金姆哼了聲，打量我們的眼神十分懷疑。我很想知道他到底花了多少時間在那些裂縫裡鑽。

班森直接開始工作。他對助理下達簡單的指令，後者則轉了幾個轉盤、拉動一根長桿。機器的齒輪發出一聲嘶叫，隨即震動起來，然後轉了一個刻度。

「把那生物帶來。」班森低聲說道。

噬魂怪本來在外頭等著，我把他叫了進來。他擠過門檻，發出一聲低而粗啞的吼聲，好

像他也知道眼前有什麼不好的東西在等著他。

助理的手一鬆，扳手便掉到地上，但他立刻又撿了回來。

「這裡是電池室。」班森邊說邊將我們的視線導向房間角落的一個大箱子。「你必須引導他進去，然後把他綁在裡面。」

那個箱子就像一個沒有窗戶的電話亭，是由鑄鐵所製成。一組管子從上方冒出來，連接到通往天花板的其他管線。班森抓住沉重的鐵門把手，門伴隨著一聲刮耳的噪音拉開了。我往裡頭瞥了一眼。裡頭的牆面平滑，上面充滿小孔，像是烤箱的內部，最裡面的牆上則掛著一條條粗皮帶。

「這會傷到他嗎？」我問。

這個問題不僅僅讓我自己嚇了一跳，班森也是。

「那很重要嗎？」他回答。

「我寧可他沒事。如果我們有選擇的話。」

「可惜我們沒有。」班森說，「但是他不會感到任何痛苦的。這裡面會有強效的安眠瓦斯，在任何事情發生之前就會讓他睡著。」

「然後呢？」我問。

他微笑著拍拍我的肩膀。「這是非常科技化的過程。這麼說吧，你的生物會活著出來，跟進去的狀態差不了太多。現在，可以請你好好地送他進去嗎？」

我不確定自己到底相不相信他，也不知道為什麼我會這麼在意。噬魂怪們讓我們遭遇過那麼多可怕的事，又似乎冷血至極，所以讓他們承受皮肉之苦應該是件愉快的事。但他並不是。我不想殺這隻噬魂怪，就像我不想殺掉一隻奇怪的動物一樣。在這段牽著他鼻子走的過程中，我和他的距離變得愈來愈近，開始注意到他內在不只是一片虛空。那裡仍然有一點小小的火花，在深潭底部仍然有一絲最小最小的靈魂之光。他並非徹底的空洞，不完全是。

來吧，我對他說。原本在角落裡小心翼翼打轉的噬魂怪，繞過班森，來到鐵箱前。

進去。

我感覺到他的遲疑。他已經復原了，而且恢復強壯，如果在他身上的掌控有一點不穩，我知道他會做出什麼事情來。但是我比他強大，若是我們之間進行意志的對抗，我絕不可能輸。他會猶豫，那是因為我也猶豫了。

對不起，我對他說。

噬魂怪一動也不動；**對不起**不是一個他可以照著做的命令。我必須這麼說。

進去，我再說了一次。這一次，噬魂怪妥協了，踏進小隔間裡。由於除了我之外，沒人願意碰他了，從這一刻開始，就是由班森告訴我該做什麼。在他的指示下，我將噬魂怪推到最後面的牆上，並將皮帶跨過他的雙腿、手臂和胸口，用力綁緊。這些皮帶顯然是設計給人類用的，而這引起了許多我不想知道答案的問題。現在只要讓計畫繼續進行就好了。

我走出來。因為光是在那裡面待了這樣短短幾刻，就已經開始覺得驚慌與窒息。

「關門。」班森說。

我猶豫了一下。助理走過來要動手，但我擋住了他的路。「這是我的噬魂怪。」我說，「讓我來。」

我站穩腳步，抓住把手，然後我看向噬魂怪的臉，雖然我試著不要。他巨大的黑眼睛睜得更大，充滿了恐懼，看起來和他乾枯瘦小的身體不成比例。他像一堆堆疊起來的枯枝般顫抖個不停。他仍然是隻噁心的生物，一直都會是，但是此刻他實在是太可憐了，讓我覺得自己好壞，像是自己要準備安樂死一隻不知道自己為什麼要被懲罰的狗狗。

所有的噬魂怪都必須死，我告訴自己。我知道這是對的，但這並沒有讓我覺得比較好過。

我在門上拉了一把，它便發出一聲尖叫，關上了。班森的助理在門把上掛了一個大大的鎖，然後回到機器的控制臺，開始調整所有刻度。

「你做的是對的。」艾瑪在我耳邊輕聲說。

齒輪開始運轉，活塞也開始上下壓縮，機器發出一種震撼整個房間的節奏。班森拍著手笑了起來，像個快樂的小學生。接著，鐵箱內部傳來一聲我從沒聽過的淒慘叫聲。

「你說過他不會受傷的！」我對著班森大叫。

他轉身對著助理大叫：「瓦斯！你忘了放麻醉了！」

助理手忙腳亂地去拉另一根桿子。我們聽見一聲氣體減壓的嘶嘶聲，一縷白色氣體從門的邊緣鑽出來。噬魂怪的尖叫聲漸漸淡去。

「好了。」班森說，「現在他什麼感覺也沒有了。」

有那麼一瞬間，我希望坐在箱子裡的人是班森，而不是我的噬魂怪。

機器的其他部分也復活了。頭頂上的管子裡傳來一陣液體流動的聲音。幾個比較小的真空管發出鈴噹般的聲響。黑色液體開始從機器的中央滴下。那不是油，而是某種更黑、更刺鼻的東西。那是噬魂怪體內不斷在製造、不斷從他的眼睛和牙齒中分泌出來的東西。他的血。

我再也看不下去了，突然覺得一陣反胃，所以我走出房間，艾瑪尾隨在我身後。

「你還好嗎？」

我不期待她會理解我的反應。因為連我自己都不太懂了。「我會沒事的。」我說，「我們做的是對的事。」

「這是我們唯一能做的了。」她說，「我們就快達到成功了。」

班森搖搖晃晃地走出房間。「PT，上樓！」他邊說邊自己爬進大熊等待的臂彎裡。

「有用了嗎？」艾瑪問。

「我們就快知道了。」班森回答。

我的噬魂怪被綁著、麻醉、鎖在一個鐵箱裡，就算把他留在這也沒有什麼危險，但我還是在門口徘徊了一下。

睡覺，我說。**睡覺，在這一切結束之前不要醒來。**

我跟著其他人走出機械房，爬上幾層樓。最後，我們來到那條鋪著地毯的走廊，兩旁都是帶著異國名稱的房間。牆壁因能量而低哼著，整棟房子像活了過來。

PT將班森放了下來。「面對真相的時候到了！」他說。

他走向最近的門，然後用力推開。

一陣潮溼的微風吹進走廊。

我往前走近了點，往裡看去。眼前的景色讓我渾身起了雞皮疙瘩。就和西伯利亞之屋一樣，這個房間也是通往另一個時間和地點的門戶。裡面的簡單家具——床、衣櫃、小桌——

全都覆著滿滿的沙子。最裡面的那面牆不見了，取而代之的是一片排列著棕櫚樹的沙灘。

「歡迎來到一七五二年的拉羅湯加島（Rarotonga）！」班森驕傲地宣布道，「哈囉，山米！好久不見！」

不遠處蹲著一個瘦小的男人，正在那裡清理一條魚。他有點驚訝地看向我們，然後揮了揮他的魚。「好久不見。」他同意道。

「所以是對的嘍？」艾瑪對班森說，「這是你想要的嗎？」

「是我想要的，是我一直以來夢想的東西……」班森大笑著前往另一個房間，推開另一道門。裡頭是一片蓊鬱茂密的峽谷森林，一道狹窄的橋橫跨其上。「一九二九年的英屬哥倫比亞！」他啞聲喊道。

他像在跳芭蕾舞般前往第三道門，現在我們已經是在追著他跑了。門裡，我看見巨大高聳的石柱，是一座古城的遺跡。

「帕爾米亞古城！」他大叫，手掌用力拍打著牆面。「嗚呼！這該死的機器真的能用！」

班森都已經快要不知如何自處了。「我親愛的圓形圈套。」他邊喊邊把雙臂大大張開。「我是多麼的想念你！」

「恭喜。」雪倫說，「我很慶幸自己可以在這裡目睹一切。」

班森的喜悅是會傳染的。他的機器的確是個驚人發明：它將整個宇宙承載在一條小小的走廊上。看著這條走廊，我可以瞥見其他世界的一點痕跡，風在其中一扇門後方嚎叫著，

砂礫則從另一扇門下方滾進走廊上。若是在其他時間、其他狀況下，我一定會把所有門都打開，一探究竟。但現在，這裡只有一扇門是我想打開的。

「哪一扇門會通往偽人的堡壘？」我問。

「對了，對了，要辦公事。」班森想辦法讓自己回到正軌。「如果我有點太亢奮了，我抱歉。我這輩子的心力都投注在這部機器上，能看見它重新恢復運作，實在是太好了。」

他靠在一面牆上，頓時力氣全失。「要讓你們進入噬魂怪的堡壘應該很容易。這些門裡面至少有六個以上的交會點。重點是，你們進去之後要做什麼？」

「那要看狀況才能決定了。」艾瑪說，「我們可能會碰上什麼狀況？」

「我已經很久沒進去了。」班森說，「所以我的資訊可能會有點過期。我兄弟的圓形圈套不像我的，他的是以垂直方式安裝，在一座高塔裡。俘虜們則被關押在別的地方。他們會被關在分開的牢房裡，有森嚴的警備。」

「警衛們會是我們最大的問題。」我說。

「我或許有辦法幫忙。」雪倫說。

「你要跟我們去嗎？」艾瑪問。

「當然不！」雪倫說，「我會盡我的所能幫忙，但當然是在對我最沒有威脅的狀況下！我會在堡壘外製造一點騷動，吸引警衛的注意。這樣應該會讓你們比較容易到處亂闖。」

「怎樣的騷動？」

「偽人最討厭的那種：文明的騷動。我會讓那些在濃煙街上的遊民朝堡壘的牆上發射噁心又在冒火的東西，直到整隊警衛都追著我們跑為止。」

「但是他們為什麼要幫你？」艾瑪說。

「因為這個東西。」他從斗篷裡拿出他之前從艾瑪手中搶來的仙丹。「跟他們說還有更多，他們就會願意做任何事。」

「先生，請把那東西收起來！」班森罵道，「你知道我不允許那種東西出現家裡。」

雪倫道歉，然後把小瓶子收回斗篷裡。

班森看了他的懷表一眼。「現在剛過凌晨四點半。雪倫，我猜你的干擾大隊都還在睡覺。有辦法在六點前讓他們準備好嗎？」

「當然。」雪倫說。

「那就上路吧。」

「樂意之至。」唰的一聲，雪倫一甩斗篷，轉身快步穿越走廊。

「那給你們一個半小時的時間去準備。」班森說，雖然我們一時間也不知道該準備什麼。「你們能夠使用任何我有的東西。」

「想想。」艾瑪說，「劫掠的時候該用到什麼？」

「你有槍嗎？」我問。

班森搖搖頭。「我這裡只要有ＰＴ就夠了。」

「炸彈呢？」艾瑪說。

「恐怕沒有。」

「我想你應該沒有 Armageddon chicken 吧。」我半開玩笑地說。

「我的標本裡有一隻。」

我想像著把一隻標本雞往荷槍實彈的偽人丟去，那個畫面讓我不知道該哭還是該笑。

「其實我有點困惑。」班森說，「你們為什麼會需要槍或炸彈？你可以控制噬魂怪啊。那個堡壘裡有很多；馴服他們，你們就贏了。」

「沒那麼容易。」我實在懶得解釋了。「光控制一隻都得花我很長的時間……」

我爺爺就可以做到，我想這麼說。*在你毀了他之前*。

「嗯，那是你的專長。」班森說，似乎發現他踩到我的地雷了。「不管你怎麼做，時鳥都是我們的第一順位。先把她們帶回來，能帶多少就帶多少，從我的姊妹開始。她們是最重要的，是最大獎，也身處於最大的危險中。」

「我同意。」艾瑪說，「時鳥優先，然後才是我們的朋友。」

「然後呢？」我說，「他們一旦發現我們把特異者偷走，就會來追殺我們。那我們要怎麼辦？」「這就像搶銀行一樣，拿到錢只是整個計畫的一半而已。接下來你還得帶著錢*逃走*。

「去任何你想去的地方。」班森邊說邊對著走廊打手勢。「選任何一扇門、任何一個圈套。這條走廊上有八十七個你可以選擇的逃生路線。」

「他說得對。」艾瑪說，「這樣他們要怎麼找我們？」

「我很確定他們會有辦法的。」我說，「我們這樣只是在拖延時間而已。」

班森舉起一隻手指，阻止我再講下去。「所以我才打算要設個陷阱，讓他們覺得我們好像是躲在西伯利亞圈套裡。ＰＴ在那裡有個大家族，而他們會飢腸轆轆地在門後等著他們。」

「那如果熊也沒辦法解決掉全部的人呢？」艾瑪問。

「那我想我們就得親自動手了。」班森說。

「所以你的叔叔叫包伯嗎？」艾瑪說。如果不是因為艾瑪諷刺的語調，我可能就聽不懂這個純英式的用語了。翻譯是：你事不關己的態度讓我覺得你瘋了。班森說得好像整件事情就和去雜貨店買東西一樣簡單：衝進去，把人救出來，躲起來，處理掉壞人，然後包伯就會變成你的叔叔。這當然是瘋了。

「你應該知道我們只有兩個人。」我說，「兩個孩子。」

「對，完全正確。」班森說，一邊熱烈地點著頭。「那是你們的優勢。如果偽人在期待的是某種程度上的抗爭，那麼他們的門口就會有一支軍隊在等著，而不是堡壘中間冒出來的兩個小孩。」

他的樂觀開始攻陷我了。或許，我想，我們真的有點機會。

「哈囉，你們！」

我們轉頭看見寧姆正喘著氣跑過走廊，朝我們的方向前進。「找雅各先生的鳥！」他大叫。「有一隻傳信鳥要找雅各先生……剛飛進來……在樓下等著！」他在我們身邊停下後，便彎下腰開始用力咳嗽。

「怎麼會有訊息給我？」我說，「誰知道我在這裡？」

「我們最好去看看。」班森說，「寧姆，帶路吧！」

寧姆摔倒在地上。

「喔，老天。」班森說，「我們要幫你找個體能訓練員了，寧姆。PT把這個可憐人抱起來。」

信使在樓下的其中一個陽臺上等著。牠是一隻綠色的大鸚鵡，幾分鐘前才從一扇打開的窗戶飛進來，然後開始叫著我的名字。寧姆就是在那時候抓到牠、將牠關進籠子裡的。牠還是不斷地複誦我的名字。

「雅—各！雅—各！」

聲音聽起來像是生鏽的門閂。

「牠只會對你說話，不會回應任何其他人。」寧姆解釋道，一邊把我趕向籠子邊。「他來了，你這隻蠢鳥！把訊息告訴他！」

「哈囉，雅各。」鸚鵡說，「我是裴利隼女士。」

「什麼！」我驚訝地說。「現在她是隻鸚鵡了？」

「不。」艾瑪說，「這條訊息是來自裴利隼女士。說啊，鸚鵡，她說了什麼？」

「我還活著，好好地待在我兄弟的塔內。」鸚鵡說道，聲音詭異地和人類相似。「其他人也在這裡：米勒、奧莉芙、布蘭特利、伊諾和其他人。」

艾瑪和我對看了一眼。布蘭特利？

這隻鳥就像一臺活體答錄機，繼續說著，「鵪鶉女士的狗告訴我們，哪裡可以找到你和布魯小姐。我希望說服你們別試著進行任何救援。我們在這裡很安全，你們不需要藉由愚蠢的把戲讓自己陷入危機裡。事實上，我的哥哥提出了這個建議：在濃煙街的橋邊投降，你們就不會受傷。我希望你們能接受。這是我們唯一的機會了。在我哥哥的照顧與保護之下，我

們會團聚、會成為新特異王國的一分子。」

鸚鵡吹了一聲口哨，象徵著訊息結束

艾瑪搖著頭。「那聽起來不像是裴利隼女士。除非她已經被洗腦了。」

「而且她從來不會只用姓或名來指稱孩子們。」我說，「她應該會說布蘭特利小姐。」

「你們不相信這則訊息的可靠性嗎？」班森說。

「我不知道那是什麼。」艾瑪回應。

班森靠向籠子，說道：「可靠性檢驗！」

鳥兒一句話也沒說。班森小心地又重複了一次指令，然後將耳朵靠向牠。他的身子突然一挺。

「喔，該死。」

然後我也聽見了，指針的聲音。

「**炸彈**！」艾瑪尖叫。

ＰＴ把籠子打翻到一個角落去，然後背對那隻鳥，一把將我們全都護在懷裡。一陣讓人盲目的閃光和震耳欲聾的聲響炸開，但我什麼都沒有感覺到；那隻熊承受了所有爆炸的衝擊。除了一陣讓我耳鳴的氣壓把班森的帽子吹走了，還有令人窒息但短暫的熱氣之外，我們似乎沒有什麼大礙。

當我們跑出房間時，彩色碎片和鸚鵡羽毛四處飛散。我們全都毫髮無傷，但是ＰＴ已經無法用兩隻腳站立了。他四腳著地，顫抖地哀嚎一聲，給我們看他的背。他的背部被炸得焦黑，皮毛也被撕去，當班森看清時，他憤怒地大叫一聲，抱住大熊的脖子。

寧姆快跑去把塵土教母叫醒。

「你知道這什麼意思嗎？」艾瑪說。她顫抖著，雙眼圓睜，我知道我看起來也一樣。躲過炸彈攻擊的人們看起來就是那個樣子。

「我很確定不是裴利隼女士把鸚鵡送來的。」

「顯然不是……」

「而且胎魔知道我們在哪裡。」

「就算他之前不知道，現在也知道了。傳信鳥就是受訓要找到收信人的，就算寄信者不知道確切的地址也一樣。」

「這絕對代表他抓到愛迪森了。」我說，這個想法讓我的內心一沉。

「是的，但這也意謂著別的事情。胎魔怕我們。不然他根本不必大費周章地把我們殺掉。」

「或許吧。」我說。

「絕對是。而且如果他怕我們，雅各……」她瞇起眼睛看向我。「那代表是有東西值得他害怕的。」

「他不是害怕。」班森將頭從ＰＴ脖子間的皺摺中抬起。「他應該要害怕的，可是他沒有。那隻鸚鵡不是來殺你的，只是要讓你失去行動能力。我哥哥似乎想要活捉我們的小雅各。」

「我？」我說，「為什麼？」

「我只想得到一個原因。你能說噬魂怪語的流言傳到他那裡了，而那讓他覺得你很特別。」

「怎樣特別？」我說。

「我是這樣想的：他相信你是通往靈魂圖書館的最後一個關鍵。一個可以看見並操縱靈魂瓶的人。」

「就像塵土教母說的那樣。」艾瑪低語道。

「真是太扯了。」我說，「這是真的嗎？」

「重點是他是這樣相信的。」班森說，「只是這不會改變任何事。你一樣要執行救援計畫，我們會帶著你和你的朋友，還有我們的時鳥，遠遠離開我哥哥和他瘋狂的計畫。但我們動作要快了：傑克的士兵很快就會隨著爆炸的鸚鵡追來這裡。他們很快就會出現，所以你們要在他們到達前離開。」他又看了懷表一次。「說到時間，現在已經六點了。」

就在我們準備要離開時，塵土教母和雷納多衝了進來。

「塵土教母有東西要給你們。」他說，塵土教母則遞給我們一個用布包著的小東西。

班森說我們沒有時間收禮物了，但雷納多堅持。「以防你們碰上什麼麻煩。」他邊說邊把小包裹塞進艾瑪的手裡。「拆開它。」

艾瑪翻開粗糙的布料。裡頭的小東西乍看像是一截粉筆，直到艾瑪把它翻了過來。上面有兩個指節，和一片小小的、彩繪過的指甲。

那是一根小拇指。

「你不需要這麼做的。」我說。

雷納多看得出我們並不了解。「這是教母的手指。」他說，「把它碾碎，然後用在你們需要的地方。」

艾瑪的眼睛睜大，手突然下沉，好像那根手指突然變成三倍重。「我不能收這個。」她說，「這太超過了。」

塵土教母伸出那隻還健在的手，但看上去比原本要小了點，一條繃帶纏在小拇指本來的位置，將艾瑪的手合上。她喃喃說著話，雷納多翻譯道：「妳和他或許是我們最後的希望了。如果我可以的話，我願意把整條手臂都給妳。」

「我不知道該怎麼表達了。」我說，「謝謝妳。」

「省著點用。」雷納多說，「一點點粉末，效果就很大。喔，然後，你們也會需要這個的。」他從背包中拿出兩個防塵面罩，在手中晃了晃。「否則你們會在敵人面前睡著的。」

我再度謝過他，收下了面罩。塵土教母朝我們微微一鞠躬，她巨大的裙子掃著地面。

「現在我們真的該走了。」班森說，然後我們將PT留給治療師和兩隻小熊。牠們跑了過來，用鼻子去拱受傷的長輩。

我們上樓，回到圈套走廊。當我們走過地板時，我突然感覺到一股高度所帶來的暈眩感。我想到目前所在的位置，有八十七個世界在我面前展開，那些無限的宇宙全和這條走廊連接在一起，就像神經連結著大腦。我們就要走進其中一個世界，而且可能再也出不來了。我可以感受到舊雅各與新雅各為了這一點拉扯不已，恐懼與興奮的情緒一波波在內心翻滾。

班森邊說邊拄著枴杖快步往前。他告訴我們該用哪扇門，進了那扇門之後又該去哪裡找通往胎魔堡壘的門，又要如何從胎魔的圓形圈套裡出來。所有的流程都很複雜，但班森保證路線很短，而且都有記號標示。為了確保我們不會迷路，班森讓他的助理為我們指路。原本在照顧機器齒輪的助理被召來，表情陰鬱，安靜地站在一旁，我們則和班森道別。

班森和我們握了握手。「再見，祝你們好運，還有，謝謝。」他說。

「先別謝我們。」艾瑪回答。

助理打開一扇門，站在門邊等。

「帶回我的姊妹。」班森說，「然後當你們遇到那些帶走她的人時……」他舉起一隻戴著手套的手，握成拳頭，皮革在他施力時發出吱嘎聲。「不要手下留情。」

「我們不會的。」我說，然後走進門內。

第七章

我們跟著班森的助理走進房間，經過那些尋常的家具，穿過消失的第四面牆，然後來到一片濃密的常綠森林中。這裡的時間是日正當中，大約是晚秋或初春的天氣，空氣涼爽，夾帶著木頭的味道。腳下老舊的小徑吱嘎作響，四周只有鳥鳴，以及低沉卻逐漸變大的瀑布聲。班森的助理不大說話，不過我們都覺得無所謂；艾瑪和我都處於亢奮而緊繃的狀態，所以也沒有心思閒聊。

我們穿過樹木間，來到一條沿著山坡向上的路。眼前出現一片灰暗的石頭地形及一塊塊的積雪。遠處的松林看起來就像茂盛的灌木叢。我們用平緩的腳步小跑著，小心不讓自己的體力太快耗盡。幾分鐘後，我們繞過一個彎，發現自己站在一座聲音震耳欲聾的大瀑布前。

這裡是班森和我們提過的其中一個記號點。前進方向，牌子上清楚明瞭地寫道。

「我們在哪裡？」艾瑪問。

「阿根廷。」助理回答。

我們遵照標誌的指示，沿著一條樹木和雜草愈來愈茂密的小路前進。推開枝葉，有點艱困地移動。瀑布聲在身後愈來愈小。然後沿著水流走了幾百碼，直到水流也到了盡頭。河水流進一座山丘側邊的洞口，不過被蕨類植物和苔蘚遮住了。助理在河岸邊跪下，將一片像毯子般的草拉開，然後僵住了。

「那是什麼？」我低聲問。

他從腰間皮帶上拔出一支手槍，對著洞口連開三槍。一陣讓人背脊發涼的尖叫聲傳來，然後一隻死掉的生物滾了出來，掉進水裡。

「那是什麼？」我又說了一次，緊盯著那個生物看。牠全身上下都是毛，還有銳利的爪

THIS WAY

子。

「不知道。」助理說，「但是牠在等你。」

我完全不認得那種東西。牠有著鬆垮的身體、獠牙，還有巨大而凸出的雙眼，而且就連眼睛上似乎都覆蓋著一層絨毛。我想知道是不是胎魔把牠放在這裡的？他是不是已經猜到他弟弟的計畫，所以在所有通往其圈套的捷徑上都設了埋伏？

河流把屍體給沖走。

「班森說他沒有槍。」艾瑪說。

「他沒有。」助理說，「這把是我的。」

艾瑪期待地看著他。「嗯，我們可以借用嗎？」

「不可以。」他把槍收了起來，然後指向洞穴。「從那裡走進去。沿著我們走來的路線走回我們出發的地方，然後你們就會和偽人們待在一起了。」

「那你會在哪裡？」

他在雪地上坐下。「這裡。」

我看向艾瑪，她也回望我，兩人都試著把自己感到多麼脆弱的真相藏起來、都試著在自己的心門外加上一層鋼鐵，好面對接下來可能會看見、會做出或會發生在我們身上的事。

我踏入河水中，然後協助艾瑪走下來。水冷得讓人麻木。我彎下腰看進洞穴裡，瞥見另一邊的日光正在閃閃發亮。又是一個轉換點、一個由黑暗進入光明的楔子、一個虛擬的出生之處。

裡頭似乎已經沒有會咬人的生物了，所以我在水中低下身子。水流沖刷過我的腿和腰，

形成冰冷的漩渦，讓我幾乎無法呼吸。艾瑪和我做了一樣的動作，在我身後倒抽一口氣。我抓住洞穴的邊緣，滑了進去。

浸在冰水中，水流的感覺就像被針刺遍全身。所有的痛感都是可以刺激你積極前進的，尤其是這種；我划著水，把自己快速地推過石頭隧道，溜過表面光滑但邊緣銳利的石頭，還有低矮的暗礁，當水淹過我的臉時，差點被嗆死。接著我就通過了，便轉過身去幫艾瑪。

我們跳出冰冷的河水，檢視了一下四周。這個地方和另一側幾乎一模一樣，只是這裡沒有助理在等著、沒有卡在雪裡的子彈，也沒有腳印。好像我們走進了一幅景象，但要扣除一些小細節。

「你皮膚都發青了。」艾瑪說，然後把我拉上河岸，抱住我。她的體溫流過我的全身，讓我麻木的四肢再度恢復知覺。

我們開始走，沿著一開始走過的路線分毫不差地走回去。我們穿過草叢、爬上山坡、經過瀑布。所有的景色都是一樣的，只除了那個班森為我們設立的「前進方向」指標。那指標沒有出現在這裡。這個圈套並不屬於他。

我們再度來到那座小森林，借用一棵棵的樹當作掩護，直到小徑的盡頭，腳下土地變成了地板，然後進入一個被兩棵松樹框住並遮蔽的房間。但這個房間和班森的很不一樣。這裡非常的樸素，沒有家具、沒有花和藤蔓構成的壁紙，地板和牆全是光滑的水泥。我們走進房裡，在黑暗中找門。手在牆面上摸索，直到我的手碰巧摸到一個小小的內嵌式把手。

我們把耳朵貼在門上，確認有沒有說話聲或腳步聲。但我只聽見模糊的回音。

我緩緩地、小心地將門推開一個小縫，然後把頭探出去窺視。外頭是一條寬闊的弧形石

造走廊，醫療等級的乾淨程度，光線亮得幾乎讓人睜不開眼睛。牆上是一排高瘦的黑門，看起來像一個個墓碑，沿著弧形消失在尾端。

就是這裡了！偽人的堡壘。我們已經進入獅子穴了。

我聽見腳步聲靠近，立刻把頭退回房裡。沒有時間關門了。

當對方經過時，我只從門縫中瞥見一抹快速閃過白色身影。他走得很快，身穿一件實驗袍，低頭看著手上的一張紙。

他沒有看見我。

我等著他的腳步聲逐漸退去，然後擠身走入走廊。艾瑪跟著我走出來，將門在身後關上。

往左或往右？左手邊的門是以上坡狀排列，右手邊則是下坡。根據班森的說法，我們是在胎魔的塔裡，但俘虜們不是。我們得出去。那就得往下坡了。往右。

我們轉向右邊，緊貼著內側的牆，沿著螺旋形的走廊往下走。我鞋子的橡膠底不斷發出吱嘎聲。直到現在才發現，在這道兩側堅硬牆壁之間的走廊裡，每一聲噪音都會被放大，讓人忍不住一陣畏縮。

我們就這樣走了一小段路，然後艾瑪的身子突然一陣緊繃，並將一隻手臂舉到我的胸前，擋住我。

我們側耳傾聽。在我們的腳步聲停止後，就可以聽見其他人的了。他們就在前面，而且距離很近。我們快速朝離得最近的門移動。門輕易地滑開，我們躲了進去，關上門，背緊貼著門板。

這個房間的牆和天花板都是圓的。我們在一條有三十呎寬、仍在施工中的大排水管裡，而且這裡不只有我們。在水管的盡頭，可以看見下著雨的白天，十幾個男人坐在支架上呆愣地盯著我們。我們打斷了他們的午餐休息時間。

「嘿！你們是怎麼跑進來的？」一個人對我們喊道。

「他們是小孩耶。」另一個人說，「嘿，這裡不是遊樂場啊！」

他們是美國人，而且不知道該拿我們怎麼辦。我們不敢回答，怕走廊上的偽人會聽見我們的聲音，而且我也擔心工人們的叫聲會引來他們的注意。

「你不是有那根手指嗎？」我對艾瑪低語。「現在似乎是個好時機來測試它的效果。」所以我們把手指給他們了。意思是，我們戴上了防塵面罩（雖然被河水浸溼，但還堪用），艾瑪把一小塊塵土教母的小拇指壓碎，然後沿著水管走向男人，並試著把粉末灑在他們身上。首先，艾瑪試著從手心上把粉末吹過去，但碎屑只在我們頭上形成一小朵雲霧，讓我的臉發癢，又變得有點麻木。接著我又試著把粉末往他們身上扔，但一點用也沒有。看來這些粉末並不是一種帶有攻擊性的武器。艾瑪把手指收了起來，然後在手上點燃一叢火焰，砰！的一聲，艾瑪的火焰點燃了空氣中的粉末，將之瞬間變為煙霧。

「哇喔！」一個男人說。他開始咳嗽，然後很快地倒在地上睡著了。他的幾個朋友跑來想要幫他，卻也成為麻醉煙霧的受害者，倒在他身邊的地上。

現在剩下的工人們都很害怕、很生氣，開始對著我們大吼大叫。我們在情況更惡化前跑

回門邊，在確認門外是安全的之後，再度回到走廊上。

當我把身後的門關上時，男人們的聲音便完全消失，好像不只是把他們關在裡面而已，而是不知怎麼的把他們直接關機了。

我們跑了一小段路，然後停下來聽聽四周有沒有腳步聲，然後再跑一小段路，再停下來聽，就這樣動靜交替地沿著螺旋形的塔樓往下。過程中，又有兩次聽見腳步聲，便快速地跑到門後面躲起來。其中一扇門後是座熱氣瀰漫的叢林，裡面迴蕩著猴子們的尖叫，另一扇門後則是堅硬的土地與綿延的山巒。

最後，地面終於變平，走廊也變直了。最後的一個彎道處是一道雙扇門，日光在門板下方閃閃發亮。

「外面會不會有更多警衛啊？」我緊張地問。

艾瑪聳聳肩，對著門點了點頭。那裡顯然是我們離開這座塔唯一的路徑。正當我準備開門時，突然聽見另一側傳來人聲。一個男人正在說笑話。我只能聽見他含糊的聲音，而不是他說的話，但那絕對是個笑話，因為當他說完時，其他人隨即爆出一陣大笑。

「你的警衛來了。」艾瑪說，口氣像是服務生將一道好菜端上桌時的樣子。

我們要不就留在這裡等他們離開、要不就是開門和他們硬碰硬。後者比較勇敢也比較快，所以我召喚出心中的新雅各，然後告訴他，我們要準備開門戰鬥了，所以拜託別讓那個會哀叫和反對的舊雅各出來壞事。但當我還在想辦法搞定這件事時，艾瑪就已經動手了。

她快而無聲地將其中一扇搖擺的門板拉開。眼前出現五個偽人，身上穿著不一樣的制服，不過腰上都繫著像現代警察用的手槍。他們隨意地站在那裡，背對著我們。沒人看見門開了。在他們後方則是一片庭院，周圍圍繞著像圍牆般的矮房子，再更遠處，則是堡壘最外側的高圍牆。我用手指比了比艾瑪口袋中的那根手指，睡覺，我用嘴型說道。意思是用粉末讓這些警衛睡著，然後把他們拖回塔裡，因為這是最可行的作法。她聽懂了，便把門半掩，接著把手指掏出來。我則準備把塞在腰帶處的防塵面罩拿出來。

接著一團熊熊燃燒的東西飛越了堡壘的護城牆，以優雅的弧線朝我們的方向飛來，然後啪啦一聲落在庭院的中央，小點的火星四處飛散，讓警衛們進入某種興奮的狀態。其中兩個人跑過去檢查降落的東西，當他們彎腰看著那坨燃燒的爛泥時，另一團東西又飛了過來，這次打中了那兩人的其中一個。他被撞翻在地，身上著了火。（從刺鼻而快速冒出的臭味來看，這團東西是由汽油和大便混合而成。）

其他的警衛衝過去替他滅火。警鈴聲大作。頓時間，偽人們從庭院四周的建築裡衝了出來，朝牆邊跑去。雪倫的攻擊開始了，至少為我們爭取了幾分鐘的時間，能不被打擾地搜尋目標。因為我不相信偽人需要更多時間去應付幾個帶著彈弓的吸毒犯。我們得盡快開始，並祈禱我們的運氣夠好。

三個偽人已經跑到牆邊，留下兩個在後方幫助那個全身沾滿燃燒大便的人。他們把他在泥地裡滾來滾去，背對著我們。

我們隨機選了左邊的那一棟建築物下手，並朝它的入口跑去。這棟建築物中是一個大房間，裡面堆滿了外觀和氣味都像是二手的衣物，數量多得讓人窒息。我們跑過架子間的走道，上面塞著的衣服來自各個不同的時空與文化，而且全都上了標籤，歸類得非常妥善。這裡或許是個衣櫥，存放偽人們在進行滲透時所穿的道具。不知道以前高倫醫生每次看診時穿的那件羊毛衫，是不是也曾掛在這裡。

但我們的朋友並不在這裡，時鳥也不在，所以我們在走道間穿梭，尋找不需要回到庭園也能通往下一間建築的通道。

我們什麼也沒找到，所以勢必得再一次暴露在外頭的危險之下。

我們來到門邊，從門縫往外看，等著一名脫隊的警衛跑過草坪，邊跑邊動手把警衛制服穿上。等到外頭淨空後，便來到外頭的空曠處。

彈射進來的東西散落得到處都是。排泄物用光後，雪倫的雜牌軍便開始投射其他東西——磚塊、垃圾或死掉的小動物。我聽見其中一個東西在砸中地面時發出一連串的咒罵聲，才發現那原來是其中一顆橋頭，樣子看起來十分狼狽。要不是因為我的心臟正飛快的跳動著，大概會爆笑出聲。

我們穿過草坪，來到對面的建築物前。它的門看起來很像那麼一回事：是由沉重的鋼鐵製成，在警衛跑掉前，一定有人看守著。裡面一定有什麼重要的東西。

我們打開門，溜進一間鋪滿白色磁磚的小實驗室，裡面充滿化學藥劑的味道。一個櫃子上堆滿了嚇人的手術道具，金屬光澤閃爍，吸引了我的視線。牆壁的另一端傳來低沉的共鳴聲，是機器核心運作的聲音，但還有別的……

「你聽見了嗎？」艾瑪說，身體變得緊繃，仔細聆聽。

我聽見了。雖然聲音微弱而細碎，但那絕對是人的聲音。有人在笑。

我們交換了一個不安的眼神。艾瑪把塵土教母的手指遞給我，然後在手中點燃火焰。我們戴上面罩。原以為自己已經準備好了，但是現在回想起來，我們根本完全不知道等在前方的房間有多麼恐怖。

我現在已經沒辦法好好形容經過的那些房間了，因為我一直試著要將它們從記憶中抹去。每個房間都比前一個更像個噩夢。第一個房間是一個小手術展示房，桌子上加裝了皮帶和扣環。牆壁上釘著一個水槽，準備用來收集抽取出的液體。下一個房間則是個研究室，許多小小的骷髏頭和其他的骨頭都連結在電器和尺規上。牆壁上貼著拍立得照片，上頭記錄著利用動物進行的實驗結果。走到那裡時，我和艾瑪就已經發著抖、捂起眼睛了。

但是最糟的還沒有出現。

接下來的那個房間，則是一個進行中的實驗。我們嚇到了正在對一個孩子執行某種恐怖手術的兩名護士和一位醫生。他們讓一個年輕的男孩躺在兩張桌子間，下面鋪著報紙承接滴落的血。一個護士高舉他的腳，醫生則抓著他的頭，冷冷地檢查他的眼睛。

他們轉過頭來，看見我們臉上的面罩和手上的火焰，便大叫著求救，但沒人聽見他們的叫聲。醫生於是朝一張擺滿手術刀的桌子衝去，但艾瑪攔住了他，和他一陣扭打後，他放棄了，並舉起雙手。我們將大人們壓制在角落，質問關押俘虜的地點。他們拒絕開口，我便將粉末灑向他們的臉，直至癱軟在地。

那個孩子雖然有點昏沉，但沒有受傷。面對我們急促的發問：你還好嗎？有其他的孩子像你這樣嗎？在哪裡？他似乎只能擠出一聲嗚咽做為回應，所以我們決定，現階段只要把他藏起來就好。我們將他包裹在一條床單裡保暖，然後藏進一個小衣櫃裡，並保證我們一定會回來。我希望我們真的能守住這個承諾。

再下一個房間變得又大又寬敞，就像一個醫院病房。牆上鏈著二十幾張床，而不分年齡

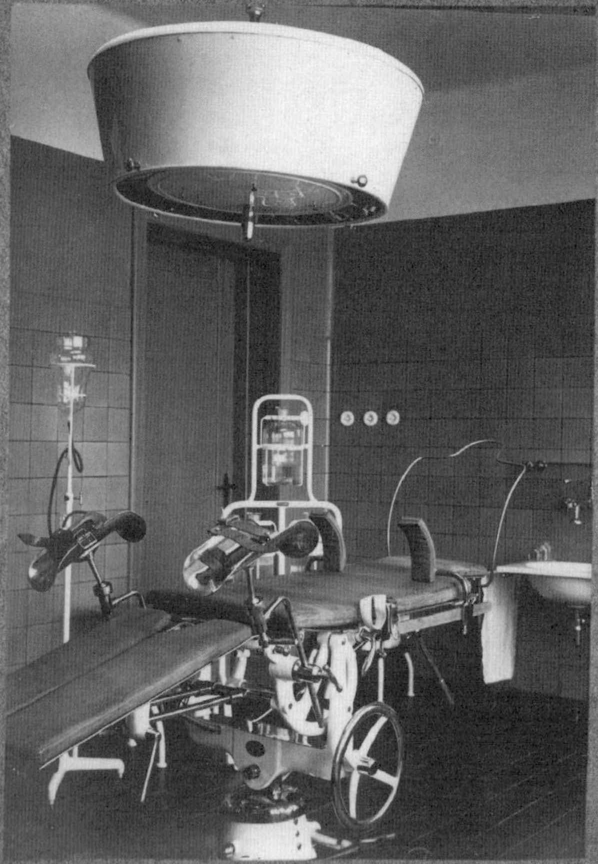

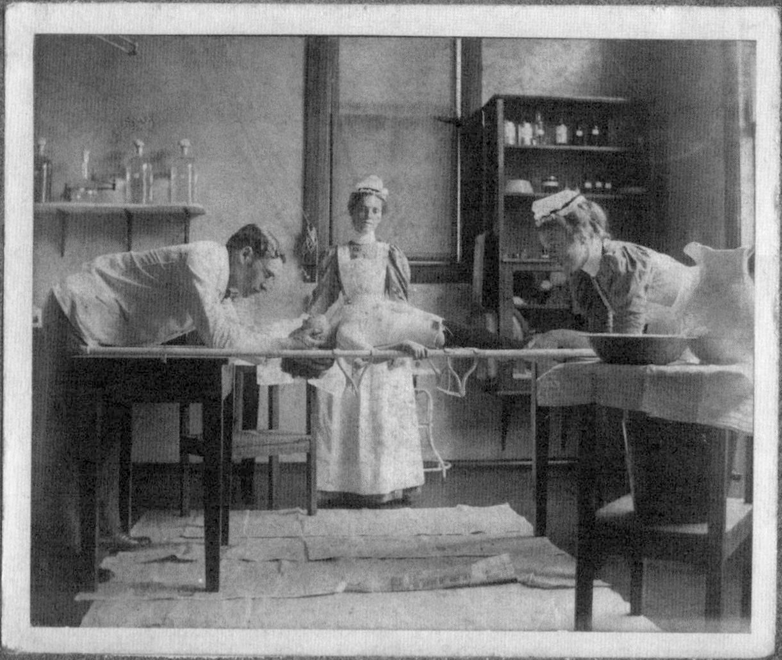

的特異者們正被綁在床上。似乎沒有人是清醒的。他們的腳上插著針和管子，延伸至一個個袋子中，黑色的液體正緩緩地流入袋裡。

「他們正在被榨乾。」艾瑪聲音顫抖地說，「榨乾他們的靈魂。」

我不想看著他們的臉，但我們不得不一張床接著一張床地檢查，然後不斷對著他們低聲問道：「誰在這裡？誰在這裡？你是誰？」

我心中有一個可恥的想法，就是希望這些可憐的特異者們都不是我們的朋友。我們認出了幾張臉：那個可以瞬間移動的女孩梅琳娜，以及那對蒼白的兄弟喬爾和彼得，他們被刻意分開，以防再製造出那種毀滅性的爆炸。他們的面孔扭曲，即使在沉睡中，肌肉依然是僵硬的，手緊緊握成拳頭，好像兩人正被困在恐怖的夢境裡。

「老天。」艾瑪說，「他們正在想辦法抵抗。」

「那就幫幫他們。」我說，然後走向梅琳娜的床，小心翼翼地把插在她腳底的針頭拔起來。一小滴的黑色液體從傷口中滲了出來。一會兒之後，她的臉就放鬆了下來。

「哈囉。」一個聲音從房間的某處傳來。

我們轉過身。一個戴著腳鐐的男人坐在房間的一角，正縮成一團前後搖晃著。他發出大笑聲，但臉上毫無笑意，眼神就像是一道道黑色的冰。

我們在前面房間裡聽見的，就是他發出的冷酷笑聲。

「其他人被關在哪裡？」艾瑪在他面前跪下問道。

「怎麼，他們全都在這裡啊！」男人說道。

「不。我是說其他人。」我說，「還有更多人。」

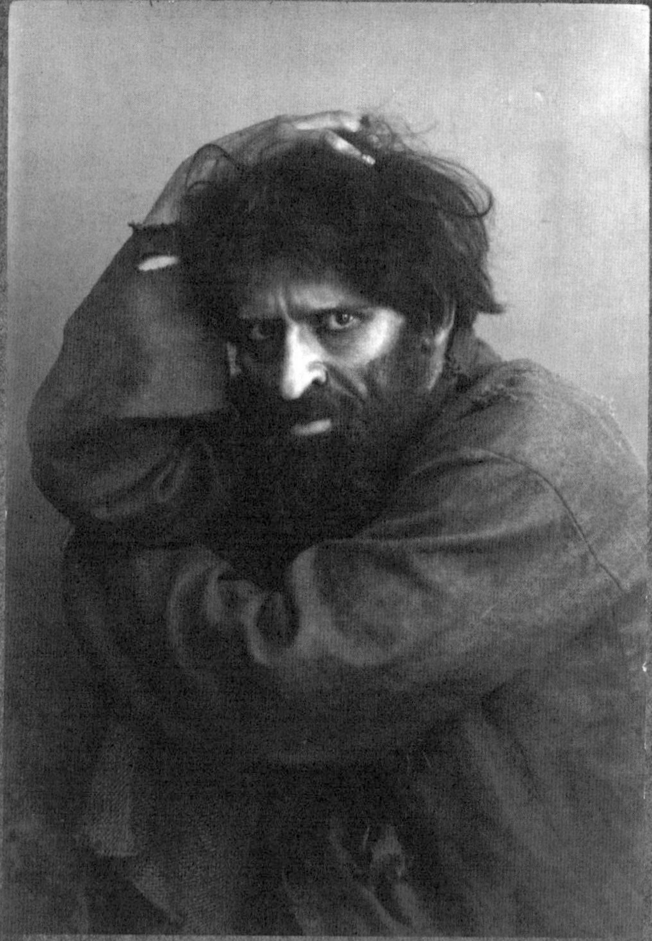

他再度大笑，吐出的氣息是一小團的霧氣。這一點很是奇怪，因為房裡並不冷。「你正踩在他們上面。」男人說。

「說清楚一點！」我的脾氣失控了，對著他大叫。「我們沒空打啞謎！」

「拜託。」艾瑪請求道，「我們是特異者，我們是來幫忙的，但我們得先找到我們的時鳥。她們在哪一棟屋子裡？」

他緩緩地再度重複一次。「你們。正。踩在。他們上面。」他說的每一個字都是一小團冰冷的空氣，打在我們臉上。

正當我打算抓住他的肩膀搖晃時，他舉起一隻手臂指指我們身後。我轉身，然後注意到藏身在磁磚地板上的一個把手，以及一扇活板門的正方形外框。

我們字面意義地踩在他們上面。

我們跑向把手，打開地面上的一扇門。一座金屬階梯螺旋形地向下延伸。

「我們怎麼知道你說的是真的？」艾瑪問。

「你們不會知道。」男人回答，這個答案倒是挺真實的。

「我們就試試吧。」我說。畢竟除了原路回去之外，現在也沒有什麼別的選擇。

艾瑪看起來很掙扎，眼神在階梯與我們身邊的床之間來回擺盪。我知道她在想什麼，但是她連問也沒問，因為我們沒有時間一張一張床地把每個人身上的管子都拔掉。不過我們得回來救他們。我只是希望當我們為了他們回來時，他們還有救。

艾瑪踩上金屬階梯，開始走入地板上的黑色洞口。跟上她之前，我回頭看向那個瘋男人，舉起一隻手指到嘴唇邊。男人露齒一笑，然後回應了我同一個動作。我希望他是認真的。警衛很快就會到了，如果他能替我們保密，或許他們就不會跑下來找我們。我走下階梯，將門在身後關上。

艾瑪和我擠在螺旋階梯最頂端的一階上，往下窺視。我們花了一點時間才讓眼睛適應，從光亮的房間進入這個陰暗的石頭地窖。

她抓住我的手臂，在我耳邊說話。

「地牢。」

她伸手指了指。一排牢房漸漸出現在視線中。

我們爬下階梯。四周的空間開始慢慢在周圍展開：我們站在一條長長的地下走道盡頭，兩側都是牢房，雖然暫時仍看不見誰被關在裡面，我頓時還是湧起一陣希望。就是這裡了。這裡就是我們一直想找的地方。

走廊上突然傳來靴子著地的巨響。腎上腺素快速流竄我的全身。一名警衛正在巡邏，肩膀上背著一把步槍，大腿旁還有一把手槍。他還沒看到我們，但是很快就會了。我們離活板門太遠，已經沒有機會從原路逃走，也還離警衛太遠，沒辦法跳過去攻擊他。所以我們盡可能地往後縮，希望階梯的螺旋形結構可以擋住我們。

但是它沒辦法。我們差不多就在他眼睛的高度。他離我們僅二十步遠，然後是十五步。我們得採取行動。

所以我就這麼做了。

我站起身走下樓梯。他當然馬上就注意到我了，但是在他還沒看清我是誰之前，我就開口說話了。我用大而威嚴的聲音說道：「你沒聽到警鈴嗎？你為什麼沒上去防禦城牆？」

等他發現我根本不是他的上司時，我已經來到地面上，而在他準備拔槍時，我已經將我們之間的距離縮小了一半，並像個美式足球的四分衛般重重地撞向他。我的肩膀和他接觸時，他正好扣下扳機。手槍發出一聲怒吼，子彈則往我身後飛去。我們倒在地上。我試著阻止他開槍，同時又想要把手指的粉末給他，手指現在在我身上了，但它卻落在我右側口袋的深處。這是個貪心的錯誤，因為我沒有足夠的四肢這麼做。我露出破綻，他遂將我推開，站了起來。若不是因為艾瑪點著手裡的火衝向他，轉移了他開槍的目標，我很有可能已經死了。

他又開了一槍，但是這次他打得太高了，正好給了我機會爬起身，再度撲向他。我將他撲倒，兩人一起滾過走廊，他的背重重撞上牢房的柱子。他打了我，手肘用力地打在我臉上，我轉了一圈，從他身上滾開。他舉起槍，準備對我射擊，而艾瑪和我都遠得無法及時阻止他。

突然間，一雙厚實的手從黑暗中伸了出來，穿過欄杆，抓住了警衛的頭髮。他的頭向後一仰，像撞鐘般撞上欄杆。

警衛身子癱軟地滑到地上。然後布蘭溫從牢房的深處走向前，將臉貼在欄杆上，對我們微笑。

「雅各先生！艾瑪小姐！」

我從來沒有這麼開心見到任何人。她大而友善的雙眼、堅定的下巴、直順的棕髮，是布蘭溫沒錯！我們將手臂伸進囚房裡，盡可能地擁抱她，興奮得開始語無倫次。「布蘭溫，布蘭溫。」艾瑪抽著氣。「真的是妳嗎？」

「真的是妳嗎，小姐？」布蘭溫說，「我們一直在祈禱、一直在期待，然後，噢，我好擔心偽人也抓到你們了……」

布蘭溫隔著欄杆緊緊抱著我們，讓我覺得自己好像快斷掉了。欄杆是用比鐵還要堅硬的材質製成，像磚頭一樣粗，我想這大概是唯一能阻止布蘭溫越獄的原因。

「不能……呼吸了。」艾瑪呻吟道，布蘭溫便道了個歉，放開我們。

現在終於能夠好好看看她了。我注意到布蘭溫的臉頰上有一塊瘀青，上衣的一側也有一塊深色污漬，我猜應該是乾掉的血跡。「他們對妳做了什麼？」我說。

「沒什麼嚴重的。」她說，「不過他們有威脅過我們就是。」

「其他人呢？」艾瑪又驚慌了起來。「其他人在哪裡？」

「這裡！」一個聲音從前方的走廊傳來。「在這裡！」另一個聲音也傳了過來。

轉身看去，便發現我們朋友的臉龐都貼在牢房的欄杆上。他們都在這裡：霍瑞斯和伊諾、阿修和克萊兒，還有奧莉芙，她正飄浮在自己牢房的頂端，背貼著天花板。所有人都在這裡，都還好端端地活著，還有呼吸，只除了費歐娜，當她從鶴鶉女士動物園中的懸崖摔下後，就再也沒有看到她了。但是當時我們沒有餘裕為她哀悼。

「喔，感謝鳥兒，那些神奇的該死鳥兒！」艾瑪大叫，衝過去抓住奧莉芙的手。「你們都想不到我們有多擔心！」

「絕對連我們擔心的一半都不到！」阿修在走廊前方喊道。

「我跟他們說過，你們一定會來的！」奧莉芙說，幾乎要哭出來了。「我一直說一直說，但伊諾只說我是傻子才會這樣想……」

「管他的，他們現在已經來了啊！」伊諾說，「你們到底為什麼這麼慢？」

「看在波普勒斯的分上，你們究竟是怎麼找到我們的？」米勒問道。他是整群人中唯一被偽人套上囚服的人，因為穿上黑白條紋的連身衣後，才比較容易看見他。

「我們之後會把整個故事告訴你們。」艾瑪說，「但現在我們得先找到時鳥，然後再把你們全都弄出來！」

「他們在走廊的另一端！」阿修說，「穿過那扇大門！」

走廊的尾端是一扇巨大的金屬門。它看起來沉重得可以保護銀行的金庫，抑或者關住一隻噬魂怪。

「你需要鑰匙。」布蘭溫說，然後指指昏迷警衛的腰帶。「是那把大的金色鑰匙。我看過他用！」

我手忙腳亂地朝警衛移動過去，拔下鑰匙。然後我便抓著一整串的鑰匙愣在那裡，眼神在艾瑪與囚房間來回跳動。

「快點放我們出去！」伊諾說。

「用哪一把鑰匙？」我說。那一串鑰匙有十幾把，而且除了最大的金色鑰匙之外，每一把看起來都一樣。

艾瑪的臉垮了下來。「喔，不。」

很快就會有更多警衛趕來了，而一一打開牢房的門會浪費太多寶貴的時間，所以我們跑到走廊尾端，打開大門上的鎖，然後把鑰匙遞給離我們最近的阿修。「先幫你自己開門，然後把其他人放出來！」我說。

「然後留在這裡等我們回來。」艾瑪補充道。

「想都別想！」阿修說，「我們會去找你們的！」

我們沒有時間爭辯了。但其實在聽到這句話時，我偷偷地鬆了一口氣。這麼長的一段時間，我們掙扎著只靠自己，實在需要一點後援。

艾瑪和我擠進像金庫般的大門，最後再看了我們的朋友一眼，然後溜走。

門的另一邊是一個長方形的房間，堆滿了實用的家具，籠罩在泛著綠色光澤的螢光燈泡下。它乍看就像是一間辦公室，但我可不會被騙。四周的牆壁都是由隔音的泡綿材質所鋪成，門也厚得可以承受核武爆炸。這裡絕不是什麼辦公室。

可以聽見有人在房間的尾端移動，但是我們的視線被一個巨大的檔案櫃擋住了。我碰了碰艾瑪的手臂，點點頭。*我們走吧！*然後便開始悄悄地前進，希望能神不知鬼不覺地接近那個和我們在同一個房間裡的人。

我瞥見一件白袍，還有一個男人微禿的頭。那絕對不是時鳥。他們都沒有聽見門打開的聲音嗎？不，絕對沒有。接著我就發現原因了，因為他們都在聽音樂。一個女人的嗓音唱著輕柔搖擺的搖滾歌曲，一首很老的歌，我曾經聽過，但不知道歌名。在這裡聽見這首歌實在很奇怪、很不對勁，好像跑錯了地方。

我們向前溜去，經過堆滿紙張和地圖的桌子，音樂聲大得正好掩蓋我們的腳步聲。一個架子上堆滿了玻璃燒杯，幾乎堆到天花板，裡面全都裝滿飄浮著銀色碎片的黑色液體。我放慢腳步，然後發現每個燒杯上都貼了標籤，上面是那些靈魂的主人，每個受害者的名字都用小小的字體印在上面。

我們隔著檔案櫃四下張望，看見一個穿著實驗袍的男人，正背對著我們，坐在桌邊翻動著一疊紙。他四周所有的東西都像是恐怖電影裡的道具。一條被剝去皮膚而肌肉組織外露的手臂、一條像是獎牌般掛在牆上的脊椎、幾個失去血色的器官宛若拼圖般散落在桌上。男人正在寫字，一邊點著頭一邊跟著音樂哼唱。歌詞與愛和奇蹟有關。

我們走到空曠處，朝他前進。我想起來上次是在哪裡聽見這首歌了：牙醫診所。當時一根金屬針正戳刺著我柔軟的牙齦。

歌名是「你讓愛變得有趣」。

我們距離他僅幾碼遠了。艾瑪舉起一隻手，準備點火。但就在我們走進接觸範圍時，他竟然開口對我們說話了。

「哈囉，你們好。我等你們很久了。」

他黏膩而柔軟的聲音是我永遠不會忘記的。胎魔。

伴隨著一聲咻咻聲，艾瑪召喚出手中的火焰。「告訴我們，時鳥在哪裡，或許我還能饒你一命！」

男人驚恐地從椅子上轉過身來。我們看見的畫面也十分驚恐：在一雙大眼睛之下，他的臉只是一團融化的肉。這個男人不是胎魔，他甚至不是個偽人，而且他根本不可能說話。他的嘴唇被融在一起了。手上分別握著一枝自動鉛筆和一個小遙控器。外套上別著一個名牌。

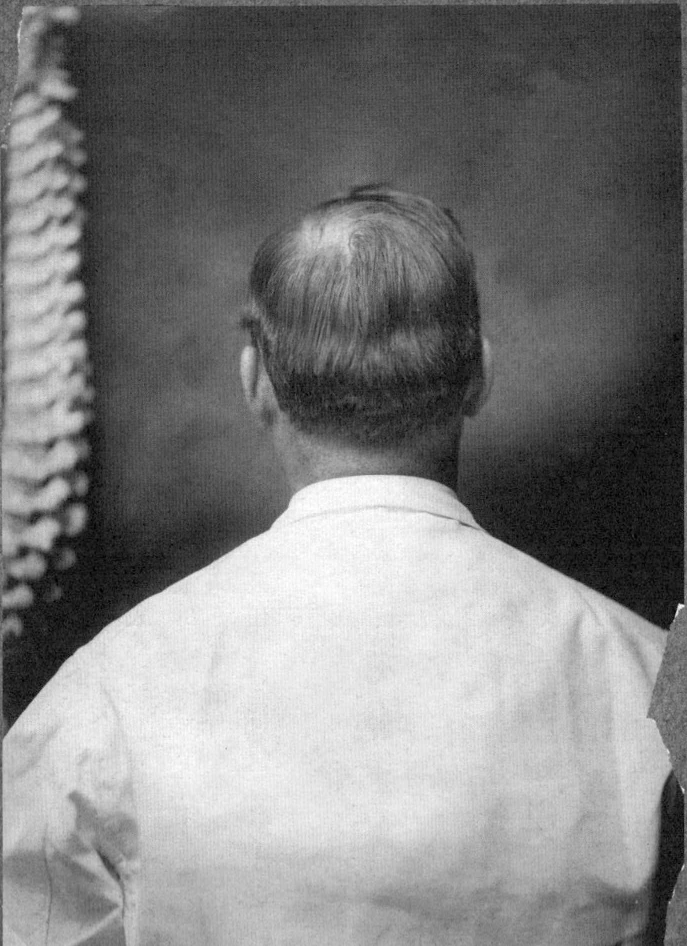

霍倫。

「老天，你們不會傷害可憐的老霍倫，對吧？」胎魔的聲音又出現了，是跟音樂從同一個地方傳來的：牆上的一個擴音器。「但就算你們傷害他也不會怎麼樣啦。他只是我的實習生而已。」

霍倫深深陷入他的旋轉椅中，恐懼地盯著艾瑪手裡的火焰。

「你在哪裡？」艾瑪大叫，四下張望著。

「不重要嘍！」胎魔透過擴音器說道，「重點是你們是來見我的。這讓我好開心啊！這比到處找你們要容易多了。」

「我們有一整支特異者軍隊的後援正在趕來！」艾瑪嚇唬道，「在你堡壘外面的那些人們只是先發部隊而已。告訴我們，時鳥在哪裡，我們或許可以讓這件事和平落幕！」

「軍隊！」胎魔大笑起來。「在整個倫敦區裡剩下能戰鬥的特異者，可能還組不了一支消防隊呢，根本不可能形成軍隊。至於你們的時鳥，妳還是省省那些空洞的威脅吧。我很樂意帶你們去看她們。霍倫，你介不介意帶個路呢？」

霍倫按下遙控器上的一個按鍵，然後我們身邊的一面牆伴隨著呼的一聲巨響，向一旁滑開。那裡豎立著第二面牆，是由厚重的玻璃製成，後方則是一個黑暗中的房間，看上去十分奢侈。

我們貼著玻璃，把手遮在臉旁邊往裡看去。畫面漸漸出現在視野之中。裡面的房間像是個被人遺棄的地下室，堆滿家具和厚重布料，還有維持著奇怪姿勢的人形，許多看起來就像霍倫桌上的那些肢體一樣，被剝去了皮膚。

天啊！他對她們做了什麼……

我的眼神在黑暗中跳轉著，心跳加速。

「那是葛拉比女士！」艾瑪大叫。我也看見她了。她面無表情地側坐在一張椅子上，動作看起來像個男人，臉頰兩側掛著兩條完全對稱的辮子。我們敲著玻璃叫她，但她只是呆滯地盯著我們看，對我們的喊叫毫無回應。

「你們對她做了什麼？」我大叫。「她為什麼不回答？」

「她有一小部分的靈魂被移除了。」胎魔說，「好讓她的腦子保持麻痺。」

「你這個混蛋！」艾瑪一邊大叫、一邊捶著玻璃。霍倫坐在旋轉椅上，溜進房間的角落。「你這黑心、可恥、懦弱的……」

「喔，冷靜點。」胎魔說，「我只拿走了**一點點**她的靈魂。妳的其他保母們全都健康得不得了，如果不談心靈層面的話。」

眼前亂七八糟的房間上方突然閃過一陣強光，我們於是看清房間中的其他人形都只是人偶，完全不是真的，都只是服裝展示用的人偶或生物模型，宛若雕像般展示著它們的血管和肌肉，全都有著可動的關節。但是混雜在它們其中，被堵住嘴巴、綁在椅子或木柱上，被突如其來的強光照得一陣瑟縮、睜不開眼睛的，則是真的活人。女人們。八個、十個……我沒有時間一一細數。大部分的她們看起來老多了，顯得更不成人形，但是都還能辨認長相。

我們的時鳥們。

「雅各，是她們！」艾瑪大叫。「你得看見……」

燈光在我們來得及找到裴利隼女士之前就熄滅了，而現在我的雙眼再也無法透過玻璃看見任何東西。

「她也在那裡。」胎魔無聊地嘆了一口氣。「你們偽善的鳥兒，幫你們換尿布的保母……」

「她是你的妹妹。」我說，希望這句話能在他心中注入一點人性。

「我不想殺她。」他說，「而且我猜我應該不會……如果你給我我想要的東西的話。」

「那是什麼？」我從玻璃旁退開。

「沒什麼難的。」他隨性地說，「只要一點點你的靈魂。」

「什麼！」艾瑪吼道。

我大笑出聲。

「等等，等等，聽我說！」胎魔說，「我其實不需要全部。只要像眼藥水那麼一小滴的量就夠了。甚至比我從葛拉比女士身上拿走的還要少。是的，那會讓你有一小段時間變得呆呆的，但是幾天之後，你又會完全恢復正常運作了。」

「你想要我的靈魂，是因為你覺得那可以幫助你使用圖書館。」我說，「然後取得那些力量。」

「顯然你已經和我弟弟聊過了。」胎魔說，「那你應該也已經知道：我幾乎快要成功了。花了一輩子的時間搜索之後，我終於找到了阿伯頓，還有所有的時鳥。這些完美的時鳥組合，她們為我打開了大門。不過，也是到那時候，我才發現我還需要另一個配件。我需要一個擁有某種特定能力的特異者，是在這個世代難得一見的。我以為我再也沒有機會找到這種人了，但我突然想到有個特異者的孫子可能正好合適，而我手上的這些時鳥們現在對我來說已經沒用了，正好可以做為誘餌。所以她們就成為誘餌啦！我的確相信命運，親愛的孩子。你和我，我們會一起成為特異王國的歷史。」

「我們永遠不會一起成為任何東西。」我說，「如果你得到那種力量，你會讓整個世界變成活生生的地獄。」

「你誤會我了。」他繼續說道，「但是我不意外；大部分的人都不懂。是的，我的確讓那些擋路的人活得生不如死，但是現在我已經快要達成我的目標了，我決定變得更慷慨一點、寬容一點、仁慈一點。」

胎魔說話的這段時間中，音樂聲一直沒停過，但從人聲演變成只剩樂器伴奏。平靜的音調和我在這裡感受到的驚慌與恐懼，形成一種詭異的對比，讓我渾身發顫。

「我們終於能生活在和平與和諧之中。」他說，聲音平滑而肯定。「我將成為你們的國王、你們的神。這就是我們特異王國中的天然階級安排。我們從來不該像現在這樣生存，既無能又分散，還由女人來掌權。在我的統治之下，我們不必再躲躲藏藏、不必再躲在時鳥的裙襬下。我們這些特異者理當是全人類的領導者，將統治這個地球和上面所有的人。我們終於能繼承本就屬於我們的東西！」

「如果你覺得我們會成為這些計畫中的任何一部分，」艾瑪說，「你一定是瘋了！」

「我對妳的期待就只有這麼多，小女孩。」胎魔說，「妳就是那種典型由時鳥養大的特異者：沒有野心，對自己的權利沒有一點概念。安靜點，我在跟這裡的男性說話。」

艾瑪的臉變得和手中的火焰一樣紅。

「繼續說。」我簡短地說，心中想著那些正在趕來的警衛，還有在走廊上摸索著鑰匙的朋友們。

「我的提議是這樣的。」胎魔說，「讓我的專家們在你身上進行手術，然後等我拿到我需要的東西，我就讓你和你的朋友離開，當然還有時鳥。反正到那時候，她們也不會對我造成任何威脅了。」

「如果我拒絕呢？」

「如果你不讓我用簡單無痛的方式拿到你的靈魂，我的噬魂怪會很樂意代勞的。不過他們可不是以禮貌聞名的喔。而且一旦他們解決了你，恐怕我也無法阻止他們對你們的時鳥下手。所以你瞧，不管用哪種方法，最後我都可以得到我要的東西。」

「這是沒用的。」艾瑪說。

「你是指這個小男孩的小把戲嗎？我聽說他可以控制一隻噬魂怪，但是如果同時有兩隻呢？或者三隻？五隻？」

「我想要幾隻都可以。」我盡可能裝得充滿自信、不可動搖。

「那我等不及想看了。」胎魔說，「所以我想這就是你的答案嘍？」

「隨便你要怎麼想。」我說，「我不會幫你的。」

「喔，好極了。」胎魔說，「這樣有趣多了！」

我們可以聽見胎魔在對講機的另一邊大笑，然後一聲巨大的鈴聲讓我嚇得跳起來。

「你做了什麼？」艾瑪說。

我感到肚子裡傳來一陣尖銳的痛楚，在胎魔做出任何解釋之前，我就已經能夠準確地想像出發生了什麼事：在時鳥們所在的房間之下，一條隧道裡，有隻噬魂怪正從建築物的深處跑了出來。他愈來愈近，爬過一道地底下的閘門，很快就會來到時鳥之間了。

「他放出了一隻噬魂怪！」我說，「很快就要進到房間裡了！」

「我們就從一隻噬魂怪開始好了。」胎魔說，「如果你能應付他，我就會介紹他的朋友們給你認識。」

我敲著玻璃。「放我們進去！」

「樂意之至。」胎魔說，「霍倫？」

霍倫按下遙控器上的另一個按鈕。一片像門一樣大的玻璃向旁邊滑開。

「我要進去了！」我對艾瑪說，「妳留在這裡看著他！」

「如果裴利隼女士在裡面，那我也要進去。」

我很清楚自己沒有任何方式可以阻止她。

「那我們把他一起帶進去。」我說。

霍倫試著逃走，但是艾瑪一把抓住他的外套後方。

我跑向那道門，進入黑暗而雜亂的房間，艾瑪則在我身後扯著掙扎不已的無嘴實習生。

我聽見玻璃門在身後關上的聲音。

艾瑪咒罵一聲。

我回頭看了一眼。

門的另外一邊，遙控器正躺在地上。我們被鎖在裡面了。

我們才剛進到房間裡幾秒鐘，男人就想辦法擺脫了艾瑪的掌控，跌跌撞撞地跑進黑暗之中。艾瑪打算去追他，但是我抓住她。他並不重要。現在唯一重要的就只有噬魂怪：他就要離開自己的洞穴，進到房裡來了。

他餓壞了。他的飢渴感在我體內強烈得就像自己的感覺一樣。一會兒之後，他就會開始大啖我們的時鳥，除非我們有辦法阻止他。除非我有辦法阻止他。但是首先，我得先找到他。這個房間裡堆滿了垃圾，到處都是影子，我能看見噬魂怪的能力，在這裡實在沒有什麼優勢。

我向艾瑪要求更多的光線。她盡可能地強化了手中的火焰，但那只是讓影子變得更長。為了保護她的安全，我要她待在門邊。她拒絕了。「我們要待在一起。」她說。

「那就跟在我後面。遠遠地跟著。」

她不情願地答應了。我們走過精神錯亂般的葛拉比女士，往房間的深處走去，艾瑪在我身後幾步遠的地方，一隻手高舉過頭頂，照著前面的路。我們所見之處就像一間戰地醫院，毫無血氣、被分解的人形肢體四散在周圍。

我踢到一隻手臂。它發出一聲悶響，往一旁滾開。是塑膠製的。一旁的桌上擺著一具軀體。不遠處有顆頭浮在充滿液體的罐子中，空洞的雙眼和嘴巴，看起來幾乎像是真的，但應該不是最近才放進去的。這像是胎魔的實驗室、處刑房和儲藏室的合體。他也是個收藏家，就和他的弟弟一樣，擁有許多詭異的東西。但是班森整潔到令人不適，而胎魔則非常需要有人幫他打掃。

「歡迎來到噬魂怪的遊樂場。」胎魔說，他的聲音透過擴音器在房間裡迴盪。「我們在這裡替他們做實驗、餵養他們、看著他們分解眼前的食物。我想知道他們會從你的哪部分開始吃起？有些噬魂怪喜歡從眼睛開始……一點小小的惡趣味……」

我踢到一具身體，差點絆倒，對方則在我的腳踢到她時，發出一聲哀叫。我往下看，看見一張中年女子嚇得半死的臉，她雙眼圓睜回望著我。是一隻我不認識的時鳥。我毫不猶豫地蹲下身，對她低聲說道：「別擔心，我們會把妳們弄出去的。」但是不，我想，我們不會的；這些亂七八糟的模型和瘋狂的影子，就是我們的葬身之處。舊雅各又出現了，一個標準的宿命論者，而且不肯閉嘴。

我聽見某樣東西在房間深處移動，伴隨著噬魂怪張開嘴巴時的黏膩聲響。他已經出現了。我將自己瞄準他的方向開始狂奔，跌跌撞撞又想辦法穩住腳步。艾瑪跟在我身後也跑了起來，一邊喊：「雅各，快點！」

胎魔透過擴音器模仿著我們。「雅各，快點！」

他把音樂開得更大聲了，節奏又快又混亂，催逼著人們移動。

我們又經過了三、四隻被綁著正在掙扎的時鳥。然後我終於看見他了。

我喘不過氣地停下腳步，被他驚人的尺寸給震懾住。眼前的噬魂怪是個巨人，比我之前馴服的那隻高出好幾個頭，儘管他弓著身子，頭頂還是幾乎要碰到天花板。他距離我們還有二十呎的距離，正張著嘴，舌頭在空氣中搖擺著。艾瑪跑到我前方幾呎遠的位置，將手伸出去，照亮某個東西的同時，也指著他。

「那邊！你看！」

她看見的當然不是噬魂怪了，而是他移動的目標：一個被倒掛的女人正在扭動，就像是一塊牛肉般垂在半空中，黑裙四散在頭部周圍。儘管如此，儘管在黑暗之中，我還是認出她來，那是鶻鶘女士。

愛迪森也被掛在那裡，就在她旁邊。他們掙扎著，嘴裡塞著東西，距離噬魂怪伸長的舌頭只有一呎遠了。他捲住鶻鶘女士的肩膀，將她拉向自己的血盆大口。

「住手！」我尖叫道，首先是英語，接著用噬魂怪語又喊了一次。我一遍又一遍地大叫著，直到他真的停下來為止。但不是因為他被我控制了，而是因為我突然間成了更有趣的獵物。

他放開時鳥，她便像個鐘擺般在空中晃蕩。噬魂怪將舌頭轉向我。

「把鶻鶘女士放下來。我去引開他。」我說。

我一邊遠離鶻鶘女士、一邊不斷地對著噬魂怪說話，希望能讓他把注意力集中在我身上，好把他帶開。

閉上嘴。坐下。躺下。

隨著我的移動，他轉離了鶻鶘女士。**很好，很好。**我向後退去，他便跟上前。

很好，這就對了。現在要怎麼樣？

我的手往口袋裡探去。其中一個口袋裡裝著塵土教母剩下的手指，另一個口袋則放著一個祕密——一小瓶仙丹，是我在先前那個房間裡趁艾瑪不注意時偷拿的。當時正陷於信心突然的低潮。如果我真的做不到呢？如果我需要一點動力呢？

坐下，我說。**停下來。**

噬魂怪將其中一根舌頭甩向我。我躲在一個人體模型後方，舌頭便捲住了它，將它舉起甩在牆上，瞬間裂成碎片。

我又閃過第二根舌頭，小腿卻撞上一把翻倒的椅子。他的舌頭打中我剛才站的地方。現在噬魂怪還在玩弄他的獵物，但很快就會認真起來。我得做點什麼，現在我有兩個選擇。

仙丹或手指。

如果沒有仙丹的強化能力，我是不可能控制這隻噬魂怪的。另一方面，塵土教母的手指並不是我能自己發射出去的東西，而且我的面罩也弄丟了。如果試著用它，我只會把自己麻醉而已；那可能比沒用還要糟。

另一根舌頭砸中我旁邊的地板，我溜到一張桌子下方，從口袋中拿出那個小瓶。我手忙腳亂地試著打開瓶蓋，雙手抖個不停。這會讓我變成一個英雄，或是藥物的奴隸？一小瓶仙丹真的會讓我成癮一輩子嗎？哪種結局更糟？對毒品上癮，或是葬身在噬魂怪腹中？

桌子被掀翻，我曝光了。我跳起來。停，停，我喊道，一邊向後跳開，驚險地閃過噬魂怪的舌頭。

我的背撞到了牆。已經無處可逃。

我的肚子挨了一記，那根舌頭接著便舒張開來，往我的脖子移動。我應該要逃跑的，只是我尚未從被襲擊的驚嚇中恢復過來，正抱著肚子試著找回呼吸。然後我聽見一聲憤怒的嚎叫，並不是噬魂怪所發出的，接著是一聲嘹亮的吠聲，在四周迴盪。

是愛迪森。

那根準備捲住我脖子的舌頭突然一僵，好像遭受了什麼痛苦，然後便轉向房間的另一面。愛迪森，那位勇敢的小鬥士，咬了他一口。我聽見他又吼又叫，開始對一個比他大了二十倍的隱形生物展開攻擊。

我滑向地面，背貼著牆，用力深呼吸。我舉高小藥瓶，下定決心。我很確定沒有它的幫助，我是不可能做到的。所以我拔掉瓶栓，仰起頭將瓶子舉到眼前。

接著我聽見有人叫了我的名字。「雅各。」輕柔的聲音從幾呎遠的黑暗中傳來。

我轉頭過去，看見裴利隼女士躺在地上的一堆肢體間。她傷痕累累、四肢被綁，掙扎著要在疼痛或藥物所製造的暈眩間開口，但她仍能用那雙鋒利的綠眼睛直盯著我。

「別。」她輕聲說，「別那麼做。」她的聲音幾乎聽不見、幾乎不存在。

「裴利隼女士！」

我放下瓶子，將瓶栓塞回去，然後手腳並用地朝她爬去。她是我的第二個母親、特異者的救贖。她被打倒了、受傷了。或許正瀕臨死亡。

「告訴我，妳沒事。」我說。

「把那個東西放下。」她說，「你不需要它。」

「我需要。我不像他。」

我們都知道我指的是誰：我的爺爺。

「你和他一樣。」她說，「你所需要的一切都在你的體內。把它放下，換成那個。」她朝我們兩人間的一樣東西點了點頭：那是一根斷掉的木椅腳。

「我不行。那樣是不夠的。」

「夠了。」她向我保證道。「只要瞄準他的眼睛就好。」

「我不行。」我說，但我照著做了。我放下小瓶，拿起木頭。

「好孩子。」她低語道，「現在，用它做點大事吧。」

「我會的。」我說，而她露出微笑，頭倒回地板上。

我帶著決心站起身，一手抓著木椅腳。房間的另一邊，愛迪森的牙齒正深深扎入噬魂怪的一根舌頭中，像是在進行馬術比賽的牛仔般跨在其上，噬魂怪前後甩動著他，發出怒吼聲。艾瑪已經割斷鵪鶉女士的繩子，把她放了下來，此時正站在一旁守著，雙手盲目地揮舞著火焰。

噬魂怪將狗兒撞到一根柱子上，愛迪森便鬆開嘴，飛了出去。

我朝噬魂怪衝去，用盡全力閃過地上所有肢體形成的障礙。但那生物似乎對艾瑪更感興趣，就像飛蛾之於火。他開始朝她移動，因此我大叫起來，先是英文：「嘿！看這裡！」然後又是噬魂怪語：**過來抓我啊，你這混蛋！**

我抓起手邊最靠近的東西——剛好是一隻手——朝他扔去。它飛過去砸中噬魂怪的背，那生物便轉過來面向我。

來抓我！來抓我！

有那麼一瞬間，噬魂怪變得十分困惑，正好給了我足夠的時間接近他，又不致被舌頭纏住。我用椅腳刺向他的胸口，一下，兩下。他表現得像是被蜜蜂叮了一樣——不比那更嚴重——然後用一根舌頭將我打倒在地。

停，停，停，我用噬魂怪語大叫，迫切地想要找個方法突破他的心防，但是這頭野獸似乎全無破綻，對我的嘗試完全有反應。接著我想起了那根手指，那一小截像粉筆般的手指，就在我的口袋裡。正當我準備伸手去拿時，一根舌頭纏住了我，將我舉到半空中。我可以聽見艾瑪大叫著要他放我下來，還有胎魔。「你不准吃他！」他透過對講機喊道，「他是我的！」

我把塵土教母的手指拿出來，但噬魂怪已經把我拋進他的嘴裡了。我的膝蓋到胸口都被他咬在口中，他的牙齒將我固定住，開始切割著我的皮肉。他的口腔快速地延展開來，準備將我吞下。

這很有可能是我生命的最後一刻了。這是我最後的機會。我在手中將手指捏碎，然後將它塞入我希望是噬魂怪喉嚨的位置。艾瑪對著他又打又踹、用火燒。然後，就在他準備要闔上嘴、將我鋸成兩半之前，突然噎了一下。他跌跌撞撞地從艾瑪身邊退開，帶著燙傷和塞滿嘴的東西，往他前來的方向退卻。他準備回到他的巢穴，在那裡好好享用我這頓大餐。

我試著阻止他、試著對他大叫（放開我！），但他開始咬我，疼痛讓我腦子一黑，完全無法思考，然後我們便滑進閘門裡。他的嘴裡塞得太滿，所以無法抓住一旁的把手，就這樣摔了下去，一邊墜落一邊嗆咳著，而我則是不知道為什麼還活著。

我們的墜落伴隨著一聲撞斷骨頭般的脆響，撞出我肺裡的空氣，也將所有我塞進他嘴裡的麻醉粉噴了出來，圍繞在四周。粉末開始飄散，我可以感覺到它的效力，讓我的疼痛逐漸麻木、腦子變得遲緩，而它一定也對噬魂怪產生同樣的功效，因為他已經停止咬我的動作，下巴變得鬆弛。

我們麻痺而呆滯地摔在一起，無法控制地陷入昏沉，透過那些飄浮在四周的白色小顆粒，我眼前慢慢出現一條堆滿白骨的隧道。在被粉末完全麻醉之前，我看見的最後一個景象，是一群弓著身子、好奇不已的噬魂怪，正朝著我們而來。

第八章

我醒了過來。在這樣的情況下我還能醒來，本身就已經是件值得記錄的事情了。

我在噬魂怪的巢穴裡，堆在我身邊的，是一隻又一隻的噬魂怪。他們看起來像是死了，但更應該是因為吸入了殘餘的粉末，導致他們變成一團像義大利麵般糾纏在一起、臭不拉嘰、打著鼾、睡得幾乎失去意識的噬魂怪肉。

我一邊感謝塵土教母、一邊猜想自己到底在下面待了多久，全身突然警戒起來。一小時？一天？上面的其他人發生什麼事了？

我得離開這裡。幾隻噬魂怪已經逐漸從睡眠中醒轉，就和我一樣，但他們仍然有點昏沉。我費了極大的力量才站了起來。顯然我的傷還沒那麼致命、骨頭也沒斷那麼多。我搖晃了一下，等待暈眩的感覺過去，然後找回平衡，開始穿越受困的噬魂怪們。

我不小心踢到其中一隻的頭。他呻吟一聲醒了過來，睜開眼睛。我僵在原地，想著如果我起跑的話，大概只會吸引他來追我而已。他似乎有看見我，但是既沒把我當成威脅，也沒把我視為獵物，然後再度閉上眼睛。

我步步為營地繼續前進，直到我離開那一整片的噬魂怪，來到一面牆邊。這裡是隧道的盡頭，出去的路就在我頭頂上方：一道運輸槽向上延伸了一百呎左右，然後通往一個打開的閘門，另一側就是那個擁擠的房間。運輸槽上釘有握把，但距離太寬了，這是為噬魂怪極具伸縮性的舌頭所設置，而非人類的手腳。我站在那裡，往上看著遠處傳來的微弱光線，希望可以出現一張友善的面孔，可是我又不敢大喊著求救。

情急之下，我跳了起來，對著堅硬的牆壁胡亂伸手，試著去抓第一個握把。我不知怎麼的，搆到了。我將自己往上拉，霎時間，就離地面有十呎遠。（**我是怎麼做到的？**）我再度往上跳，抓住下一個握把，然後又是下一個。我正在沿著運輸槽往上爬，雙腿把我往上抬升，雙臂也伸得比我想像中的更遠。**真是太扯了！**然後我就來到了頂端，把頭探出去，並將自己整個人推進房間裡。

我甚至不覺得自己有在喘氣。

我四下張望了一會兒，看見艾瑪的火光，便往房間的另一端跑去。我試著大叫，卻一個字也說不出。但那不重要，因為她在那裡，就在打開的玻璃門另一側的辦公室裡。霍倫則在這一邊，被綁在葛拉比女士先前坐的那張椅子上。當我接近他時，他恐懼地哀嚎出聲，連人帶椅地翻了過去。接著他們的臉便出現在門邊，懷疑地朝裡面看來——艾瑪、裴利隼女士和霍瑞斯，身後則是其他的時鳥和朋友們。他們全都在那裡，好端端地活著，每個人看起來都好美。他們從牢房中逃出來，卻只是又一次被關起來，這次是在胎魔的防彈鐵門後方，雖然沒有偽人，卻被困住了。

他們的表情看起來很害怕，我離玻璃愈近，表情就變得愈驚恐。**是我**，我試著說，但是那些字句並沒有成功傳達出來，我的朋友們則向後跳開。

是我，我是雅各！

我發出的聲音不是英文，而是帶著氣音的吼聲，還伴隨著三根又長又粗的舌頭，在前方拍打著。接著我聽見其中一個朋友——伊諾，是伊諾的聲音——驚恐地說出了一個我才剛理解的事實。

「是噬魂怪！」

我不是，我試著說，**我不是啊！**但是事實證明正好相反。我不知怎麼的變成了他們的其中一員，或許是被咬了之後就轉變了，像吸血鬼那樣，或是被殺了、吃掉了又被回收了之後再製……*老天老天老天這不可能是真的……*

我試著向我的朋友伸出手，在我的嘴巴背叛我之後，我想要做出其他能被視為人類的舉動，但是我伸出去的不是手，而是舌頭。

對不起，對不起，我不知道要怎麼駕馭這個東西。

艾瑪盲目地朝我揮著手，然後將火焰貼到我身上。那一瞬間，懾人的痛楚劃過我的全身。

然後我就醒了。

又一次。

或者說，由於突如其來的疼痛，我的神智終於回到我的體內，我受了傷的人類身體。我仍然躺在黑暗中，身體卡在一隻睡眠中噬魂怪鬆弛的嘴裡。但與此同時，我也仍然是上方的那隻噬魂怪，舌頭被燙傷，從門邊跌跌撞撞地退開。不知為什麼，我同時出現在我和噬魂怪的心智裡，現在我發現我可以控制兩者了。我可以舉起我自己的手臂和噬魂怪的、可以轉動我的頭和噬魂怪的，而且一個字也不必說，只要用想的就行。

在我不知道的情況下，甚至不是有意識地去嘗試。我現在能夠操控噬魂怪到一個地步（透過他的眼睛去看，透過他的皮膚去感受），讓我有那麼一瞬間覺得自己就是噬魂怪。但現在這之間的差異變得明顯。我仍然是這個虛弱、傷痕累累的男孩，深陷在一個充滿怪物的地洞裡。除了咬著我的這隻之外，其他的全都在逐漸醒轉（這隻吸入了太多粉塵，或許要睡好幾年才會醒來）。現在他們坐起身，搖晃著四肢，想要甩掉那種麻木感。

但他們似乎不想殺我，只是靜靜地、警戒地觀察我，在我面前圍成一個半圓形，像是等待說故事時間的小朋友。等著我發號施令。

我從噬魂怪的嘴裡滾出來，落到地板上。我可以坐起身，卻痛得站不住。但是他們可以。

站起來。

我沒有說話，甚至沒有真的去想。那感覺更像是直接做動作，只是不是我去做。他們全都照做了，十一隻噬魂怪在我面前完美地同時站了起來。這一幕當然很驚人，而且我感覺到一陣平靜流過全身。因為我終於能夠放鬆地使用我的能力了。我們的心靈全都一起關機、再重新開機，集體重新啟動，是某種讓我們心智達到和諧的原因，但我並不了解。我只知道自己終於喚醒了心中毫無意識的那部分能力，然後趁其心防卸下時進入了噬魂怪心中。

而現在他們是屬於我的了。他們是我用看不見的繩索操控的傀儡。但我可以做到什麼地步？極限是什麼？我可以同時分開掌控幾隻？

為了找出答案，我開始把玩他們。

我要樓上那個房間裡的噬魂怪趴下。

他趴下了。

（我決定認為他們都是hes。）

我要前面的這一群噬魂怪跳起來。

他們全都跳了起來。

現在他們是兩個明顯的團體，樓上單獨的那隻和我前面的這一群。我試著操縱每一個個體，要求其中一隻舉起手，其他則不准動。這有點像是要求自己只動一隻腳趾，很難，但不是不可能。很快我就掌控到訣竅了。我愈減少有意識的努力，操縱就變得愈簡單。當我只單純地想像一個動作時，操縱就變得像是自然而然的舉動。

我將他們送進隧道深處的骨頭堆裡，接著要他們用舌頭捲起骨頭拋給其他噬魂怪。一開始只有一根，接下來是兩根、三根、四根，我將動作不斷疊加，直到六根。直到我要樓上那隻單獨的噬魂怪做交互蹲跳時，他們的拋接才開始出現失誤。

如果要說我真的很擅長這件事，這應該不是吹牛。我甚至可謂是天賦異稟。隨著愈多的練習，我愈肯定自己是有本錢成為噬魂怪操縱大師的。我可以操控兩隊噬魂怪打全場的籃球。我可以讓他們跳完整齣天鵝湖。可是我沒有時間慢慢練習，現在有更重要的事情要處理，所以我聚集起所有的噬魂怪，讓最強壯的一隻把我撈起來放在他的背上，舌頭像安全帶般捲著我，然後就帶著我的小小怪物軍團跳上輸送槽，進入上方的房間。

房間裡的大燈已經打開。在它們的刺眼光線下，我看見這裡只剩下那些人偶和假的肢體，時鳥們已經都被帶出去了。通往胎魔觀察室的那扇玻璃門是關上的。我讓其他的噬魂怪留在後面，只留下我騎著的那隻，走到門邊，出聲喊我的朋友。這次是用我自己的聲音，而且是英文。

「是我！我是雅各！」

他們跑到門邊，大家的臉圍繞在艾瑪的臉旁。

「雅各！」她的聲音因隔著玻璃而變得模糊。「你還活著！」但她打量我的眼神變得奇怪，好像不知道自己到底看到了什麼。接著我了解到，那是因為我騎在噬魂怪背上，在艾瑪眼中我就像飄浮在半空中。

「沒事的。」我說，「我在騎噬魂怪！」我拍了拍他的肩膀，證明我下方是真的有個有形有體的東西。「他已經完全被我掌控了。後面那些也都是。」

我把剩下的十一隻噬魂怪全召來，讓他們跺腳證明自己的存在。我的朋友們的嘴巴都驚訝地張成圓形。

「真的是你嗎，雅各？」奧莉芙問。

「你說你在掌控他們是什麼意思？」伊諾說。

「你的衣服上有血！」布蘭溫說。

他們把門打開至僅夠我走進去的寬度。我把我是如何摔進噬魂怪的巢穴、差點就被咬成兩段、被麻醉睡著、然後醒來之後就控制了十二隻噬魂怪的事情解釋給他們聽。為了證明我的能力，我讓噬魂怪抓起霍倫和他的椅子，然後來回拋接他幾次、椅子上下翻轉，孩子們歡呼起來，霍倫則發出一陣呻吟，好像他就要吐了。最後我終於讓他們放他下來。

「如果不是親眼見到，我真是不敢相信。」伊諾說，「一百萬年內都不會相信！」

「你棒透了！」我聽見一個小聲音說道，然後就看見了克萊兒。

「讓我看看妳！」我說，但當我靠近打開的門時，她就退開了。雖然他們對我的能力感到驚豔，但是要他們克服特異者害怕噬魂怪的天性畢竟不是件易事，而且噬魂怪的氣味也絕對沒有任何幫助。

「這很安全。」我說，「我保證。」

奧莉芙直直走到門邊。「我可不怕。」

「我也不怕。」艾瑪說，「我先。」

她穿過門口，走到我旁邊。我要噬魂怪蹲下，從他身上傾身靠向艾瑪，有點彆扭地抱住她。「抱歉，我沒辦法自己站著。」我說，邊把臉貼著她的臉，閉上眼睛感受她柔軟的頭髮。這對我來說還不夠，但現在這樣已是最好的了。

「你受傷了。」她退後一步打量我。「到處都是割傷，而且很深。」

「我感覺不到。我全身上下都是粉末……」

「那代表你只被麻醉了，沒有被治好。」

「我晚點再來擔心這件事吧。我在下面待了多久啊？」

「好幾個小時。」她低語道，「我們都以為你死了。」

我用額頭磨了磨她的。「我保證過的，記得嗎？」

「我現在需要一個新的保證。別再把我嚇得半死了。」

「我會盡全力的。」

「不。我要你保證。」

「等這一切結束之後，我會保證任何妳想要的事情。」

「我會記住的。」艾瑪說。

裴利隼女士出現在門邊。「你們兩個最好趕快進來。然後請把那頭野獸留在外面！」

「裴女士！」我說，「妳站起來了！」

「是的，我正在復原中。」她回答。「我很晚才被抓來這裡，又因為我哥哥的私心而逃過一劫。但我的時鳥姊妹們，不是個個都這麼幸運。」

「我可沒有要繞過妳，小妹。」上方傳來一聲巨響，又是胎魔透過擴音器傳來的聲音。「我只是想把好菜留到最後而已！」

「你閉嘴！」艾瑪大吼。「等我們找到你時，雅各的噬魂怪會把你當早餐生吞活剝的！」

胎魔大笑起來。「我很懷疑。」他說，「你比我想像的更有能力，孩子，但別太得意忘形了。你們被困在這裡無路可逃，你只是在拖延不可避免的結果而已。但如果你現在就投降，或許我會考慮放過一些人……」

我要噬魂怪扯下天花板上的擴音器，他們便快速地將舌頭甩過去，擴音器重重地砸在地面，電線和零件四處飛散，胎魔的聲音隨即消失。

「等我們找到他的時候，」伊諾說，「我要在殺死他之前，把他的指甲都拔光。有人有意見嗎？」

「那你得先讓我放一窩蜜蜂進他的鼻孔裡。」阿修說。

「那不是我們的作風。」裴利隼女士說，「等這一切落幕之後，他將會被時鳥議會判刑，並將他的後半輩子關在懲罰圈套裡。」

「這樣有什麼好玩的？」伊諾說。

裴利隼女士給了他一個嚴厲的眼神。

我讓噬魂怪把我放下，靠著艾瑪的攙扶走進觀察室。我的朋友們全都在那裡，除了費歐娜。我看見一張張恐懼的臉望向我，時鳥們則沿著牆站立或在椅子上休息。

但在我接近她們之前，我的朋友就將我攔住了。他們伸出手，用擁抱支撐我殘破的身軀。我在這些擁抱中短暫地放棄了堅持。我已經很久不曾感受到這種甜美的事物了。接著愛迪森帶著兩隻傷腳跑出來，盡可能地保持高雅，而我則是掙脫了其他人迎向他。

「你已經救了我兩次。」我說，一邊將一隻手放在他毛茸茸的頭上。「我不知道該怎麼回報你才好。」

「就從把我們弄出這個該死的圈套開始吧。」他嚎叫道，「我真後悔跨過那座橋！」

大家聽了他的話都笑了。或許那是他身為犬科動物的天性，但他從不玩文字遊戲；他說什麼就是什麼。

「你用卡車過橋的行為，是我這輩子見過最勇敢的舉動。」我說。

「我一進堡壘就被抓了。恐怕我讓你們都失望了。」

沉重的門外突然傳來一陣巨響。房間一陣天搖地動，櫃子上的小雜物紛紛落下。

「偽人們想把門炸開。」裴利隼女士說，「他們已經試了一段時間了。」

「我們可以應付他們。」我說，「但是首先，我要知道還有多少人受困。等我們打開那扇門之後，事情就會變得很失控，所以如果堡壘裡還有任何等待救援的特異者，我希望在戰鬥中能記住他們在哪裡。」

這裡又黑又擠，只好用唱名的方式整隊。我喊了每位朋友的名字兩次，好確定每個人真的都在這裡。接著開始詢問從鵪鶉女士冰屋中被抓走的人：小丑（奧莉芙啜泣著告訴我們，他被偽人丟進山谷裡了，因為他拒絕照偽人的命令行事）、摺疊人（帶著致命傷被留在地底下）、瞬間移動女孩梅琳娜（失去意識地躺在樓上，已經被移除一小部分的靈魂），還有那對蒼白的兄弟（一樣）。接著還有鵪鶉女士拯救的那些孩子：戴著邋遢帽子相貌平凡的男孩，以及帶著一頭亂髮的弄蛇女孩。布蘭溫說她看見他們被帶往基地的另一端，其他的特異者都被關在那裡。

最後，我們也數了時鳥們。裴利隼女士當然在這裡了，自從把她救出來後，孩子們就再也沒有離開她左右。我有好多話想對她說。在最後一次見到她後，我們發生了什麼事，還有她發生了什麼事。雖然現在我們沒有時間談話，但在視線交會時，我們的確傳達了些什麼。她看待我和艾瑪的眼神帶著驕傲與驚奇。*我相信你*，她的眼神說道。

但儘管我們很高興見到裴利隼女士，她並不是我們唯一得關心的時鳥。這裡總共有十二位。她介紹她的朋友們給我們認識：被艾瑪從繩子上救下來的鵪鶉女士，雖然受了傷，但神智依然清醒。葛拉比女士呆滯而迷茫地盯著前方。最年長的阿沃賽女士坐在一張靠近門邊的椅子上，自從她和裴利隼女士一起在石洲島上被綁架後，就沒有再見過她了。接著還有巫雀女士、旋木雀女士及在她身邊打轉的其他幾位，正忙著調整她肩膀上的毯子。

幾乎所有人都被嚇壞了，看起來實在很不像時鳥。她們應該要是我們的長者、領導者，但是她們被關在這裡好幾個星期，看見過也經歷了太多讓她們震驚的事物。（她們也不像我的朋友們那麼信任我掌控一打噬魂怪的能力，所以在房間有限的空間裡，試著離他們愈遠愈好。）

最後，房間裡只剩一個人的名字，我們沒有念到：一個留著鬍子的矮個男人，正靜靜地站在時鳥身邊，透過一副黑眼鏡看著我們。

「所以這位是誰？」我說，「偽人嗎？」

男人變得很激動。「不！」他摘下眼鏡，露出嚴重鬥雞眼的雙眼。「我是*他*！」他用濃濃的義大利腔說道。他指著身邊桌上一本巨大的皮革書本，好像這樣就能解釋他的身分。

我感覺到有人把手放在我的手臂上。那是已經脫去了條紋連身衣的米勒，現在又再度隱形了。「請容我介紹歷史上最早的現代製圖專家。」他慎重地說，「雅各，這位是波普勒斯・阿諾勒斯（Perplexus Anonmalous）。」

「Buongiorno（午安）。」波普勒斯說道，「你們好啊。」

「很榮幸見到你。」我說。

「沒錯。」他的鼻子高高抬向空中。「的確是你的榮幸。」

「他在這裡幹嘛？」我悄聲對米勒說道，「而且他為什麼還活著？」

「胎魔在某個十四世紀的威尼斯圈套裡找到他，從來沒有人知道那個圈套在哪裡。他才來這裡兩天而已，這意謂著他很快就會老去的。」

就我的了解，那是因為他之前所住的圈套比這個圈套老了太多，所以這兩者差異的時間，很快就會找上他了。

「我是你最大的粉絲！」米勒對波普勒斯說道，「我有你所有的地圖……」

「對，你已經說過了。」波普勒斯說。「Grazie（謝謝啊）。」

「但這還是沒有解釋到他為什麼在這裡。」艾瑪說。

「波普勒斯在他的筆記裡寫下了關於靈魂圖書館的事。」米勒說，「所以胎魔到處找他，然後綁架他，要逼他說出那在哪裡。」

「我曾經立了血誓，絕不透露任何消息。」波普勒斯悲慘地說，「現在我要被詛咒一輩子了！」

「我希望在波普勒斯老去之前，可以把他送回他自己的圈套。」米勒說，「我可不能承擔失去特異王國中最有價值活寶的風險！」

門外傳來另一聲爆炸，這次比之前的更大更響。房間搖晃著，碎石粉塵紛紛從天花板落下。

「我們會盡力，親愛的。」裴利隼女士說，「只是現在我們有更重要的事情要先處理。」

我們很快就擬定了以下的行動：由我們這一方來開門，然後用我的噬魂怪們開路。他們很有潛力，看來是在良好的工作狀態中，而且我和他們的連結正變得愈來愈強烈。至於哪裡要出了差錯，我則是連想都不敢想。如果可以，我們就會去找胎魔，但首要目標是活著離開這座堡壘。

我把噬魂怪們帶進小觀察室裡。每個人都盡他們最大的可能與怪物們保持距離，背貼著牆，並在怪物經過往門邊集合時遮住鼻子。最大隻的噬魂怪在我面前跪下，讓我再度騎上他的背，於是我變得非常高，得彎著腰才不致撞到天花板。

我們可以聽見門外走道上偽人的聲音。顯然他們正在準備安置另一顆炸彈。我們決定等到他們把新的炸彈引爆後再開門，所以大夥兒站在門邊等待，一股緊繃的沉默充斥房間。

最後，布蘭溫打破了寂靜。「我想雅各先生得跟我們說點話。」

「像是什麼？」我邊說邊要我的噬魂怪轉身，好讓我面向大家。

「嗯，你正準備要帶我們上戰場了耶。」布蘭溫說，「說點領導人該說的話吧。」

「激勵人心的話。」阿修說。

「讓我們不那麼害怕的話。」霍瑞斯說。

「這讓人壓力很大耶。」我說，突然覺得有點神經緊繃。「我不知道這會不會讓人沒那麼害怕，但這是我一直在想的事情。我才認識你們幾週而已，但真實的感覺比這久多了。你們是我擁有過最好的朋友。說來奇怪，幾個月前我還待在家裡，甚至不知道你們是真的存在。而且當時我爺爺也還活著。」

外頭走廊傳來模糊的說話聲，還有金屬製品被丟在地上的悶響。

我更大聲地繼續往下說：「我每天都在想念我的爺爺，但有個聰明的朋友告訴我，每件事情發生都是有原因的。如果我沒有失去他，我就永遠不會找到你們。所以我想我失去了一部分的家庭，只為了讓我找到另一部分。不管如何，這就是我對你們的感覺。像家庭一樣，我是你們的一分子。」

「你是我們的一分子。」艾瑪說，「你是我們的家人啊。」

「我們愛你，雅各。」奧莉芙說。

「認識你是一件大事，波曼先生。」裴利隼女士說，「你爺爺會以你為傲的。」

「謝謝。」我突然覺得有點感傷，又有點難為情。

「雅各？」霍瑞斯說，「我可以給你一樣東西嗎？」

「當然。」我說。

其他人意識到這是我和霍瑞斯的私人時間，所以他們便轉身開始自己說起話來。

霍瑞斯盡可能地走到離噬魂怪最近的地方，顫抖著遞給我一份摺成四方形的布料。我從噬魂怪的背上彎下身子，接了過去。

「這是一條圍巾。」霍瑞斯說，「裴利隼女士想辦法幫我偷帶了一組棒針進來，所以我在牢房裡織了這個。我知道如果我不做點什麼，一定會發瘋的。」

我謝過他，然後將圍巾攤開。雖然它的樣式簡單，是素面的灰色，兩端綁著普通的流蘇，但是織得很漂亮，角落甚至有我名字的縮寫。*JP*。

「哇喔，霍瑞斯，這……」

「這不是什麼藝術品。如果我的編織書在手邊，就可以做得更漂亮了。」

「它好美。」我說，「但你怎麼知道你還有可能再見到我呢？」

「我做了一個夢。」他狡猾地微微一笑。「你會戴著它嗎？我知道現在不冷，但是……就當作是幸運符？」

「當然。」我說，然後笨拙地將它圍在脖子上。

「不，那樣很快就會掉了。要像這樣。」他教我如何把圍巾對摺，然後在脖子上繞一圈，再穿過中間的洞。圍巾完美地圍繞在我的喉嚨四周，兩端則整齊地落在胸前。這當然不是傳統的戰鬥服，但是我不在乎。

艾瑪朝我們走來。「你有沒有夢到除了男性服飾之外的其他東西？」她對霍瑞斯說，「像是胎魔可能躲在哪裡？」

霍瑞斯搖搖頭，開始了他的回答，「不，但我的確做了和郵票有關的好夢。」但在他把更多細節告訴我們之前，走廊上傳來一聲像是垃圾車撞牆的巨大聲響，震得我們頭皮發麻。房間盡頭的巨大金屬門往後彈開，飛散的卡榫和彈殼碎片飛向對面的牆。（幸好沒人站在那裡。）

有那麼一小段時間，一切像是暫停了，煙霧瀰漫，人們緩緩從地上站起來。接著，耳邊嗡嗡作響的聲音中，我聽見有人用擴音器說道：「讓那男孩一個人出來，就沒有人會受傷！」

「為什麼我不相信他們呢？」艾瑪說。

「完全不相信。」霍瑞斯說。

「想都別想，波曼先生。」裴利隼女士說。

「別擔心。」我回答。「大家準備好了嗎？」

我得到一陣同意的回應。我將噬魂怪帶到門的兩側，讓他們嘴巴張開，舌頭在半空中預備好。正當我準備好要突襲時，走廊上的擴音器突然傳來胎魔的聲音，「他們控制了噬魂怪！士兵們，撤退！成防禦隊形！」

「該死！」艾瑪大叫。

走廊上傳來退卻的腳步聲。我們的突襲行動被破壞了。

「無所謂！」我說，「現在我們有十二隻噬魂怪，沒必要走偷襲路線。」

現在正是使用祕密武器的時候了。比起進攻前那種逐漸增強的緊張感，我反而體會到全然相反的感覺，我的存在逐漸放鬆，然後分散進入噬魂怪的心靈。我和我的朋友們仍然留在後面，噬魂怪們開始穿越被炸開的門口，進入走廊，邊跑邊張著嘴，隱形的身體在煙霧中開出一條條的通道。偽人們對著他們開槍，槍口冒著火星，在後座力的影響下向後彈。子彈穿過門口，飛越我和朋友們躲藏的地方，打進身後的牆壁裡。

「告訴我們何時出發！」艾瑪大叫。「我們會在你的口令下行動！」

由於我的心思分散在十二個不同的地方，幾乎沒辦法擠出英文來回應。現在的我就是那些在走廊裡的噬魂怪，每一發打中他們的子彈，都在我的身體上留下同步的痛楚。

我們的舌頭先接觸到他們：那些逃得不夠快的人，那些雖然夠勇敢但是不夠聰明、決定留下來和我們對打的人。我們打向他們，將他們的頭砸進牆壁裡。我們的其中幾個則停下來——這部分我試著隔絕自己的感官——開始咬人，吞下他們的槍，阻絕他們的尖叫聲，留下他們在原地抽氣掙扎。

士兵擠在走廊盡頭的樓梯口，再度對我們開槍。第二波子彈鋪天蓋地的飛來，深深打進我們的身體，疼痛不已，但我們繼續前進，舌頭在空中揮舞。

幾個偽人逃開了，但剩下的就沒有那麼幸運。當他們停止尖叫後，我們便將他們拋下樓梯。感覺到兩隻噬魂怪死了，因我失去了他們的訊號，我們間的連結戛然而止。但走廊已經淨空了。

「現在！」我對艾瑪說。這是我現階段能擠出最複雜的句子了。

「現在！」艾瑪轉向我們剩餘的其他人大叫。「往這邊！」

我騎著噬魂怪進入走廊，緊抱著他的脖子，以免被甩飛。艾瑪和其他人跟在身後，在煙霧中用她手中的火焰當作信號。我們一起衝過走廊，前方是我的怪物兵團，後面則是成群的特異者。最前面的幾個人是最強壯也最勇敢的：艾瑪、布蘭溫和阿修，接下來是時鳥和碎碎念個不停、堅持要帶著厚重歲月地圖的波普勒斯。最後面則是最年輕的、較膽小的或受傷的孩子們。

走廊上瀰漫著煙硝和血的味道。

「別看！」當我們經過偽人屍體旁時，我聽見布蘭溫這麼說道。

我邊跑邊數著：那裡總共有五個、六個、七個死去的偽人，我則損失兩隻噬魂怪。這數字似乎挺振奮人心的，但這裡到底有多少偽人？四十個，五十個？我擔心我們有太多人得殺，又有太多人得保護，而且在地面上，我們會太容易被壓制、被包圍或被混淆。我得在偽人們跑進空曠處之前就殺掉，愈多愈好，否則就贏不了這場戰爭。

我將意識再度分散進噬魂怪之中。第一隻噬魂怪已經來到旋轉梯頂端，穿過活板門……接著是一陣錐心的疼痛，然後那一端的意識就空白了。

他出去時就中了埋伏。

我讓第二隻噬魂怪穿過門口時用他的屍體當作掩護。他吃下一波子彈，然後往房間推進，另一隻噬魂怪則跟在他身後跳了進去。我必須盡快清空那些偽人，讓他們離躺在病房裡的那些特異者遠一點。我們揮舞著舌頭，距離最近的偽人被打倒，而剩下的則開始逃跑。

我讓噬魂怪去追他們的殘黨，與此同時，我的朋友們則爬出地洞進入房間。我們現在人手變多了，拔掉其他特異者腳上的管子變得容易許多。我們四散開來，分頭快速行動。至於那個被鏈著的瘋男人和藏在櫃子裡的男孩，他們留在這裡會比較安全。我們會回來救他們的。

這段時間裡，我的其他噬魂怪們則追著偽人來到建築物出口。偽人邊逃邊朝我們瘋狂開槍，我們則用舌頭去捲他們的腳踝，想辦法絆倒兩、三個人，並在追上他們後，殘暴地結束一切。其中有個偽人躲在一個櫃檯後方，正在那裡安裝一枚炸彈。一隻噬魂怪找到他，並把他和炸彈一同關進一間小房間裡。不一會兒，炸彈隨即引爆，於是又一隻噬魂怪和我失去連結。

偽人四處逃竄，半數以上都跳出窗戶或從門口逃了出去。我們正在失去掌控權，戰爭的走向要轉變了。我們把困在床上的特異者們全解開，正要追上我的噬魂怪們。現在除了我的坐騎外，還剩下七隻。我們此時正接近出口，身在那間擺滿恐怖工具的房間裡，現在有個選擇。我將問題拋給離我最近的幾個人：艾瑪、裴利隼女士、伊諾和布蘭溫。

「我們要用噬魂怪當作掩護，跑到塔那裡去嗎？」隨著追蹤的噬魂怪數量減少，我的語言能力就回來了。「還是要繼續打下去？」

讓人意外的是，他們都同意了。「我們現在可不能停。」伊諾邊說邊擦掉手上的血。

「如果我們停了，他們會永遠追殺我們的。」布蘭溫說。

「我們不會的！」一個縮在附近地上的受傷偽人說道。「我們會簽和平協定！」

「我們在一九四五年就試過了。」裴利隼女士說，「連拿來寫合約的那張紙都是浪費。我們得繼續戰鬥下去，因為接下來我們可能再也不會有這樣的機會了。」

艾瑪舉起一隻燃燒的手。「讓我們把這個地方燒成平地吧。」

我派噬魂怪離開實驗室，進入草坪，追向殘餘的偽人。噬魂怪們再度中了埋伏，又死了一隻，我又失去了一端的訊號。除了我身下的那一隻之外，其他的每一隻至少都中了一槍，儘管受了傷，大部分的他們都還是很強壯。從我自身痛苦的經驗來看，噬魂怪們可都是相當堅強的麻煩鬼。至於偽人們，他們似乎都嚇得四處逃竄，但那可不代表我能小看他們。由於不確定他們的位置，現在變得更加危險。

當噬魂怪忙著到處狩獵時，我試著把朋友們留在建築物裡，但是特異者們全都生著氣且精力充沛，摩拳擦掌地等著戰鬥。

「別擋路！」阿修邊說邊試著推開擋在門口的艾瑪和我。

「要是什麼事都讓雅各做就太不公平了！」奧莉芙說，「你已經殺了超過一半的偽人。而且我和你一樣討厭他們！再者真要說，我討厭他們的時間比你還久，快一百年了！所以快點！」

她說得對，這些孩子們對偽人的仇恨已經在血液裡流轉了一世紀，我卻一個人獨享了所有的榮耀。這也是他們的戰爭，我沒有任何立場阻止他們。「如果妳真的想幫忙，」我對奧莉芙說，「可以這麼做……」

三十秒後，我們來到開放的草坪上。霍瑞斯和阿修殿後，奧莉芙則用一根繩子繫在腰上，飄浮在半空中，成為我們珍貴的衛星鏡頭，負責回報那些地面上的噬魂怪不可能收集到的情報。

「有幾個人在右邊，就在白色小屋後面！還有一個在屋頂上！另外，還有幾個往牆邊跑過去了！」

他們還沒來得及逃出堡壘的外牆，但幾乎已經快要到草坪之外了。要是我們運氣夠好，還是能逮到他們。我把剩下的六隻噬魂怪召集起來，然後將四隻派往前方當先鋒部隊，剩餘的兩隻則在後面壓隊，以防後方的偷襲。我和我的朋友們則在中間，負責應付任何可能破壞我們噬魂怪保護牆的偽人。

我們開始朝草坪的邊緣前進。騎在噬魂怪背上，讓我覺得自己就像是一名在馬背上發號施令的將軍。艾瑪在我身邊，其他的特異者們則在離我不遠的後方：布蘭溫收集地上的磚頭當作投擲的武器，霍瑞斯及阿修抓著奧莉芙的繩子，米勒緊黏著波普勒斯，後者則不斷用義大利文嚷嚷著，用歲月地圖當作盾牌。更後面則是時鳥，不斷用鳥叫聲試著召來更多的空中夥伴加入我們的軍隊，但是惡魔之灣實在是了無生氣，幾乎沒有幾隻野鳥存在。裴利隼女士負責領導年老的阿沃賽女士和其他幾位還在驚嚇中的時鳥。我們不能把她們留下，她們得一起參與這場戰鬥。

我們來到草坪的邊界，前方有約莫五十公尺的開闊處。在我們和高牆之間，只有一間小小的屋子立在那裡。它有著巴格達式的屋頂和瘦長、帶有東方味的門，我看見幾個偽人逃了進去。根據奧莉芙的說法，幾乎剩餘的所有偽人都跑到這間小屋裡去了。不管如何，我們都得進去裡面清掃一番。

四周被一股沉默包圍。我們已經看不見任何偽人。我們站在一道保護牆旁討論接下來的行動。

「他們在那裡面幹嘛？」我說。

「試著把我們騙進開闊處吧。」艾瑪說。

「沒問題。我會派噬魂怪進去的。」

「那不會削弱我們的防禦嗎？」

「我不知道我們還有沒有別的選擇。奧莉芙數了至少有二十個偽人跑進去，我必須派夠多噬魂怪進去，不然他們只會被白白殺掉而已。」

我深吸一口氣，掃視一圈身邊緊繃等待著的面孔。我將噬魂怪一隻隻送出去，讓他們踮著腳尖溜過開闊處，希望輕巧的腳步能讓他們不被注意地包圍那間屋子。

這招似乎奏效了：這間屋子總共有三個門，我想辦法各派了兩隻噬魂怪去看守每個入口。沒有任何一個偽人跑出來。噬魂怪站在門邊，我則透過他們的耳朵傾聽。我可以聽見有人在門內高聲說話的聲音，接著我聽見了鳥鳴。我全身一陣發冷。裡面仍有時鳥。我們還不知道她們的存在。

人質。

但如果真是如此，偽人們為什麼不試著談判呢？

我原本的計畫是同時闖入三個門中，殺他們個措手不及。但是如果裡面有人受困，尤其還是時鳥，我就不能冒這個險。

我決定讓一隻噬魂怪冒險偷看一眼。但所有的窗戶都是封死的，這代表我得把他送進門裡。

我選了最小的一隻噬魂怪，伸出舌頭，捲住門把。

「我要派一隻進去了。」我說，「只有一隻。去讓他看看環境。」

噬魂怪緩緩地轉動門把，我悄悄數到三，他便推開門。

他向前傾身，黑眼睛貼在門縫上。

「我看見裡面了。」

透過他的眼睛，我看見一面擺滿籠子的牆。各種不同尺寸和形狀的、黑壓壓的鳥籠。噬魂怪把門又推開了點。現在我看見了更多鐵籠，還有鳥兒，籠裡籠外都有，全都被鏈在架子上。

但是一個偽人也沒有。

「你看見什麼了？」艾瑪問。

我沒有時間解釋，只能先展開行動。我讓所有的噬魂怪同時破門，一起衝進屋內。

到處都是鳥兒，驚恐地哀叫著。

「鳥！」我說，「房間裡全都是時鳥！」

「什麼？」艾瑪說，「偽人在哪裡？」

「我不知道。」

噬魂怪們四處張望著，嗅聞周遭的空氣，搜尋著每一個縫隙和角落。

「不可能！」裴利隼女士說，「所有被綁架的時鳥都在這裡。」

「所以這些鳥是怎麼回事呢？」我說。

接著，我聽見一隻鳥用沙啞的鸚鵡嗓音唱了起來。「跑，兔子，快跑！跑，兔子，快跑！」然後我就懂了，牠們不是時鳥，牠們是鸚鵡，而且全都在滴答作響。

「快趴下！」我大叫，然後我們全都在草坪邊的牆角趴了下來，我身下的噬魂怪向後摔倒，帶著我一起倒下。

我趕緊將我的噬魂怪們趕向門邊，但鸚鵡炸彈在他們逃離之前就引爆了，總共有十個，在一片恐怖的爆炸聲中，將房子與噬魂怪撕扯成碎片。塵土與瓦礫飛越草坪，雨點般落在我們身上，我則感覺到所有噬魂怪的信號都消失了，除了身下的這隻，其他的全變得一片黑暗。

雲一般的煙霧與羽毛飛越牆頭。特異孩子和時鳥們身上蓋滿了灰塵，嗆咳著互相檢查對方有沒有受傷。我則被嚇傻了，或是在某種類似的狀態中，眼睛直盯著地上一小坨飛出來的噬魂怪殘骸，還在顫動著。過去的一小時內，我的心思分散在十二隻噬魂怪中，而他們突如其來的死亡，在我心中造成了一個不平衡的黑洞，讓我頭暈目眩，還有頓失親人般的悲痛感。但這樣的危機總是有辦法讓你集中精神，而接下來發生的事就讓我和我剩下的最後一隻噬魂怪繃緊神經，從地上跳了起來。

牆的另一邊傳來許多人齊聲大喊的聲音，嘹亮而逐漸大增的戰吼，以及下方伴奏如雷的跺腳聲。所有人都愣在原地，看向我，臉上掛著驚恐的表情。

「那是什麼？」艾瑪說。

「我去看看。」甫說完，便從我的噬魂怪身邊爬開，在牆邊窺視。

一群偽人正從濃煙中朝我們衝來。一整群共有二十人，手裡拿著步槍和手槍，他們的白色眼睛和白牙閃閃發光。他們在爆炸中毫髮無傷，我猜一定是躲到地下防空洞去藏起來了。我們被騙進了陷阱，鸚鵡炸彈只是第一道關卡而已。現在我們的最佳武器已經被奪去，偽人們終於要進行最後的攻擊了。

當其他人發現偽人軍團朝我們衝來時，我們之中揚起一股驚恐的氣息。

「我們該怎麼辦？」霍瑞斯喊道。

「我們要反擊！」布蘭溫說，「拿出我們的渾身解數！」

「不，我們要趁還有機會時快逃！」阿沃賽女士說道。她帶著皺紋的堅毅臉龐，讓人很難想像她會選擇逃跑。「我們不能失去任何一條特異者的性命！」

「抱歉，但我是在問雅各。」霍瑞斯說，「畢竟是他把我們一路帶到這裡來的……」

我直覺地轉向裴利隼女士。當我們談論到決定權時，她才是我覺得有最終決定權的人。她回應我的視線，並點點頭。「是的。」她說，「我想這應該由波曼先生來決定。但是要快，否則那些偽人就要替我們決定了。」

抗議的話語差點就脫口而出。我現在只剩下一隻噬魂怪，其他全死光了，但我想裴利隼女士這麼說，只是想要表達她對我的信任，不管有沒有噬魂怪都一樣。不管如何，我們現在似乎只有一條路可選。過去的一百年間，特異者從來沒有這麼大的機會摧毀偽人的黨羽，如果我們現在逃跑，我知道這個機會就再也不會出現了。我朋友們的表情雖然害怕，卻帶著決心，我想他們都已經準備好冒險，為掃蕩偽人的最後時刻而戰。

「我們要迎戰。」我說，「現在要放棄已經來不及了。」

如果我們當中有誰是真的想逃跑的，但他們什麼都沒說，就連發誓要保護特異孩子們安全的時鳥們也都沒有反對。她們都知道如果再被抓住，會是什麼樣的命運在等著她們。

「全聽你的。」艾瑪說。

我將頭探出牆。偽人們正快速朝我們前進，現只距離我們不超過一百呎了。但我希望他們再靠近一點，近到我們可以把他們手上的槍打掉。

槍聲乍響。我們上方傳來尖銳的慘叫聲。

「奧莉芙！」艾瑪大叫。「他們在對奧莉芙開槍！」

我們都忘了那個可憐的女孩還在半空中了。偽人們正對著她開槍，她則一邊尖叫、一邊像海星般揮舞著四肢。我們沒有時間把她收下來，但我們也不可能把她留在那裡當偽人練習用的靶。

「讓我們給他們一點更好的射擊目標吧。」我說，「準備好了嗎？」

大家的回應都是肯定的。我爬上蹲在前面的噬魂怪。「上吧！」我大叫。

噬魂怪跳了起來，幾乎把我甩掉，然後像是聽到槍響的賽馬般衝了出去。大夥兒從牆後跑出來，我和噬魂怪在前面領軍，我的朋友和時鳥們緊跟在後。我發出一聲戰吼，雖然嚇不倒偽人，卻足以將緊抓住我的恐懼給拔除。我的朋友們也跟進。偽人們的腳步緩了下來，有那麼一瞬間，他們似乎無法決定是要繼續前進或停下來開槍。這給我和噬魂怪足夠的時間縮短與偽人間的距離。

偽人們很快就下定了決心。他們停下腳步，舉起槍對準我們，像消防隊員瞄準火場那樣，然後一排子彈齊發。子彈從我身邊飛過，嵌進土地裡，打中噬魂怪時也在我身上燃起熊熊的疼痛感。我一邊祈禱著他沒有被打中致命處、一邊彎下身子用他的身體當作掩護，並催逼他跑得再快一點，用他的舌頭當作額外的腿，加快我們的速度。

噬魂怪和我只用了短短幾秒鐘就將我們和敵人之間的距離完全消滅，我的朋友們則緊跟在後。接著正面交鋒，展開肉搏戰，而且優勢是在我們這邊的。我專注於打掉偽人手上的槍，我朋友們則施展起每個人的特異能力。艾瑪像揮著火棒般揮舞著她的雙手，在偽人間劃出一道灼熱的線。布蘭溫將她收集來的磚頭拋出去，接著便徒手毆打四周的偽人。阿修的蜜蜂則交了一群新朋友，而當他鼓吹著牠們進攻時（「瞄準眼睛，夥伴們！」），牠們便旋轉著，然後亂螫著敵人任何可以被螫的地方。時鳥們在第一次槍擊後，就將自己轉化成鳥類。裴利隼女士是最具威嚇作用的，她巨大的鳥喙和腳爪讓偽人們四處逃竄，就連色彩鮮豔、身材嬌小的巫雀女士，都讓自己發揮了最大的功效，扯著一個偽人的頭髮，猛啄他的頭，讓他的子彈打歪了，這讓克萊兒有機會跳起來，並用她腦袋後方長著一口利牙的大嘴咬住那人的肩膀。伊諾也好好發揮了所長，從衣服中放出三個小黏土人，它們的雙腿是用叉子做成、雙臂則是刀子，並指揮它們往偽人的腳踝進攻。這段期間，奧莉芙則利用自己的視野在空中對我們提出建議，「艾瑪，小心後面！他要開槍了，阿修！」

儘管我們擁有許多特異者的能力，數量仍然不敵偽人，而且他們的戰鬥就像是把自己的命都賭上了，雖然這也是事實。

某個堅硬的東西砸中我的腦袋——槍托——有幾秒鐘的時間，我只能虛弱地掛在噬魂怪身上，世界在我身邊旋轉。巫雀女士被抓住了，扔在地上。四周一片混亂，血腥而恐怖，偽人開始占了上風，將我們往後逼退。

接著，後方突然傳來一聲熟悉的吼叫，我的感官逐漸回到身上。我於是轉過身，看見班森騎在他的獰熊背上，準備加入戰局。他們一人一熊全溼透了，因為是用我和艾瑪經過的那個圈套過來的。

「哈囉，年輕人！」他喊著，騎到我身邊。「需要幫助嗎？」

在我回答之前，我的噬魂怪再度受到槍擊，這一發子彈擦過他的脖子側邊及我的大腿，在我破爛的褲子上劃出一道血痕。

「是的，拜託了！」我大叫。

「PT，你聽到小男孩的話嘍！」班森說，「殺！」

大熊一頭衝進戰場，揮舞著巨大的熊爪，將偽人像保齡球瓶般打翻。一個偽人衝上來，盲目地用手槍對著PT的胸口開槍。但那隻熊似乎只覺得很煩，一把將他抓了起來，扔飛出去。很快地，在我的噬魂怪和班森的獰熊通力合作下，我們就打得讓偽人只有防禦力，無法繼續進攻了。因打倒的偽人數量逐漸增加，我們的人數便占了上風。當他們只剩下十個時，便轉身開始逃命。

「別讓他們跑了！」艾瑪大喊。

我們朝偽人追去，徒步追趕，在空中疾飛，或是騎在熊及噬魂怪背上。我們追著他們跑過冒著煙的鸚鵡屋廢墟、穿越沾滿雪倫發射進來的排泄物的草地，奔向外牆上的一道拱門。

裴利隼女士在頭頂上方尖叫，不時俯衝下來襲擊逃跑中的偽人。她拎住其中一個的後頸，將他提離地面，阿修的蜜蜂也不斷進行攻擊，但這只讓剩餘的九個人逃得更快。他們領先的距離愈來愈大，我的噬魂怪則開始慢了下來，他身上多處的傷口都淌著黑色液體。

偽人們盲目地向前亂撞，拱門上的鐵閘門在他們靠近時逐漸向上升起。

「攔住他們！」我大叫，希望門外的雪倫和他的雜牌軍會聽見。

接著我突然想到：那座橋！那裡還有一隻噬魂怪，橋裡的那隻。如果我可以及時控制他，或許可以阻止偽人們逃跑。

但是不行。他們已經穿過大門，跑到橋上了，而我則毫無希望地落在後面。當我穿過大門時，橋裡的噬魂怪已經把五個人拋過裂縫，送到濃煙街上了，那裡只剩下一小群的吸毒者，是不夠阻止他們的。四個還沒過橋的偽人們則擠在裂縫的邊緣，等著輪到他們的時間。

我和我的噬魂怪跑上橋時，感覺到橋裡的那隻出現在我的感官裡了。他正抓起其中三個偽人，準備把他們帶過去。

停下來，我用噬魂怪語大聲說道。

或者，我以為那是我說的，但或許在表達中出了什麼差錯，又或許是因為在噬魂怪語的停下來聽起來就像放下來，總之，噬魂怪沒有停在半空中，而是把那三個驚慌掙扎的偽人放回我們這一側的橋上，就那樣鬆開他們。（有夠奇怪！）

我們這一側所有的特異者和另一側的吸毒者們全都跑到裂縫邊緣，看著他們一邊慘叫、一邊划著手腳，摔落一層又一層的綠色迷霧中，直到……撲通！他們掉進下方滾燙的河水裡，然後就消失了。

兩側都爆出一陣歡呼，接著，我聽見一個熟悉的沙啞嗓音說道：「他們活該。反正他們的小費總是給得那麼少！」

那是兩顆還在長矛上橋頭的其中一顆。「你媽從來沒告訴過你，不要剛吃飽就去游泳嗎？」另一顆說道，「**休息二十分鐘再去！**」

最後剩下的那個偽人還在我們這一側，他拋下槍，舉起雙手投降。已經過橋的五個人，則快速消失在一陣風吹起的灰燼之中。

我們站在那裡看著他們離開。現在是絕對不可能抓到他們了。

「真是不走運。」班森說，「就算只剩下極少的人數，那些偽人還是會等待時機再捲土重來的。」

「同意，哥哥，但說實話，我可不知道你原來還在乎我們其他人發生了什麼事。」我們轉頭看見裴利隼女士正朝我們走來，已經恢復了人形，一條披巾恰到好處地裹在身上。她的眼神牢牢盯著班森，表情苦澀而抗拒。

「哈囉，阿爾瑪！真開心見到妳！」他過度熱情地說道，「而且我當然還在乎……」他尷尬地清了清喉嚨。「怎麼，妳之所以被救出來，都是因為我啊！快，孩子們，告訴他們！」

「班森先生幫了我們很多忙。」我承認道，但我實在很不想被捲進手足間的紛爭裡。

「既然如此，那就謝謝你了。」裴利隼女士冷冷地說道，「時鳥議會中，我會確保你在這場戰役中提供的所有貢獻。或許他們會減輕你的刑罰。」

「刑罰？」艾瑪說，劈頭對班森問道，「什麼刑罰？」

班森的嘴唇一扭。「放逐。如果我在其他地方能待下來的話，你們不會真的以為我想待在這個糞坑裡吧？我是被關在這裡的，因為她們不公不義的指控……」

「共犯。」裴利隼女士說，「與敵人共謀。一次又一次的背叛。」

「我當時是個雙面間諜，阿爾瑪，為了從我們的兄弟那裡套出情報。我已經跟妳解釋過了！」他哀嚎著，手掌像乞丐般往前伸。「妳知道我有太多理由討厭傑克了！」

裴利隼女士舉起一隻手，阻止他繼續說下去。她已經聽過這個故事，不想再重聽了。

「當他背叛你爺爺時，」她對我說道，「那是壓垮一切的最後一根稻草。」

「那是個意外。」班森帶著戰意回嘴道。

「那你從他身上抽取的靈魂到哪裡去了？」裴利隼女士問。

「我們把它注射到實驗品裡啦！」

裴利隼女士搖搖頭。「我們反轉了你做的實驗。他們身上的靈魂都是來自於農場的動物，所以這只代表你把亞伯的靈魂私藏起來了。」

「真是荒謬的推論！」他大喊。「妳就是這麼告訴議會的嗎？所以我才會被關在這裡等著腐爛，是不是？」我不知道他是真的驚訝，或只是在演戲。「我知道我的智慧和超凡的領導能力讓妳感到威脅，但是妳卻製造出這種謊言來除掉我……妳知道我花了多少年的時間在幫助那些成癮者減少仙丹的使用嗎？我拿那個可憐人的靈魂來幹什麼？」

「你想做的事情，就跟我們的哥哥想拿年輕的波曼先生做的事情一樣。」裴利隼女士說道。

「我連否認都懶得否認了。我只希望能釐清這一堆偏見，好讓妳看清現實：我是站在妳這邊的，阿爾瑪，一直都是。」

「你只站在你當下有興趣的那一邊。」

班森嘆了口氣，朝我和艾瑪這裡投來一個可憐兮兮的目光。「再見了，孩子們，很高興認識你們。我現在要回家了；拯救你們所有人的性命，可是耗費了我這把老骨頭不少精力。但我希望有一天，當你們的院長恢復神智時，我會再見到你們。」

他揚了揚帽子，然後和他的熊離開人群，開始往高塔走去。

「真是有夠愛演。」我低聲說，儘管我的確替他感到有點難過。

「時鳥們！」裴利隼女士高喊。「看好他！」

「他真的偷了亞伯的靈魂嗎？」艾瑪問。

「我們沒有證據。」裴利隼女士回答。「但是其餘的罪行已經足夠讓我們判他永生放逐的刑罰。」隨著他離去的腳步，她臉上強硬的表情便逐漸褪去了。「我的哥哥們讓我好好上了一課。你愛的人總是傷你最深。」

風轉向了，將藏住偽人行蹤的那團灰燼朝我們的方向吹來。風暴來得比我們反應的速度更快，風聲在身邊咆哮，戳刺著我們的皮膚，粉塵遮蔽了光線。四周傳來尖銳的翅膀拍打聲，時鳥們轉換形體，飛到風暴上方。我的噬魂怪則跪下身子，低垂著頭，將臉藏在兩根舌頭之中。他很習慣這種灰燼風暴了，但我的朋友們可沒有。我能聽見他們在黑暗中驚慌的聲音。

「待在原地！」我大叫。「風暴很快就過了！」

「大家用上衣遮住鼻子！」艾瑪說。

當風暴開始逐漸往旁邊轉開時，我聽見橋對面傳來讓我脖子上寒毛直豎的聲音。那是三條不同聲線集合成的一首歌，歌詞中則伴隨著悶響和慘叫。

「聽聽鐵鎚的敲打聲……」

砰！

「聽釘子的鑽洞聲！」

「嘎啊，我的腿！」

「製作絞刑臺是多麼愉快……」

「饒了我，饒了我！」

「……所有煩惱全都說拜拜！」

「拜託，別打了！我投降！」

視線逐漸清晰後，雪倫和他三個模糊的表親便出現了，一人拖著一個半昏迷的偽人。

「早安啊，各位。」雪輪喊道，「你們是不是弄丟了什麼東西啊？」

我的朋友們把眼裡的灰塵擦去，看見雪倫的傑作之後便歡呼起來。

「雪倫，你是天才！」艾瑪大叫。

時鳥們在我們身邊紛紛降落，開始轉回人形。她們快速穿回剛才留下的衣服，我們則出於尊重別開視線，盯著偽人。

突然間，其中一人掙脫了他的掌控者，拔腿逃跑。但那名工人沒去追，而是氣定神閒地從腰帶上選了一把鐵鎚，站穩腳步，然後甩了出去。它旋轉著，尾端直直飛往偽人的頭，但卻被對方一個低頭閃過了。他朝一片混亂的街道旁跑去，但就在他準備要消失在兩棟破屋間的縫隙時，地上的一個裂縫爆發了，將偽人吞沒在一片黃色火焰中。

雖然這畫面有點可怕，但我們還是大聲歡呼起來。

「你們看吧！」雪倫說，「就連惡魔之灣都想把他們清掉。」

「太好了。」我說，「但胎魔怎麼辦？」

「同意。」艾瑪說，「如果逮不到他，那這些勝利都沒有意義。對吧，裴女士？」

我四處張望，卻沒看見她。艾瑪也掃視著人群。

「裴利隼女士？」她說，聲音裡出現驚恐的情緒。

我讓我的噬魂怪站起來，好獲得較佳的視野。「有誰看見裴利隼女士嗎？」我大叫。現在每個人都開始找她了，有些人往天空看，以免她還被困在天上，或是搜尋著地面，以防她已經降落卻仍未轉回人形。

接著，身後傳來一聲又高又愉快的叫聲，刺穿了我們的談話。

「別找了，孩子們！」有那麼一瞬間，我沒辦法指出那是誰的聲音。他又說話了，「照我的話做，她就不會受傷！」

然後我看見一個人，從偽人的草坪中被燻黑的矮樹後方鑽了出來，身影十分熟悉。是胎魔。只是孤身一人，沒有武器，也沒有人守在他的左右。他的面色蒼白，帶著一抹扭曲的微笑，臉上戴著突出的太陽眼鏡。他身上披著一件斗篷、一件披風，還有一大堆金光閃閃的珠寶，打著條誇張的絲質領帶。他看起來像個瘋子，像是出現在歌德小說裡、對自己做過太多實驗的瘋狂醫生。而且就是因為他明顯的瘋狂感，還有大家都知道他能做出任何事來的邪惡本性，才阻止我們全衝上去把他撕扯成碎片。像胎魔這樣的人，絕不像他的外表看來那麼毫無防備。

「裴利隼女士在哪裡？」我大叫，引起時鳥和特異者們在我身後喊起類似的話語。

「在屬於她的地方。」胎魔說，「和她的家人在一起。」

最後一點風暴在他身後散去，班森和裴利隼女士雙雙出現在我們眼前，後者已經恢復人形，正被班森的熊困在臂彎裡。儘管她的雙眼裡帶著憤怒，還是知道自己無法對抗一隻有著利爪又壞脾氣的獰熊。

這畫面就像一個不斷重複出現的噩夢：裴利隼女士又被綁架了，這次是班森下的手。他站在熊身後不遠處，眼神定在地上，似乎覺得和我們對視是件可恥的事。

驚訝與憤怒的吼聲在時鳥和特異者之間蔓延開來。

「班森！」我叫道，「放開她！」

「你這個混蛋、背叛者！」艾瑪怒吼。

班森抬起頭看向我們。「就在十分鐘前。」他用高昂而傲慢的聲音說，「我還是忠於你們的。幾天前我就可以把你們出賣給我的哥哥，但我沒這麼做。」他對裴利隼女士瞇起眼睛。「我選擇了妳，阿爾瑪，因為我相信，如果我幫助妳和妳的同僚，或許就會發現妳對我的評價有多麼偏頗，或許妳就會讓過去的分歧過去了。現在想來，我或許還是太天真了。」

「你會因此得到報應的！」裴利隼女士吼道。

「我再也不怕妳那個小小的議會了！」班森說，「妳沒辦法繼續打壓我了！」他敲了敲

他的手杖。「PT，摀住她的嘴！」

熊將一隻爪子覆在裴利隼女士的臉上。

胎魔朝他的弟弟和妹妹走去，手臂大張，臉上帶著微笑。「小班終於選擇為自己和我站出來了，恭喜他！沒有什麼比家庭團聚更令人愉快了！」

突然間，班森被一股看不見的力量往後一扯。一把刀在他的喉間閃爍。「讓這頭熊放開裴利隼女士！」一個熟悉的聲音尖叫著。

「米勒！」有人喊了起來，我們的人群間開始此起彼落地叫著他的名字。

那是沒穿衣服的米勒。班森看起來很驚恐，但胎魔似乎只是覺得有點煩。他從斗篷的口袋深處掏出一把古典的小型手槍，將之對準班森的頭。「要是你放了她，我就會殺了你，老弟。」

「我們有過協定的！」班森抗議道。

「而你卻被一個光溜溜的男孩拿著一把鈍刀威脅，差點就要破壞那個協定。」胎魔將槍口往上抬，對準班森的太陽穴，然後對米勒說，「如果你害我殺了我唯一的弟弟，你的時鳥也活不成了。」

米勒猶豫了一下，然後拋下刀子就跑。胎魔試著抓他，但是被他閃開了，米勒的腳在草皮上留下一片凹陷。

班森重新整自己，撫平縐掉的上衣。胎魔的幽默感全沒了，轉而把槍指向裴利隼女士。

「現在聽我說！」他怒吼。「橋對面的那些人！放開那些警衛！」

他們別無選擇，只能照做。雪倫和表親們放開了手中的偽人，向後退去，我們這側的偽人則彎下身撿起他們掉落的槍。幾秒鐘之內，權力的平衡就完全轉換了，現在有四把槍分別指著我們的團體和裴利隼女士。胎魔可以為所欲為。

「小男孩！」他邊說邊指向我。「讓那隻噬魂怪跳進裂谷裡！」他尖銳的聲音刺痛著我的耳膜。

我騎著我的噬魂怪來到裂縫的邊緣。「現在叫他跳！」

我似乎沒有別的選擇了。這實在很浪費，但或許這樣也好：這隻噬魂怪現在正嚴重受苦著，傷口流出的黑血在腳邊流個不停，他是不可能活下來的。

我讓他解開纏在我腰上的舌頭，爬下他的背。我已經有足夠的力氣自己站立，但這隻噬魂怪的力量正在快速流失。我一離開他的背，他便輕聲低吼，將舌頭收回嘴裡，跪了下來。他樂意被犧牲。

「謝謝，不管你先前是誰。」我說，「我很確定如果你有機會變成偽人，絕對不會是完全邪惡的那種。」

我把一隻腳踩在他背上，用力一推。他向前栽倒，沉默地墜入霧氣之中。幾秒後，我感覺到他的意識從我的心靈裡消失。

橋對面的偽人靠著噬魂怪的舌頭回到這一側來，同樣基於裴利隼女士的性命安危，我無法做出任何干涉。奧莉芙已經被拉了下來。警衛們將我們趕向彼此，形成一個更緊密也更好控制的團體。然後胎魔大叫著要我到他面前，其中一名警衛便把我拖了出來。

「我們只需要他活著。」胎魔對警衛們說，「如果你們非對他開槍不可，那就打他的膝蓋。至於其他人……」胎魔把槍轉向緊貼著彼此的特異者們，然後開槍。群眾們閃避著、尖叫著。「隨便你們怎麼開槍都好！」

他大笑起來，像芭蕾舞者般張開雙臂，在原地轉圈。我正準備不計後果地朝他衝去，並徒手挖出他的眼睛，但一名持著長手槍的警衛出現在我面前，擋住我的路。

「別。」我的守衛簡單地說道。他是個肩膀寬闊、長著光頭的偽人。

胎魔對空鳴槍，叫大家安靜，於是聲音全部淡去，只剩下剛才被他打中的人還在啜泣。

「別哭。我有個小獎品要給你們！」他邊說邊指向群眾。「這是歷史性的一天。我弟弟和我就要完成我們用上輩子在奮鬥的事業，將要為我們自己加冕成為特異王國裡的孿生國王。而加冕典禮如果沒有觀眾，就不叫加冕典禮了吧？所以我們要帶上你們一起。如果表現良好，你們將會親眼見證千年之內人們無緣目睹的重大時刻：靈魂圖書館的重啟與掌權！」

「你得保證一件事，否則我就不會幫你。」我對胎魔說。我沒有什麼討價還價的餘地，但他相信他需要我，這點我或許可以利用一下。「你得到你想要的東西之後，就放裴利隼女士走。」

「恐怕我沒辦法答應你。」胎魔說，「但我會讓她活下去的。如果我的妹妹還活在特異王國裡，這樣統治起來會有趣多了。等我剪掉妳的翅膀後，我就讓妳做為我的私人奴隸，阿爾瑪，妳覺得如何？」

她試著回應，但她的話語被面前的熊掌給堵住了。

胎魔把一隻手舉在耳邊，大笑出聲。「什麼？我聽不見！」接著他轉身，開始往高塔走去。

「走！」警衛們大喊，然後我們便跌跌撞撞地跟上他。

第九章

我們被警衛趕著前往白色的高塔，如果有人脫隊，偽人們就又推又踹地逼著他們前進。少了噬魂怪後，我便成了一團虛軟的爛泥：身體上有著嚴重的咬傷，而粉塵的麻醉功效已經開始逐漸退去。我還是逼著自己繼續往前走，腦子裡一邊盤算著各種自救的辦法，但一個比一個感覺更不可行。少了噬魂怪後，我們所有的特異能力都不是偽人們和槍枝的對手。

大夥兒跌跌撞撞地穿過噬魂怪們葬身的那間小屋廢墟，踩過沾著鸚鵡與偽人血跡的磚塊。我們走過圍著牆的草坪，進入塔內，然後一路沿著走道往上、往上、往上，經過一扇扇相似的黑門。胎魔走在我們前方，像個瘋狂的遊行領隊，前一刻還在昂首闊步地甩著雙手前進，下一刻就回頭對我們拋來一串串的污辱。熊跟在他身後搖搖擺擺地走，班森乘坐在牠一邊的臂彎裡，裴利隼女士則掛在牠的肩上。

她請求她的哥哥們重新考慮他們的行動。

「想想那些關於阿伯頓的老故事，還有試著竊取圖書館裡靈魂之人的可怕下場，它的力量是受到詛咒的！」

「我已經不是個小孩了，阿爾瑪，我也不會再被時鳥們的童話嚇到。」胎魔罵道。「現在管好妳的舌頭。如果妳還想要留著它的話！」

她很快就放棄說服他們，並趴在熊的肩膀上沉默地看著我們，臉上帶著堅毅的神情。**別害怕**，她似乎在用念力這麼說道。**我們也會撐過這一關的**。

我擔心的是，說不定有人連爬到塔頂的這段路都撐不過。我回頭，試著去看中槍的人。在我身後擁擠的群體中，我看見布蘭溫臂彎中扛著某個虛弱的人，我想是阿沃賽女士。接著一隻肉乎乎的手掌便狠狠地打在我頭上。

「往前看，否則就等著少一個膝蓋吧！」我的守衛吼道。

最後，我們終於來到塔頂的最後一扇門前。後方的走廊，蒼白的日光照耀在彎曲的牆面上。我們上方有片開闊的甲板，我在心中默默地註記這一點。

胎魔站在門前，臉上帶著愉快的表情。「波普勒斯！」他喊道，「偉大的阿諾勒斯，是的，後面的那一位！如果沒有你的前置作業和所有的努力，我是不會有今天的發現的……把這一切歸功於你！我想應該由你來打開這扇門。」

「拜託，我們現在沒有時間進行什麼儀式了。」班森說，「你的堡壘現在沒有任何防禦……」

「別像個小女孩一樣哭哭啼啼的。」胎魔說，「這花不了多少時間。」

其中一名警衛將波普勒斯從人群中拖出來，帶到門前。自我最後一次正眼看他之後，他的頭髮和鬍子已經花白，脊椎也彎了，臉上爬滿深深的皺紋。他在自己的圈套外待了太久，現在他真實的年紀就快要追上他了。波普勒斯似乎正準備要開門，一陣劇烈的咳嗽卻打斷了他的動作。等他再度找回呼吸時，他轉向胎魔，深吸一口氣，然後往胎魔的斗篷上吐出一口濃濃的痰。

「你這隻傲慢的豬！」波普勒斯喊道。

胎魔舉起手槍對準波普勒斯的頭，扣下扳機。四周傳來尖叫聲，「傑克，不要！」班森喊道。然後波普勒斯舉起雙手、轉過身子，但手槍只發出一聲乾澀的碰撞聲。

胎魔把手槍打開，看向彈匣，然後聳聳肩。「這把槍和你一樣都是老古董了。」他對波普勒斯說，然後用槍口把斗篷上的穢物彈掉。「我想命運拯救了你，但這樣也好，我寧可看著你在我眼前化成灰，而不是流血致死。」

他示意警衛將他拖走。波普勒斯嘴裡用義大利文喃喃咒罵著，被拉回了人群之中。

胎魔轉過身面向門。「喔，管他去死。」他喃喃自語道，然後把門推開。「全部都給我進去！」

房間裡是類似的灰色牆壁，不過這次取代消失第四面牆的是一條長而黑暗的走廊。在警衛的推搡下，我們很快就沿著走道開始前進。平滑的牆面逐漸變得粗糙不平，隨即走道便開闊起來，成為一間灑滿日光的簡陋房間。這裡的牆是由石頭與泥土砌成，若不是因為它有著幾乎是長方形的門和兩扇窗，我大概會將它稱之為山洞。這個房間和它的入口，都是從柔軟的岩石中雕刻而成。

我們被趕出房間，進入乾燥而炎熱的天氣裡。景色在面前展開，讓人頭暈目眩。我們身處於一個像是外星世界的地方：怪異的紅色岩石在四周圍繞，時而高聳時而低矮，綿延不絕，相互交錯，而且全都像蜂巢般挖出一個個洞狀的門和窗戶。陣風不停地吹過，帶來人聲般的低嚎，像是土地發出的叫聲。儘管太陽尚未下山，天空卻閃耀著橘色光芒，好像世界末日正在地平線後方醞釀。雖然四周可以看出具有文明的痕跡，但視野所見範圍之內，卻一個人也沒有。我感覺到彷彿有人在觀察我們的壓力，像是我們擅自闖進了不屬於我們的地方。

班森從熊的手臂上爬下來，恭敬地取下帽子。「就是這裡。」他邊說邊打量著眼前的山丘。

胎魔像個大哥哥般伸出一隻手臂搭在他肩上。「我告訴過你，這一天總會到來的。我們在過程中給了對方不少罪受，是不是？」

「是的。」班森同意道。

「但我說，只要結果是好的，一切都好談。因為現在我要這麼做。」胎魔轉過來面對我們。「朋友們！時鳥們！特異孩子們！」他讓他的聲音在奇怪的峽谷間迴盪。「今天是歷史上最輝煌的一天！歡迎來到阿伯頓！」

他停了下來，等待著永遠也不會出現的掌聲。

「你們現在正站在曾經保護著靈魂圖書館的古城面前。在這之前，已經有四百年沒有人見過它、一千年沒有人征服它……而現在，它被我重新發掘了！在你們的見證之下……」

他停下話語，低下頭沉思了一會兒，然後大笑起來。「我幹嘛浪費呼吸呢？你們這些外邦人，永遠不會感念我的成就。看看你們，就像一群愚蠢的驢子！」他拍拍班森的手臂。「來吧，弟弟。讓我們去領取屬於我們的東西。」

「也是我們的！」一個聲音在我後方說道。是其中一名警衛。「你不會忘了我們吧，長官？」

「我當然不會。」胎魔說。他試著微笑，但失敗了。他無法掩飾自己在眾人面前遭到挑戰的惱怒感。「你們的忠誠會得到應有的回報的。」

他和班森一起轉身走下一道小徑。警衛則在後方趕著我們跟上。

被陽光烤乾的小徑不斷分岔再分岔，岔路延伸進起伏的山坡之中。他走的路肯定是逼迫波普勒斯透露的，而且近日來一定走了不少回。胎魔自信滿滿地領著我們穿過布滿障礙物的小路，每一個腳步都帶著暴君般的傲氣。隨著我們的前進，我感受到的監視感變得愈來愈強，好像那些刻在岩石中的開口是一個個半睜的眼睛、是某種生活在岩石內古老的智慧生物，正逐漸從千年的沉睡中甦醒。

我焦慮不已，腦中的想法一個個堆疊在彼此之上。接下來的事情會隨著我的意願改變。畢竟偽人們需要我。如果我拒絕為他們應付那些靈魂呢？如果我有辦法騙他們呢？

我知道那會帶來什麼後果。胎魔會殺了裴利隼女士。然後他會開始殺其他的時鳥，一個接著一個，直到我願意照他說的去做。如果我依然不從，他就會殺了艾瑪。

我不夠堅強。我知道自己會不惜一切代價保護艾瑪的人身安全，即便那意謂著將未知的能力交到胎魔手中。

接著一個想法把我嚇得半死：如果我做不到呢？如果胎魔是錯的，而我看不見那些靈魂瓶，或者我看得見但使用不了它們呢？他不會相信我的。他會覺得我在說謊。他會開始殺害我的朋友們。就算我能說服他相信那是真的、相信我做不到，他大概也會氣的把所有人都殺光。

我悄悄地對著爺爺祈禱起來。對死人禱告真的有用嗎？不管如何，我是這麼做了。我問他是不是在看顧著我們，並請他帶我走過這一切，給我力量，讓我像他曾經那樣。波曼爺爺，我祈禱道，我知道這聽起來很瘋狂，但艾瑪和我的朋友對我來說就是全世界，該死的全世界。我願意付上全世界的代價，只求胎魔饒過他們的命。這會讓我變成一個惡魔嗎？我不知道，但我想你懂的。所以，拜託。

我抬起頭，意外地看見裴利隼女士正從熊的肩頭上看著我。她一遇上我的目光便轉開視線，而我能在她臉頰上看見淚痕，好像她不知怎麼的聽見了我的祈禱。

我們繞著蜿蜒的古老步道前進，就像走在迷宮中一般，在半月形風蝕的山丘裡穿梭。某些部分步道完全被雜草遮蔽。我聽見波普勒斯抱怨著他花了畢生時間才找出通往靈魂圖書館的路徑，現在卻遭到這個毫無感謝之心的小偷踐踏，簡直是最糟糕的侮辱！

接著，我聽見奧莉芙問道：「為什麼從來沒有人告訴我們，圖書館真的存在？」

「因為，親愛的。」一隻時鳥回答。「那是不被允許的。最安全的作法……」

時鳥停了下來，緩過呼吸。

「……就是告訴你們，那只是個故事。」

只是個故事。現在這個概念已經變成我人生中最基本事實，那就是不管我多努力、多想讓某些事情只留在二次元、多想把某些事情平面化只留在紙與油墨之中，有些事物就是拒絕只待在書裡。事情永遠不會只是個故事。我早該知道了，我的人生早已被一個故事吞沒。

我們沿著一面空白的石牆走了幾分鐘，怪異呻吟著的風聲起起落落。胎魔突然舉起一隻手，要大家停下。

「我們是不是走過頭了？」他說，「我發誓山洞就在這附近。製圖師在哪裡？」

波普勒斯被守衛拖到前面來，

「幸好你沒開搶打死他，是不是？」班森低語道。

胎魔無視他。「山洞在哪裡？」他衝著波普勒斯的臉質問道。

「啊，或許它不想被你找到，所以把自己藏起來了。」波普勒斯嘲弄道。

「不要測試我的底線。」胎魔回答。「我會毀了你所有的歲月地圖。你的名字在明年就會被遺忘。」

波普勒斯絞著手指，嘆了口氣。「那裡。」他說，指向我們身後。

我們走過頭了。

胎魔用力踹開一面由藤蔓編成的植物牆，後方出現一個極不起眼、幾乎不會有人注意到的小入口；與其說它是個門，不如說它是個牆上的小洞。他把藤蔓拉開，探頭進去。「沒錯！」我聽見他說道，接著把頭縮回來，開始下達指令。

「從這個點開始，只有必要人士才可以繼續前進。弟弟，妹妹。」他指向班森和裴利隼女士。「小男孩。」他指向我。「兩名守衛。然後……」他在人群中搜尋。「裡面很黑，我們會需要手電筒。妳，小女孩。」他指向艾瑪。

隨著我腹部的一陣絞痛，艾瑪被拉出了人群。

「如果其他人給你們製造什麼麻煩，」胎魔對警衛說，「你們知道該怎麼做。」胎魔對著人群舉起槍。人們尖叫著低下頭，他則放聲大笑。

艾瑪的守衛拉著她進入小洞。班森的熊是不可能擠進去的，所以裴利隼女士被放了下來，我的守衛則得負責同時監督她和我。

最年幼的孩子們開始啜泣。誰知道他們還能不能再見到她呢？「勇敢點，孩子們！」裴利隼女士對他們喊道，「我會回來的！」

「沒錯，孩子們！」胎魔嘲弄地唱道，「聽你們院長的話！時鳥知道什麼對你們最好！」

裴利隼女士和我被推過洞口。有那麼一小段時間，當我們卡在藤蔓之間，我有機會不被注意地對她低語。

「進去之後，我該做什麼？」

「照他說的做。」她低聲回答。「如果不激怒他，或許我們還能活著離開。」

活著離開，對，但要付出什麼代價？

接著我們就脫離了藤蔓，跌入一個奇怪的新空間裡：一個開口朝向天空的石屋。一瞬間，我幾乎忘了怎麼呼吸，只是直盯著眼前一張刻在石壁上的、不對稱的大臉看。那是一面牆，就只是一面牆，上面有著一個像嘴巴的開口當作門，還有兩扇變形的窗戶當作眼睛，還有兩個像鼻孔般的小洞，而叢生的亂草則像是頭髮和不整齊的鬍子。在這裡，風的嚎叫聲比外面更強烈，好像它大張的嘴正在用古老綿長的語言警告我們，離這裡遠一點。

胎魔指向門口。「圖書館在此。」

班森脫下他的帽子。「太驚人了。」他恭敬地低聲說。「聽起來就像它在對我們歌唱一樣。好像所有沉睡的靈魂都在甦醒，正等著歡迎我們。」

「歡迎嗎？」艾瑪說，「我很懷疑。」

守衛們推著我們進到門內。我們低頭穿過低矮的入口，進入另一個像山洞的房間。就像在阿伯頓裡見到的其他房屋一樣，這裡也是不知道多少年前由岩石雕刻出來的。這裡的屋頂很低，空無一物，只有幾根散落的草屑和破碎的陶器。最特別之處是它的牆壁，上面有幾十個小小的凹槽，全都有著橢圓形的頂和平坦的底部，大小正好可以放入瓶子或蠟燭。在房間的最後面，有幾扇門分別通往不同的黑暗走道。

「好了，小男孩。」胎魔說，「你看到幾個？」

我四處張望了一下。「幾個什麼？」

「別跟我裝傻。當然是靈魂瓶了。」他朝一面牆走去，伸手在其中一個凹槽裡揮了揮。「去拿一個起來。」

我緩緩轉動身子，掃視牆面。每一個凹槽都是空的。「我什麼都沒看到。」我說，「或許這裡什麼都沒有。」

「你說謊。」

胎魔對我的守衛點點頭。他用力打了我的肚子一拳。

我哀叫一聲，往地上跪倒，艾瑪和裴利隼女士則大叫起來。我往下瞄了一眼，看見血從上衣中滲了出來。不是因為這一拳，而是噬魂怪的咬傷。

「拜託，傑克！」裴利隼女士大叫。「他只是個孩子！」

「只是個孩子，只是個孩子！」胎魔嘲弄地模仿道。「這就是一切問題的核心!你得像教訓一個大人般的教訓他們，給他們灌溉一點點的血，才會發芽茁壯。」他朝我走來，在手中旋轉著那把奇怪的古董手槍。「把他的腿拉直。我要乾乾淨淨地打中他的膝蓋。」

守衛把我推倒在地上，抓住我的小腿。我的臉頰埋進泥土裡，面孔正對著牆。

我聽見槍的撞針向後拉開的聲音。接著，當兩名女性開始求胎魔網開一面時，我看見凹槽裡有個東西。一個之前沒看見的形狀……

「等等！」我大叫。「我看見了！」

守衛把我翻了過來。

「終於恢復理智了，是不是？」胎魔站在我上方，低頭看著我。「你看見了什麼？」

我又看了一次，眨了眨眼睛。在我逼自己冷靜下來之後，視線終於集中了。

就在牆裡，像是拍立得照片慢慢顯影般，一個石罐的形狀開始出現。那是一個非常簡單樸素的東西，圓形的瓶身，收縮的瓶口，頂端則用塞子塞著，顏色就像是阿伯頓那些奇怪的山丘一樣，呈現紅色。

「是個瓶子。」我說，「只有一個。它翻過去了，所以我之前才沒注意到。」

「站起來。」胎魔說，「我要你過去拿那個瓶子。」

我收起膝蓋，往前搖晃著身子，然後站起身。疼痛在我的腹部流竄。我穿過房間，緩緩地將手伸進壁槽裡。手指滑過瓶子表面，接著吃驚地把手收了回來。

「怎麼了？」胎魔說。

「它好冰。」我說，「我沒預料到。」

「真有趣。」班森喃喃說道。他原本只在門邊徘徊，好像在考慮這個入侵行為到底是不是對的，但是現在他朝我走近了一步。

我再度把手伸進壁槽，這次做好心理準備面對冰涼的溫度，再度拿起瓶子。

「這是錯的。」裴利隼女士說，「那裡面有特異者的靈魂，它應該要受到尊重。」

「被我吞下，將是一個靈魂能得到最至高無上的尊榮了。」胎魔說。他走到我身邊站定。「向我描述這個瓶子。」

「它很簡單。是石頭做的。」它已經開始凍壞我的右手了，所以我把它換到另一隻手。此時，我才看見它的背面用瘦高、像是蜘蛛般的字體寫著一個詞。

亞斯雲丹。

我本來不打算提的，但胎魔就像隻老鷹般直盯著我，並發現我注意到什麼了。「怎麼了？」他質問道，「我警告你，別保留任何東西不提！」

「有一個詞。」我說，「亞斯雲丹。」

「拼出來。」

「A-s-w-i-n-d-a-n。」

「亞斯雲丹。」胎魔皺起眉頭。「那是古特異文，是不是？」

「當然。」班森說，「你不記得你上過的課了嗎？」

「當然記得！我學得比你還快，記得嗎？亞斯雲丹。字根是風。它指的不是天氣，而是它的急速感，還有加速的意思，強化和激勵！」

「這我就不確定了，哥哥。」

「喔，你當然不確定。」胎魔諷刺地說，「我想你只是想要自己獨享！」

胎魔伸出手，想把瓶子從我手上拿走。他勉強握住了瓶子，但一離開我的手，他的手指就自己合上了，好像瓶子突然消失一樣。瓶子落到地上，砸得粉碎。

胎魔咒罵一聲，傻傻地低頭看去。發著光的藍色液體，在腳邊形成一小灘積水。

「我看得見了！」他興奮地說，伸手指著那灘藍色。「我看得到那個！」

「是的，是的，我也看見了。」班森說，守衛們也附和道。他們全都可以看見裡面的內容物，但是卻看不見盛裝的容器本身。

其中一名警衛彎下身去，用手指撫過藍色液體。在他接觸到液體的瞬間，他大叫一聲，向後跳開。如果瓶子本身就已經冰凍了，我可無法想像那個藍色東西的溫度到底有多低。

「真是太浪費了。」胎魔說，「我本來想要把它和其他幾個選出來的靈魂混在一起的。」

「亞斯雲丹。」班森複誦道，「字根是**消失**。意思是**縮小**、**不見**。你該慶幸你沒有把它吞下去，哥哥。」

胎魔皺起眉頭。「不。不，我確定我是對的。」

「你錯了。」裴利隼女士說。

他的視線在他們兩人間跳動，面帶懷疑，好像他正在思考，他倆是不是突然聯手起來對抗他了。「這只是第一個房間。」他說，「更好的靈魂一定在更裡面，我很確定。」

「我同意。」班森說，「愈往裡面走，靈魂就愈古老。靈魂愈古老，就愈強大。」

「那我們就要挖出這座山的心臟。」胎魔說，「然後吃掉它。」

我們被推著走過其中一道黑門，手槍直抵著我們的肋骨。第二個房間和第一個差不多，都有鑿在牆壁裡的凹槽和通往黑暗的門口。不過這裡沒有窗戶，只有一抹斜斜的午後陽光打在布滿灰塵的地面上。我們正在遠離日光。

胎魔命令艾瑪點火，然後命令我搜索所有壁槽裡的東西。我不情願地報告說有三個瓶子，但光是用說的還不夠，他要我用手摸給他看，證明瓶子真的在那裡；然後又要我把手伸進幾十個什麼都沒有的空洞裡，證明裡面空無一物。

接著他又命令我把上面的字讀出來。**西歐斯特**（Heolstor）。**盎吉斯文**（Unge-sewen）。**梅根溫德**（Meagan-wundor）。這些名字對我來說完全沒有意義，對他而言則不夠滿意。「全都是些奴隸的靈魂。」他向班森抱怨道，「如果我們要當國王，就得找國王的靈魂。」

「那就要往上找了。」班森說。

於是我們便一頭栽進了看似永無止境的洞穴迷宮裡，日光對我們來說，成了遙遠的記憶，而且地面似乎一直在向下傾斜。走道像血管般延伸進黑暗裡。胎魔似乎是靠直覺在前進，信步左轉或右轉著。他瘋了，徹底地瘋了，而我很確定他會讓我們徹底迷路，所以就算我們想辦法逃離他，也會被困在這些洞穴裡，直到永遠。

我試著想像過去一場又一場爭奪這些靈魂的戰爭，古老而巨大的特異者們在阿伯頓的山谷間戰鬥著，但是那似乎超出我的想像範圍。現在我能想到的，只有被困在這些沒有光線的山洞裡有多麼可怕。

我們走得愈遠，牆壁裡的瓶子就剩的愈多，好像以前的入侵者洗劫了外面的房間，但是被某種力量阻止他們繼續往前似的。或許是某種健康的自知之明吧！胎魔不斷吼我，要我更新最新資訊，但是他已經停止要我證明哪些洞是有東西、哪些又是空的，也只是偶爾要我讀出幾個瓶子上的名字。他現在一心只有更大的目標，似乎已經決定這部分的圖書館不值得他浪費時間。

我們沉默地繼續前進，房間在外觀上變得愈來愈壯觀、天花板愈來愈高、牆壁愈來愈寬。現在到處都看得到瓶子，每一個壁槽裡都有，房間的角落也堆著，甚至擠在岩石的縫隙裡。瓶子裡滲出來的冰冷氣息，讓四周的空氣都變得寒冷。我顫抖著把手臂貼在身上，吐出的氣息在面前形成白煙，稍早前感覺到的那股被監視感又回來了。這間所謂的圖書館，其實是個巨大的地下世界，是所有存在過的特異者們第二靈魂的墓穴與藏身之所，已經在這裡藏了超過千年，成千上萬個不同的靈魂。極大數量的靈魂開始在我身上形成奇怪的壓力，壓縮著我大腦和肺部的空氣，讓我覺得自己好似正逐漸沉入深水之中。

我不是唯一一個覺得不對勁的人。就連警衛們都開始變得神經兮兮，為了一點小聲音就驚嚇不已，頻頻回頭檢查自己身後。

「你聽見了嗎？」我的守衛說道。

「說話聲嗎？」另一個說。

「不，更像是水聲，很急的水聲……」

他們說話時，我飛快地瞥了裴利隼女士一眼。她害怕嗎？不——她似乎正在等待時機，仔細觀察著周遭。不知怎麼的，她這樣的行為讓我得到了某種安撫，而她明明就可以轉變成鳥形，然後飛走，但她並沒有這麼做，更讓我覺得安慰。只要我和艾瑪還是囚犯，她就會和我們待在一起。或許這不只是因為她對我們有直覺上的保護心態。或許她有什麼計畫。

空氣變得更冷，我脖子上的一層薄汗變成了冰水。我們走進一間滿地都是瓶子的房間，我得不斷蹦跳才不致踢翻它們，但其他人的腳都直接從它們之間穿過。我感覺快要被已死之人的存在掐得窒息。這裡就像只剩下站位的列車，或是尖峰時刻的火車月臺，或是跨年時的時代廣場，所有的亡靈全垮著臉，非常不願見到我們。（我可以感覺到它們，如果不說是看到的話。）最後，就連班森都受不了了。

「哥哥，等一下。」他上氣不接下氣地拉住胎魔，說，「你不覺得我們已經走太遠了嗎？」

胎魔緩緩轉過身來面對他，他的臉在火光和陰影下被分成兩半。「不，我不覺得。」他說。

「但我很確定這裡的靈魂已經足夠……」

「我們還沒找到呢！」他的聲音尖銳而刺耳。

「找到什麼，長官？」我的警衛追問。

「等我看到時，我就會知道了！」胎魔罵道。

接著他身子突然一僵，表情變得興奮，轉身跑進黑暗裡。

「長官！等等！」我們的警衛大叫著，推著我們追上他。

胎魔短暫地消失了一會兒，然後再度出現在我們眼前，身處於房間的尾端，身形被微弱的藍光照亮。他一腳踏進藍光之中，似乎被什麼東西擋在原地。當我們轉過一個角落追上他時，終於看見他看到的東西了：那是一條長長的隧道，正閃耀著天空般的藍色。尾端的一個正方形開口則冒出耀眼的藍光。我也聽見了某種聲音，某種模糊的聲音，像是急速的流水。

胎魔拍著手歡呼道：「看在上帝的分上，我們終於快要到了！」

他瘋狂地跑過走廊，我們則跌跌撞撞地被迫追著他跑。當我們來到盡頭時，包圍的那道光已經變得太亮，以至於我們不得不停下腳步，不知道究竟該往哪裡前進。

艾瑪熄滅了她的火焰。在這裡，我們不需要那些了。我隔著手指、瞇著眼睛，四周的景色終於緩緩出現在視線裡。沉浸在強烈懾人的藍光之中的，是我們一路走來看見最大的洞穴。一個像是蜂窩般的圓形空間，底部有一百呎寬，但頂部則匯聚到一個點，在好幾層樓的高度之上。表面全都布滿了冰柱，包括每一個壁槽和每一個瓶子，數以千計，沿著牆排列至令人不可置信的高度。

儘管溫度極低，這裡仍然有流動的水：從一個老鷹頭形狀的水龍頭不斷湧出，流進牆壁根部的一條細溝裡，圍繞著整個房間，然後通往房間邊緣的一個水池。水池周圍則環繞著光滑的黑色石頭。這道水流就是房間裡強光的來源，就像瓶子裡的東西一樣，帶著詭異的藍色光芒，而且強度規律地增強又減弱，像是在呼吸般。若不是因為那股明顯地像是人聲的低吟，不斷從好聽的水聲之下飄送出來，這裡或許會給人一種像是高級按摩會館的感覺，舒適得詭異。這和我們在外面聽見的呻吟聲一模一樣，那個我一度以為是風聲，在門與窗戶間流竄的聲音……但這裡並沒有風，也不可能讓我們聽見風聲。那是別種東西。

班森在我們後面走進洞穴，用手遮著眼睛，胎魔則大步走進房間正中央。「這是我們的勝利！」他大喊，似乎很享受自己的聲音在高聳的牆壁間迴盪的感覺。「就是這裡！我們的寶窟！我們的王座！」

「真的很驚人。」班森虛弱地說，拖著腳步加入他的哥哥。「現在我終於理解，為什麼有那麼多人願意為了它犧牲性命戰鬥……」

「你們正在犯下可怕的錯誤。」裴利隼女士說，「你們不該褻瀆這個聖地的。」

胎魔戲劇化地大嘆一口氣。「妳就非得用乖學生的道德標準毀掉每一個大好時刻嗎？或者妳只是嫉妒，而且很難過妳身為比較有天分的妹妹時代就要結束了？看看我，我會飛耶，我可以製造時空圈套耶！從下個世代開始，沒有人會記得時鳥這種愚蠢的生物存在過！」

「你錯了！」艾瑪再也管不住自己的舌頭，大喊出聲。「是你們兩個才會被遺忘！」

艾瑪的警衛往前走去，準備要打她，但胎魔阻止了他。「就讓她說吧。」他說，「這或許是她最後的機會了。」

「其實沒有人會忘記你的。」艾瑪說，「我們會在特異者童話裡寫個和你有關的新章節，就叫做貪心的兄弟好了。或者叫做活該的背叛者。」

「嗯，有點無聊。」胎魔說，「或許應該叫做王神兄弟成功記，或者有這種效果的名稱。而且應該要感到慶幸，我現在還有這種幽默感，小女孩。」

然後他轉向我。「小男孩！把這些瓶子描述給我聽，不管多小的細節都不准跳過！」他要求我鉅細靡遺地報告觀察到的一切，於是我照做了，將幾十個小瓶上的蜘蛛字體念給他聽。如果我看得懂古特異者的語言，或許我就可以耍他一下，讓他吃下某個軟弱又愚蠢的靈魂。但我是個完美的棋子，擁有能力，卻缺乏理解力。唯一能做的就只有想辦法轉移他的注意力，別讓他將焦點放在幾個顯然特別強大的瓶子上。

儘管大部分的瓶子都又小又普通，其中還是有幾個的瓶身又大又繁複，而且拿起來很重，有著沙漏的形狀和兩個把手，上頭還用寶石般的顏色畫著翅膀；顯然這樣的瓶子裡裝著的靈魂是比較強大或比較重要的（或自視甚高的）。但是盛裝它們的壁槽還是透露了一點跡象，因為有幾個凹洞就是比較大，而當胎魔逼我用手指去碰觸時，那些瓶子發出的聲音又低又響。

我已經沒有別的把戲了。胎魔會得到他想要的，而我卻無力阻止。但是接下來他做了一件讓所有人都吃驚的事。一件乍看之下讓人覺得他很慷慨的事。他轉向他的守衛，說道：「現在，有誰想要先開一瓶來試試看？」

守衛們困惑地對看一眼。

「什麼意思？」班森問，搖搖晃晃地朝他走去，臉上帶著警覺的神色。「這不是應該是你跟我嗎？我們花了這麼久的時間……」

「別這麼貪心，弟弟。我不是說過，他們的忠心會有回報的嗎？」他再度看向兩名守衛，笑得像個遊戲節目主持人。「所以會是你們之中的哪一個呢？」

兩人的手都高高地舉了起來。

「我，長官，我！」

「我願意！」

胎魔指向一直看守著我的偽人。「你！」他說，「我欣賞你的精神。過來！」

「謝謝你，長官，謝謝！」

胎魔用他的槍指著我，讓我的守衛可以暫離崗位。「所以哪個靈魂聽起來像是你的菜？」他記住了我指出的某幾個瓶子，便開始一一指出它們的位置。「**耶思法魯**，跟水和流動的東西有關。如果你曾經嚮往過住在海裡的生活，這就是你的最佳選擇。**沃斯里珊**，我相信這跟某個半人半馬、可以掌控雲朵的生物有關？小班，你有印象嗎？」

班森咕噥了幾句做為回應，但胎魔根本沒在聽他說。

「**史黛海德**，這個也很好。鋼鐵肌膚。在戰鬥中會很有用，但我很好奇，你會不會需要幫自己上油……」

「長官，我希望你不介意我發問。」守衛懦弱地說，「那些比較大的瓶子呢？」

胎魔搖了搖手指。「我喜歡有野心的男人，但是那些大瓶子是給我們兄弟倆的。」

「當然了，長官，當然。」守衛說，「那麼……嗯……還有其他的嗎？」

「我已經把最好的選項都給你了。」胎魔說，他的聲音開始出現警告的意味。「現在，快選。」

「是，是，抱歉，長官……」守衛看起來很痛苦。「我選耶思法魯。」

「完美！」胎魔大喊。「小男孩，把瓶子拿來。」

我從胎魔指示的壁槽裡將瓶子拿了出來。由於瓶身真的太冰了，我不得不把外套的袖口拉到手掌上當手套，但就算是隔著布料，仍覺得瓶子奪走了我全身的溫度。

守衛瞪視著我的手。「我要怎麼做？」他說，「像是吞仙丹那樣吞下去嗎？」

「我不知道。」胎魔說，「你覺得呢，弟弟？」

「我也不知道。」班森說，「古老的文獻裡完全沒有提到這一點。」

胎魔抓了抓自己的下巴。「我想……是的，我想你應該要像吞仙丹那樣吞下去。」他點點頭，突然變得很肯定。「是的，那就是訣竅。像仙丹那樣。」

「你確定嗎？」守衛問。

「完完全全、百分之百的確定。」胎魔說，「別緊張。你會因此在歷史上留名的，你是個先驅啊！」

守衛看著我。「別要把戲。」他說。

「完全沒有。」我說。

我把瓶栓拔開，藍色的光芒四射。守衛的手握在我的手外面，把瓶子舉過頭頂，然後往他的臉上傾斜。

他深吸一口氣，一陣顫抖。「什麼也沒有啊。」他喃喃說道，然後揚了揚我的手。

液體快速從瓶口中湧出來。在它接觸到他眼睛的那個瞬間，他緊緊握住我的手，力氣大到讓我覺得我的手都要斷了。我掙脫他，向後跳開，瓶子便落到地上砸個粉碎。

守衛的臉冒著煙，轉成藍色。他尖叫著跪倒在地，身體顫抖，接著向前撲倒。當他的頭撞到地面時，像玻璃般裂成碎片。結冰的頭骨殘骸在我腳邊四處飛散。接著他就安靜了，而且完全死透。

「我的天啊！」班森大叫。

胎魔彈了彈舌頭，好像有人打翻了一杯昂貴的酒般。「喔，真是。」他說，「所以我想這和吃仙丹完全不一樣嘍。」他掃視房間一圈。「嗯，現在我得找別人來試了……」

「我很忙，老大！」另一個警衛大叫，舉著他的槍指向艾瑪和裴利隼女士。

「對，我看得出來你沒有空，瓊斯。或許我們的其中一名貴賓願意來試試嘍？」他看向艾瑪。「小女孩，幫我完成這件事，我就讓妳當我宮裡的弄臣！」

「去死吧。」艾瑪嘲諷道。

「我可以安排。」胎魔回嗆。

接著房間的角落傳來巨大的噴氣聲，一道強光閃現，引得大家回頭看去。液體從破掉的瓶中流出，滴進牆邊的細溝裡，水和藍色液體混在一起，正在產生某種反應。

胎魔看起來很興奮。「看看這個！」他大叫，用腳跟站著在原地搖晃。

急流推著藍色液體在牆角前進。我們轉身看著水流前進，直到它流進房間邊緣那個淺淺的池子裡，接著那個水池便開始發出吱嘎聲，一道強烈的藍光從中射出，直達天花板。

「我知道這是什麼了！」班森的聲音顫抖起來。「這叫做靈魂之泉。古時候，這是召喚亡靈或與亡靈溝通的管道。」

泉水上方的光線中飄浮著一團像鬼影般的白色蒸氣，然後緩緩地轉變成一個人形。

「但如果一個活人在進行召喚時走進泉水裡……」

「他就會吸收那個正在被召喚的靈魂。」胎魔說，「我想我們找到答案了！」

那個靈魂毫無動靜地浮在那裡。他穿著一件簡單的長袍，露出帶鱗片的皮膚，以及從後面冒出的背鰭。這就是耶思法魯，那名守衛選擇的亡靈。泉水上的光束像是一個他無法逃離的禁錮。

「所以？」班森朝泉水打了個手勢。「你要進去嗎？」

「我對別人選的剩菜沒有什麼興趣。」胎魔說，「我要那個。」他指向另一個我稍早前為他搖晃過的瓶子，是所有中最大的一個。「把它倒進水裡，小男孩。」他用槍指著我的頭。「現在。」

我照著他說的做了。我將手伸進過大的壁槽裡，握住兩旁的握把，將瓶子拿下來，往我的方向傾斜。非常小心，以免裡頭的液體灑出來毀掉我的臉。

藍色的液體流了出來，倒進細溝裡。水流像發了瘋似的冒起泡，發出嘶嘶聲，製造出讓我忍不住瞇起眼睛的強烈光線。當瓶裡的液體沿著房間邊緣流向水池時，我看了裴利隼女士和艾瑪一眼。這是我們阻止胎魔的最後機會了，現在只剩下一名警衛，但他的眼睛和槍都還定在兩名女性身上，胎魔的手槍也還指著我的頭。看來我們仍在他們的掌控之中。

大瓶子的液體流進靈魂之泉裡。泉水開始起伏，像是一隻海怪就要冒出水面。光束變得更亮，而耶思法魯的靈魂則消失無蹤。

一團新的蒸氣開始逐漸現形，比先前那個要大上許多。如果它要轉變成人形，那這個男人絕對是個巨人，身高是我們的兩倍，胸膛也是我們的兩倍寬。他的手是兩個爪子，正在向上舉起，手掌朝上，暗示著強大且可怕的力量。

胎魔看著它，面露微笑。「就像他們說的，這就是在召喚我了。」他把空手伸進斗篷裡，拿出一張摺好的紙，將它抖開。「在我正式改變我的人生狀態之前，我還有些話想說。」

班森拖著不方便的腳朝他走去。「哥哥，我想我們還是不要拖延時間……」

「真是不敢相信！」胎魔大叫。「就沒人可以讓我在這段過程裡，享受這個榮耀嗎？」

「聽！」班森斷聲說道。

我們豎起耳朵。有那麼一小段時間，我什麼都沒聽見，但是很快地，我就注意到遠處傳來一聲又高又尖銳的聲音。我看見艾瑪的身子緊繃起來，瞪大她的眼睛。

胎魔的臉一垮。「那是……狗嗎？」

是的！是一隻狗！那是一聲狗吠，從遠遠的地方傳來，隨著回音愈變愈淡。

「有一隻狗和那些特異者們待在一起。」班森說，「如果牠正在追蹤我們的氣味，我想牠絕不是隻身前來。」

這僅代表了一件事：我們的朋友打敗了他們的守衛，正由愛迪森領軍朝我們前進。太好了，我們的騎士團終於要來救援了！但是眼看胎魔就要掌權，而且誰知道那個吠聲離這裡還有多遠。他們或許還需要好一陣子，等他們抵達時，一切就已經太遲了。

「那好吧。」胎魔說，「我想我的感言得在稍等一下。」他把紙塞回口袋裡。不過他似乎一點也不心急，而這一點快把班森逼瘋了。

「快啊，傑克！拿走你的靈魂，接下來就換我了！」

胎魔嘆了一口氣。「關於這個嘛。你知道，其實我一直在想，我不確定你能承擔這麼多的權力。你看，你的心思一直不夠堅定。我可不是在說你笨喔。事實上，正好相反，你比我聰明多了！但你的思考太軟弱、你的意志不夠堅定。光有聰明才智是不夠的，你懂嗎？你得夠凶惡才行！」

「不，哥哥！不要這樣！」班森哀求道，「我會成為你的第二人、你最忠誠的心腹……任何你想要的……」

這樣正好，我想。繼續說。

「你現在的哀哀叫，正好就是我說的。」胎魔邊說邊搖著頭。「它只能影響像你這種意志不堅的人。但情緒攻擊對我是沒有用的。」

「你只是想要報復。」班森憤恨地說，「好像打斷我的腿和奴役我那麼多年還不夠一樣。」

「噢，但是那的確夠了。」胎魔說，「沒錯，在你把我們變成噬魂怪之後，我和你的確有點過節，但是事實證明，有一群可以供我使喚的怪物，其實是件好事。但是如果要我說實話，這和你軟弱的個性甚至也沒有什麼關係。我想，這只是……證明我是個失敗的哥哥吧。阿爾瑪很清楚。我不喜歡分享。」

「那就動手啊！」班森啐道，「開槍打死我，把一切都結束掉！」

「我可以這麼做。」胎魔說，「但我想如果我打死他的話，會更有……效果。」

接著他把槍指向我的胸口，扣下扳機。

我幾乎在聽見槍響前，就感覺到子彈的撞擊。宛若被巨大而無形的拳頭打中一樣，我被打飛，向後摔倒，接下來的一切都變得非常模糊。我正向上看著天花板，視線朝一個小黑點集中。某個人尖叫著我的名字。另一聲槍響，接著又是一聲。更多尖叫。

我隱隱察覺到自己的身體正在經歷極大的痛楚。我快死了。

接著，艾瑪和裴利隼女士在我身邊跪下，痛苦地大叫著，守衛則不知道在哪裡。我聽不懂她們說的話，好像隔著一層水一樣。她們試著移動我，想拉著我的肩膀往門口移動，但是我的身體疲軟又沉重。接著一聲如龍捲風的風聲般強力怒吼，從靈魂之泉的方向傳來，而儘管正在經歷難以承受的痛苦，我還是想辦法轉頭看了過去。

胎魔正站在漫過小腿的池水中，雙臂伸展，頭向後仰，動也不動地讓蒸氣攫住他，和他融合在一起。它漫進他臉上所有的開口——伸進他的喉嚨、鑽進他的鼻孔、沉入他的眼睛和耳朵。短短幾秒間，它就消失了，強烈的藍光變成只有先前一半的強度，好像胎魔吸收了它的力量。

我聽見裴利隼女士大叫。艾瑪撿起其中一名守衛的槍，朝著胎魔開槍。他站得並不遠，她又是個很準的射手，所以她一定擊中他了，但是胎魔連晃也沒晃一下。他甚至沒有倒下，而是正好相反，他在往上長。他以極快的速度向上生長，幾秒內，他的高度與寬度都變成了兩倍。他發出一聲像動物般的嘶吼，皮膚一次次裂開又一次次癒合。很快地，他就成了一個聳立在那裡的巨人，皮膚泛紅，身上的衣物破碎，雙眼發出電流似的藍光。他終於用偷來的靈魂填補了一直以來缺乏的那個空洞。最可怕的部分是他的手。它們變成了一種巨大而扭曲的東西，像樹根般糾纏在一起，每隻手共有十根手指。

艾瑪和裴利隼女士再度試著把我拖往門口，但現在胎魔朝我們追來了。他跨出水池，用震耳欲聾的聲音吼道：「**阿爾瑪，回來！**」

胎魔舉起他恐怖的雙手。某種看不見的力量將裴利隼女士和艾瑪從我身邊拖開。她們被扯向離地面十呎的半空中，掛在那裡掙扎著，直到胎魔再度把手掌朝下。她們就像球一般，快速地摔回地面。

「**我要用牙齒碾碎你！**」胎魔嚎叫著，從洞穴的另一端朝她們前進，每個腳步都成了地震。

腎上腺素似乎開始集中我的視覺和聽覺。我想沒有比這更殘酷的死法了：我人生的最後一刻，卻得看著我所愛的兩名女性被人撕扯成碎片。接著我聽見一聲狗吠，更糟的情況又出現了：親眼看著我的朋友們死光。

艾瑪和裴利隼女士拔腿逃命。她們別無選擇。現在回到我身邊，對她們來說，是不可能的。

其他人開始從走道湧進來。孩子們和時鳥混在一起。雪倫和斷頭臺工人們也在。一定是愛迪森指引他們過來的，就像他帶領其他人一樣，嘴裡叼著一只燈籠。

他們不知道自己面對的是什麼。我希望可以警告他們。*別費心對抗他了，快跑！*但他們是不會聽的。他們看見了那頭高聳的怪物，便開始前仆後繼地朝他進攻。工人朝他扔去一把把的鐵鎚。布蘭溫將她扛進來的一塊牆往後甩，然後拋向他，像在擲標槍一樣。幾個孩子帶了偽人們的槍，所以便朝胎魔開火。時鳥們則轉變成鳥形，湧向他的頭，盲目地亂啄。

這些對他一點影響也沒有。子彈一撞到他就彈開了，而且他用一隻手就撥開了飛去的牆。他用牙齒咬住那些鐵鎚，然後吐掉，而在他四周飛舞的時鳥們就像小飛蟲般，只讓他覺得惱怒。接著他張開雙臂和糾結的手指，上頭像根一樣的東西在空中舞動，宛如活的觸手。緩緩地，他將雙手合在一起。隨著他的動作，在他腦袋四周盤旋的時鳥們被推開了，其他特異者們則跌成一團。

他一次次地將自己的雙手摺疊起來，就像在揉一團紙。時鳥和特異者們從地上浮了起來，擠成一團充滿手腳與翅膀的球體。只剩我還被留在那裡（還有班森，他去哪了？），而我試著爬起來，想做點什麼，但我只能抬頭。老天，他們正在被碾碎，恐懼的尖叫聲在牆壁間迴盪……而我以為就是那樣了，再過幾秒鐘，他們的血就會像水果中擠出來的汁一樣流下，但是接著胎魔揮起一隻手，像要把臉前的什麼東西趕走。

是蜜蜂。阿修的蜜蜂們從人球裡鑽了出來，現在牠們正在圍攻他的眼睛。他發出一聲破碎的吼叫。時鳥們和特異者摔回地面，他們所形成的大球崩解，軀體四處散落。感謝上帝，他們還沒被擠爛。

裴利隼女士仍然保持著鳥形，一邊尖叫一邊拍著翅膀，把大家從地上拉起來，往走道裡趕。**跑，跑，快走！**

接著她朝胎魔飛去。他已經解決了蜜蜂，正在重新伸展雙臂，準備再把所有人撈起來砸在牆上。但在他來得及這麼做之前，裴利隼女士便朝他俯衝而去，爪子刺進他的臉，然後深深劃過。他轉身用手臂揮向她，裴利隼女士便被重重打向房間的另一邊。她撞上牆，彈飛到地上，就一動也不動了。

等他準備要來處理其他人時，他們幾乎已經要消失在走廊上了。胎魔對他們張開手掌，然後往後撈，但顯然已經到了他的念力無法碰觸的範圍。他挫敗地大吼一聲，朝他們跑去，接著往地上一趴，試著擠進走道裡。他只能勉強塞進去，但是緊的動彈不得。

然後我終於看見班森了。原來他先前是滾進水溝裡躲著，現在終於爬了出來，渾身溼透，但看上去並無大礙。他彎著腰，背對著我，似乎正在忙著什麼，但我看不見。

我覺得自己似乎正在復活，胸腔裡的疼痛感正在減退。我試著移動手臂做為測試，然後發現我可以做到。我碰了碰自己的胸口和身體，半期待會摸到幾個洞和很多的血。但我是乾的，而且我的手沒有找到血洞，反倒是找到了一片像硬幣般扁平的金屬，我把它拿起來，湊到面前。

那是一枚子彈。它沒有打穿我的身體。我還沒要死。子彈卡在圍巾裡了。

霍瑞斯為我織的圍巾。

他不知怎的，知道這件事情會發生，所以用特異綿羊的羊毛為我織了這條圍巾。感謝上帝，我有霍瑞斯……

我看見某樣東西劃過房間，便抬起頭——我現在也可以做到了——看見班森站在那裡，雙眼放出光芒，白熱的光線從眼窩中射出來。他扔下一樣東西，我則聽見玻璃落地的清脆聲響。

他吞了一瓶仙丹。

我用盡全身的力量側過身子，接著想盡辦法坐起來。班森沿著牆快速前進，抬頭打量著瓶子，仔細地一一研究。

好像他看得見它們一樣。

接著我就想通，他吃下去的是什麼了。這麼多年來他一直保留著我爺爺的靈魂，現在他終於拿出來用了。

他**真**的看得見那些瓶子。他可以做我做的事情。

我雙膝著地、雙手撐著地面，將一條腿拖到身下，撐著自己站起來。我從死裡復生了。此時，胎魔已經擠進走道，前進一半了。我可以聽見我朋友的聲音從另一端傳來。他們還沒逃走。或許是因為他們不願意留下裴利隼女士（或者是我）。他們仍在戰鬥著。

班森現在正用全速奔跑。他看見了另一個大瓶子，正在朝它前進。我朝他邁開虛弱的腳步。他抓住瓶子，將它打翻，裡頭的藍色液體嘶鳴著流入細溝裡，開始在靈魂之泉中匯聚。

他轉過身，看見了我。

他跌跌撞撞地往水池前進，我則跌跌撞撞地朝他前進。液體已經來到水池裡了，池水開始翻騰，一道驚人的光線往天花板射去。

「**誰在用我的靈魂！**」胎魔在走道裡吼道，然後開始扭動著想要退回房間裡。

我撲向班森，或跌在他身上，隨便你要怎麼說。我既虛弱又暈頭轉向，他則又老又脆弱，我們正好是彼此的最佳對手。我們掙扎了一會兒，然後當我很確定地占了上風時，他就放棄了。

「聽我說。」他說，「我非得這麼做不可。我是你們唯一的希望了。」

「閉嘴！」我邊說邊抓住他拍打不停的雙手。「我不會相信你的謊言的。」

「如果你不放開我，他會把我們全部都殺掉的！」

「你瘋了嗎？如果我讓你走，你只會幫他而已！」我終於抓住了他的手腕。他一直試著想從口袋裡拿出什麼東西。

「我不會！」他大叫。「我已經犯了太多錯……但如果你讓我幫你，我就可以撥亂反正。」

「幫我？」

「看看我的口袋！」

胎魔正在緩緩退出走道，嘴裡嚷嚷著關於靈魂的事。

「我的背心口袋！」班森大叫。「裡面有一張紙。為了以防萬一，我一直帶在身上。」

我放開他的一隻手，伸手探進他的口袋。我找到了一張摺起來的紙，然後粗魯地攤開。

「這是什麼？」我說。這是用古特異者語寫成的，我看不懂。

「那是個祕方。把它拿給時鳥，她們會知道要怎麼辦的。」

一隻手越過我的肩膀，將紙抽走。我轉過身，看見裴利隼女士，模樣狼狽，但已經恢復人形。

她讀了紙上的字，眼神望向班森。「你確定這會有用嗎？」

「它成功過一次。」他說，「沒有理由第二次就失敗。而且現在有更多時鳥……」

「放開他吧。」她對我說。

我嚇了一跳。「什麼？可是他就要……」

她將一隻手放在我的肩上。「我知道。」

「他偷了我爺爺的靈魂！他已經吞下去了……現在他的靈魂就在他體內耶！」

「我知道，雅各。」她低頭看著我，臉上的表情和藹但堅定。「我知道那是事實，也知道那很糟糕。我也很高興你逮到他了。但是現在你必須放開他。」

於是我放開他的手，在裴利隼女士的幫助下站了起來。接著班森也站了起來，一個駝著背的悲傷老人，臉頰上帶著兩道閃爍的黑色淚痕。有那麼一瞬間，我覺得自己可以看見一點點亞伯從他眼中一閃而過，他的一點點靈魂在班森眼中回望著我。

班森轉身跑向靈魂之泉的光束。裡面的蒸氣正在形成一個與胎魔幾乎一樣大的巨人，但是是帶著翅膀的。如果班森及時來到水池，胎魔就會有個具挑戰性的對手了。

胎魔幾乎就要完完全全退出走廊，而他現在氣得快要發瘋。「**你幹了什麼好事！**」他怒吼。「**我要宰了你！**」

裴利隼女士將我推倒在地，然後在我身邊躺下。「沒時間躲了。」她說，「裝死吧。」

班森跌跌撞撞地摔進水裡，蒸氣立刻包裹住他。胎魔終於爬出了走道，腳步踉蹌，然後朝班森跑去。他差點把我們一腳踩扁，腳步就落在距離我們頭的不遠處。但他已經來不及阻止班森和那個古老而偉大的特異者融合了。裴利隼女士那軟弱的哥哥瞬間長高成原本的兩倍。

裴利隼女士和我互相扶著對方站起來。在我們後方，胎魔和班森交鋒起來，碰撞的聲音就像炸彈般。這時無需提醒我快跑。

我們跑到走道的一半時，艾瑪和布蘭溫就衝出來迎接我們。她們抓住我們的手臂，用我們殘破的身軀無法獨立達到的速度往安全的地方跑。我們沒有說話，除了狂奔之外。我們沒有時間做其他事，也沒辦法叫得大聲到足以讓對方聽見，但艾瑪因為我還活著而帶著驚奇與放心的表情，已經說明一切。

漆黑的隧道吞噬了我們。我們做到了。我只回頭看了一眼，正好看見身後的一起大爆炸。從塵土之中，我看見兩個比房子還高的生物，正在想辦法殺害對方：胎魔用一隻糾纏的手掐住班森的脖子，另一隻手則試著挖出他的眼睛。班森則長著一顆昆蟲的頭，上面布滿數千隻眼睛讓他挖，正用伸縮的長口器從胎魔的脖子上吸食他的血，一邊用長鞭般的翅膀攻擊他。他們在房間裡旋轉著，四肢糾纏，把對方砸進牆裡。房間四周的牆壁開始崩落，數不盡的靈魂瓶碎裂、四散，像下起一場發光的雨。

那個畫面就這樣刻入我的腦海，像個陰魂不散的噩夢。然後我讓艾瑪拉著衝入黑暗中。

我們在下個房間中找到其他人，四周一片漆黑，唯一的光源只有愛迪森口中漸漸熄滅的燈籠。艾瑪揚起一道火焰。朋友們看見我們正在往前走，雖然外觀破爛，但還活得好好的，他們便歡呼出聲。我在她的火光中看見他們，便暗自哀嚎了一聲。他們看起來也很淒慘，傷痕累累，鮮血淋漓，都是因為胎魔把他們亂撞亂摔的關係。其中幾個人因為摔斷或扭傷了腳而站不直身子。

洞穴中嚇人的巨響出現一段休止，艾瑪終於可以抱我了。「我看見他開槍了啊！你是靠什麼奇蹟才活下來的？」

「靠特異綿羊的羊毛和霍瑞斯的預知夢！」我說，接著我吻了艾瑪，然後掙脫她，開始在人群中尋找起霍瑞斯。當我終於找他時，我將他緊緊抱住，緊得讓他的漆皮鞋都離地了。

「希望有天我有辦法回報你送我的這個。」我邊說邊拉了拉我的圍巾。

「我很高興那真的有用！」他對我綻放出笑容。

毀滅性的戰鬥又開始了，聲音大得讓人不敢置信。碎石瓦礫滾過走廊，朝我們飛來。就算胎魔和班森現在沒辦法碰到我們，他們還是能夠把整個地下建築弄垮。我們得離開這個圖書館，然後離開這個圈套。

我們沿著原路跌跌撞撞地跑回去。但因我們之間有一半的人跛著腳，於是其他人就成了人形枴杖。愛迪森用鼻子指引我們方向，穿過迷宮。胎魔和班森的對戰聲似乎在追著我們跑，儘管我們愈離愈遠，聲音卻似乎變得愈來愈大，好像他們還在往上長。他們可以變得多大、多強壯？或許所有瓶子裡的靈魂全掉進泉水裡，正在餵養他們，讓他們變得更可怕。

靈魂圖書館會埋了他們嗎？這裡會是他們的葬身之處、他們的牢房嗎？或者他們會像衝破蛋殼般，將這些可怖的東西散播到世界上？

我們衝出岩穴的入口，再度回到橘色的日光下。身後的巨響持續不停，在山丘間震盪。

「我們得繼續前進！」裴利隼女士大叫。「回到圈套的入口！」

我們來到半路，正在艱困地穿過一塊空地，腳下突然一陣劇烈晃動，把我們全都晃倒了。我從來沒有親耳聽過火山爆發的聲音，但那不可能比這陣在身後山丘間迴盪的爆炸聲還要可怕了。我們驚恐地回頭，正好看見一顆顆碎裂的石頭以拋物線噴向空中，接著便一清二楚地聽見了班森和胎魔的叫聲。

他們從圖書館裡跑出來了。他們衝破了山洞頂和數不清的岩石，來到了日光之下。

「我們不能再等了！」裴利隼女士大叫。她爬起身，舉起班森那張發皺的紙張。「姊妹們，我們現在就得封閉這個圈套！」

現在我才了解他給了我們什麼，還有為什麼裴利隼女士叫我放開他了。他稱呼它為祕方。它成功過一次……

那是遠在一九〇八年時，他騙胎魔和他的跟隨者使用的程序。它摧毀了他們所在的圈套，而不是像他們希望的那樣讓他們永生不死。這次她們將要有意識的關閉這個圈套。只是有一個問題……

「這樣不會把他們變成噬魂怪嗎？」鷦鷯女士問道。

「噬魂怪不是問題。」我說，「但是上一次有人這麼做時，它不是大爆炸，然後毀了半個西伯利亞嗎？」

「被我哥哥強迫幫忙的那些時鳥們，年輕又沒有經驗。」裴利隼女士說，「我們這次會做得更好。」

「必須如此。」鷦鷯女士說。

山坡上升起一張巨大的臉，像是第二個太陽般越過地平線。那是胎魔，已經像十間房子那麼大了。他用在山谷之間震盪的可怕嗓音喊道：「**阿爾瑪……**」

「他要來抓妳了，院長！」奧莉芙大叫。「我們要快點去到安全的地方！」

「馬上就好，親愛的。」

裴利隼女士把我們這群特異孩子（和雪倫及他的表親們）趕到遠遠的地方，然後召集時鳥們來到她身邊。她們看起來就像某種祕密團體，正準備進行一項古老儀式。不過我想她們的確是的。裴利隼女士讀著紙上的指示，然後說：「根據這裡的說法，在我們啟動程序之後，只有一分鐘可以逃離這個圈套。」

「這樣的時間夠嗎？」阿沃賽女士問。

「只能這樣了。」鷦鷯女士陰鬱地說。

「或許我們得到離出口近一點的地方，再開始操作。」葛拉比女士說。她才剛恢復她的神智不久。

「沒有時間了。」裴利隼女士說，「我們必須……」

後半句話被遠處胎魔如雷般的吼叫聲給吞沒。他的話現在變成含糊的囈語，他的心智似乎已被過快的成長速度給毀了。他的呼吸在聲音的幾秒鐘後才抵達，是一股能將空氣凝結發臭的黃風。

已經好幾分鐘沒有聽見班森的聲音。我在想他是不是已經死了。

「祝你們的長者好運吧！」裴利隼女士對我們喊道。

「祝妳們好運！」我們喊回去。

「別把我們炸掉喔！」伊諾補充道。

裴利隼女士轉向她的姊妹們。十二位時鳥們牽起彼此的手，圍成一個緊密的圈。裴利隼女士說起古特異者語，其他人則齊聲回應，她們的聲音融合成一首奇異而輕快的歌曲。在這半分鐘左右的時間裡，胎魔開始爬出洞穴，碎石在他伸手尋找支撐點時，沿著山坡滾落。

「嗯，這的確很吸引人。」雪倫說，你們可以留下來欣賞，但是我想我和我的表親可能要先走了。」他正準備離去，轉身卻發現眼前的路分岔成五條，堅硬的路面並沒有留下任何腳印。「呃。」他邊說邊轉了回來。「有人剛好記得這路怎麼走嗎？」

「你得等。」愛迪森吼道，「在時鳥們離開之前，沒人可以先走。」

最後，她們終於鬆開手，解散了圓圈。

「就這樣？」艾瑪說。

「就這樣！」裴利隼女士回答，朝我們快步跑來。「上路吧。在接下來的四十五秒之後，大家都不會想要繼續留在這裡的！」

時鳥們原本站的地方出現一條裂縫，正在快速擴張，土壤紛紛陷落，其中發出一陣近乎機械化的巨大嗡嗡聲。崩解的過程已經開始。

儘管大家又累又傷又殘，我們還是跑了起來。恐懼和宛若世界末日般的巨響，還有籠罩著我們的巨大身影，催促著我們跑得更快。我們跑過龜裂的地面，跑下在腳底碎裂的古老階梯，回到最早穿過的第一間房子，被碎裂的牆壁所灑出的粉塵嗆得咳個不停，然後終於進入通往胎魔高塔的通道。

裴利隼女士趕著我們通過四周逐漸崩解的走道，最後終於回到塔裡。我回頭看看後方的隧道，卻看見一隻巨大拳頭砸穿上方的天花板。

裴利隼女士驚慌地說道：「門在哪裡？我們得把門關上，否則崩壞很有可能會擴散到圈套之外的！」

「是布蘭溫把門踹開的！」伊諾告狀道，「門已經壞了！」

她是第一個接觸到門的人，而對布蘭溫而言，把門踹開是比轉動門把更快的方法。「對不起！」她喊道，「我是不是害死了大家？」

圈套內的晃動開始延伸到高塔上來了。它搖擺著，把我們從牆的這一側甩到另一側。

「如果我們能逃離這座塔就不是。」裴利隼女士說

「我們的位置太高了！」鵪鶉女士喊道，「不可能來得及跑下去的！」

「我們上面有個甲板。」我說。我不知道為什麼會突然提起這一點，因為往死裡跳並沒有比待在崩塌的塔裡更高明。

「對！」奧莉芙大叫。「我們可以跳上去！」

「不可以！」鵪鶉女士說。「我們時鳥或許沒問題，但孩子們……」

「我可以帶大家飄上去！」奧莉芙說，「我夠強壯！」

「不可能！」伊諾說，「妳太小了，我們又人太多！」

高塔搖晃得讓人直想吐。天花板上的磁磚紛紛落下，地板上也出現蜘蛛網般的裂痕。

「那好吧！」奧莉芙說，「你們等著！」

她開始往上跑。我們只花了一次晃動的時間，就決定相信奧莉芙是我們唯一的希望。

我們的性命現在正掌握在我們之中最年幼的成員手中。時鳥保祐。

我們沿著坡道往上跑，接著來到屋頂的開闊處，出現在殘存的日光下。惡魔之灣的景色在我們的腳下展開：整個基地和它的白色外牆，煙霧瀰漫的裂谷和關著噬魂怪的橋，濃煙街上的黑色織物和擁擠的住宅區，接著則是蜿蜒地繞著整個圈套的熱溝，就像護城河般。不管接下來發生什麼事，不管我們是死是活，我都很高興這是自己最後一次見到這個地方。

我們擠在圓形的護欄旁，艾瑪抓住我的手。「別往下看，嗯？」

時鳥們一隻隻轉變成鳥形，停在欄杆上，準備盡可能地幫忙。奧莉芙雙手抓住欄杆，然後踢掉腳上的鞋。她的腿往上飄去，直到自己倒立在欄杆上方，腳踝指向天際。

「布蘭溫，抓住我的腳！」她說，「我們要搭一條鎖鏈。艾瑪抓住布蘭溫的腳，雅各抓艾瑪的，霍瑞斯抓雅各的，然後阿修再抓霍瑞斯的的……」

「我的左腳受傷了！」阿修說。

「那霍瑞斯就抓你的右腳！」奧莉芙說。

「這太瘋狂了！」雪倫說，「我們會太重的！」

奧莉芙正要開口爭論，一陣突然的晃動讓我們不得不抓著欄杆，以免被甩飛。要不就是照奧莉芙說的做，要不就是死路一條。

「你們都懂的！」裴利隼女士喊道，「照奧莉芙說的做，然後最重要的是，在抵達地面前不要放手！」

小小的奧莉芙彎下膝蓋，將一隻腳踢向布蘭溫。布蘭溫抓住那隻腳，然後伸手抓住另一腳。奧莉芙放開欄杆，站在布蘭溫手中，像個游泳選手踢牆般往天空的方向蹬去。

布蘭溫被拉得雙腳離地。艾瑪快速抓住布蘭溫的腿，然後她也被抬了起來。奧莉芙盡可能的向上使力，希望自己再飄高一點。接著就輪到我了，但是奧莉芙已經沒有往上飄的力氣了。她掙扎著、呻吟著，對天空劃著手，只是已無更多空間上飄，這時，裴利隼女士便化成鳥形，用爪子抓住奧莉芙裙子的後方往上拉。

我的雙腳離開地面。阿修抓住我的腿，霍瑞斯抓著他，伊諾也抓了上來，一個接著一個著，直到就連波普勒斯、愛迪森和雪倫及他的表親都搭上。我們像是一只奇怪的風箏般飛上天空，米勒則是它無形的尾巴。其他較小的時鳥則抓住我們的衣服，盡可能提供向上抬升的助力。

我們的最後一個成員才剛離開塔頂，整個建築物就開始塌陷。我及時低下頭，看著它倒塌的樣子。這一切都發生得太快，向內垮下，頂部像是被崩毀的圈套吸入一般，凹了進去。在那之後，剩餘的建築就這樣倒了下去，從中間斷開，然後跌進一片瓦礫和粉塵構成的巨大雲煙中，聲音就像是同時將幾百萬個磚頭倒進礦廠裡。此時，裴利隼女士的力量已經耗盡，我們緩緩落向地面，時鳥們拚命將大夥兒往瓦礫堆的反方向拉，好讓我們能有個較輕鬆的降落。

我們在草坪上落地，最早是米勒，最後才是奧莉芙。她累得只能躺在那裡，像是剛跑完馬拉松似的喘著氣。我們聚集起來，為她歡呼鼓掌。

她瞪大眼睛，往上一指。「你們看！」

在我們身後的空中，原是塔頂的位置，出現了一小撮像小龍捲風般的銀色光澤。那是圈套的最後一點殘骸。我們目瞪口呆地看著它收縮，旋轉得愈來愈快。當它變得小到看不見時，一聲宛若超音波般的吼聲從中發了出來。

「**阿爾瑪……**」

然後那個小旋風隨即消失，連同胎魔的聲音一起帶走。

第十章

在圈套崩解、高塔倒下之後，我們也不能繼續傻愣在那裡，至少，不能愣太久。儘管最糟糕的危險似乎已經過去，我們的敵人死的死、抓的抓，四周還是一片混亂，我們也還有工作要做。雖然我們又累又傷，時鳥們還是開始做她們最擅長的一件事，那就是發號施令。她們轉回人形，開始指揮我們。我們在基地裡尋找可能躲起來的偽人。我們找到兩個投降的漏網之魚，愛迪森也發現了另一個，一個看起來很悲慘的女人，正躲在一個地洞裡。

她舉著雙手爬出來，求我們饒過她。雪倫的表親們收到一項新任務，建立一個移動監牢，用來關我們為數不多但數量正在逐漸增加的俘虜。他們愉快地上工了，邊工作邊哼著歌。雪倫則被裴利隼女士和阿沃賽女士輪番質問，才短短幾分鐘的問話，她們就肯定他只是個傭兵，不是祕密間諜或叛徒。雪倫對班森的變節，似乎和我們一樣錯愕。

很快地，偽人們的監牢和實驗室就被清空了，那些恐怖的機器通通被砸爛。他們進行那些可怕實驗的對象被帶至空曠處，清點了人頭。另一個牢房區，又解救成出一群幾十名的特異者。他們看起來又瘦又憔悴，從關押的地下建築走出來；有些人茫然地在四周遊蕩，於是我們便派人看守，以免他們走丟。其他人則感激得五體投地、不斷道謝。一個小女孩花了半小時的時間，一一和我們每個人進行擁抱，把大夥兒都嚇了一跳。「你們不知道你們為我們做了什麼。」她不斷重複道，「你們真的不知道。」

要不被這畫面影響情緒是不可能的，所以雖然我們盡可能的安慰他們，自己卻也開始啜泣和嘆息。我無法想像我的朋友們經歷過什麼，更別提他們花了好幾星期的時間在胎魔的掌控之下。和那些相比，我的瘀青和創傷根本不算什麼。

被解救出來的特異者中，最讓我印象深刻的是一組三兄弟。他們看似還算健康，但是完

全被嚇壞了，一句話都不肯講。只要一逮到機會就從人群中退了出去，找到一堆瓦礫坐在上面，然後空洞地望向四周。最年長的那位，用兩隻手臂摟著較年輕的兩個。好像在經歷過過去幾週的地獄之後，此刻他們無法理解眼前的現實世界。

艾瑪和我朝他們坐的地方走去。「你們現在安全了。」她溫柔地說。

他們看她的樣子，好像聽不懂那句話是什麼意思。

伊諾看見我們正在和他們說話，便和布蘭溫一起走過來。她拖著一個幾乎快要失去意識的偽人，對方身上穿著實驗室裡的那種白袍，雙手被綁著。男孩們畏縮的向後退。

「他不能再傷害你們了。」布蘭溫說，「沒人可以了。」

「或許我們應該把他留給你們一陣子。」伊諾邪惡地露齒一笑。「我想你們有很多話可以聊。」

偽人抬起頭。當他看見男孩們時，瘀青的雙眼旋即睜大。

「別這樣。」我說，「別再折磨他們。」

最年輕的男孩雙手開始握拳，準備起身，但是最年長的那位把他拉了回去，在耳邊低語了幾句。年輕的男孩閉上眼睛點點頭，像是把心中的什麼東西推開，然後將握緊的拳頭塞到手臂底下。

「不了，多謝。」他用禮貌的南方口音說道。

「走吧。」我說，然後留下他們自處，布蘭溫則身後拖著偽人。

我們在基地中打轉，等著時鳥下指示。不必再當領導人，對我而言實在是一種解脫。我們都累壞了，但是精神卻意外的好；我們活下來了，這個念頭對我們來說，太不可置信了。

歡呼、笑聲和歌聲此起彼落。米勒和布蘭溫在龜裂的地面上跳著舞。奧莉芙和克萊兒緊黏著裴利隼女士，她則將她們抱在手臂裡，一邊四處忙碌。霍瑞斯不斷捏著自己的肉，懷疑這是否只是他其中的一個夢，某個太美好但還沒到來的未來。阿修自己一個人晃到一旁，肯定是在想念費歐娜。她的消失在我們每個人心中留下了一個空洞。米勒則不斷在他的英雄波普勒斯身邊糾纏著；在進入阿伯頓之前還快速老化的的他，現在回到惡魔之灣後，卻奇怪地沒再繼續老下去。米勒非常確定老化的狀況會再出現，只是現在胎魔的高塔已毀，我們都不確定要怎麼把波普勒斯帶回他原本的圈套去。（雖然還有班森的圓形圈套，但是在上百個門中，哪一個才是對的？）

最後，當然還有我和艾瑪的事。我們緊跟在彼此身邊，但幾乎一個字都沒和對方說。我想我們是害怕，因為有些不得不談的事情，實在很難啟齒。

接下來會怎麼樣？我們會變成怎樣？我知道艾瑪是不能離開特異王國的。她的下半輩子都得在圈套中度過，不管是惡魔之灣或其他更好的地方。但我已經解脫了。我有我的家人、有溫暖的家庭在等著我。我有一個人生，或者說，一個黯淡無光、近似於人生的東西。另一方面，我在這裡也有另一個家，而且我有艾瑪。此外，這裡還有那個新的雅各，正在繼續成長的新雅各。回到佛羅里達之後，他還會繼續存在嗎？

我需要這一切。我需要我的兩個家庭、兩個雅各，還有艾瑪的全部。我知道我終究得做出選擇，而我相當害怕，那會將我的心撕裂成兩半。

在剛經歷我們所面對的種種折磨之後，這對我來說實在太難承受了。還需要幾個小時、甚至一天的時間去假裝。所以我和艾瑪並肩站在一起，隨時等著投身進時鳥要我們做的任何工作裡。

基於她們天生的保護慾，時鳥們認定我們已經經歷得夠多了。我們需要休息，而且她們說，有些工作是我們這些特異孩子沒有必要插手的。當高塔倒下時，它也壓垮了一座旁邊的小房子，可是她們並不希望我們進去幫忙搜尋倖存者。基地中的某處，有些仙丹還沒銷毀，但她們也不希望我們靠近那些東西。我想知道她們打算拿它們怎麼辦，或者它們會不會回到原主人的身上。

我想著我爺爺的靈魂。當班森把它喝下時，深深地感覺到自己被傷害了。但如果不是他，我們也不可能逃出靈魂圖書館。所以真的，到頭來，是我爺爺的靈魂救了大家。至少我還能慶幸它沒有被浪費。

偽人的基地外，我們也有事情得做。狼藉巷和惡魔之灣的其他地方，還有許多被奴役的特異孩子們正在等待救援，但時鳥們堅持那應該由她們和其他成年的特異者出面。就目前的狀況看來，她們是不會受到任何阻礙的：奴隸主們和其他叛徒在偽人垮臺時就逃走了。她們會把那些孩子們集中起來，帶到安全的地方，然後把那些叛徒們抓起來，送去接受審判。但她們說，這些事情都不用我們操心。現在我們需要的是一個地方來恢復精力，並做為重建特異王國的基地。因為沒有人想在偽人這個可怕的堡壘中待得更久了。

我提議拿班森的房子來用。那裡有一大堆的床、器材和大量的空間，此外，還有一名住在一起的醫生，以及那個圓形圈套（你永遠不知道它什麼時候會派上用場）。我們在天色暗下時開始移動，用偽人的運輸卡車載著那些不能走路的人，其他人則跟在後面走。我們靠橋裡的噬魂怪幫忙，先把卡車抬了過去，然後三個一組地把剩下的人帶過裂縫。有些孩子們因太害怕噬魂怪，我們得連哄帶騙地讓他們配合。其餘的人則等不及嘗試，過了橋之後又要求玩第二次。我就讓他們玩了。現在操縱噬魂怪對我來說，就像呼吸般自然，讓我很滿意，但是又有點辛酸。現在噬魂怪已經幾乎要絕種了，我的特異能力似乎也要變得毫無用武之地，至少對這項表徵而言。但我覺得沒關係。我不在乎這個有點像是表演性質的能力，因為它只有在派對上才管用。我想，如果噬魂怪從來不存在，我可能會更快樂些。

我們緩緩地走過惡魔之灣。我們這些徒步行走的人圍繞在卡車邊，好像它是在遊行中緩慢移動的熱氣球，有些人則坐在踏板或車頂上。我們現在就像是在進行勝利後的遊街，惡魔之灣的特異者們紛紛湧出住家，爭先恐後地想看我們經過。他們都知道事情已經不一樣了。有些人鼓著掌，有些人對我們行禮，有些人則躲在黑影中，為他們在這其中所扮演的角色感到羞愧。

當我們抵達班森家時，塵土教母和雷納多到門口來迎接我們。我們受到溫暖的歡迎，他們也告訴我們，這間屋子可以依我們的需求使用。塵土教母立刻開始為我們進行治療，帶大家到有床的地方躺下、休息，並用粉末鋪在他們的傷口上。她想替我治療瘀傷和噬魂怪的咬傷，但我跟她說我可以等。其他人的狀況比我更糟。

我也告訴她，我是怎麼使用她的手指的。那根手指救了我，還有其他許多人的命。她只是聳聳肩，不接受任何表揚，轉回去繼續工作。

我堅持。「妳應該要拿獎牌。」我說，「我不知道特異者有沒有頒發獎牌的習慣，但如果他們有，我就要頒一個給妳。」

不知為什麼，這句話似乎讓她有些退縮，她發出一聲嗚咽，然後快速離開。

「我說錯什麼了嗎？」我問雷納多。

「我不知道。」他擔心地回答，然後追了上去。

寧姆失魂地在屋裡晃蕩，仍舊無法相信班森做了什麼。「一定是什麼地方出錯了。」他不斷重複著。「班森先生不可能那樣背叛我們的。」

「面對現實吧！」艾瑪對他說，「你的老闆是個混球。」

我想事實並沒那麼簡單，但是在這裡爭論班森的道德良心，並不會讓我變得比較受歡迎。班森是不需要提供我們那個程序、也無需對抗他的哥哥的。他做了選擇。在最後的最後，他毀了自己，好拯救其他所有的人。

「他只是需要一點時間。」雪倫為寧姆解釋道，「他一下要吸收太多資訊了。班森愚弄了很多人。」

「包括你嗎？」我說。

「尤其是我。」他聳聳肩，搖了搖頭，似乎很拉扯，也很難過。「他讓我擺脫了仙丹的癮，救了我的命。他還是有好的一面的。我想那蒙蔽了我的眼睛，讓我無視他的惡行。」

「他至少有一個心腹吧。」艾瑪說，「你知道，像跟班之類的。像伊格爾[7]那種存在。」

7 譯註：Igor，是歌德小說中非常典型的反派角色，像是德古拉伯爵和法蘭根斯坦博士身邊跟著的那位駝背助理。

「他的助理！」我說，「有人看見他嗎？」

沒有人看見他。我們在整間屋子中搜尋，但是班森最得力的臭臉助理已經消失了。裴利隼女士召集大家，並要艾瑪仔細描述他的長相，以防他突然現身。「我們得把他視為危險人物。」她說，「如果你們看見他，別和他接觸。快去告訴時鳥。」

「告訴時鳥。」伊諾低聲說，「她難道忘了是我們救了她們嗎？」

這句話被裴利隼女士聽到了。「是的，伊諾。你們都很棒。而且你們長大了好多。但就算是大人，其中還是有更有智慧的長者。」

「是的，院長。」他認錯道。

事後，我問裴利隼女士，她認不認為班森一開始就計畫好要背叛我們。

「我的哥哥一直都是個投機家。」她說，「我想一部分的他仍然是想做對的事，因此當他幫助你和布魯小姐時，是發自真心的。但是一路走來，他也一直在準備背叛我們，以防事情變得對他不利。而當我告訴他，事情不會如他所願時，他就做了決定。」

「那不是妳的錯，裴女士。」艾瑪說，「在他對亞伯做了那樣的事情之後，是我也不會原諒他的。」

「但是，我應該要對他更好一點。」她皺起眉頭，看向別處。「手足之情有時是很複雜的。有時我會想，或許是我的行為促使他們走上這條路。身為妹妹的我，是不是可以做得更好呢？或許當我還是隻年輕時鳥時，有點太自我中心了。」

我說：「裴利隼女士，那太……」然後在說出荒謬之前，我就停了下來。因為我從來沒有兄弟姊妹，或許那一點都不荒謬。

稍晚，我們帶裘利隼女士和其他幾名時鳥去到地下室，給她們看圓心圈套的核心。我可以感受到電池箱裡的噬魂怪，雖然虛弱，但仍活著。我為他感到難過，所以詢問說我能不能帶他出來，但裘利隼女士說現在她們仍然需要讓機器維持運作。有這麼多個圈套在同一個屋簷下，她們可以更輕鬆地將我們勝利的消息散布出去，並可以開始檢視偽人造成的傷害，然後著手進行重建。

「我希望你能理解，波曼先生。」裘利隼女士說。

「我懂……」

「那隻噬魂怪是雅各的軟肋。」艾瑪說。

「嗯。」我有點難為情地說，「他是我的第一個。」

裘利隼女士奇怪地看著我，但保證她會看看自己能做些什麼。

我肚子上的咬傷開始變得難以承受，於是我和艾瑪加入隊伍，準備去見塵土教母。長長的隊伍從廚房搭建的臨時診所中蜿蜒而出，一路排過走廊。看著人一個個傷痕累累地走進去，帶著斷掉的腳趾或輕微的腦震盪；或是像阿沃賽女士，肩膀裡還卡著一顆胎魔的骨董手槍子彈，然後沒幾分鐘就煥然一新地走了出來，這畫面實在是很不可思議。事實是他們都恢復得太好了，裘利隼女士不得不把雷納多拉到一旁，要他去提醒塵土教母，她不是個可以再生的資源，所以不要把自己浪費在那種過幾天就會好起來的小傷口上。

「我會試著告訴她了。」他回答。「但她是個完美主義者。她不肯聽我的。」

所以裴利隼女士自己進了廚房去和塵土教母聊聊。幾分鐘後，她走了出來，表情曖昧，臉上的割傷已經不見了；而被胎魔摔在牆上後，她的手臂就再也伸不直了，但現在卻自如地在身側擺動。「真是個固執的女人！」她喊道。

輪到我進去時，幾乎就要拒絕治療了。她現在好的那隻手也只剩下一個大拇指和食指了。但是她只看了我肚子上那些帶著血的鋸齒狀傷口一眼，便將我推到他們搭在水槽旁的臨時床上。她透過雷納多告訴我，傷口已經開始感染。噬魂怪的牙齒上布滿可怕的細菌，若不趕緊治療，後果會非常可怕。所以我讓步了。塵土教母把粉末灑在我的身體上，幾分鐘後我就覺得好多了。

在我離開前，我又試著告訴她，她的犧牲有多麼重要，還有她身體的一小部分是怎麼拯救了我們大家。「真的，如果不是那根手指，我不可能……」

但在我開口時，她就已經轉開了，好像謝謝妳三個字會燒傷她的耳朵似的。

雷納多把我趕了出去。「不好意思，塵土教母還有很多病患需要處理。」

艾瑪和我在走廊上碰面。「你看起來棒透了！」她說，「感謝時鳥。我都已經開始擔心那個咬傷了。」

「記得跟她說，妳的耳朵也需要治療。」我說。

「什麼？」

「妳的耳朵。」我更大聲地說，一邊伸手去指。自從離開圖書館之後，艾瑪就持續耳鳴。因為她的手必須點火指引我們逃出山洞，所以沒辦法摀住耳朵隔絕那個震耳欲聾的噪音，而我非常擔心那關鍵字讓她聾了。「只是不要提到手指！」

「提到什麼？」

「手指！」我說，一面舉起我自己的手指。「她對這個詞很敏感。沒有雙關的意思……」

「為什麼？」

我聳聳肩。「不知道。」

艾瑪進去了。三分鐘後，她再度出來，在耳邊彈著手指。「太不可思議了！」她說，「一清二楚耶。」

「感謝上帝。」我說，「我可不想一直對著妳大叫。」

「哈。然後，我跟她提了手指。」

「什麼！為什麼？」

「我好奇嘛。」

「所以呢？」

「她的手開始抖，接著她說了一句雷納多不肯翻譯的話後，就把我趕了出來。」

如果不是因為我們又累又餓，而此時一股食物味正好又竄進鼻子，我們或許會繼續追究下去。

「來吃飯了！」鵪鶉女士在走廊的盡頭喊道，於是我們的話題就此打住。

夜晚降臨時，我們全聚集在班森的圖書館，那是唯一一個大得足以讓我們所有人都舒適地坐在一起吃飯的地方。火爐裡的火已經點燃，充滿感激的當地民眾捐了一頓大餐給我們，有烤雞和馬鈴薯，還有野味及魚（但我還是避開了魚料理，因為牠們很可能是從熱溝裡撈起來的）。我們邊吃邊聊，重述著過去這幾天的冒險。裴利隼女士只知道我們從石洲島到倫敦，然後從遭受轟炸的倫敦到找到鶴鶉女士的那段故事，所以她想知道其他的細節。她是個很棒的聽眾，總是在搞笑的地方笑出來，或是在我們誇張的描述下，發出讓人滿意的、倒抽一口氣的聲音。

「然後那枚炸彈就這樣落在噬魂怪身上，把他炸成渣渣！」奧莉芙大叫著從椅子上跳起來，重演那一刻的畫面。「但是我們穿著鶴鶉女士給的特異毛衣，所以彈殼才沒有把我們殺死！」

「喔，我的天啊！」裴利隼女士說，「那真是太幸運了！」

我們的故事說完後，裴利隼女士安靜了好一會兒，用混合著讚嘆與悲傷的眼神打量著我們。「我真的非常、非常以你們為榮。」她說，「很抱歉這一切發生在你們身上。我多希望當你們經歷那些時，我能在你們身邊，而不是和我的騙子哥哥待在一起。」

我們也為了費歐娜靜默了片刻。阿修堅持她還沒死，只是失蹤而已。他說樹一定緩衝了她的墜落，所以她現在可能正在鶴鶉女士的動物園附近森林裡打轉。抑或她在墜落途中撞到頭，所以失去記憶。或者她只是躲起來了……

他用充滿希望的眼神掃視著我們，但我們全避開了。

「我很確定她會出現的。」布蘭溫向他保證道。

「不要給他無謂的希望。」伊諾說，「這樣太殘酷了。」

「你這種人也知道什麼叫殘酷啊。」布蘭溫諷刺地說。

「我們換個話題吧。」霍瑞斯說，「我想知道那隻狗是怎麼在地下車站救了雅各和艾瑪的。」

愛迪森戲劇化地跳上桌子，開始描述那個故事，但是他花了太多篇幅描述自己的英雄事蹟，導致艾瑪不得不跳出來接手。我和她一起告訴他們，我們是怎樣一路來到惡魔之灣，又是怎樣靠班森的幫助闖進偽人的堡壘。接著每個人都有問題想問我，他們都想知道關於噬魂怪的事。

「你是怎麼教會自己說他們的語言的？」米勒問。

「控制噬魂怪是什麼感覺？」阿修問，「你是想像自己是他們的其中一員嗎？就像我和蜜蜂一樣？」

「那會癢嗎？」布蘭溫問。

「你想要養一隻噬魂怪當寵物嗎？」奧莉芙問。

我盡可能回答他們的問題，但是卻覺得舌頭像被人綁住，因為我和噬魂怪連結的感覺實在太難形容了，就像是你在早上起床後，試著把前一晚做的夢串起來一樣。而且我也為了自己和艾瑪避而不談的話題而分心不已。當回答完問題後，我看向艾瑪，然後對著門口點點頭，我們便從團體中退了出來。當我們離開桌邊時，我可以感覺到人們的眼睛盯著我們的背影。

我們躲進一間點著燈籠的衣帽間，裡面堆滿了大衣、帽子和雨傘。這個地方並不是空間特別大，也不是特別舒服，但是我們在這裡至少有隱私；在這裡，我們不會被別人撞見，也不會被人偷聽。我突然感到一股讓人不安的恐懼感。我得做出一個困難的決定，一個我不斷逃避、直到現在才不得不面對的決定。

我們沉默了一段時間，面對著彼此。由於整個房間裡擠滿了布料，四周安靜的讓我覺得可以聽見彼此的心跳。

「所以，」艾瑪說，因為她當然會先開口了。她永遠都是那麼直接、永遠不會害怕尷尬。「你會留下來嗎？」

在話正式出口前，我都還不知道自己該說些什麼。現在的我完全是靠著自動導航在說話，沒有任何矯飾。「我得見見我的爸媽。」

這是個沒有什麼好質疑的事實。他們不該這樣被我的行為傷害、嚇得半死，而且我已經讓他們的心懸在那裡太久了。

「當然，」艾瑪說，「我懂。你當然必須去看他們。」

儘管沒有問出口，那個問題仍然飄浮在空氣中。*見我的爸媽只是半個答案，跟沒回答一樣。見見他們，當然。*然後呢？我要跟他們說什麼？

我試著想像跟我爸媽說真話時的場面。我和爸在地下車站的那通電話，似乎就已經預見了接下來可能的發展。*他失控了。我們的兒子已經瘋了。或是有嗑藥。或是藥吃得不夠多。*

不，說實話是行不通的。所以我要怎麼辦呢？和他們見面，向他們保證我還活著，人還好好的，編個去倫敦旅行的故事，然後叫他們留下我，自己回家？哈，他們會追著我跑的。他們會讓警察埋伏在我們見面的地點：穿著白袍的男人拿著雅各尺寸的網子。我得逃。告訴他們真相只會讓事情變得更糟。而且在與他們見了面之後又跑掉，只會更傷他們的心。但是完全不和我爸媽見面，永遠不回家，我則連想都不敢想。因為真要說實話，儘管離開艾瑪和我的朋友們和這個世界是個痛苦決定，因一部分的我還是想回家。我爸媽和他們的世界代表了常理及可預期的正常生活，在這一切瘋狂的經歷後，那是我最嚮往的東西。我需要恢復正常一段時間，讓自己喘一口氣。一小段時間就好。

我已經把欠特異者們和裴利隼女士的債還清了。我已經成了他們的一員。但我不只是他們的一分子而已。我也是我爸媽的兒子，儘管他們如此不完美，我還是想念他們。我想家。我甚至有點想念我愚蠢而普通的人生。當然，想念艾瑪的念頭絕對會凌駕一切之上。問題是，我想要的東西太多了。這兩種生活我都想要。我想要雙重身分。我想要當特異者、想要學習特異王國中所有的一切、想要和艾瑪在一起，並探索班森整理出來的每一個圈套。但是我也想要做那些愚蠢的青少年會做的傻事。我想要考駕照、想要交一個年紀相仿的朋友、想要讀完高中。然後我十八歲了，就可以去任何想去的地方，或是任何想去的時空。我可以回來。

真相的本質就在這裡：我不可能把下半輩子都花在一個圈套裡。我不想永遠只當一個特異孩子。但或許，有一天，我可以成為一個特異成年人。

或許，如果我夠小心的話，就能找到辦法擁有全部。

「我不想離開。」我說，「但我想我可能得這麼做，就一陣子。」

艾瑪的表情變得空白。「那就走吧。」她說。

我的心被刺了一下。她甚至連「一陣子」是什麼意思都沒有問。

「我會來拜訪的。」我很快地說，「我隨時都可以回來。」

理論上來說，這是事實：現在偽人的政權已經垮臺，而看在時鳥的分上，我永遠都有個地方可以回去。但我不認為我爸媽會在短時間之內讓我再來歐洲旅遊。我正在自欺欺人，艾瑪其實也知道。

「不。」她說，「我不想要這樣。」

我的心往下一沉。「什麼？」我低聲說，「為什麼？」

「因為亞伯就是這樣。他每隔幾年就會回來，但每一次，他都老一點，我則維持不變。然後他就遇到了某個人，然後結了婚……」

「我不會那麼做的。」我說，「我愛妳。」

「我知道。」她轉開臉。「他也是。」

「但是我們不……我們之間不會這樣的……」我混亂地試著抓住正確的用詞，但我的思緒已經變成一灘爛泥。

「但是會的。你知道如果可以的話，我會跟你走，但是我不行，我會老去。所以我就只能在這裡等你。在琥珀裡凝固。我沒辦法再經歷一次。」

「不會那麼久的！我只要再幾年就好。然後我就可以做我想做的事了、可以去別的地方念大學。或許就在倫敦這裡！」

「或許吧。」她說，「或許。但現在你正在做出可能無法做到的承諾，而戀愛中的人都是這樣才受傷的。」

我的心跳加速。我感到絕望又可悲。該死，我再也見不到我的父母了。管他的。但我不能失去艾瑪。

「我剛才沒想清楚。」我說，「我不是認真的。我會留下來。」

「不，我想你剛才是說了實話。」她說，「我想如果你留下，你是不會開心的。最後你會因此而恨我，那會比現在更糟。」

「不。不，我永遠不會……」

但是我這盤棋已經曝光了，沒辦法收回剛說出去的話。

「你該回去。」她說。「你有你的人生，還有家庭。我們之間的關係本來就不可能持續到永遠的。」

我在地上坐下，向後靠近一整排的大衣中，讓它們將我吞噬。有長長的幾秒鐘，我假裝這一切不曾發生。當我再度冒出呼吸時，艾瑪正盤腿坐在我旁邊的地上。

「我也不想這樣。」她說，「但我想我懂為什麼事情非這樣不可。你有你的世界，我也有我的世界需要重建。」

「但現在這也是我的世界了。」我說。

「是沒錯。」她想了想，一邊揉著她的下巴。「是沒錯，我也很希望之後你會回來，因為你已經成了我們的一員，少了你，我們的家庭就會變得不完整。但是當你回來的時候，我想我和你只要當朋友就好了。」

我思考了一下。朋友。這個詞聽起來既空虛又了無生氣。

「我想這比永遠不再說話好多了。」

「我同意。」她說，「我可不覺得我能受得了。」

我挪向她，伸手摟著她的腰。我以為她會推開我，但她沒有。過了一會兒之後，她把頭靠在我的肩膀上。

我們就像那樣，坐在那裡好長一段時間

當艾瑪和我終於離開衣帽間時，大部分的人都已經睡著了。圖書館裡的火爐幾乎燒完，四處堆滿吃空的碗盤，滿足的鼾聲和呢喃聲在高高的天花板下迴盪。孩子們和時鳥掛在沙發上或在地毯上縮成一團，儘管樓上有足夠的舒適床鋪讓他們休息，但在幾乎要失去彼此之後，即使是一個晚上也不願意分開。

我早上就會離開。現在我已經知道，我和艾瑪間會發生什麼事，多逗留只會更折磨而已。但是現在，我們需要休息。每次闔眼都只有一、兩分鐘的時間，這樣的日子已經過了多久了？我這輩子從來沒有這麼疲憊過。

我們在角落堆了些枕頭，然後相擁入眠。這是我們在一起的最後一晚，我緊緊抱著她，好像只要抱得夠緊，就可以把她鎖在我的感官記憶裡。她的觸感，她的氣味，她的呼吸逐漸減緩、平靜下去的聲音。但是睡意來得太快，而我覺得自己似乎才剛闔眼，就感覺到一扇高窗灑下的黃色日光。

大家都醒了，正在房間裡打轉，小聲地對話著，似乎是不想打擾我們。我們趕緊放開對方，在少了黑暗的保護後，突然顯得特別尷尬。在我們有機會把自己整理好之前，裴利隼女士手上拎著一壺咖啡，寧姆端著一盤馬克杯，旋風般轉進房間裡。「大家早安！我希望你們都有睡飽，因為我們有很多……」

裴利隼女士看見了我們，話便在一半止住了，眉毛挑得老高。

艾瑪把臉藏了起來。「喔，不。」

在昨晚的疲憊與情緒之中，我完全沒想到和艾瑪睡在同一張床上（儘管我們就真的只有睡覺），很有可能會冒犯裴利隼女士維多利亞時代的價值觀。

「波曼先生，借一步說話。」裴利隼女士把咖啡壺放下，對我彎起一根手指。

我想我麻煩大了。我站起身，拉平縐巴巴的衣服，臉頰不由自主地脹紅。我並不覺得羞恥，但多少還是覺得有點難為情。

「祝我好運。」我對艾瑪低聲說。

「什麼都別承認！」她回答道。

當我走過房間時，聽見有人偷笑的聲音，還有人唱到，「雅各愛艾瑪，男生愛女生！」

「喔，長大點，伊諾。」布蘭溫說，「你只是嫉妒而已。」

我跟著裴利隼女士來到走廊。

「什麼都沒發生。」我說，「先跟妳說一聲喔。」

「我很確定我沒什麼興趣。」她說，「你今天就會離開，對嘛？」

「妳怎麼知道？」

「嚴格來說，我或許是個老女人，但還是有點智慧的。我知道你在父母和我們之間感到很拉扯，在你的舊家和新家之間搖擺不定……或是新家的殘骸之間。你想在中間找到一個不必選邊站、也不會傷害到任何你所愛之人的平衡點。但是那太不容易了。或者，我們可以說，那根本不可能。是這樣沒錯吧？」

「那是……對。差不多就是這樣。」

「所以你跟布魯小姐現在是什麼情況？」

「我們是朋友。」我有些困難地吐出這個詞。

「而你很不開心。」

「嗯，對。但是我想……我懂。」

她歪了歪頭。「是嗎？」

「她在保護她自己。」

「還有你。」裴利隼女士補充道。

「這我就不懂了。」

「你還非常年輕，雅各。還有很多事情你不『懂』。」

「我不知道這和我的年齡有什麼關係。」

「完全有關係！」她尖銳地笑了聲。然後她發現我真的不懂，所以她的態度便軟化了些。「布魯小姐是上個世紀末出生的。」她說，「她的心已經很成熟、很堅定。或許你擔心她很快就會找到另一個人取代你，或許會有另一個特異者小甜心讓她分心。但是我不這麼認為。她的心思完全在你身上。我從來沒看過她和誰在一起這麼開心過。就連亞伯都沒有。」

「真的？」我說，一股暖流在我胸口升起。

「真的。但就像我們之前說的，你太年輕了。你才十六歲，第一次十六歲。你的心剛甦醒，而布魯小姐是你的初戀。是嗎？」

我軟弱地點點頭。但是沒錯。當然了，每個人都看得出來。

「你或許會愛上其他人。」裴利隼女士說，「因為年輕的心就和年輕的腦袋一樣，都有注意力不集中的問題。」

「我沒有。」我說，「我不像那樣。」

我知道這聽起來就像衝動的青少年會說的話，但在那一刻，我從來沒有這麼確定自己對艾瑪的感情。

裴利隼女士緩緩地點點頭。「我很高興你這麼說。」她說，「布魯小姐或許願意為了你心碎，但我不許。她對我來說非常重要，而且她並沒有她所展現出來的那麼強悍，一半都沒有。我不能讓她為了這件事情昏神，或是在你被其他愚蠢女孩吸引走時把東西燒掉。我已經經歷過一次了，而我們可沒有那麼多家具可以燒。你懂嗎？」

「呃。」我被逮到弱點了。「我想我懂……」

她朝我踏近一步，聲音變得很低、很強硬。「你懂嗎？」

「是的，裴利隼女士。」

她用力點了下頭，然後微笑著拍拍我的肩膀。「那就好。很高興和你談話。」在我回應前，她就轉身走回圖書館裡，喊道，「吃早餐了！」

一小時後，我就動身離開了，在艾瑪和裴利隼女士，以及我們的朋友和其他時鳥的伴隨下來到碼頭。雪倫拿到一艘逃走的熱溝海盜所留下的新船，正等在那裡。我們交換了許多擁抱和淚眼汪汪的道別，最後我保證一定會回來看大家的，儘管我沒錢買機票，也不一定有辦法說服我爸媽，實在不知道要怎麼做到這一點。

「我們永遠不會忘記你的，雅各！」奧莉芙吸著鼻子說。

「我會把你的故事記下來，流傳後世。」米勒保證道，「這是我的新任務。我會確保這個故事出現在新版的特異者故事集裡，你會變得超紅！」

愛迪森朝我走來，兩隻小獰熊跟在他身後。我實在不知道，究竟是他收養了牠們，或是相反。「你是我這輩子見過第四勇敢的人類。」他說，「我希望我們會再見面。」

「我也希望。」我說，而且我是認真的。

「喔，雅各，我們可以去拜訪你嗎？」克萊兒請求道，「我一直都想看看美國是什麼樣子。」

我沒有心思解釋那是不可能的。「當然可以。」我說，「我會很開心的。」

雪倫用長篙敲了敲船底。「上船了！」

我不情願地爬進船裡，艾瑪和裴利隼女士也跟著登船。她們堅持要陪著我，直至見到爸媽為止，而我沒有反對。到了那時候，要說再見會比較容易。

雪倫解開船，我們便推離了岸邊。朋友們在岸上揮著手，對我們嚷嚷，看著我們逐漸飄遠。我也朝他們揮手，但是看著他們的身影縮小，實在太痛苦了，所以我半闔上眼，直到水流帶著我們轉過一個彎，他們才完全消失。

船上沒有一個人想說話。沉默中，我們看著一間間倒塌的房屋和搖晃的陸橋從身邊經過。接著就來到圈套的交界處，我們通過進來時那段粗暴地傳送的暗道，然後回到另一端霧茫茫的現代午後。惡魔之灣的破爛建築物全不見了，取而代之的是，有大片玻璃窗的公寓和閃亮的辦公大樓。一艘電動小艇從旁邊駛過。

忙碌而繁榮的現代日子開始滲透進我的耳膜。一輛車的警鈴響著。某人的手機鈴聲。輕快的流行音樂。我們經過一間緊鄰運河的高級餐廳，但感謝雪倫的魔法，在露臺上吃飯的客人們不會看見我們經過。我想知道如果他們看見我們，會有什麼想法：兩個身穿黑衣的青少年，一個穿著維多利亞正式服裝的女人欸，還有穿著死神般斗篷的雪倫，正把我們從地下世界運回來。誰知道呢，或許現代世界已經見怪不怪了，所以沒人會多眨一下眼睛。

不過，我爸媽又是另一個故事了。現在既然我們已經回到現代，那麼也只有這個故事讓我操心。他們已經覺得我瘋了，或是嗑藥嗑得太凶。如果他們沒有把我送進精神病院，那還算是我走運。就算他們沒有，我也得花好幾年的時間進行損壞修復。他們不會再信任我了。

但這些事是我必須應付的困難，我會想辦法處理的。對我來說，最簡單的作法就是告訴他們實話，但是我不能。我爸媽永遠無法了解我這一部分的人生，逼他們接受，只會把他們逼進精神病院裡。

我爸對於特異孩子們的了解，已經超過他應該知道的範圍了。他在石洲島就見過他們，儘管他以為自己在做夢。後來艾瑪又留了那封信給他，裡面還附上一張她和我爺爺的照片。好像這樣都還不夠糟似的，我竟還在電話上告訴我爸，說我是特異者。現在我了解，那是個自私的錯誤。而現在我則是要帶著艾瑪和裴利隼女士去見他們。

「現在想想。」我說邊說邊轉向她們。「妳們或許不該和我一起出現。」

「為什麼不？」艾瑪說，「我們不會老化得那麼快啊……」

「我覺得我爸媽不應該看到我和妳們待在一起。現在所有的事實就已經夠難解釋了。」

「我想過這一點了。」裴利隼女士說。

「想過什麼？我爸媽嗎？」

「是的，如果你想要的話，我是可以幫你一點忙。」

「怎麼幫？」

「我們這些時鳥的職責之一，就是應付對我們產生好奇的凡人，尤其是當他們的好奇心帶來麻煩時。我們有辦法讓他們不那麼好奇，或是讓他們忘記自己曾經見過某些特定的東西。」

「妳知道這招嗎？」我問艾瑪。

「當然，如果沒有這種清除手段，特異者會每天上新聞的。」

「所以……那會清除人們的記憶嗎？」

「那更像是挑掉某些特定的回憶。」裴利隼女士說，「它是無痛的，而且沒什麼副作用。當然，你可能會覺得這樣很極端，所以我把選擇權留給你。」

「好。」我說。

「好什麼？」艾瑪問。

「好，請清除我爸媽的記憶吧。那聽起來太酷了。然後當妳那麼做的時候，請留意一下，有個記憶是我十二歲時把我媽的車撞進車庫門裡……」

「不要太得意忘形了，波曼先生。」

「開玩笑的嘛。」我說，雖然開玩笑的成分只占了一半。不管如何，我現在放心多了。現在我不必把剩下的青春期全花在道歉上，因為我跑掉，又讓我爸媽以為我死了，甚至差點永遠毀了他們的人生。而這樣真是太好了。

第十一章

雪倫把我們放在那個和他初次見面、鼠滿為患的黑暗下層碼頭。走下他的船，讓我產生一股苦甜參半的鄉愁感。或許過去這幾天來，我既驚嚇又骯髒，每分每秒都在承受各種不同的痛苦，但此生永遠不會再有這種冒險經驗了。我會想念這段日子的，不想念那些痛苦，而是在承受那些事情的我。我現在知道我有著鋼鐵般的意志，而我希望在生活逐漸恢復溫度時，還能好好抓住它。

「再會啦。」雪倫說，「儘管你帶給我無窮無盡的麻煩，我還是很高興認識你。」

「對，我也是。」我們握了握手。「這一切都很有趣。」

「在這裡等我們。」裴利隼女士對他說。「布魯小姐和我一、兩個小時內就會回來。」

事後證明，找到我爸媽其實一點也不難。如果我的手機還在身上，事情會更簡單，不過現在我們只需要到隨便一個警察局報到就行了。我現在是個知名的失蹤人口，我給了警察我的名字，然後在板凳上等著，不到半小時，我爸媽就出現了。他們身上的衣服縐巴巴的，顯然是穿著睡過，媽平時臉上完美的妝糊成一團，爸的鬍子看起來像是三天沒刮。他們手上都抓著一疊「協尋」海報，上面印著我的臉。看見他們的樣子，我突然為自己讓他們經歷的折磨感到一股深深的罪惡感。但正當我準備道歉時，他們扔下了海報，伸出手緊緊抱住我，我想說的話全埋進了爸的毛衣裡。

「小雅，小雅，老天，我的小雅。」媽喊道。

「是他，真的是他。」爸說，「我們好擔心，我們好擔心……」

我到底消失了多久？一週？應該差不多就那樣，但卻感覺像是一輩子。

「你去哪裡了？」媽說，「你在幹什麼？」

擁抱已經鬆開，但我還是一句話都說不出來。

「你為什麼像那樣跑掉？」爸質問道，「你到底在想什麼，雅各？」

「你讓我頭髮都白了！」媽說，然後又一次抱住我。

爸上上下下打量我一圈。「你的衣服呢？你現在穿的是什麼？」

我仍然穿著黑色的冒險服。喔噢。不過它們比十九世紀的傳統服飾要容易解釋多了，而且要感謝塵土教母治好我臉上所有的割傷……

「雅各，說話啊！」爸要求道。

「我真的、真的很抱歉。」我說，「如果可以的話，我是絕對不會這麼做的，不過現在一切都沒事了。你們不會了解的，但沒關係。我愛你們。」

「你說對了一件事。」爸說，「我們不懂。完全不懂。」

「但是有關係。」媽說，「你要給我們一個解釋。」

「我們也要。」一個站在旁邊的警察說道，「還有藥物測試。」

事情開始失去我的控制，是時候出王牌了。

「我會向你們解釋一切的。」我說，「但是首先，我想要你們見見我的一個朋友。爸，媽，這是裴利隼女士。」

我看見爸的視線看向裴女士，然後又看向艾瑪。他一定是認出她來了，因為他的表情變得像看到鬼一樣。但是沒關係，他很快就會忘記了。

「很高興見到你。」裴利隼女士分別和我爸媽握手。「你有個很棒的兒子，一個頂尖的小男孩。雅各不僅是個完美的紳士，甚至比他的爺爺更有天分。」

「他的爺爺？」爸說，「妳怎麼……」

「這個怪女人是誰？」媽說，「妳怎麼認識我兒子的？」

裴利隼女士抓住他們的手，堅定地望著他們的雙眼。「阿爾瑪．裴利隼，阿爾瑪．拉菲．裴利隼。現在，我了解你們都在大英地區經歷了一段痛苦的時間，是一場糟糕的旅行。我想如果所有人都能忘記這件事曾經發生過，事情應該會簡單許多，對嗎？」

「是啊。」媽說道，眼神飄向遠方。

「我同意。」爸說，聽起來像是被催眠了一樣。

裴利隼女士已經暫停了他們的腦子。

「很好，太完美了。」她說，「現在，請你們看著這個。」她放開他們的手，從口袋裡拿出一根隼鳥的藍色羽毛。接著一波罪惡感流竄過我的全身，我出言阻止。

「等等。」我說，「現在我突然不希望妳這麼做了。」

「你確定嗎？」她看起來似乎有點失望。「事情可能會變得非常複雜喔。」

「這樣感覺很像在作弊。」我說。

「那你要跟他們說什麼？」艾瑪問。

「我還不知道。就這樣抹除他們的記憶……好像不太好。」

如果告訴他們真相很自私，那抹除他們得到解釋的需求就是加倍的自私。而且警察怎麼辦呢？我其他的家庭成員？我爸媽的朋友？他們當然都知道我失蹤了，但我爸媽卻忘了發生什麼事……那會一團亂的。

「看你嘍。」裴利隼女士說，「但我認為至少讓我抹除他們過去兩、三分鐘的記憶，這樣他們就會忘記我和布魯小姐。」

「嗯……好吧。」我說，「只要不會把他們說英文的能力都抹去就好了。」

「我是非常精準的。」裴利隼女士說。

「你們在說什麼抹除記憶？」警察說，「你是誰？」

「阿爾瑪．裴利隼。」裴利隼女士說，快步走過去和他握手。「阿爾瑪．裴利隼，阿爾瑪．拉菲．裴利隼。」

警察的頭低了下來，突然被地上的一個小點吸引了目光。

「我不記得妳對偽人用過這招。」艾瑪對她說。

「不幸的是，這只對凡人的腦子有用。」裴利隼女士說，「說到這個。」她舉起手中的羽毛。

「等等。」我說，「在那之前。」我對她伸出手。「謝謝妳做的一切，我真的會很想念妳的，裴利隼女士。」

裴利隼女士忽略了我的手，給了我一個擁抱。「這感覺是共同的，波曼先生。而且我才是應該要道謝的那個。如果不是你和布魯小姐的英雄行為……」

「嗯。」我說，「如果不是那麼多年前妳救了我爺爺……」

她微笑起來。「那就稱之為平手吧。」

現在只剩下一個再見要說了。最難的一個。我抱住艾瑪，她則用力地回應。

「我們可以寫信嗎？」她說。

「妳確定妳想嗎？」

「當然。朋友會保持聯絡的。」

「好。」我鬆了一口氣地說。至少我們還可以……

然後她吻了我。一個大大的、印在嘴唇上、讓我暈頭轉向的吻。

「我以為我們只是朋友！」我邊說邊驚訝地退開。

「嗯，對。」她不好意思地說，「現在我們是朋友了。我只是需要一個吻來做紀念。」

我們大笑起來，但我們的心在上升時，也同時碎了。

「孩子們，別這樣！」裴利隼女士嘶聲說。

「法蘭克。」媽微弱地說，「小雅在親的女孩子是誰？」

「我一點概念也沒有。」爸咕噥道，「雅各，那個女生是誰，還有你為什麼親她？」

我的臉頰紅了起來。「呃，這位是我的……朋友，艾瑪。我們只是在道別。」

艾瑪用力地揮著手。「你們不會記得我的，但是……哈囉！」

「嗯，別親陌生女孩了，我們走吧！」媽說道。

「好。」我對裴利隼女士說，「我想我們得快點動手了。」

「別把這當作道別。」裴利隼女士說，「你現在是我們的一員了，沒那麼容易甩掉我們的。」

「我希望不會。」我露齒一笑，儘管心很沉重。

「我會寫信給你的。」艾瑪試著微笑，但是聲音卻沙啞了。「祝你順利……不管凡人會做什麼事。」

「再見，艾瑪。我會想念妳的。」這句話似乎很不合適，但在這種情況下，話語本身就是不合適的存在。

裴利隼女士轉身繼續進行她的工作。她舉起羽毛，在我爸媽的鼻子下搔癢。

「不好意思！」媽說，「妳以為妳在做什……哈—啾！」

接著她和我爸就開始打起一連串的噴嚏，而當他們在打噴嚏時，裴利隼女士也跑去搔了警察的癢，於是他也開始噴嚏打不停。等他們都臉紅脖子粗地打完噴嚏、臉上掛著鼻涕時，裴利隼女士和艾瑪已旋風般地跑出門，消失了。

「就像我剛才說的。」爸說，接續話題的口氣像是剛才的幾分鐘完全沒發生似的。「等等……我剛才到底在說什麼？」

「你說我們應該先回家，再來討論這件事？」我充滿希望地說。

「你得先回答問題才能走。」警察說。

我們花了幾分鐘的時間和警察談。我盡可能地讓所有答案都保持模糊，每一句話都夾帶著道歉，並不斷發誓我沒有被綁架、虐待或下藥。（感謝裴利隼女士的記憶抹除術，警察已經忘了要幫我做藥物測試的事了。）當爸媽解釋了爺爺的死和我在那之後所經歷的折磨，警察似乎決定相信，我就只是另外一個逃家又忘了吃藥的小鬼。他們要我們簽了幾張表格，然後就讓我們離開。

「對，對，拜託跟我們回家吧。」媽說，「但是我們會談這件事的，年輕人。深談。」

家。這個詞對我來說已經變得陌生，是一個我只能在記憶中勉強回憶的地方。

「如果我們動作快一點，」爸說，「或許還能趕上晚上的飛機……」

他用手臂緊緊攬著我的肩膀，好像擔心他只要一放手，我就會再消失。媽則不斷盯著我看，眼睛瞪得老大，帶著感謝，不時眨眼把眼淚吞回去。

「我很好。」我說，「我保證。」

我知道他們不會相信我，而且是接下來好長一段時間都不會。

我們走到外面叫車。當一輛黑色計程車在我們面前停下時，我看見兩張熟悉的臉在對面的公園看著。艾瑪和裴利隼女士躲在斑駁的橡樹影下。我舉起一隻手和她們說再見，胸口一陣疼痛。

「小雅？」爸替我打開車門。「怎麼了？」

我把揮手的動作硬拗成抓頭。「沒事，爸。」

我爬進車裡。老爸轉頭盯著公園。當我看向窗外時，橡樹下只站著一隻鳥，還有一些翻飛的樹葉。

回家這件事對我來說，既不簡單也非勝利。我已經粉碎了爸媽對我的信任，而要把那個信任重新拼湊回來，則是個緩慢而痛苦的過程。由於我現在被視為危險分子，因此隨時都被盯著。我不能在沒有監督的狀況下去任何地方，就連在社區裡閒晃都不行。家裡裝了一套複雜的保全系統，不是要阻止小偷闖進來，而是要阻止我溜出去。我又被帶回去看心理醫生，不斷去做各種心理檢測，並領到藥效更強的新藥（不過我都藏在舌頭下，晚點就吐掉了）。但就算事情比這更糟，我也會忍受，因為我交到了那麼多新朋友，獲得了如此特別的經驗，短暫的失去自由，好像就只是我得付出的代價。我的那些經歷值得我拿所有與爸媽的尷尬談話、每個寂寞夜晚夢到艾瑪和那些特異朋友們、還有每一次的療程來交換。

我的新醫生是個氣定神閒的年長女性，叫做史班格醫生，而我每週會花四天早上待在她的辦公室裡，面對她太過耀眼的微笑。她不斷問我為什麼從石洲島跑掉，還有我在那之後的日子是怎麼過的，而在這段時間裡，她臉上的微笑都沒有變過。（順帶一提，她的眼睛是像洗碗水那樣的棕色，瞳孔很正常，沒有戴隱形眼鏡。）我編出來的故事就像是個瘋子，說自己短暫地失去了記憶，所以過程中的細節完全想不起來。故事是這樣的：我在石洲島上，被一個亂殺綿羊的瘋子嚇壞了之後，便逃跑了，乘著一艘船跑到威爾斯，短暫忘了自己是誰，然後一路跑到倫敦。我在公園裡過夜，沒和任何人說話、沒認識任何人、沒吃任何會影響心情或神智的東西，然後混亂茫然地在城市裡遊蕩了幾天。至於那通我向爸承認自己是「特異者」的電話……呃，什麼電話？我不記得我有打過電話……

最後史班格醫生將整件事總結為一場發瘋事件，其中參雜著幻覺，主因是壓力、悲傷及爺爺過世後沒有解決的問題。換句話說：我之前是有點發瘋，但是那很可能只是獨立發生的單一事件，而且我現在覺得好多了，謝謝關心。但爸媽依舊提心吊膽的。他們一直在等我什麼時候會再發瘋、再做出什麼瘋事或再度逃家。但是我盡可能保持最好的表現。我以爭奪奧斯卡最佳男主角的認真程度，好好地扮演了一個乖孩子和好兒子的角色，在家裡自動幫忙做家事，每天早早起床，並隨時出現在爸媽眼前。我和他們一起看電視、一起辦事，吃完飯後待在桌邊，和他們閒聊一些沒什麼意義的話題，如重新整修浴室、屋主協會的運作八卦、最近流行的食譜，還有鳥。（他們幾乎不提爺爺、石洲島或我的「事件」。）我表現得很乖、很友善、很有耐心，完全不像他們印象中的那個兒子。他們一定以為我是被外星人綁架、然後被一個複製人取代之類的……但是他們毫無怨言。過了幾週後，我的狀況似乎已經穩定得可以呈現給其他家庭成員看了，所以某個叔叔或阿姨會偶爾來訪，留下來喝個咖啡聊聊天，然後我可以表現給他們看，我有多正常。

奇怪的是，爸完全沒有提及艾瑪在石洲島上留給他的信，或是她和亞伯的那張照片。或許是因為那封信超過他的承受範圍，又或者是因為他擔心提起這件事，會對我的精神狀態造成某種回溯。不管原因為何，那件事情就像沒發生過一樣。至於真正與艾瑪、米勒和奧莉芙見面的事，我很確定他早就把那當作一場亂七八糟的夢了。

幾週後，爸媽開始逐漸放鬆。他們採信了我和史班格醫生的解釋。他們或許還想深究，問我更多問題，或是找其他心理醫生尋求第三、第四人的看法。但是他們真的太想相信我已經好轉了。對他們來說，不管史班格醫生開給我的是什麼藥，它們都在發揮它們的魔力。除此之外，他們最希望的是我們的生活可以恢復正常，而我待在家裡愈久，這似乎就愈像是事實。

但是私底下，我卻調適得很辛苦。我感到既無聊又孤單。每天都顯得無比漫長。經過過去幾星期的苦工之後，我以為家所帶給我的安慰會變得更甜蜜，但就連洗乾淨的床單和外送的中國菜，都失去了它們的魅力。我的床好像有點太軟了。我的食物有點太多了。每件事情都顯得有那麼一點超過，而那讓我感到罪惡和迂腐。有時當我和爸媽一起走在百貨公司的走道上，會想到那些住在惡魔之灣邊緣的人們，然後一股怒火便油然升起。為什麼我們有這麼多不知道該怎麼使用的資源，但是卻有人連維持基本生活都沒辦法呢？

我也有睡眠問題。我總是在奇怪的時間醒來，心中縈繞著我與特異者們待在一起的場景。儘管我已經把地址給了艾瑪，而且每隔幾天就會檢查信箱，還是沒有收到來自她或其他人的信。我愈久沒得到他們的消息——兩週，然後是三週——就愈覺得那些經歷變得模糊而不真實。那些事真的發生過嗎？抑或全都只是一場幻覺？在狀態不太好的時候，我會忍不住想，如果我真的是瘋子呢？

所以在我回家一個月後，終於收到來自艾瑪的信時，我大大的鬆了一口氣。那封信很短，口氣輕快，只是告訴我，他們的重建進度，還有問我過得如何。回郵地址是倫敦的某個郵政信箱，艾瑪說那裡離惡魔之灣的圈套夠近，她可以常常溜到現代來檢查。我當天就回信了，很快地，我們就開始一週兩、三封信地交談起來。當家裡變得愈來愈讓人窒息，這些信便成了我的生命。

我不能冒險讓爸媽發現這些信，所以我每天都在等著郵差的出現，只要一看見他出現在車道的盡頭，就會立刻衝出去。我建議艾瑪改用電子郵件，因為那樣既安全又快速，而我花了好幾頁的篇幅解釋網路是什麼，還有她在哪裡可以找到網咖建立一個電子信箱。但那是行不通的，因為她連鍵盤都沒用過。不過這些信還是值得我冒險的，而且我開始喜歡上用紙筆交流的感覺。手上拿著某個我愛的人所碰過、寫過的東西，是一種很甜蜜的感覺。

她在其中一封信裡夾了幾張照片。信裡是這麼寫的。

親愛的雅各，我們這裡的生活終於又開始變得有趣了。記得那些班森收藏在地下的人形嗎？他說那些全是蠟像，但是，嗯，事實證明他在說謊。他把他們從不同的圈套綁架來，然後用塵土教母的粉末讓他們處於靜止狀態。我們認為他是想要用不同的特異者當作圓形圈套的電池，但是在你的噬魂怪出現前，沒有一個人派得上用場。不管如何，塵土教母承認她早就知道這件事了，這也解釋了她的行為舉止為什麼那麼奇怪。我想班森可能威脅過她，或是拿雷納多當作人質，所以她才不得不就範。總之，她一直在幫助我們，把大家喚醒，然後送回屬於他們的圈套中。你不覺得這一切都很扯嗎？

我們也在用圓形圈套探索所有不同的地方，並認識新的人們。裴利隼女士說，看看世界上其他人的生活方式，對我們是很好的。我在屋子裡找到一臺相機，所以上一次的探險就帶著了，我在這封信裡附上了幾張照片。布蘭溫說我進步得很快！

我想你想得像瘋了一樣。我知道我不該這麼說的……因這只會讓一切變得更難熬。但我有時就是沒辦法克制自己。或許你很快就可以來拜訪了？我會很開心的。又或者

她把又或者劃掉了，改寫成：喔噢，我聽見雪倫在叫我的名字。他準備出發了，而我想要確定這封信會在今天寄出去。快回信喔！愛你的，艾瑪。

我在想，那句「又或者」是想要說什麼？

我翻過她寄來的照片，每張背面都加上了幾句簡單的描述。第一張是一、兩個維多利亞時期裝扮的女士，站在一個條紋的帳篷前，上面有一個牌子寫著「怪奇展」。艾瑪在背面寫著：這是刺哥雀女士和潛鳥女士，她們帶著班森的一些老收藏品，展開了巡迴展覽。現在特異者可以更自由的旅行了，她們的事業變得滿成功的，我們之間有很多人都不知道自己的歷史……

第二張照片則是幾個大人正在走下一道狹窄的階梯，前往一艘泊在海灘上的小船。有個很棒的圈套在裏海的岸邊，艾瑪寫道，上週寧姆和幾位時鳥一起去了趟划船之旅。阿修、霍瑞斯和我也一起去了，但待在岸上。我們已經搭夠船了，謝謝。

最後一張照片則是兩個連體雙胞胎姊妹，頭上戴著兩個巨大的白色蝴蝶結。她們坐在一起，伸手拉開部分的衣服，露出連在一起的身體。卡洛塔和卡莉塔是連體嬰，照片的背面寫道，但她們最奇特的地方並不是這個。她們的身體會製造出一種黏液，乾了之後比水泥還要堅固。伊諾不小心坐到一點，結果把自己的屁股黏在椅子上，整整兩天都拔不起來！他超生氣，我還以為他的頭都要爆開了。真希望你能親眼看見……

我立刻就回信了。妳說的「又或者」是什麼意思？

十天過去，我沒有收到任何回應。我擔心她是覺得自己在信裡寫的太超過，違反了我們只是朋友的協定，所以決定往後退一步。我懷疑下一封信她還會不會再用愛你的艾瑪當作簽名，那兩個字已經變成我生活的重心了。

接下來，就連信都沒有人來送了。我每天都像著了魔似的等著郵差的出現，但是當他連著四天都沒有來時，我知道一定有什麼不對勁。因為我爸媽總是有一堆型錄和帳單，於是我盡可能隨意地問起這件事，說我們家最近都沒有收到信，感覺很不正常。爸咕噥了一句什麼國定假日之類的話，然後就轉移話題。這下我真的開始擔心了。

隔天早上，這個謎就解開了。爸媽很不尋常地加入了我和史班格醫生的治療時間，神情緊繃，面色黯淡，就連坐下時的寒暄都不太說得出口。史班格醫生從平常的問答開始。我覺得如何？有做什麼有趣的夢嗎？我知道她正在把話題導向更大、更嚴重的方向，最後我終於受不了了。

「為什麼我爸媽在這裡？」我問，「而且為什麼他們看起來就像剛參加完喪禮一樣？」

這是我第一次看見史班格醫生臉上的笑容消失。她從桌上的檔案夾裡拿出三個信封。

CURIOS

那些都是艾瑪寫來的信。全都被拆開過了。「我們得談談這些東西。」她說。

「我們說好沒有祕密的。」爸說，「這樣很不好，小雅。非常不好。」

我的雙手開始顫抖。「這些是我的隱私。」我掙扎著想要控制我的聲音。「它們是指名給我的。你們本來就不該偷看。」

那些信裡寫了什麼？爸媽看到了什麼？這是場災難，一場徹底的災難。

「誰是艾瑪？」史班格醫生問，「誰是裴利隼女士？」

「這樣不公平！」我大叫。「你們偷了我的私人信件，然後用它們來暗算我！」

「小聲點！」爸說，「現在這些都曝光了，你只要誠實，事情對我們都會比較容易。」

史班格醫生舉起一張照片，一定是艾瑪夾在其中一封信裡的。「這些人是誰？」

我湊上前去看。那張照片裡是兩個年老的女人坐在搖椅上，其中一人像個小嬰兒般躺在另一人的大腿上。

「我不知道。」我簡短地說。

「照片背面有字。」她說，「那上面寫著『我們發現方法來幫助那些被移除部分靈魂的特異者了。近距離接觸有神奇的功效。幾小時後，角鴞女士看起來就像一隻全新的思鳥一樣。』」

她的發音是：ㄙㄋㄧㄠˇ。

「那是ㄕˋㄋㄧㄠˇ。」儘管不應該，我還是糾正道。「第一個字要捲舌。」

「我知道了。」史班格醫生說，將手指撐在下巴下。「所以，時鳥是什麼？」

現在回想起來，我當時似乎有點蠢。但是那時候我覺得自己被困住了，好像除了說實話

之外沒有別的選擇。他們拿了我的信、我的照片，我編出來的所有故事全毀了。

「她們負責保護我們。」我說。

史班格醫生瞥了我爸媽一眼。「我們所有人嗎？」

「不。只有特異孩子。」

「特異孩子。」史班格醫生緩緩地重複道，「而你相信你是其中一員。」

我伸出手。「我想要把信拿回來。」

「我會還給你的。但現在，我們得先談談，好嗎？」

我收回手，將雙臂在胸口交疊。她跟我說話的方式，好像我的智商只有七十一樣。

「現在，你為什麼覺得自己是特異者？」

「因為我可以看見別人看不到的東西。」

我可以從眼角看見爸媽的臉色變得愈來愈蒼白。這個發展很不好。

「你在信裡提過一個叫做圓形……圈套的東西？你能跟我解釋一下那是什麼嗎？」

「信不是我寫的。」我說，「是艾瑪。」

「當然。讓我們換個方向好了。跟我聊聊艾瑪吧。」

「醫生。」媽打岔道，「我不覺得你應該要鼓勵……」

「波曼太太，請等等。」史班格醫生舉起一隻手。「雅各，跟我說說艾瑪的事。她是你的女朋友嗎？」

我看見老爸的眉毛向上挑起。我從來沒交過女朋友，連約會都沒有過。

「她之前是吧，我猜。但現在我們應該算是……暫時休息。」

史班格醫生寫了點什麼，然後用筆敲敲下巴。「而當你想像她的時候，她長什麼樣子？」

我往後縮在椅子上。「妳說我在想像她是什麼意思？」

「喔。」史班格醫生癟了癟嘴唇。她知道她搞砸了。「我的意思是……」

「好了，這已經扯太遠了。」爸說，「我們都知道信是你寫的，小雅。」

我差點從椅子上跳起來。「你以為我什麼？那甚至不是我的筆跡耶！」

我爸從口袋裡取出另一封信，那封艾瑪留給他的信。「這也是你寫的，對不對？這上面的字跡是一樣的。」

「那也是艾瑪！你看，她的名字也在那上面啊！」我伸手要去搶信，但是爸把手舉到我的接觸範圍之外。

「有時我們太想要某些東西，就把它們想像成真的了。」史班格醫生說，「請冷靜下來，小雅。」

「那信封上的郵戳呢？」我邊說邊指著醫生桌上的信。「它們全都是從倫敦寄來的耶！」

爸嘆了口氣。「你上個學期學了要怎麼用 Photoshop，小雅。我或許很老，但我還是知道這種東西要造假有多容易。」

「那照片呢？那也是我造假的嗎？」

「那些都是你爺爺的。我很確定我以前就看過。」

說到這裡，我的頭已經開始暈了。我覺得自己赤裸裸地站在那裡，感受到嚴重的背叛感和羞恥感。接著我就拒絕再說話，因為不管說什麼，似乎都只是更像在說服他們，我已經瘋了。

我怒火中燒地坐在那裡，其他大人則像是我完全不存在那樣討論著我的事。史班格醫生對我的狀況有了新的診斷，說我有嚴重的「現實脫離症」，而這些「特異者」們則是我為自己創造的繁複宇宙中的一部分，還有我幻想的女朋友。因為我太聰明了，所以我花了好幾週的時間讓大家以為我的神智是清醒的，但是那些信證明我離治癒還有很長的距離，而且它們或許會對我自身安全造成威脅。她建議把我送去一間「進住診所」進行「復健與觀察」。我知道那是精神科醫生用來形容「精神病院」的說法。

他們都計畫好了。「那只會花一到兩週的時間。」爸說，「那是一個很棒的地方，而且很貴。把它當作一次小小的度假吧。」

「我要我的信。」

史班格醫生將它們收回檔案夾裡。「抱歉，小雅。」她說，「我們認為它們還是由我保管比較好。」

「妳騙我！」我說。我撲向她的桌子，伸手去搶，但她的動作很快，抓著檔案夾往後跳開。爸大叫出聲，伸手抓住我，然後我的兩個叔叔便衝了進來。他們這段時間一直都在門外等著。他們是保鑣，以防我突然失控。

他們護送我走進停車場，爬上車。媽緊張地解釋說，叔叔們將會在我們家住幾天，直到診所裡有房間給我住。

他們害怕跟我獨處。我自己的爸媽也是。接著他們就要把我送去別的地方，讓我變成別人的問題。那個診所。好像我是要去治療撞傷的手肘一樣。讓我們面對現實吧！那是一間瘋人院，再怎麼貴都還是瘋人院。不是一個我可以假裝吞藥、之後再吐掉的地方。不是一個我可以編故事、打迷糊仗騙醫生的地方。他們會幫我開抗精神病的藥，並確認我吞下所有的劑量，直到我告訴他們所有關於特異王國的事情，再用那些證明我是沒救的瘋子，然後名正言順地把我關進一間鋪有軟墊的牢房裡，並把鑰匙沖下馬桶。

我真的徹頭徹尾地毀了。

接下來的幾天，他們看守我的樣子，就像是在看守犯人似的。不管我在哪裡，爸媽或叔叔中的一人，絕對不會離我超過一個房間的距離。每個人都在等診所打來的電話。我猜那個地方真的很熱門，但只要一有空房，隨時都有可能被打包送進去。

「我們會每天去看你的。」媽向我確認道，「你只需要待幾週而已，小雅，我保證。」

只要幾週，對啦，還真的咧。

我試著和他們講理。我求他們去請一個筆跡辨識專家，就可以證明那些信不是我寫的。這招失敗後，我便換了一條路線。我承認自己寫了那些信（但我當然沒有），說我現在終於了解那全都是我編出來的，特異孩子們不存在，時鳥不存在，艾瑪也不存在。這讓他們很高興，但並沒有讓他們改變心意。稍晚，我偷聽到他們的悄悄話，發現他們為了要讓我在候補名單上保留一個位置，已經先預付了一個星期的錢，給那所非常昂貴的診所。所以，沒有退路了。

我想著要逃跑。或許偷走車鑰匙，放手一搏。但我無可避免地會被抓回來，然後事情對我來說會變得更糟。

我幻想艾瑪可能會來救我。我甚至寫了一封信告訴她，我這裡的狀況，但是我沒辦法把信寄出去。就算我有辦法不被看見地溜到信箱旁，郵差也不再來我們家了。就算信真的交到她手上，事情又能有什麼改變呢？我被困在現代，離任何一個圈套都很遠。她不可能來的。

第三個夜裡，我在絕望中偷摸走爸的手機（他們再也不准我用手機了），然後用它發了封電子郵件給艾瑪。在我了解她對電腦有多一竅不通之前，我為她設了一個電子郵件信箱：firegirl1901@gmail.com，可是她絲毫不感興趣，所以我從來沒有發過信給她，也才突然發現我根本沒有告訴她密碼。說不定丟一封瓶中信都更有機會傳到她手上，但這是我最後的機會了。

隔天晚上，電話就打來了：他們終於為我空出了一個房間。我的行李早已經打包好，放在那裡等了好幾天。他們不在乎現在是晚上九點，或者開車前往診所要花上兩個小時，我們馬上就要出發。

我們全部上車。爸媽坐在前座，叔叔們則一左一右地坐在兩側，好像擔心我會從行進中的車子跳出去一樣。事實上，我還真有可能這麼做。但當車庫門向上升起，爸發動汽車時，我原本有的任何一絲微小希望全都開始動搖。現在真的沒有機會逃了。我不可能爭論成功，也不可能逃跑，除非我能一路逃到倫敦去，但那意謂著我得要有護照和錢，還有一堆不可能的東西。不，我得承受這一切。而其他特異者們承受過的事情比這困難多了。

我們倒車離開車庫。爸打開車頭燈，然後是收音機。一名主持人圓滑的閒聊聲充斥車內。月亮高掛在院子邊緣的棕櫚樹上方。我低下頭、閉上眼睛，試著將內心升起的厭惡感吞回去。或許我可以讓自己身處別處。或許我可以消失。

我們開始移動，車道上的碎貝殼在車輪下發出清脆的聲音。叔叔們越過我說著運動的話題，試著緩和氣氛。我把他們的聲音隔絕在腦海之外。

我不在這裡。

我們還沒離開車道，車子突然停了下來。「這是怎麼回事？」我聽見我爸說道。

他按起喇叭，但我看見的東西卻讓我以為我把自己催眠進一場夢了。站在車子前方、浸在車頭燈光線之下的，是我一字排開的特異者朋友們。艾瑪、霍瑞斯、伊諾、奧莉芙、克萊兒和阿修，甚至連米勒都在。而在他們前方，則是穿著旅行大衣、手中抓著一個布包的裴利隼女士。

「發生什麼事了？」我其中一個叔叔問。

「對，法蘭克，這是怎樣？」另一個說。

「我不知道。」爸說，然後搖下車窗。「離開我的車道！」他大叫。

裴利隼女士走向他的車門。「我們不會的。請你下車。」

「妳是什麼人？」爸問。

「阿爾瑪．拉菲．裴利隼，時鳥議會的會長和這群特異孩子們的院長。我們之前就見過了，但我不期待你記得我。孩子們，打招呼吧。」

當爸的下巴掉下來、媽開始過度換氣時，孩子們揮了揮手，奧莉芙浮上半空，克萊兒張開後腦上的嘴，米勒只有衣服但沒有身體地轉了一圈，艾瑪則在手上燃起一叢火焰，走到爸的車門旁。「哈囉，法蘭克！」她說，「我叫艾瑪。我是你兒子的好朋友。」

「你看吧。」我說，「我說過他們是真的！」

「法蘭克，把我們弄出去！」媽尖叫道，一邊用力地拍打他的肩膀。

直到那一刻，他才像是大夢初醒般回過神來。他用力按著喇叭、踩下油門，貝殼從後輪下方飛散出去，車子則往前衝。

「停車！」我在車子往我朋友的方向飛馳而去時尖叫道。他們往旁邊跳開，只剩下布蘭溫還站在那裡，穩住腳步，伸出雙手，抓住我們的車頭。車子硬生生地停了下來，輪胎無用地在半空中旋轉，媽和兩個叔叔們則驚慌地喊叫著。

車子熄火了。車頭燈熄滅，引擎也靜了下來。我的朋友們包圍了車子，我則是跟我家人們保證道：「別擔心，他們是我的朋友，他們不會傷害你們的。」

我的叔叔們昏了過去，他們的頭倒向我的肩膀，我媽的尖叫聲則逐漸轉成嗚咽聲。爸則神經質地喃喃自語著，「完全是瘋了，完全是瘋了，這完全是瘋了。」他不斷重複道。

「待在車裡。」我說，然後越過其中一名昏倒的叔叔打開車門，爬過他，然後滑了出去。

艾瑪和我撞在一起，抱著彼此轉著圈。我幾乎說不出話來。「妳怎麼……為什麼妳……」

我整個人暈頭轉向，深深相信自己是在做夢。

「我收到你的電子信件了！」她說。

「我的……電子郵件？」

「對，不管你怎麼稱呼都好！我發現你都沒有回應了，所以我很擔心，我記得你說過你幫我建立的機械信箱，然後霍瑞斯幫我夢到了你的密碼，所以……」

「我們就盡快趕來了。」裴利隼女士邊說邊對我爸媽搖著頭。「你們讓我非常失望，但是不怎麼意外。」

「我們是來這裡救你的！」奧莉芙大叫。「就像當時你來救我們一樣！」

「我好高興看到你們！」我說，「但是你們不用早點離開嗎？你們會開始老去的！」

「你沒有看我後來的幾封信嗎？」艾瑪說，「我解釋了一切……」

「我爸媽把信拿走了。所以他們才嚇壞了。」

「什麼？真是太過分了！」她瞪著我爸媽。「那是偷竊，你知道嗎?!不管如何，這沒什麼好擔心的。我們有了一個驚人的大發現！」

「你是指我有了一個驚人的大發現。」我聽見米勒說，「感謝波普勒斯的幫助。我花了好幾天的時間，試著用班森的機器把他送回他的圈套去。在這段時間裡，他應該要快速老去才對。但是他沒有。值得一提的是，他的灰髮甚至變黑了！那時候我才發現，當我們在阿伯頓時，有事情發生在他身上：他真實的年齡被重設了。當時鳥們關閉了圈套時，我們可以說那倒轉了他的生理時鐘，所以他的身體年齡就恢復到他外表看起來的年紀，而不是他實際年齡的五百七十一歲。」

「而且不只是波普勒斯的生理時鐘。」艾瑪興奮地說，「我們全部都是！每個在阿伯頓的人都是！」

「顯然那就是圈套關閉時的副作用。」裴利隼女士說，「一座非常危險的青春之泉。」

「所以這代表……你們都不會再老去了?永遠不會?」

「嗯，不會比你快！」艾瑪大笑起來。「一天老化一次。」

「這真是……太棒了！」我說，雖然很開心，卻一下很難吸收這一切。「你確定我不是在做夢嗎？」

「很確定。」裴利隼女士說。

「我們可以留在這裡一段時間嗎？」克萊兒對著我蹦跳。「你說我們隨時都可以來的！」

「我想我們可以當作來這裡放個假。」裴利隼女士在我回答之前說，「孩子們對二十一世紀一點都不了解，除此之外，這間屋子看起來比班森那間粗糙的老鼠屋要舒服多了。有多少間臥室？」

「呃……五間，我猜？」

「嗯，那樣就夠了。這樣絕對足夠了。」

「那我的爸媽和叔叔怎麼辦呢？」

她往車子瞥了一眼，擺擺手。「你的叔叔們很容易就可以清除記憶了，至於你父母，就像他們說的，狐狸尾巴已經露出來，也藏不回去了。我們得近距離地看著他們一段時間，但如果有兩個凡人能接受我們看待世界的方式，那就一定是偉大的雅各．波曼的父母了。」

「還有偉大的亞伯拉罕．波曼的兒子和媳婦！」艾瑪說。

「妳……妳認識我爸爸？」爸膽小地問，從車窗往我們的方向看。

「我就像愛兒子般地愛他。」裴利隼女士說，「我對雅各也是一樣。」

爸眨了眨眼睛，然後緩緩地點點頭，但我不覺得他聽懂了。

「他們要在我們家住一陣子。」我說，「可以嗎？」

他的眼睛睜大，然後向後退縮。「這個……嗯……我想你最好問問你媽……」

她正瑟縮在副駕駛座上，雙手遮著眼睛。

我說：「媽？」

「走開。」她說，「全都走開！」

裴利隼女士傾身向前。「波曼太太，請看著我。」

媽從指縫間往外看。「你們不是真的。我只是晚餐喝了太多酒了。」

「我可以保證我們都很真實。雖然很難相信，但我們全都會變成朋友的。」

媽轉開頭。「法蘭克，轉臺。我不喜歡這個節目。」

「好的，親愛的。」爸說，「兒子，我想我，嗯……呃……」然後他閉上眼睛搖搖頭，搖上車窗。

「你確定這不會融化他們的腦子嗎？」我問裴利隼女士。

「他們會接受的。」她說，「有些人只是需要比較長的時間。」

我們一群人一起往我的屋子走去，月光高照，炎熱的夜晚在風聲與蟬聲下充滿生命力。布蘭溫在我們身後推著熄火的車子，我的家人們都還坐在裡面。我和艾瑪手牽手走著，我心中已經完全忘了先前發生的事。

「有件事我不懂。」我說，「你們是怎麼到這裡來的？還這麼快？」

我試著想像一個頭後面長著嘴巴的女孩和一個蜜蜂在他身邊不斷打轉的男孩通過機場安檢的畫面。還有米勒，他們是把他偷渡上飛機的嗎？他們哪來的護照？

「我們運氣很好。」艾瑪說，「班森的其中一個圈套通往距離這裡一百哩左右的地方。」

「某個可怕的沼澤。」裴利隼女士說，「裡面全是鱷魚和及膝的爛泥巴。完全不知道我弟想用那個圈套做什麼。不管如何，我從那裡想辦法來到現代，然後只要搭兩班公車、再走三點五哩就到了。整趟旅程花不到一天的時間。但不必說，我們全都因為這個旅行而累壞了。」

我們已經來到我家的前廊。裴利隼女士期待地看著我。

「對！我想冰箱裡應該有汽水……」

我摸出鑰匙把門打開。

「待客之道，波曼先生，待客之道！」裴利隼女士旋風般從我身邊走過，進入屋內。

「把鞋子脫在外面，孩子們，我們不是在惡魔之彎了！」

我站在門外握著門把，看著他們踏進屋內，踩出一堆泥巴腳印。

「這太棒了！」我聽見裴利隼女士說，「廚房在哪裡？」

「我該把車子怎麼辦？」布蘭溫仍然站在車尾，問道。「還有，呃……這些凡人？」

「妳能把他們放進車庫裡嗎？」我說，「然後，或許看著他們幾分鐘？」

她看向我和艾瑪，然後露出微笑。「當然。」

我找到車庫的開關，按下按鈕。布蘭溫把車子和我暈眩的爸媽推進去，然後我和艾瑪便單獨站在前廊上了。

「你確定我們留下來沒關係嗎？」艾瑪說。

「可能會有點麻煩。」我說，「但裴女士似乎很肯定我們可以處理好。」

「我的意思是，你沒關係嗎？我們的協議……」

「妳在開玩笑嗎？看到妳在這裡，我高興的連話都說不出來了。」

「好吧。你在微笑，所以我應該相信你。」

微笑？我現在笑得跟個傻瓜一樣。

艾瑪朝我走進一步。我伸手摟住她。我們擁著彼此，我的臉頰貼在她的額頭上。

「我永遠都不想失去你。」她低聲說道，「但我不知道該怎麼做。我一直覺得長痛不如短痛。」

「妳不需要解釋。我懂。」

「不管如何，現在我可能不需要了。不需要只是朋友。如果你願意的話。」

「不過這或許是個好主意。」我說，「先保持這樣一段時間。」

「喔。」她很快地說，表情很失望。「當然……」

「不，我的意思是……」我緩緩退開，直看著她。「現在我們有時間了，我們就可以慢慢來。我可以約妳出去看電影……我們可以去散步……妳知道，就像普通人那樣。」

她聳聳肩。「我不知道普通人都是怎麼做的。」

「不會很複雜。」我說，「妳教我怎麼成為特異者。或許我現在可以教妳怎麼當個普通人。至少像我所知的那種普通。」

她安靜了一會兒，然後笑了起來。「當然了，雅各。我想這樣很不錯。」她牽起我的手，靠向我，然後吻了吻我的臉頰。「現在我們有時間了。」

此時，當我站在這裡和她一起呼吸，四周被沉默包圍，我才突然意識到這或許是英文裡最美麗的幾個字。

我們有時間了。

高寶書版集團
gobooks.com.tw

MS 028
怪奇孤兒院3　靈魂圖書館
Library of Souls

作　　者　蘭森・瑞格斯（Ransom Riggs）
譯　　者　曾倚華
編　　輯　林俶萍
校　　對　盧巧勳、林俶萍
排　　版　趙小芳
封面設計　邱筱婷
企　　畫　劉佳澐

發 行 人　朱凱蕾
出　　版　英屬維京群島商高寶國際有限公司台灣分公司
　　　　　Global Group Holdings, Ltd.
地　　址　台北市內湖區洲子街88號3樓
網　　址　gobooks.com.tw
電　　話　(02) 27992788
電　　郵　readers@gobooks.com.tw（讀者服務部）
　　　　　pr@gobooks.com.tw（公關諮詢部）
傳　　真　出版部　(02) 27990909　行銷部 (02) 27993088
郵政劃撥　19394552
戶　　名　英屬維京群島商高寶國際有限公司台灣分公司
發　　行　希代多媒體書版股份有限公司/Printed in Taiwan
初版日期　2017年1月

國家圖書館出版品預行編目(CIP)資料

怪奇孤兒院3　靈魂圖書館／蘭森・瑞格斯（Ransom Riggs）著, 曾倚華譯. -- 初版. -- 臺北市：高寶國際出版：希代多媒體發行, 2017.01
　面；　公分. -- (Myst ; MS 028)
譯自：Library of Souls
ISBN 978-986-361-364-0(平裝)

874.57　　　　105023009